W0327295

In Brasília endet gerade die Nachtschicht, in Tokio wird eben der erste Whisky Sour getrunken – und unser Held wacht neben einer Frau auf, die nicht seine ist. Eigentlich lebt er zusammen mit seiner Frau und seinem Hund bei seinen Eltern, hat eine gute Ausbildung und bis vor kurzem auch einen guten Job gehabt. Doch dann überkam ihn das Unheimliche – ob der neuen Arbeitslosigkeit, ob seiner Gefühle für die Frau neben ihm oder ob der Rückkehr seines alten Freundes Hiro, ist schwer zu sagen. Fest steht, dass eine intolerable Kette von Ereignissen beginnt: Lügen, Betrug und Schikanen, eine Orgie, ein Bordell und eine Reihe von Schießerein.
»Grell und Süß« ist ein extravaganter und weltgewandter Großstadtroman, das Vorstadt-Noir einer leidgeprüften und weltgewandten Generation.

Adam Thirlwell wurde 1978 in London geboren, wo er auch lebt. Seine bisher erschienenen Romane »Strategie«, »Flüchtig«, »Grell und Süß« und »Die fernere Zukunft« wurden international hochgelobt, sein Werk wurde in 30 Sprachen übersetzt. Er war 2003 sowie 2013 auf der »Granta's List of Best young British Novelists« und erhielt 2008 den Somerset Maugham Award. Als London-Redakteur ist er für die »Paris Review« tätig, war gemeinsam mit Daniel Kehlmann S. Fischer Gastprofessor und hat zusammen mit Hans-Ulrich Obrist und Rem Kohlhaas das »Studio Créole« entwickelt, eine Performance-Reihe zur Übersetzung.

Tobias Schnettler wurde 1976 in Hagen geboren und studierte Amerikanistik. Er arbeitet als Übersetzer in Frankfurt am Main und hat zuletzt unter anderem Bücher von Nell Zink, Andrew Sean Greer und John Ironmonger übersetzt.

Weitere Informationen finden Sie unter www.fischerverlage.de

ADAM THIRLWELL

GRELL & SÜSS

Roman

Aus dem Englischen
von Tobias Schnettler

FISCHER
TASCHENBUCH

MIX
Papier | Fördert gute Waldnutzung
FSC® C083411
FSC www.fsc.org

Erschienen bei FISCHER Taschenbuch
Frankfurt am Main, Oktober 2024

Die Originalausgabe erschien 2015 unter dem Titel
»Lurid & Cute« bei Jonathan Cape, London
© Adam Thirlwell 2015
Für die deutschsprachige Ausgabe:
© 2015 S. Fischer Verlag GmbH,
Hedderichstr. 114, 60596 Frankfurt am Main
Die Nutzung unserer Werke für Text- und Data-Mining
im Sinne von § 44b UrhG behalten wir uns explizit vor.
Satz: Dörlemann Satz, Lemförde
Druck und Bindung: CPI books GmbH, Leck
ISBN 978-3-596-03345-4

FÜR ALISON

UMRISSEN

»Wieso sollte gerade ich als Versuchskaninchen
für die Launen eines Schöpfers herhalten?
Wieso nicht der Buchhändler Pascha, oder
Hennechen, der Dampfschiffagent?«

Knut Hamsun, *Hunger*, 1890

ZUSAMMENGEFASST

1. Madama Morte ... 11
2. Utopia ... 83
3. Gemein, unbeholfen, heimlich, hinterhältig ... 163
4. Die Pistole ... 209
5. Die lange Fiesta (Das Horoskop) ... 233
6. Tropicália ... 281
7. Das Ding selbst ... 307
8. Zeit-Traurigkeit ... 369
9. Noir ... 401

1. MADAMA MORTE

BLUT

… in dem unser Held erwacht …

Als ich aufwachte, blickte ich kopfüber auf eine Reihe Samtbilder an der Wand über dem Bett. Jesus stand auf seinem Heiligenschein neben einer besonders hellen Madonna – ich meine jetzt die fromme Sorte, nicht die Disco-Version. Zwischen den beiden war ein Tropicana-Strand – Palme, Palme, Palme, und blauer Sand. Ich dachte, sie könnten mir vielleicht gefallen, diese Samtbilder. Ich mochte diese grelle Stimmung. Doch ich wusste auch, dass mir diese Stimmung zwar irgendwie gefiel, aber dass es nicht die Stimmung meines Schlafzimmers war, so wie die Frau, die hier, in dem, was ein Hotelzimmer zu sein schien, neben mir schlief, nicht meine geliebte Ehefrau war. Diese Art von Problemsituation war das, und ich weiß natürlich, dass manche Leute so was überhaupt nicht schlimm finden würden – und dass neben jemandem aufzuwachen, der ethisch nicht zu einem gehört, der ganz normale Weg ist, auf dem die meisten Menschen in den Bereich der Moral eintreten, also, Kleiner, gewöhn dich dran – aber es gelang mir nicht, es ganz so locker zu sehen. Schon seit längerem hatte es atmosphärische Probleme gegeben – kleine Brüche und Risse, wie Schmetterlinge im Herbst, alles erinnerte ein wenig an Tropicália, und das machte mir ein bisschen Angst. Und genauso hatte ich jetzt das Gefühl, mein Kopf sei ganz woanders, und mir war ziemlich schlecht. Ich wusste, dass mein Telefon neben mir liegen musste, und wusste, dass ich drauf schauen sollte, aber gleichzeitig tat ich's nicht. Wenn du mich an diesem Punkt auf das Sofa einer Talkshow gesetzt und mich gefragt hättest, wie's mir geht, hätte ich gesagt, dass ich im Grunde sehr, sehr traurig war. Denn ich bin wirklich kein besonders toller Hecht, kein Gangster. Ich bin kein cooler Typ. Bei Frauen war ich immer schon schüchtern. In der Rolle des Vollgas-Machos war ich ungefähr so authentisch wie diese weißen Tussis, die sich Gang-Zeichen gebend fotografieren lassen. Es war absolut nicht normal für mich, irgendwo aufzuwachen, ohne zu wissen, wie ich dorthin gekommen war. Eine normale Freizeitbeschäftigung war für mich, mich auf mathematische Probleme zu konzentrieren, oder auf Wahlmodelle – ich meine, meine Hobbys waren immer harmlos und verkopft. Und trotzdem ging diese neue Sache immer weiter, und ich hatte keine Möglichkeit, es aufzuhalten. Meinem Kopf ging es eindeutig sehr schlecht. In Brasília musste jetzt die Nachtschicht zu Ende sein, in Tokio tranken sie ihren ersten Whiskey Sour. Viertausend Meilen entfernt schwebten Drohnen lärmend in Formation über Bergpässen und tiefen Schluchten, und hier unten auf der stillen Erde lag eine Frau neben mir, die nicht meine Frau war. Sie hieß Romy, und sie war eine meiner besten Freunde. Sie war blond, und wenn man sie in einer Bar sah, war ihr

Haar so eine herrlich regungslose Masse, die auf einer Seite ihres Halses herunterhing, aber jetzt war ich eingeweiht und wusste, dass sie nicht naturblond war. Sie hatte kaum Haare zwischen den Beinen, aber das Haar, das dort war, ein einzelnes Büschel, war eindeutig dunkel. Ich versuchte mich darauf zu konzentrieren, während das Licht die Nylonvorhänge zum Leuchten brachte und Romy weiter schlief. Denn selbst wenn man verwirrt oder traurig ist, muss man trotzdem weitermachen. Ich kann mich an einen Bodhisattva-Satz erinnern – *cool bleiben, aber nicht gleichgültig* – und dieser Satz ist nie falsch. Es ist ziemlich sicher eine Regel, nach der man leben kann, und solche Regeln sollte man in Ehren halten. Wenn ich durch diesen Bericht überhaupt irgendetwas beweisen kann, dann hoffentlich, wie wichtig Regeln fürs Leben sind, was vielleicht auch der Grund ist, weshalb ich beschlossen habe, meine persönliche Moralgeschichte mit diesem Blut-Vorfall zu beginnen. Das war, glaube ich, der Punkt, an dem sich meine gewohnten Kategorien in Luft auflösten. Ich stand auf, zog mich an und überlegte, wie ich wieder nach Hause gehen könnte – ich meine, in welchem Zustand und mit welchen Erklärungen. Aber es war auch noch sehr früh. Es war zugleich viel zu spät und sehr früh, deshalb dachte ich mir, geh ich erst mal frühstücken, denn manchmal ist die einzig richtige Verhaltensweise, sich um die normalen Dinge zu kümmern. Man muss die Dinge schrittweise durchdenken. Also trat ich auf den Parkplatz hinaus, ging zum Hotelrestaurant und setzte mich. Von der Nische aus, in der ich saß, sah ich alles ganz klar. Es war nichts Besonderes. Insekten kreisten langsam in der grünen Morgendämmerung, sie entstanden einfach aus dem Nichts, aus der hellen und körnigen Luft. Mein Auto parkte vor unserer Tür, und daneben stand etwas, das wie ein Cadillac-Leichenwagen aussah, aber den ignorierte ich. Und das war vielleicht ein Fehler – zu ignorieren, was andere Leute als eindeutiges Zeichen verstehen würden. Wenn man es gewöhnt ist, unfrankierte Briefe zu erhalten, oder Anrufe, bei denen ein Mann fragt, ob er mit der Leichenhalle verbunden sei, ich meine, wenn man sich mit den Methoden auskennt, mit denen die Mafia einem Mann mitteilt, dass er gebrandmarkt oder vogelfrei oder todgeweiht ist, dann könnte man vielleicht sagen, dass ich einen Fehler gemacht habe. Hätte ich damals gewusst, was ich heute weiß, dann hätte ich das volle Ausmaß der Schrecken verstanden, die ich noch kennenlernen sollte, das Gemetzel und die Ballistik, wäre ich in der Lage gewesen, einen solchen Looping zu vollführen, wie ihn mir diese Art zu sprechen jetzt ermöglicht, dann hätte ich vielleicht so gedacht. Aber ich hatte noch nie ein Auge für das Offensichtliche. Ich weiß nicht, wieso. Andere Leute wussten normale Dinge zu schätzen, wie die Parkplätze von Einkaufszentren oder Café-Sonnenschirme oder was auch immer – Kaffeemaschinenkaffee vielleicht. Aber ich nicht. Mir lagen meine eigenen Grübeleien viel mehr. Es war sehr hell und sehr traurig in diesem Restaurant. Das Radio führte Selbstgespräche, aber ich hatte niemandem, um mich zu unterhalten, also saß ich in meiner Nische mit Blick auf das leere Schild und las die laminierte Speisekarte. Ich wartete. Ich sah aus dem Fenster. Ich sah immer wieder auf die Uhr und auf die Landschaft, zehn Minuten lang: auf meine Uhr und dann auf die Landschaft, meine Uhr und dann auf die Landschaft. Warten mag ich überhaupt nicht. Endlich kam eine Kellnerin aus der Küche. Auf ihrer Brusttasche stand ihr Name. Dieser Name war Quincy. In einer anderen Schriftart wünschte mir eine andere Plakette einen schönen Tag. Und es war ein schöner Tag, keine Frage. Es war schön wie in einer Computeranimation, wenn ich nur nicht mit einer solchen alles durchziehenden Angst aufgewacht wäre.

– Ich warte schon zehn Minuten, sagte ich.

– Was?, sagte Quincy.

– Das soll keine formelle Beschwerde sein, sagte ich. – Ich finde bloß, Sie sollten wissen, dass ich schon vor gut zehn Minuten gekommen bin. Keine große Sache.

– Aha, sagte Quincy.

Ich glaube, es war ihr ziemlich egal, aber ich hatte wenigstens versucht, ihr zu helfen. Ich bestellte mein vegetarisches Frühstück. Meine Spiegeleier nahm ich einseitig gebraten, ganz klassisch. Die Farbe meines Safts war orange. Ja, ich wollte Kartoffelpuffer. Ich aß meine Pommes mit Appetit. Ich nahm Ketchup und Senf. Und als ich fertig war und mit einem Stück Toast den rotgelben Teller gewischt hatte, putzte ich meine Brille mit dem Feuchttuch, das mir Quincy für meine Hände gegeben hatte. Das war nett von ihr, denn die Hände der Leute sind oft voller Bazillen. Es ist immer gut, vorsichtig zu sein. Durch das Feuchttuch roch meine Brille ganz rein, aber mir brannten auch die Augen davon. Ich sah hinaus, über die horizontal verlaufenden Stromkabel hinweg, dann über die horizontalen Linien hinweg, die auf den

Asphalt gemalt waren. Dann über die vertikalen Straßenschilder hinweg. So leer war die Welt. Ich fühlte mich gefangen und war sehr traurig. Obwohl ich natürlich, im Nachhinein betrachtet, nicht annähernd so traurig war, wie ich hätte sein sollen, denn *im Nachhinein betrachtet* würde mich das Schicksal noch viel mehr in die Mangel nehmen, als es das schon getan hatte. Das Schicksal hatte mich umzingelt, wie die Zacken einen Kronkorken. Andererseits ist nie offensichtlich, wann man anfangen kann, solche Begriffe wie *im Nachhinein* oder *zu spät* zu verwenden, denn die wirken zwar wie ganz normale Ausdrücke, verbergen aber viel mehr, als nützlich ist, und so ist es eines der großen Probleme des Lebens, dass man bei jeder Niederlage glaubt, den absoluten Tiefpunkt erreicht zu haben, und deshalb neigte ich wie jeder andere dazu, mir vorzustellen, dass dieser zerrüttete Zustand, in dem ich mich befand, der schlimmste denkbare Zustand war, wenn ich doch eigentlich in etwas steckte, das meinem Idealbild von mir als charmantem und offenherzigem Menschen viel mehr Schaden zufügen würde, so als säße ich in einem tödlichen Kirmesfahrgeschäft, in dessen Verlauf ich so Groteskes und Grausames kennenlernte, wie ich mir nie vorgestellt hatte, und von diesem Punkt an war mir das, was ich vorher gewusst hatte, völlig egal. Doch hier, in diesem Hotel, fühlte ich mich schlecht.

Weil ich es überhaupt nicht mag, das Falsche zu tun. Ich bin absolut dagegen. Und eine Sache, die mir falsch vorkommt, ist, neben einer Frau aufzuwachen, die nicht die eigene Ehefrau ist. Oder sagen wir mal, es gibt bessere und schlechtere Arten, etwas so Übles zu tun, und ganz allgemein, wenn ich die Situation so sorgfältig wie möglich betrachtete, musste ich zugegeben, dass es ein besonderer Fehler war, es mit einer Frau zu tun, die in verschiedener Hinsicht der beste Freund war, denn ich würde in jeder Kneipe, in die man mich stellen würde, bereitwillig behaupten, dass Sex mit einer gemeinsamen Freundin in der Hierarchie der Fehltaten für die geliebte Ehefrau wahrscheinlich höher einzustufen ist als Sex mit einer flüchtigen Bekanntschaft. Zumindest würde ich sagen, dass es möglicherweise so war – doch über solche Moralfragen dachte ich jetzt nicht so methodisch nach, wie ich es gerne getan hätte, eine Zerstreutheit, unter der die Menschen in dieser hektischen, sorglosen Zeit allzu oft leiden, denn ich spürte gleichzeitig einen Druck auf den Gedärmen, und auch das beschäftigte mich. Als ich zu dem Hotelzimmer zurückging, in dem Romy vermutlich mehr oder weniger high auf mich wartete, mit auf sicherlich reizvolle Art verschmiertem Eyeliner, bereute ich plötzlich, nicht die Toilette des Restaurants benutzt zu haben. Denn einerseits gefiel es mir nicht, noch einmal ins Restaurant zu gehen, um die Toilette zu benutzen, aber andererseits, die Vorstellung, in das Hotelzimmer zurückzukehren, mich hinzuhocken und in der kleinen Kabine, direkt neben der schlafenden Romy, zu explodieren ... das gefiel mir überhaupt nicht. Aber dann kam ich auf eine Lösung, auf die ich stolz war. Bevor ich ins Zimmer ging, beschloss ich, würde ich auschecken, dann leise meinen Rucksack nehmen – denn ich habe fast immer meinen Rucksack dabei, zum Teil, weil es einfach so viele Dinge gibt, die ich immer bei mir haben muss, als Glücksbringer oder aus Voodoo-Gründen oder aus Gewohnheit, aber auch, weil es einfach die beste Methode ist, finde ich, um Dinge mitzunehmen, wenn man auch an seine zukünftige Gesundheit denkt – und mich davonzustehlen. Und anschließend würde ich mir in irgendeinem Diner einen Kaffee holen und die Toilette benutzen, die es dort gab, und dann mit klarerem Kopf einen Plan fassen, wie ich zu meiner Frau Candy zurückkehren könnte, ohne dass sie mich voll und ganz hassen würde. Das sah mir überhaupt nicht ähnlich – eine Frau im Bett zurückzulassen, ohne mich richtig zu verabschieden. Ich muss ganz klar zugeben, dass es vielleicht unhöflich erscheinen würde. Aber letztendlich muss man sich zwischen verschiedenen Formen von Höflichkeit entscheiden – und ich sah Romy schließlich sehr häufig. Es würde viele Gelegenheiten geben, das und andere Aspekte unserer gemeinsamen Geschichte zu besprechen. Und obwohl mich eine sehr düstere Panik gepackt hatte, war da dennoch das Gefühl, dass diese Aktion tatsächlich eine Art Macho-Charme hatte. Es fällt mir nicht leicht, es einzugestehen, aber als ich dort an der Rezeption stand und einen Kalender vom falschem Monat im falschen Jahr las, erlaubte ich mir diesen schäbigen Moment des Triumphs. Du, dachte ich, bezahlst dafür, dass ein Mädchen ausschlafen kann. Okay, sie war kein Drogendealer-Groupie und kein Latina-Popstar, aber trotzdem, es war schon was. Außerdem kam mir der Gedanke, dass, wenn das hier wirklich gerade passierte, ich mich für längere Zeit in medizinische Betreuung begeben müsste. Jemand musste sich genauer ansehen, welche Tabletten ich nahm. Aber das war bloß ein Einschub. Und ich möchte an diesem frühen Höhepunkt des Innehaltens und der Idylle auch behaupten, dass diese Art zu denken etwas vielleicht verwerflich Machomäßiges hatte, aber es zugleich auch von Anteilnahme zeugte, denn was könnte rücksichtsvoller sein, als jemanden schlafen zu lassen, wenn er noch nicht aufstehen will? – und eine solche Anteilnahme hatten sich meine Mutter und mein Vater immer von mir gewünscht. Sie mochten es, wenn ich an die anderen Menschen dachte. Sie glaubten an die Theorie, dass man in diesem Leben hart arbeiten müsse. *Du bist zu ungeduldig, Booby,* sagte meine Mutter in verschiedenen Situationen meines Lebens zu mir, etwa, wenn ich ruhmreicher erscheinen wollte, als ich bin. *Wieso machst du nicht mal langsam?* So redete sie immer. *Wach auf, mein Schatz,* würde meine Mutter dann sagen. *Wenn es das ist, was du willst, dann musst du dir die Zeit nehmen, es zu bekommen. Was hab ich falsch gemacht, dass du so ungeduldig bist? Willst du, dass alles immer nur heller Sonnenschein ist?*

– Ich glaube, darum geht's hier gar nicht, sagte ich.

– Natürlich, sagte sie. – Streite es ruhig ab.

Ich glaube, Mütter sind die Atmosphäre, in der man leben muss, und ich denke, das gefällt mir, aber gleichzeitig ist es eine milde Form von Strafverfolgung, auf denkbar liebevolle Art. Und trotzdem strengte ich mich sehr an, alles im Sinne meiner Eltern zu tun, was in dieser Situation bedeutete, das weniger glückliche Leben anderer Menschen zu berücksichtigen. Der Mann, der an diesem frühen Morgen die Rezeption besetzte, wirkte ein wenig traurig, also dachte ich voller Zuneigung an ihn. Er hatte einen schwierigen Job, überlegte ich, einen anstrengenden Job, zu dem vermutlich gehörte, mit den Lieferanten für die Küche zu telefonieren, genauso wie mit Jugendlichen, die ihm Telefonstreiche spielen wollten, und einer Frau, die um vier Uhr nachmittags auf der Stelle ein Zimmer brauchte, und so weiter, und dazu musste er die Formulare fürs Ein- und Auschecken ausfüllen und die Wartungsmannschaft für den Pool überwachen und außerdem die Kreditkartenmaschine bedienen. Es war alles andere als leicht. Sein Name war Osman, und Osman, das spürte ich deutlich, schien einen tiefsitzenden Schmerz zu verbergen. Er drehte sich um, um nach einem Tacker oder sonstigem Bürogerät zu suchen, und hinter seinem Ohr war eine dunkle Narbe, wie von einem Bajonett oder einem Säbel oder einer Machete. Vielleicht war Osman in seinen besten Tagen ein furchteinflößender kaukasischer Warlord gewesen, bevor ihn der Lauf der Dinge hierher verschlagen hatte: in die Filiale einer Hotelkette, wo er Anrufe entgegennahm. Und zu Hause verwahrte er seine Videos, Videos, in denen er vielleicht seine Truppen inspizierte. Ich hoffte, dass es so war, denn es ist wichtig, eine Verbindung zu seiner Vergangenheit zu bewahren.

– Einen schönen Tag noch, und besuchen Sie uns bald wieder!, sagte Osman.

– Dir auch, Mann, sagte ich.

Ich meinte es so. Eine Frau mit Kopfhörern schrubbte die Holzterrasse vor den Zimmern. Ich wollte ihr ein sanftes Lächeln zukommen lassen, doch sie sah mich nicht. Dann dachte ich, meine tote Großmutter würde mir entgegenkommen, zumindest sah sie auf Fotos so aus. Sie wirkte entspannt. Es war sehr verstörend. Doch als ich näher herankam, war sie nicht mehr meine Großmutter. Es war überhaupt niemand. Also versuchte ich es zu vergessen. Ich konnte den Fluchtweg erkennen, zurück zu etwas, das ich als mein normales Leben bezeichnen konnte. Er war ganz nah. Im Zimmer waren die Vorhänge jetzt in leuchtend weißes Licht getaucht. Ich versuchte den Deckenventilator abzuschalten, weil er so ein stumpfes Geräusch machte, aber stattdessen schaltete ich bloß die Nachttischlampe ein. Romy merkte es nicht. Ich ging zum Schreibtisch, gegen den mein Rucksack gelehnt stand. Und obwohl ich das vorhatte, was die Schundliteratur früher *die perfekte Flucht* genannt haben muss, wollte ich ihr doch einen Abschiedskuss geben. Ich weiß nicht, ob das Schund ist, und wenn, dann vielleicht eine andere Variante von Schund, romantischer Schund, aber trotzdem, gehörte sich das nicht? Eine Frau zum Abschied zu küssen, wenn sie noch schläft? Machen Liebhaber das nicht so? Also ging ich zum Bett und beugte mich über sie. Romy schlief auf dem Bauch, und auf dem Kissen war neben ihrer Nase ein dunkler Blutfleck.

... deren Wirklichkeit er anzuzweifeln versucht ...

Alle denken, sie werden nicht anwesend sein, wenn jemand stirbt, ich meine, wenn jemand stirbt, der nicht die eigene große und angetraute Liebe ist. Alle denken, dass die Dinge in der korrekten Reihenfolge geschehen, aber natürlich tun sie das nicht, oder nicht immer. Die Zeit, so hat es der Fakir einmal gesagt, hat die tückische Eigenschaft, immer wieder neuen Kummer zu erfinden. Irgendwann tritt alles einmal ein. Grausame Kombinationen sind jederzeit möglich, und ich bin mir eigentlich gar nicht sicher, ob es Kombinationen sind oder eher verschiedene Aspekte derselben Sache. Das waren die Erkenntnisse, die sich mir aufdrängten, während ich da stand. Ich war da und dann wieder nicht. Ich war wie ein Hologramm oder eine optische Täuschung. Oder wie ein Neonschild. Ich ging an und wieder aus, und ich war finster. Ich sah nach unten. *Was bist du für eine große Nummer?*, fragte ich mich selbst. *Eine verdammt mickrige Nummer.* Ich blickte auf. Der Deckenventilator drehte sich immer noch im Kreis. Das war im Grunde auch eine Version von mir. Ich sah wieder auf Romy hinab. Ja, alle denken, sie kennen die Reihenfolge, in der die Dinge geschehen werden, aber das stimmt eigentlich überhaupt nicht. Auch ob etwas geschehen ist oder nicht, ist meist nicht offensichtlich. Ich glaube, wir übertreiben es mit diesem Gedanken, dass die Dinge wirklich sind. Oder zumindest versuchte ich zu durchdenken, wie wirklich etwas war, wenn es bisher vollkommen privat war. Ich meine, probier mal dieses Miniquiz aus. Wenn eine heiße Frau versucht, dich auf der Rückbank eines Taxis zu küssen und ihr beide auf Ketamin seid, fährst du dann nach Hause und erzählst es deiner Frau? Ich glaube nicht. Du behältst die heiße Blonde für dich, als stereoskopische Dias für kalte Winterabende, und deshalb existiert sie überhaupt nicht. Oder nehmen wir an, dein Ehemann weiß, dass du nicht rauchst, aber in Wirklichkeit gönnst du dir manchmal heimlich eine Zigarette – wieso solltest du ihn nicht in seinem Glauben lassen? Du kaust ein Kaugummi, um deinen Atem aufzufrischen, und gehst nach Hause, als sei nichts passiert. Und wenn du dich so verhältst, als sei nichts geschehen, wenn nichts an dir je darauf hindeutet, dass etwas geschehen ist, ist es dann wirklich geschehen? Das ist die Frage, die ich mir stelle. Das ist, was ich meine, wenn ich sage, dass nichts geschehen ist, oder zumindest eines der Dinge, die ich meine. In diesem Augenblick war die Situation nur mir bekannt, also war sie vielleicht überhaupt nicht bekannt. Obwohl es nicht ganz einfach ist, es so zu sehen, wenn man sich selbst in dieser Situation befindet.

… und überall Blut …

Das Blut wirkte rot, aber aus der Nähe betrachtet sah es eher schwarz aus. Es war eine rote Flüssigkeit, die schwarz wurde, oder eine schwarze, die rot wurde. Es schien immer – wie sagt man das? – *ungehinderter* zu fließen. Ich glaube, *ungehindert* ist das gebräuchliche Wort für *fließen*.

Dann versuchte ich Romys Namen zu sagen, aber sie gehorchte mir nicht – meine Stimme. Sie tat gar nichts. Ich versuchte zu atmen, und auch das war schwierig. Es war, als sei mein Herz irgendwo außen an meinem Körper befestigt. Ich hatte vom Frühstück immer noch den faden Geschmack von Spiegelei im Mund. Mit anderen Worten, ich fühlte mich absolut nicht ausreichend vorbereitet, wie in dem Albtraum, in dem man eine PowerPoint-Präsentation halten soll, aber den Laptop im Chevrolet eines Fremden vergessen hat. Ich fühlte mich ausgesprochen unwohl. Denn nehmen wir mal an, ich würde beim Speeddating aufgefordert, mich selbst zu beschreiben, dann würde ich sofort sagen, ich bin ein Musterbürger. Ich glaube, das ist nicht übertrieben. Meine Noten in Literatur waren gut, meine Noten in Mathematik waren spektakulär. Ich las die Klassiker. Ich hatte ein Talent für Prüfungen. Mir ist bewusst, dass nicht jedem ein solches Talent gegeben ist, und für dieses Privileg bin ich dankbar. Streng dich an, sagten meine Mutter und mein Vater, und du wirst Erfolg haben. Mach deine Prüfungen, sei fleißig. Du bist ein Wunderkind, sagten sie mir! Ich dachte immer, sie hätten recht, aber jetzt war ich mir nicht mehr sicher, ob das überhaupt genug war. Wie sich herausstellt, kannst du alle Vorfahren haben, die du willst, sie können wie Zuckerwatte um dich herum in der Luft schweben, aber an deiner Manie und deiner Verzweiflung können sie trotzdem nichts ändern. In dem Hotelzimmer war mein Verstand auf dieselbe Art langsam, wie Dub-Musik langsam ist. Ich erinnerte mich an einen Artikel über einen Jungen, der ins Bett ging und beim Aufwachen ein Mädchen aus dem Fenster springen sah. Ich wollte wirklich nicht daran denken, dass ich dieser Junge war, mit Abweichungen, aber die einzig andere Möglichkeit außer Selbstmord war, dass Romy irgendwie einen Krampfanfall oder Herzinfarkt erlitten hatte. Und natürlich war vor allem diese ganze Drogengeschichte Schuld daran und Ursache dafür, dass mir so etwas durch den Kopf ging, und weil ich derjenige war, der die Drogen besorgt hatte, gefiel mir das Ganze überhaupt nicht. Aber gleichzeitig war ich jetzt gar nicht so sehr an Ursachen interessiert, sondern mehr daran, was *als Nächstes passieren* würde. Ich hatte mir ein Leben nie als eine Konstruktion vorgestellt, aber jetzt kam es mir genauso vor, mein Denken, denn ich hatte diese Videos von Gebäuden vor Augen, die gesprengt werden, die einfach umknicken und in sich zusammenfallen. Und ich hatte nicht das Gefühl, dass man von mir erwarten könnte, zu wissen, was zu tun war. Es schien mir über die gewöhnlichen Kompetenzen hinauszugehen, über die ein Durchschnittsbürger verfügen sollte. Ich sah aus dem Fenster. Vor dem Fenster war alles sehr ruhig. Im Bad waren zwei Handtücher, zwei Badetücher, ein Bademantel und ein Badvorleger. In der Kloschüssel hatte sich ein wenig Papier vom Vorabend aufgebläht wie ein Fallschirm oder ein Tintenfisch. An der Wand hing ein weiteres Samtbild: der nackte Oberkörper einer schwarzen Frau, mit glänzenden Brüsten und einer Sonnenbrille, vor türkisem Hintergrund. Und draußen stand mein Auto, ach, draußen, wo es Sonnenlicht und den Himmel gab, und alles ganz normal war. Wolken sammelten sich. Wolken lösten sich auf. Hätte ich das Radio angeschaltet, hätte ich eine Stimme gehört, die die Auswirkungen des Wettersystems für unsere Stadt erklärte, aber das tat ich nicht, denn ich drehte das warme Wasser auf und wusch mir die Hände. Und ich dachte über Romy nach. Denn alles gründlich zu durchdenken war schon immer meine besondere Begabung. Ich hatte ausgecheckt, ohne darauf hinzuweisen, dass eine Frau in meinem Bett lag; ich hatte mehr als zehn Minuten lang unbemerkt in dem Restaurant gesessen. Der neutrale Betrachter könnte daraus, so dachte ich, die falschen Schlüsse ziehen. Und natürlich hätte ich das Normale tun können, das Legale, und einen Mann namens Osman um Hilfe bitten können und ihm erklären, kläglich flehend, dass ich meine Freundin komatös in meinem Bett vorgefunden hatte, aber dass ich mit dieser Situation nichts zu tun hatte, jedenfalls nur am Rande: Ja, ich vermute, ich hätte zurück zu Osman gehen können, um mit ihm über Krankenhaus- und Polizeifragen zu diskutieren, doch so normal waren die Stimmen in meinem Kopf nicht. Die Stimmen in meinem Kopf machten ihr eigenes Ding. Sie zogen es vor, dass ich das Ganze für mich behielt.

... was kleinere Fallen und Sackgassen mit sich bringt ...

Ihr linker Arm lag auf ihrem Rücken, und ihre linke Wange war sanft gegen das Kissen gepresst. Es war wie die Kodachrome-Aufnahme eines schlafenden Kindes oder eines Engels, aber gleichzeitig auch nicht. Zuerst musste ich das Blut vom Kissen neben ihr aufwischen, denn das schien mir das liebevolle Vorgehen zu sein, und ich versuche immer, mich liebevoll zu verhalten. Ich glaube, zu diesem Zeitpunkt hatte ich noch nicht entschieden, wie mein Gesamtprojekt aussehen sollte. Ich nahm ein Badetuch und legte es über das Blut. Das weiße Frottee wurde weinrot. Und ich überlegte, dass dies vielleicht das erste Mal war, dass ich das Blut von jemand anderem sah, ich meine jetzt Blut, das nicht aus einem kleinen Kratzer oder der Periode einer Frau stammte, sondern richtig strömendes Blut. Ich wollte es nicht anfassen, aber mir war klar, dass ich es musste. Ich hatte Angst vor dem Blut anderer Menschen, so wie ich diese vage Angst hatte, ohne Kondom in einer Frau zu kommen. Ich glaube, das ist nicht ungewöhnlich. Ich nahm das Badetuch und versuchte, es in der Badewanne auszuwaschen – was bedeutete, dass ich auf dem Badezimmerboden eine winzige Spur von Blut hinterließ, eine Spur, die tatsächlich winzig war, aber auch schauerlich und abstoßend. Dann kniete ich mich auf die Bettkante, nahm Romy von hinten in die Arme und hob sanft ihre Brust an. Es fühlte sich falsch an, ihre Brüste so zu berühren, und das Paradox kam mir einen kurzen Moment lang faszinierend vor, doch dann entfuhr mir ein Schrei des Schreckens. Ich konnte nicht anders. Er kam aus meinem Mund, bevor ich es merkte. Ich zitterte. Ich hielt sie so, als würde ich ein Heimlich-Manöver in Zeitlupe ausführen: Erst blickte ich auf das Kissen, eine Sauerei aus Polyester und Kotze und vermutlich noch mehr Blut, die volle Horrorshow, dann blickte ich zur Seite auf das, was einmal Romys Gesichtsausdruck gewesen war, doch jeglicher Ausdruck war jetzt verschwunden. Ich hielt sie so. Ich beugte mich zu ihrem Gesicht, und ihr Mund roch nach Kotze, aber gleichzeitig war es warm, und das, musste ich zugeben, war ein sehr gutes Zeichen. Wenn ich mich ganz stark darauf konzentrierte, hatte ich das Gefühl, dass sie noch atmete, und ich wollte mich noch stärker darauf konzentrieren, doch das ging nicht. Denn, um auf dich zurückzukommen, Herr Talkshow-Moderator, wenn du wissen willst, wie sich das Schicksal anfühlt: So fühlt es sich an. Du hältst einen Körper in den Armen, und dann hörst du ein forsches Klopfen, gefolgt vom Geräusch eines Kartenschlüssels, der in den Schlitz geschoben wird. So fühlt es sich an. Ich würde wahrscheinlich behaupten, dass es schon schön wäre, wenn das Schicksal auch mal einen originelleren Klingelton ausprobieren würde. Also legte ich Romy, ganz sachte, zurück auf das Kissen und lief zur Tür. Das Zimmermädchen sah mich an, mit Kopfhörern in den Ohren und Mopp und Besen in den Händen. Ich hatte keine Zeit, um zu prüfen, ob Blut an mir klebte. Wahrscheinlich ja. Vielleicht stören sich die Leute nicht mehr daran. Vielleicht ist Blut in dieser modernen Welt nichts Überraschendes mehr. Aber ich war immer schon altmodisch.

– Zimmerreinigung, sagte sie.

– Aber ich bin noch hier, sagte ich.

– Dieses Zimmer ist nicht belegt.

– Aber ich bin hier, sagte ich.

Ich versuchte, gut gelaunt zu klingen, wie immer. Sie warf einen Blick herein, und vermutlich sah sie zwei nackte Frauenbeine. Sie sah mich an. Es war nicht völlig undenkbar, dass ich eine Art Mini-Don Juan war, oder zumindest möchte ich das gerne glauben.

– Die haben gesagt, Sie sind weg, sagte sie.

– Wir brechen gerade auf, sagte ich.

– Zehn Minuten. Zehn Minuten, Mister.

Vermutlich wurde mir mein Plan in diesem Augenblick zum ersten Mal bewusst, der Plan, der mir immer noch ausgesprochen umsichtig erscheint. Ich dachte, dass es vielleicht zwei oder drei Dinge gab, die unstrittig waren: Ich brauchte ärztliche Hilfe für Romy, ich musste diese Hilfe organisieren, ohne dass die Hotelleitung davon erfuhr und somit die Chance bestand, dass auch Candy und meine Eltern nichts davon erfahren würden, und Schnelligkeit war das oberste Gebot. Das war ein schwieriges Trio, aber eventuell nicht unmöglich. Ich wollte, dass es Romy gutging, und ich wollte in mein gewöhnliches Leben zurückkehren, wollte zumindest die Möglichkeit nicht aufgeben, dass es ein solches gewöhnliches Leben noch gab.

… nach Art vieler Katastrophenmythen …

Andere Leute haben vermutlich ihre eigenen Methoden, um so etwas zu durchdenken. Ich weiß, dass mein Vater in einer solchen Situation ganz ruhig die Anwesenheit des Teufels feststellen würde, denn er ist zwar nicht so gläubig, hat aber manchmal solche symbolhaften Momente. Für ihn ist überall ein anklagender Geist am Werk. Tatsächlich gehört es zu meinen allerersten Erinnerungen, in

Schwimmflügeln dazustehen und darauf zu warten, dass mein Vater aus der Synagoge zurückkehrt, um mit mir schwimmen zu gehen. Mein Vater glaubt ganz leise und heimlich an Teufel, und auch wenn mich das nie so recht überzeugt hat, fällt mir jetzt auf, dass ich mich oft vor einer ganzen Reihe von Monstern fürchte. Ich nenne meine Teufel *Monster*, und letztendlich ist der Unterschied vielleicht nicht sehr groß. Ich erinnere mich an die mutierten Urzeitmonster im National Museum, und die jagen mir immer noch Angst ein, diese Bilder von einem grünen Gott und seinem Rachegott in Hundegestalt, dem alles verschlingenden Gott mit dem Krokodilkopf und der Feder der Wahrheit. Zumindest bleibt der Hundegott unten, in seinen Alabasterhallen. Die Szene in diesem Hotelzimmer fühlte sich dagegen eher nach dem an, was passiert, wenn die Götter ihre Leiter zur Erde hinaufsteigen, und wenn sie das tun, töten sie dich. Bist du je einem Gott begegnet? Genau so ist das. Sie können einfach nicht anders. Es tut ihnen aufrichtig leid, den Herren Göttern, aber sie werden dich fertigmachen. Wie diese Kinder fressende Göttin, die allzu gerne darauf verzichten würde, aber sich beim besten Willen nicht davon abhalten kann, deine kleine Tochter zu verschlingen. Oder wie die Götter, die einmal verlangten, dass in einer einzigen Nacht drei Tempel für sie gebaut würden. Doch die Morgendämmerung, so geht die Geschichte, kam zu früh – und deshalb erschienen die oben erwähnten Gottheiten und legten alles in Schutt und Asche, wie Footballspieler bei einer Massenvergewaltigung.

… aber er gibt trotzdem sein Bestes …

Und so ging ich mein wahnsinniges Projekt an, Romys Körper heimlich in die Obhut medizinischer Fachkräfte zu geben. Es war dieselbe verzweifelte Art von Zeitnot, wie wenn die Gameboy-Batterie aufgibt, während man gerade dabei ist, seinen Namen in die Highscoreliste einzutragen. Nur schlimmer natürlich. Es war, als sei keine Zeit mehr vorhanden, und als sei sie zugleich gedehnt. So vorsichtig, wie ich konnte, packte ich Romy unter den Achseln und zog an ihr, so dass ihre Beine neben dem Bett auf den Boden plumpsten, dann legte ich ihren Oberkörper auf den Boden. Es war nicht einfach, aber immer noch einfacher, als ihr das Kleid wieder anzuziehen. Das war, wie ein schwieriges Kleinkind anzuziehen, ein Kleinkind vielleicht, das übermüdet ist und nach der Turnstunde keine Lust hat, nach Hause zu gehen. Ihre Arme waren widerspenstig und ihre Beine plötzlich länger, als mir möglich erschien. Trotzdem schaffte ich es irgendwie, sie anzuziehen. Doch bevor wir aufbrechen konnten, fiel mir auf, dass ich das Zimmer ordentlich hinterlassen musste. Also zog ich den blutigen Kissenbezug ab, und das Bettlaken mitsamt Kotze und Speichel. Ich glaube, wenn ich jetzt etwas gesagt hätte, wäre meine Stimme viel tiefer gewesen, ein richtiger Bass, wie wenn sie in Horrorstreifen Stimmen verlangsamt abspielen, oder wenn die Batterie ausgeht, bei den Kassettenrekordern aus meiner Kindheit. Ich wusste nicht, was ich mit dem Laken, dem Kissenbezug und dem oben erwähnten durchnässten Badetuch machen sollte. Ich hatte eine Einkaufstüte, die allerdings, wie ich jetzt feststellte, an zwei Stellen durchlöchert war, und ich hatte meinen Rucksack, aber ich wollte, wenn irgend möglich, vermeiden, dass er mit Blut beschmiert wurde, denn dann hätte ich ihn loswerden müssen, wobei meine Sorge weniger dem Rucksack selbst galt, sondern eher seiner zukünftigen Funktion als Beweismittel gegen mich, für den Fall, dass Romy plötzlich sterben sollte. Ich sah mir den Abfallbehälter im Schlafzimmer an. Dieser Abfallbehälter war ein einfacher Eimer aus rostfreiem Stahl. Doch der Treteimer im Badezimmer enthielt eine unbenutzte, noch gefaltete dunkle Mülltüte. Ich schob eine Hand hinein und entfaltete sie, wie einen dieser Beutel für Hundescheiße. Dann stopfte ich vorsichtig den Kissenbezug und das Laken hinein, doch jetzt stand die Mülltüte weit offen, und das Blut war sehr gut zu sehen. Also nahm ich die Schnürsenkel meiner Turnschuhe. Vor Sorge und Angst schaffte ich es nicht, die Senkel herauszuziehen: Die Senkel blieben hängen, die Senkel waren schmutzig, und so fingerte ich an der Schnürung herum und war den Tränen nahe. Endlich hielt ich zwei Schnürsenkel in den Händen. Meine Füße schwammen ein wenig in den weichen Schuhen herum. Ich würgte die Tüte mit meinen Schnürsenkeln, dann legte ich sie vorsichtig auf dem Boden ab. Ich weiß, dass ein Laken und einen Kissenbezug und ein Handtuch zu stehlen eine Form von Verbrechen ist, und zwar ein Verbrechen, das bestimmt entdeckt werden würde, doch es kam mir auch eher geringfügig vor, die Sorte Verbrechen, die die Kreditkartenabrechnung ein bisschen in die Höhe treibt – und das war eindeutig eine bessere Art von Verbrechen, als wenn jemand das Blut entdecken würde, mit allen Überlegungen aufseiten der Behörden, die darauf folgen würden. Doch ohne das Laken sah ich jetzt, dass nicht nur das Kissen, sondern auch die Matratze so einen formlosen Fleck aufwiesen, eine schreckliche Art von Verfärbung. So etwas hatte ich noch nie gesehen. Ich kann es mit nichts vergleichen. Es ist, als wolle man Kopak mit irgendetwas vergleichen, oder die Tundra. So leicht kann es passieren, dass eine Art von Formlosigkeit ein Leben unterwandert. Und in solchen Situationen würde meine Mutter, glaube ich, immer sagen, dass man einfach sein Bestes geben soll, denn mehr kann keiner erwarten, und so beschloss ich, es zu versuchen, was bedeutete, dass ich die Matratze umdrehen würde. Aber so eine Matratze ist sperrig. Und ich bin recht klein. Das meine ich ernst. Ich bin kein Gorilla Monsoon oder Brutus Beefcake oder irgendein anderer Wrestler. Wenn ich mir mal eine Stunde bei einem Personal Trainer gönne, was nicht oft vorkommt, betrachtet der mich mit einer Art vorsichtiger Ehrfurcht, so wie normale Menschen unglückselige Zwergwüchsige betrachten, denn letztlich muss jeder an seinen Platz in der endlosen Stufenleiter des Seins denken. Eine Matratze zu wuchten brachte mich daher zum Schwitzen und Keuchen. Ich bearbeitete die schwere Federkernmatratze, bis sie einen ungefähren Kreis beschrieb. Ich rollte sie zusammen, bis die Matratze, einen Augenblick lang, auf dem Kamm dieser durchweichten Welle zum Stillstand kam. Dann brach sie in sich zusammen und klatschte in die Waagerechte. Ich legte die Bettdecke darüber. Was bedeutete, dass ich in den vier Minuten, bis das Zimmermädchen zurückkehren würde, nur noch das Problem zu lösen hatte, Romys Körper aus der Tür und in mein Auto zu bugsieren, und zwar so, dass es möglichst normal aussah. Erst ging ich zum Waschbecken im Bad und versuchte meine Fingernägel sauberzuschrubben, doch das schien nichts zu bringen. Ich musste immer noch dringend auf Toilette, aber das war jetzt keine Option mehr. Nichts in diesem Zimmer würde mir je wieder helfen können.

… & verlässt den blutigen Schauplatz …

Ich frage mich, ob ich mit der Situation vielleicht deshalb zurechtgekommen bin, weil dies das Zeitalter des ständigen Berechnens ist. An einem durchschnittlichen Tag ist man so mit Kalorienzählen und dem Wiederholen von Fitnessübungen und E-Mail-Checken beschäftigt, dass dieses Hin- und Herschieben von Körpern eigentlich viel weniger merkwürdig ist, als du vielleicht denkst. Es ist bloß eine andere Art, Aufgaben im Detail zu durchdenken. Ich zerrte Romy zur Türschwelle. Ich versuchte, es behutsam zu tun, doch das gelang mir natürlich nicht. Als Nächstes musste ich versuchen, sie auf meiner Schulterhöhe zu halten, und jetzt bereute ich die vielen Stunden, die ich mit News-Aggregatoren und YouTube-Videos verbracht hatte. Die gesamte Geschichte meiner vergeudeten Zeit machte mich traurig, als würde nachträglich zur Bedrohung, was mir nicht wie eine Bedrohung vorgekommen war, und ich schalt mich selbst dafür, dass ich, der immerzu auf Anzeichen von Bedrohung achtete, nicht bemerkt hatte, dass die wahre Bedrohung genau darin bestand, dass ich nichts anderes tat als zu existieren. Es war helllichter Tag, und das sind keine guten Bedingungen, um einen komatösen Körper aufrecht in ein Auto zu setzen. Mir kam außerdem der Gedanke, dass ich mich bei meiner üblichen Vorliebe für größere Frauen möglicherweise übernommen hatte. Doch das Zimmermädchen war irgendwohin verschwunden, um ihren Sohn anzurufen oder einfach herumzustehen und sich die Autos auf der Schnellstraße anzusehen, während sie sich eine schnelle Zigarette drehte. Niemand sonst war da. Einen Augenblick lang war das Schicksal damit beschäftigt, sich einen Burger zu kaufen, oder Aprikosensaft. Ich versuchte, die Beifahrertür meines Autos zu öffnen, und ich konnte die gesamte Abfolge zukünftiger Ereignisse vor mir sehen, und dann war es wie einer dieser Momente in Engelsgeschichten, wenn der weise Mann, der sein gesamtes Leben in der Wüste oder im Wald verbracht hat, plötzlich in ein irres Licht getaucht wird und ihm eine tiefgehende Offenbarung zuteil wird. Ich würde diese Vision gerne Liebe nennen, oder etwas in der Richtung. Es war, als könnte ich schläfrig meine Frau neben mir atmen hören, und ich dachte wieder, ich müsste weinen, aber dann ließ das Gefühl nach. Um uns herum standen ein paar tote Bäume, Palmen vielleicht, und sie machten trockene Klickgeräusche; die kleinen Palmen waren eine Sequenz alter Uhren. Eine Schmetterlingsart, von der ich dachte, sie sei längst ausgestorben, schien auf einer heißen Brise vorbeizuflattern. Ich schob Romy hinein, mit meiner Hand ganz sanft auf ihrem Kopf, wie ein Heiligenschein. Dann löste sich ein Schnürsenkel von der Mülltüte, die ich in der Hand hielt, und das Handtuch wurde sichtbar, ein einziger schlaffer, nasser, zusammengeknüllter Fleck. Ich dachte, das Teil würde komplett aufreißen, und geriet in Panik, aber ganz knapp kam es nicht dazu. Irgendwie schaffte ich es, Romy anzuschnallen, und dann begann ich zu zittern. Ich konnte meine Hände kaum dazu bringen, zu tun, was sie tun sollten. Das gehört wahrscheinlich dazu, sagte ich mir. So eine Scheiße gehört dazu. Dann bemerkte ich, dass Quincy eine Zigarettenpause machte und mich beobachtete. Es gibt ja auch keinen Grund, wieso ein Leben nicht gleich mit einer Lachspur ablaufen sollte, gar keinen. Obwohl, ich sage *Zigarettenpause*, aber das weiß ich natürlich nicht. Sie stand einfach da, in der Tür zum Restaurant, und fing über die Entfernung hinweg ein Gespräch an.

– Zigarette?, sagte sie.

– Bitte?, sagte ich.

– Wollen Sie eine Zigarette?

– Weiß ich nicht.

– Sie wissen es nicht?

– Ich meine, nein.

Wir legten eine Pause bei dieser offensichtlich unbefriedigenden Unterhaltung ein. Ich hoffte, dass sie es aufgeben würde, aber das tat sie nicht.

– Wie heißen Sie?, sagte sie.

– Wie ich heiße?

Manchmal ist es hilfreich, so auszusehen wie ich, oder zumindest so, wie ich auf bestimmte Menschen wirke, das heißt, jünger als ich eigentlich bin – ich habe ein Gesicht, das naiv wirkt und auch unschuldig, und dies war eine der Gelegenheiten, in denen mir das von Nutzen war. Also starrte ich sie einfach nur an. Ich ließ die Stille wachsen, bis sie ihr Angst zu machen begann.

– Gut. Macht ja nichts, sagte Quincy.

Und sie ging davon, in so einer seltsam benommenen Ratlosigkeit, während ich voller Melancholie und Neid auf ihre Position als glückliche und moralisch unbefleckte Angestellte zurückblieb, und mein eigener Zustand war immer noch von absoluter Panik bestimmt. Damit meine ich: Geschah es mir recht, so gestraft zu werden? Die Dinge würden noch viel schlimmer werden, aber trotzdem glaube ich, dass es mir zustand, diese Frage jetzt zu stellen. Alles, was ich getan hatte, war – zum allerersten Mal in meinem Leben –, neben einer Frau aufzuwachen, die nicht meine Ehefrau war. Ist das so schlimm? Die großen Dinge – wie Mord und Tod und Zerstörung – hatten tatsächlich keine Wirklichkeit für mich –, ich kam nie auf die Idee, dass einem solche Dinge wirklich zustoßen konnten, und jetzt, da so etwas passierte, verwunderte und verwirrte es mich. Ja, ich glaube, dass ich damals zum ersten Mal eine Ahnung davon hatte – so wie wenn man eine Katze sieht, die im Hintergrund durch eine Amateurpornoaufnahme läuft und sich hinsetzt, so kam mir, ganz im Hintergrund, dieser Gedanke –, dass ich dem Untergang geweiht sein könnte. Es war wie dieser Moment, wenn man am Himmel ein vorbeifliegendes Flugzeug sieht und einen traurigen Augenblick lang denkt, dass seine Motoren ausfallen könnten. Ich fand das wirklich unfair. Ich lehne Leiden ab, egal in welcher Form. Ich wurde Vegetarier, weil ich eine Vision von einer blutenden Kuh hatte, der man das Fell abgezogen hatte und die überall blutete, sogar aus den Augen. Mein Lieblingsgericht überhaupt ist *Zai Er, vegetarische Gans*, an der mir vor allem dieser edle Erfindungsgeist gefiel. Ich versuche, mir selbst das Banjospielen beizubringen. Suchanzeigen zu lesen macht mich traurig. *Ich habe nichts Böses an mir.* Aber jetzt pass auf, sagte sich das Schicksal, als es sich wie ein Kenner das Bild ansah, pass auf, dass kein Fleckchen des Bodens frei von Blutspuren bleibt. Ich halte das nicht für eine Übertreibung. Es passt zu den Tatsachen, wie ich sie sehe. Ich hätte es vorgezogen, wenn sich das Schicksal mehr auf die Zukunft von – keine Ahnung – Aldebaran konzentriert hätte, aber nein, anscheinend bevorzugte es mich. Und dazu möchte ich sagen, dass es überhaupt nicht fair war. Oder nein, ich meine, das dachte ich damals. Und sie sitzen irgendwo in ihrem schwarzen Schiff, deine Feinde, die Piraten, die draußen im Hafen treiben, und trinken Champagner. Sie sind in dem schwarzen Tankwagen. Das sind alle anderen. Aber du bist hier, und du bist ganz allein. Und du interessierst dich nicht mehr für die Dichtung der buddhistischen Weisen, oder für Filme, die mit Handkamera gefilmt wurden, oder was auch immer. Um diese ganze Kultursache geht es jetzt nicht. Sie ist nicht mehr deine – diese Kultur. Denn jetzt hast du, gegen deinen Willen, eine Metamorphose durchgemacht. Ich fühlte mich plötzlich leer, als wäre ich die Windsor Plantage, die sich durch eine einzige leichtsinnige Zigarette in die Windsor Ruinen verwandelt hatte.

Ich fuhr vom Parkplatz, mit einem Auto, dessen Lenkung sich, wie mir jetzt auffiel, ziemlich merkwürdig verhielt und nach der mal jemand sehen musste, bevor auf der Straße etwas kaputtging und ich starb, doch auch wenn das ein Problem war, war es kein so großes wie eine bewusstlose Frau dabei zu haben, mit der man vielleicht eine verbotene Affäre hatte. Und ich sagte mir: Alter, du bist gerade der untalentierteste Gangster der Welt. Oder, anders gesagt, du warst immer schon hoffnungslos unschuldig. Deine Mutter hat immer gesagt, das sei deine netteste Eigenschaft. Und jetzt schau dich mal an.

... in eine andere Welt ...

Und so kommt es, dass jemand aus einem Fenster oder ins Meer oder in eine andere Welt hineinfällt. Sie fallen einfach und werden mitgenommen. Wie mein Freund Wyman, der eines Morgens aufwachte und feststellte, dass ihn das Leben superfett gemacht hatte, ohne dass er verstehen konnte, wieso, woraufhin sich seine Wut darin äußerte, dass er die Jungfrau Maria und jede andere Gottheit, an deren Namen er sich erinnern konnte, lauthals anflehte, wobei es natürlich viele Gründe gab, wieso Wyman einen solchen Körperumfang hatte, Gründe, die Wyman lieber ausblendete – nämlich seine Vorliebe für Wuxi-Teigklöße und für Pommes mit Käse und Bratensoße, oder seine Mahlzeiten, bei denen LaMar's Donuts den krönenden Abschluss nach drei Schmitter-Sandwiches bildeten – ganz zu schweigen vom Niedergang seiner juristischen Karriere und den krassen Nebenwirkungen seiner verschiedenen Aufputsch- und Beruhigungsmittel ...

… ein Vorkommnis, das vielleicht normaler ist, als es erscheint …

Je mehr ich darüber nachdachte, während ich mit Romy, die zusammengesackt neben mir saß, zum Krankenhaus fuhr und ihr immer wieder die Hand vor den Mund hielt, so als wolle ich sie zum Schweigen bringen, obwohl ich nur prüfen wollte, ob sie noch regelmäßig atmete, war das wirklich Seltsame, dass man, wenn man morgens aufwacht, in der Regel alles an dem Platz vorfindet, wo es am Vorabend war. Das ist der eigentliche Wahnsinn, oder sollte es zumindest sein. Denn im Schlaf, oder genauer gesagt, im Traum, befindet man sich, oder denkt zumindest, dass man es tut, wie die Zaddiks der Schlafforschung herausgefunden haben, in einem Zustand, der grundlegend anders ist als der Wachzustand, und wenn man die Augen öffnet, ist deshalb eine unendliche große Geistesgegenwärtigkeit, oder vielmehr Auffassungsgabe nötig, um alles an dem Platz wahrzunehmen, an dem man es am Vorabend zurückgelassen hat. Ich will sagen, Aufwachen ist etwas so Schreckliches, dass es ein Wunder ist, dass es überhaupt jemand überlebt. Man könnte so leicht in die Highschool zurückversetzt werden, oder wegen eines unfassbaren Verbrechens angeklagt werden, oder entdecken, dass die eigene Frau plötzlich ein scheuer Schäferhund zu sein scheint. Nicht, dass jeder ständig als Esel oder als Käfer aufwacht, aber trotzdem, irgendwann passiert es jedem – denn als Esel aufzuwachen, muss nicht unbedingt heißen, dass man sich mit seinen neuen, großen Schlappohren noch ganz wackelig fühlt. Es kann in jedem der Hotels geschehen, an denen du jeden Tag vorbeikommst, durch das bloße Aufblähen einer Gedankenblase – und schon bist du da, im *Bardo*. Es ist nicht einmal notwendig, sagen wir mal, neben einer Frau aufzuwachen, die aus der Nase blutet und bewusstlos ist. Es kann viel kleiner sein als das, überlegte ich. In letzter Zeit passierte mir das immer häufiger – ich wachte auf und fühlte mich ein kleines bisschen verändert, einfach, indem ich neben meiner Frau aufgewacht war, mit einem Minihund zwischen uns. Mir ist klar, dir kommt das vielleicht nicht besonders psychedelisch vor. Aber lag ich wirklich so falsch? Zeig mir den verheirateten Mann, der immer noch zu Hause bei seinen Eltern und seinem neurotischen Hund wohnt, und der seine Wäsche in einen Weidenkorb legt, wie er es seit mehr als dreißig Jahren tut, damit seine Mutter sie einmal die Woche nach unten tragen und in die Waschmaschine stecken kann, und dann verrate mir, ob du es nicht für denkbar hältst, dass dieser Mann zu einem Gefühl von Katastrophe neigt. Ganz zu schweigen von weiteren Komplikationen der Gastfreundschaft, auf die ich gleich noch zurückkommen werde. An dieser Stelle kommt es nur darauf an, zu wissen, dass dies nicht die Lage war, die mein Ehrgeiz sich als meine Zukunft ausgemalt hätte. Und das ist vielleicht der Grund, warum ich jetzt jeden Tag aufwachte und von der Realität verstört war, wie eine Zeichentrickfigur, die nach einem Kampf auf dem Rücken liegt, während ihr Sonderzeichen um den geplätteten Kopf schwirren.

… vor allem für einen Dauphin oder Delfino …

Das Einzige, das mich von anderen Menschen unterscheidet, ist, dass ich wesentlich mehr denke. Wegen dieses exzessiven Denkens wurde ich innerhalb meiner Familie als Wunderkind verehrt. Denn wenn man mehr als andere Leute denkt, kann dieser Unterschied, selbst wenn er anfangs nur klein erscheint, sich enorm aufblähen, und am Ende gelangt man zu einem anderen Ergebnis. Es bedeutete ganz klar, dass ich mich vom Rest der Welt gesondert fühlte – immer, wenn ich einen Gegenstand sah, stand das Bewusstsein, dass ich ihn sah, zwischen mir und dem Gegenstand, wie eine Aura, und hinderte mich daran, ihn direkt zu erfahren – und das ist ein ziemlich trostloser Zustand. Alles, was ich je wollte, war, etwas aus meinem Leben zu machen – das war der einzige Ruhm, den ich für mich wollte. Und darin blieb ich einfach nur den Werten meiner Familie treu. Ich denke, jede Familie hat ihre eigenen Mythen, und unser Mythos war, dass wirklich alles möglich war. Meine Mutter versicherte mir jeden Tag, dass ich Großes erreichen konnte, so, als sei sie meine persönliche Sterndeuterin. Wir waren die Höflinge des inneren Lebens! Ich meine damit nicht, dass wir superreich waren oder riesige Fabriken und Anwesen besaßen, aber wir gehörten eindeutig zu den Einflussreichen, mit Mineralwasser im Kühlschrank und ausgefallenem Obst aus dem Supermarkt. Natürlich wurden an den Rändern fremder Länder Kriege geführt – kleine Kriege, ganz klar, aber trotzdem Kriege –, an denen unsere Armeen beteiligt waren, aber die waren weit weg, und so war dies vielmehr die Zeit, in der sich jeder seltsame Haustiere hielt, nicht unbedingt Opossums oder kleine Lemuren, aber fast, und gleichzeitig galt es als unglaublich schick, kleine Gebäckteilchen zu essen, die von überall her importiert wurden, und in jedem Garten hingen diese eleganten Papierlaternen. Und ich war ein Wunderkind. Das weiß ich, weil meine Mutter es immer sagte. In Buchhandlungen erklärte sie den Verkäufern, dass mein Lesealter extrem fortgeschritten war, und dann kaufte sie mir Bücher zur Geschichte der Pharaonen, und ich las sie alle. In den hell erleuchteten Drogerien und Kaufhäusern lächelten die Menschen mich immer an, und ich war fest überzeugt, dass sie nur lächelten, weil sie mich mochten. Anschließend ermöglichte das Geld meiner Eltern mir eine Ausbildung in einer Privatschule, und später dann an einer Eliteuni. Im Anschluss arbeitete ich, als treuer Sohn, in einem Büro in der Stadt. Was ich sagen will, ist wahrscheinlich, dass alles ganz weich und angenehm war. Sagen wir mal, der Sattelschlepper der Bedeutsamkeit parkte nicht unbedingt tonnenschwer auf unserem Rasen. Als ich heiratete – und wir heirateten sehr jung, meine Frau Candy und ich –, blieben wir zu Hause wohnen, so wie es meine Eltern wollten. Verstehst du? Ich wollte immer ein Pirat sein, und im Grunde war ich auch einer, wenn mit Pirat jemand gemeint ist, der alles hat, was er will. Ja gut, ich hatte keine Augenklappe und kein Entermesser, ich war kein richtiger Seeräuber, nicht, was die Kleidung angeht, doch was ich wollte, das bekam ich. Vor der Schule frisierte mich meine Mutter immer mit einem Fön und einer feinen Bürste, so wie ein Bediensteter vielleicht die Locken des durch Inzucht gezeugten Habsburger Prinzen in seiner Kniebundhose verwöhnt haben mag, des Prinzen mit seinem übergroßen Kinn. Aber wenn sich das anhört wie ein einfaches Paradies mit Brunnen und plätschernden Bächlein, dann muss ich dazu sagen, dass ein solches Glück nur selten lange währt, und in dem Augenblick, in dem einem auffällt, dass man tatsächlich gerade Glück empfindet, verwandelt es sich wahrscheinlich schon in etwas viel weniger Greifbares, ob man von dieser Verwandlung etwas mitbekommt oder nicht – so wie ein Dämon seine glitschigen Arme ausstreckt oder man eines Morgens die Hintertür aufmacht und die Katze nicht bemerkt, die sich bedrohlich an den Füßen vorbei ins Haus schleicht. Ich war vermutlich sieben, als meine Mutter mir sagte, es gebe niemanden, der sie so zum Lachen bringen konnte wie ich. Wärst du gerne ein solcher Dauphin? Ich denke nicht. Es ist schön, ein Einzelkind zu sein – es bringt Privilegien mit sich, das Privileg, verehrt zu werden, der Einzige zu sein, und wenn es so ist, bleibt es, glaube ich, das ganze Leben lang so, zumindest ist es bei mir so. Alle können gar nicht anders, als sich um einen zu kümmern, so war ich und so bin ich noch immer, genau wie für all die, die Geschwister haben, was fast alle sind, der Vorrang ein großes Thema ist, die Frage, wer besser ist und wer mehr geliebt wird, aber ich war da schon immer gelassener, gleichmütig angesichts meines eigenen Gleichmuts, so als wäre Buddha persönlich hier in diese hübsche Vorstadt hineingeboren worden, um über die Araukarien und die mechanischen Wassersprenger zu meditieren: Ja, all das stimmt – und doch hat es auch Nachteile, der Dauphin zu sein. Meine Mutter fuhr mich jeden Tag zur Schule, und auf der Fahrt unterhielt ich sie mit meinen Witzen. Was für eine Last für ein Kind! Das ist der Grund, warum ich noch immer dazu neige, äußerst hochgestochen zu reden. Für höhere Dinge bestimmt zu sein, hat diesen Effekt. Man findet sich in einer Art Floating-Becken wieder, getrennt von den anderen Menschen – als würde man für einen Außeneinsatz im Weltall trainieren, und da sitzt man dann, allein mit all dem Schwindel und der Übelkeit.

… der in letzter Zeit um seine Leistungen besorgt ist …

Aber andererseits wirkt alles, was groß geplant wurde, schon bald ganz klein, wie die miniaturhafte Umsetzung eines Traumes, der selbst schon in dem Augenblick seiner Entstehung nicht ambitioniert genug war: wie zum Beispiel, keine Ahnung, das Freeway-System in LA mit seinen wunderschönen Kreuzungen – und mein Traum vom großen Ruhm war nicht anders. Ich wurde älter, aber von Ruhm war nichts zu sehen. Es gelang mir nicht, sagen wir mal, zu *beeindrucken*. Wenn mir jemand auf dem Gehsteig entgegenkam, war immer ich es, der in den nassen Rinnstein auswich. In den lokalen Bars und Mescal-Diners nickte mir keiner zu oder kannte meinen Namen. Ich war wie ein Photoshop-Trick, weil ich in meiner Umgebung unsichtbar wurde. Das machte jeden einzelnen Tag zu einer harten Prüfung, denn letztlich kommt es darauf an, ein gewisses Selbstgefühl zu haben, das ist, finde ich, keine völlig verquere These. Tatsächlich waren gerade solche verqueren Thesen und andere allgemeine Lebensregeln der Grund dafür, warum ich, als ich eines Morgens aufwachte und mich wieder einmal, wie so oft, in diesem unwirklichen Zustand wiederfand, der so gar nicht zu meinen Ambitionen passen wollte, schließlich feststellte, dass ich dies nicht länger ertragen konnte. Ich konnte nicht länger so viel Zeit vergeuden oder verlieren. Seit langem hatte ich einer Freundin auf dem Land schreiben wollen. Meine Freundin Shoshana hatte geheiratet und war in die Provinz gezogen, und seitdem war Shoshana ganz offensichtlich traurig. Ihr Mann, sagte sie, verstehe sie nicht, und sie bat mich inständig darum, sie zu bemitleiden. Aber ich versuchte, im Allgemeinen, das Traurige zu meiden. Im Allgemeinen bevorzugte ich das Fröhliche. Ich setzte mich hin, um ihr zu schreiben, doch plötzlich war ich dazu nicht mehr in der Lage, und aus demselben Grund, weshalb ich Shoshana keine tröstende Mail schreiben konnte, verließ ich noch am selben Tag mein Büro und ging nie wieder zurück. Wie konnte ich auch tröstende Worte finden, wenn es keine Aufrichtigkeit gab? Das war die Frage, die ich nicht beantworten konnte. Denn im Endeffekt ist es ein Problem, wenn man für Höheres bestimmt ist, aber dieses Höhere an einem vorbeigegangen ist. Ich befürchtete, nie den wahren Ausdruck für meine große Begabung gefunden zu haben – und dieser Ausdruck war ganz sicher nicht, wie meine Mutter und mein Vater glaubten, die Welt des Büros und seines flüssigen Finanzvokabulars. Ich meine, überleg mal. Meine

Wahrnehmung der Welt ist super scharfsinnig. Sollte ich je ein Superheld sein, dann wäre ich der Superheld des Denkens.

MEINE MUTTER
Lass uns doch zur Abwechslung mal versuchen, nicht alles zu Tode zu analysieren, ja?

ICH
Aber ich kann doch sonst nichts.

Und in Anbetracht dieser Angst fasste ich den festen Entschluss, diese innere Größe zu respektieren und die Welt der Arbeit hinter mir zu lassen. Oder die Welt der, wie man so sagt, *geregelten Arbeit*. Stattdessen wollte ich meinen Traum verfolgen und Kunst machen. Welche Form diese Kunst haben würde, wusste ich nicht genau. Ich wusste nur, dass ich mich aus dieser äußeren Welt zurückziehen musste. Schließlich war es der richtige Zeitpunkt dafür. Um mich herum wurden jeden Tag Menschen entlassen. Wieso sollte ich mich nicht aus freien Stück selbst entlassen?

… & seine Arbeitslosigkeit …

Und doch muss ich zugeben, dass ich verstehen konnte, wieso sich meine Eltern solche Sorgen machten. Nach und nach konnte ich es nachfühlen. Ich bin schon immer Sohn gewesen, das war meine erfolgreichste Karriere, und deshalb kann ich mit einiger Autorität behaupten, dass eines der Probleme, von Beruf Sohn zu sein, ist, andere vom eigenen Wert zu überzeugen. Nach einigen Wochen schien es, als hätte ich nicht den idealen Zeitpunkt für meinen Berufswechsel gewählt. Jeden Morgen sah ich voller Verwunderung die Scharen eiliger Menschen auf den Gehsteigen, mit ihren Cortados und Regenschirmen und anderen Accessoires. Vielleicht musste ich mich in Folge dieses allgemeinen Panoramas noch einmal für kurze Zeit ins Krankenhaus begeben, zu der Art von Erholung, bei der man Tabletten bekommt, um das frühere Selbst wiederherzustellen. Es schien immer zu funktionieren, und diesmal war keine Ausnahme. Ich kehrte nach Hause zurück, und obwohl Candy, angestiftet von meiner Mutter und meinem Vater, für den Augenblick meine Ambitionen unterstützte, waren wir uns alle einig, dass ich etwas anderes finden musste, was ich mit meiner Zeit anfangen konnte. Also kauften wir einen Hund, um mich zu beschäftigen. Während Candy in die Stadt fuhr, wo sie sich um die internationalen Finanzangelegenheiten einer radikalen und gemeinnützigen Organisation kümmerte, ging ich mit dem Hund in die Welpenschule, oder spazieren im Park. Oder ich führte eine Unterhaltung mit der Frau, die am Straßenrand Obst aus Wäschesäcken verkaufte. Der Himmel war grau, und es fühlte sich an, als wollte der Himmel nicht aufhören zu regnen, und so war es auch. Es war kalt, aber Monsunzeit. Und ich hatte plötzlich weder Einkommen noch Status. Ich konnte nachvollziehen, wie sich unser Welpe fühlen musste. Aber klar, ich hatte schon etwas zu tun. Mir war, glaube ich, nicht bewusst gewesen, wie viel Arbeit man sich an einem ganz normalen Tag machen konnte, indem man sich wäscht und mit dem Klempner redet und die Persönlichkeitsentwicklung des Hundes vorantreibt. Ich war gleichzeitig hyperaktiv und ein Slacker – ein Hyperslacker! Und obwohl ich nur wenig meiner Zeit darauf verwandte, Horror-Trash-Trailer des Troma Studios oder Surfvideos anzusehen, wusste ich, dass mein Vater von meiner Konzentration nicht recht überzeugt war. Vielleicht ging es mir genauso. Ich hatte so eine problematische Angewohnheit entwickelt, in Gesprächen emotional vielleicht ein bisschen zu übertreiben. Meine momentane Redeweise war die der *Tirade*.

– Wieso, fragte ich meine Mutter, – finden alle *Tirade* ein so schlimmes Wort? Ist es nicht was Gutes, hohe Erwartungen zu haben?

– Kann sein, sagte sie. – Ich weiß es einfach nicht. Du solltest dich nicht selbst so traurig machen.

– Wer hat mich denn so gemacht?!, schrie ich.

Beim Aufwachen verfolgten mich jetzt jeden Morgen merkwürdige Wesen. All die Thundercats und Greife, an die ich nie geglaubt hatte, gähnten und streckten ihre ungewaschenen Flügel in die Luft, und eigentlich zeigten sie sich nicht nur, wenn ich in der Morgendämmerung neben Candy aufwachte, sondern auch in anderen Momenten, wenn ich mich abzulenken versuchte – zum Beispiel immer dann, wenn ich meine vielen Medikamente nahm, um erregbar oder gelassen zu sein, aber auch in gesünderen Situationen, wenn ich etwa frühmorgens mit dem Rad in den Spa- und Fitness-Privatclub fuhr. Ich finde nämlich, nebenbei bemerkt, dass die Leute mehr Fahrrad fahren sollten – um die Umwelt zu schonen, natürlich, aber auch weil es einen altertümlichen Charme hat. Und wie ich, glaube ich, schon erwähnt habe, mag ich es, altmodische Dinge zu bewahren. Dass die Zeit alles zerstören wird, ist etwas, über das ich mich jeden Tag aufregen könnte.

… deshalb gestresst von dem Gefühl der Katastrophe …

Wenn wir uns einen idealen Himmel vorstellen und Candy in diesen Himmel stecken, die Fragen zu mir beantwortet, denke ich, dass sie höchstwahrscheinlich behaupten würde, dass dieses Katastrophendenken bloß eine unglückliche Illusion war, die aus meiner Stimmung erwuchs, meinem ganzen dunklen Melancholie-Ding. Die Schuld an dieser melancholischen Stimmung gab sie tendentiell meinem schwierigen Erbe.

> CANDY
> Ihr habt zusammen im Schlafzimmer deiner Eltern geschlafen! Du hast im Schlafsack neben ihrem Bett gelegen! Das ist alles andere als normal, mein Schatz, mein Spinner.

Aber ich war schließlich der Erbe. Ich existierte, um unser Geschlecht fortzuführen. Was machte es schon, wenn dieser Erbe verrückt war? Und was machte es schon, wenn unser Thron nicht mehr war als eine Reiseuhr mit ins Zifferblatt eingravierten Blättern, ein Gebetsmantel und ein Sekretär? Wie gesagt, wir waren keine Superreichen. Wir waren die Mittelreichen, und das ist eine anfälligere Daseinsform. Kein Wunder, dass mich angesichts einer solchen Last auf meinen Schultern nachts die Angst packte, so dass ich schlafwandelte und mich mein Vater in unser Schlafzimmer zurückbringen musste. Ich wehrte immerzu Desaster ab – ich hatte jederzeit verschiedene Glücksbringer bei mir, und außerdem setzte ich mich abends, wenn noch Restlicht vom Garten und den Straßenlaternen unter den Vorhängen durchschien und das orangene Netz meines Fußballtores sich in der Dämmerung zu einem matschigen Grün verwandelte, im Bett auf und betete. Diese Gebete waren sehr detaillierte Listen von Sorgen und zukünftigen Problemen. Ich verlangte von meinen Millionen Göttern, sich mit meinem Musikunterricht zu befassen, mit Sportberichten oder damit, meine Kenntnisse von Verben zu perfektionieren, in welcher Sprache auch immer ich als Nächstes getestet werden würde.

– Meine Probleme sind psychosomatisch!, sagte ich einmal zu Candy.

– Psychosemitisch, erwiderte Candy.

Meine Gebete waren von der Angst vor den Katastrophen geprägt, die die Welt erwarteten. Wenn, welche Macht auch immer im Himmel war, diese Probleme lösen oder diese Katastrophen abwenden würde, versprach ich dem Himmel, mich gut zu betragen. Ich glaube nicht, dass ich der Einzige bin, der das macht. Einige gute Taten führte ich aus, andere wurden vergessen, und auf diese Weise häuften sich die unerledigten guten Taten langsam an. Trotzdem hörte ich nicht auf, Versprechungen zu machen. Ich war überladen mit uneingelösten Versprechungen. Das Letzte, an das ich mich noch erinnern kann, war eine Reihe guter Taten, die ich zu tun versprach, wenn es an einem bestimmten Nachmittag nicht regnen sollte. Es regnete nicht – doch die guten Taten führte ich nicht aus. Und trotzdem betete ich weiter. Ich will damit sagen, dass ich in meine Familie hineingeboren wurde, so wie frühere Erben vielleicht in eine Bibliothek aus dem 18. Jahrhundert hineingeboren wurden, wo die Marmorbüsten berühmter Vorväter sie mit ausdrucksloser Besorgnis anstarrten, auch wenn die meinen fahrende Händler aus den Schtetls im Osten oder Buchhalter von der Jeschiwa-Uni waren. Es trifft eindeutig zu, dass meine Eltern sich schnell Sorgen machten – ob es um den Drogenkonsum von Kindern ging, allergische Reaktionen auf Nesseln, die korrekte Kleideretikette für Bar-Mizwa-Feiern in den Ballsälen von Grandhotels oder das Verkehrssystem von Metropolen, in denen sie nie gewesen waren. Für sie war die Welt ein furchterregender Ort, auch wenn sie wollten, dass ihr Sohn in genau dieser Welt lebte, und deshalb ist es vermutlich ganz normal, eine solche Einstellung zu übernehmen, eine allgemeine Färbung, in der man die Dinge sieht – dass alles unbekannt ist und ein kleines bisschen feindselig. Wenn ich nach draußen gehe, regen mich die Dinge sehr schnell auf. Eigentlich finde ich das gar nicht so verrückt, wenn man bedenkt, dass da draußen die Faschisten einen Boom erleben und jeder jeden hasst. Andererseits wäre ich vielleicht auch ohne solche Phänomene genauso. Ich war wie diese Figur in dem alten Dialog, die ständig ausruft: *Madama Morte! Madama Morte!* Ich gab die Therapie auf, weil ich Angst hatte, dass mein Therapeut sterben würde. Sogar der Hundesitter macht dich traurig, sagte Candy einmal. Und es stimmte. Ich musste mir vermutlich eingestehen, dass das ein Problem war. Aber dann dachte ich daran, wie einsam die Menschen sein können! Unser Hundesitter ist ein netter Mann, aber wenn ich manchmal an das Leben denke, das er führt, immer mit den Katzen und Hunden zusammen zu sein, die andere Menschen lieben, und sie doch nur insgeheim lieben zu dürfen, so wie eine Geliebte einen verheirateten Mann liebt – ich meine, seine Liebe hat etwas Geheimes und Unbeachtetes, weil er diese Tiere vielleicht mehr liebt als jeder andere, aber trotzdem gezwungen ist, sie zurückzulassen, sich ganz beiläufig von ihnen zu verabschieden, so wie eine Frau sich von ihrer großen Liebe verabschieden muss, die mit einem Bekannten aus dem Büro in einem Café sitzt, als könne sie sich kaum an seinen Namen erinnern: Wenn ich an ihn denke, kommt mir seine Existenz tatsächlich traurig vor. Ich kann es nicht ändern. Wenn ich in die Welt hinaustrete, höre ich einen einzigen Katalog von Seufzern.

DANN MEHR BLUT

… doch die Katastrophen ziehen sich zurück …

Doch es stimmte auch, dass die Katastrophen, so oft ich sie wahrnahm, sich auch wieder zurückzogen. Die Morgen in dieser maritimen Stadt fingen oft pudrig und blau an. Und während wir zum Krankenhaus fuhren, wurde Romys Atmung tiefer und gleichmäßiger, und ich dachte mir, auch wenn ich keine Erfahrungen mit medizinischen Indizien hatte, dass dies besser war als nichts. Es deutete ganz sicher auf Leben hin, nicht auf Tod. Und diese Angewohnheit, dass das Leben zurückkehrt, war für mich nichts Ungewöhnliches. All meine Angstgespinste, die ich in der Nacht gesponnen hatte, lösten sich am Tage auf. Ich schlief gerne mit dem Gedanken an meinen Todeszeitpunkt ein, aber wenn ich versuchte, darüber nachzudenken, was es bedeutete, den Satz *Ich sterbe* wirklich sagen zu können, wie in einer barocken Tragödie, musste ich einsehen, dass dieses Ereignis sich, wenn ich diesen Satz sagen wollte, tatsächlich in absehbarer Zeit bewahrheiten müsste, und im Augenblick des Sagens deshalb nicht zutraf. *Madama Morte! Ich sterbe, ich sterbe!* Du verstehst das Grundproblem. Alles, was ich für unwiderruflich hielt, löste sich irgendwie in Wohlgefallen auf. Und so ließ ich Romy schließlich – bedröhnt, sicherlich, aber eindeutig lebendig und außer Lebensgefahr – in der Obhut der Ärzte zurück, und meine Flucht aus dem Krankenhaus lief ausgesprochen würdevoll und unbehindert ab. Wie gewöhnlich war die Welt pudrig und blau, wie eine Rokokominiatur. Ich fuhr unter einem Dach aus Blättern, und hinter diesen Bäumen standen Villen und die dazugehörigen Fahrzeuge, sorgfältig in den Auffahrten platziert. Das war die Welt, wie ich sie kannte, wenn mich meine Eltern zum Musikunterricht oder Fußballtraining oder zu den allerersten Partys meiner Jugendzeit fuhren, denen, die im Morgengrauen endeten, wenn alle still und müde auf einer Wiese standen und sich anstarrten. Genau so habe ich immer gelebt, hier draußen am Rande einer riesigen Stadt: Die Welt kam mir wie eine Reihe von Eindrücken vor, die ich durch die Scheiben eines Autos sah. Früher gab es Chauffeure: in dieser Landschaft begnügten wir uns mit Eltern.

MEINE MUTTER ÜBER MEINEN VATER
Er ist kein Chauffeur, Schätzchen. Er ist dein Vater.

Diese Atmosphäre macht vermutlich die gesamte Welt zu einem nur schwer zu betretenden Ort. Wenn alles ohne Tonspur geschieht, ist es wahrscheinlich einfacher, sich vorzustellen, dass einzelne Szenen gelöscht und umgeschnitten werden können, auch wenn das eigentlich nicht geht. Weiter draußen waren die Schnellstraßen und Lagerhäuser und die Riesensupermärkte mit ihren auf

Asphaltflächen gemalten leeren Parkgittern. Dies war die Landschaft, in der ich meine Flucht beging, eine Flucht, die keiner der rasenden Verfolgungsjagden ähnelte, die ich auf der Leinwand je gesehen hatte. Denn der Filmtheorie nach, wie sie in den Filmen mit den auf dem Armaturenbrett befestigten Kameras und der Synthesizermusik aufgezeichnet ist, ist eine Flucht etwas, bei dem die Lichtreflexionen die Frontscheibe hinauf und aus dem Blick rutschen, und man durch das Zickzack der Straßenlaternen von LA rast – Sicherheitszäune dehnt und zerreißt, Streifenwagen umwirft, *und solche Sachen*. Aber in Wirklichkeit laufen Fluchten viel leiser ab, als alle denken. Man verlässt einfach frühmorgens den Parkplatz des Krankenhauses, nachdem man eine Frau an der Rezeption abgegeben hat, während man sich immer noch ein wenig Sorgen um den Zustand der Lenkung macht, und niemand versucht einen aufzuhalten oder einem Vorwürfe zu machen. Und darüber war ich froh, denn ich wäre zwar bereitwillig bei Romy geblieben, wenn sie ernstlich in Gefahr gewesen wäre, und hätte es ganz sicher gemacht und die Konsequenzen auf mich genommen, wie jeder andere Held oder Riesentöter auch, aber wenn es eine Möglichkeit gab, diese Konsequenzen zu vermeiden, dann wollte ich sie ergreifen. Was ich wollte, war, dass diese ungewohnte Situation vollständig und absolut verschwand, dass sie sich auflöste, wie eine Vitamintablette in einem Glas Mineralwasser. Und auf eine Art ließ sich absolut behaupten, so wie eine Lagerkontrolleurin mit Klemmbrett und Funkmikro, dass bisher alles glatt gelaufen war. Auf dem Weg vom Hotel zum Krankenhaus hatten mich weder Polizei noch andere Spione angehalten. Im Krankenhaus selbst hatte niemand auf den Austausch von Namen bestanden. All das kam mir vielversprechend vor, so, wie es besser nicht hätte laufen können. Natürlich würde ich Romys Genese beobachten und alles dafür tun, dass sie glücklich war. Ich würde sie im Geheimen mit Zeitschriften und anderen Geschenken besuchen, und ganz sicher würden wir über unsere gemeinsame Geschichte und Zukunft sprechen. Im Augenblick jedoch wollte ich mein Leben wieder auf etwas reduzieren, das nicht größer als eine Musikkassette war, oder ein USB-Stick. Obwohl ich natürlich, um das zu erreichen, eine letzte Aufgabe zu erledigen hatte, und die Erledigung dieser Aufgabe beunruhigte mich – denn auch wenn ich äußerlich ruhig wirken mochte, war in mir drin wie immer dieser Sog wie im großen, tiefen, dunklen Meer, komplett mit großen, leuchtenden Quallen und schwimmenden Fischskeletten der Angst. Ich versuchte mir die Unterhaltung vorzustellen, die ich mit Candy führen würde – ich habe nämlich diese Gabe der Hypervision, so wie ich die Gabe habe, mir vorzustellen, wie sich eine Szene auf andere Weise abspielen könnte, selbst wenn sie sich längst abgespielt hat oder sich gerade abspielt – und doch fand ich es irgendwie schwer, mir vorzustellen, wie genau ich mich erklären könnte. Ich konnte es nicht recht vor mir sehen, und dieses Fehlen einer Erklärung jagte mir Angst ein und machte mich auch ein bisschen wütend, nicht nur auf mich selbst, weil ich mich in diese schwierige Lage gebracht hatte, sondern auch auf die Welt, weil sie ständig so viele Geständnisse von einem verlangte. Ich wünschte, es müsste nie zu Geständnissen kommen. Geständnisse kamen mir wie eine absolute Krankheit unserer Zeit vor.

... bis das Blut ihn erneut aufhält ...

Bevor ich mir jedoch weiter solche Sorgen machen konnte, wurden diese Sorgen von einer einzigen und akuten Sorge überrollt – und diese Sorge war Blut. Ich war total mit Blut beschmiert. Als ich das Auto vor dem Krankenhaus abgestellt hatte, hatte ich einen Blick auf Romy geworfen und in diesem Augenblick des Innehaltens festgestellt, dass die Blutung aus ihrer Nase oder ihrem Mund zwar aufgehört zu haben schien, was, wie ich vermutete, ein gutes Zeichen sein musste, dass jedoch in ihrem Gesicht noch immer eine ganze Sammlung von Blut klebte. Und der Grund, warum ich dieses Bild jetzt wieder vor Augen hatte, war, dass die einzige Möglichkeit, Romy zum Empfang zu bringen, wo sich dann die Ärzte und Pfleger und Chirurgen um sie kümmern konnten, sie unter den Armen zu packen und aus dem Auto zu heben war, denn obwohl sie atmete und bei Bewusstsein war, war sie immer noch ziemlich bedröhnt – und während ich das tat, wurde mir ein weiteres Mal sehr bewusst, dass ein Körper mehr war, als man vernünftigerweise zu rangieren erwarten darf, was bedeutete, dass wir am Ende ein so zärtliches wie elegantes Tänzchen aufführten, Wange an Wange, über den Vorplatz auf die sich sanft öffnenden und schließenden elektrischen Türen zu. Dieses Kunststück zeigten wir, bis ein Sanitäter, der gerade in seiner freien Zeit eine Zigarette rauchte und sich, wie ich mir vorstellte, in einer Art Opiumparadies befinden musste, äußerst großzügig – denn ich weiß, wie wertvoll solche Minuten der Entspannung sein müssen, inmitten der hektischen Schicht zwischen Sägen und Knochen und Flaschenzügen und all der anderen Sanitäterausrüstung – mir half, eine Bahre zu finden, auf der Romy dann ins Krankenhaus gerollt wurde. Doch diese schwierigen Augenblicke bedeuteten, dass jetzt nicht nur auf meiner Wange Blut war, die ich gegen Romys gedrückt hatte, sondern auch an meinen Händen und meinem T-Shirt – und diese Schmiere war jetzt ein Teil meiner Sorgen, so wie ich mich insgesamt sorgte, wie ich zu meinen Eltern und zu Candy, meiner geliebten Frau, zurückkehren und all das wiederaufnehmen konnte, das ich zurückgelassen hatte. Erst am nächsten Morgen nach Hause zu kommen, ist für sich schon ein eindeutiges Zeichen, das nicht leicht zu erklären ist, aber noch viel schwieriger ist es, wenn man es mit mehr oder weniger blutgetränkter Kleidung versucht. Das meine ich, wenn ich von endlosen Katastrophen spreche. Jedes Mal, wenn man denkt, das Jüngste Gericht sei abgewendet, ist es wieder da. Und doch gibt es immer noch Möglichkeiten, es trotzdem abzuwenden.

... also macht er einen Abstecher in einen Superstore ...

Es hat nämlich auch Vorteile, in der modernen Welt zu leben, und insbesondere in der Vorstadt der modernen Welt, und einer davon ist, dass jede Vorstadt eine riesige Fläche voller Gebäude ist, in denen man einkaufen kann. Außerdem sind diese Geschäfte sehr einladend, man muss gar nicht nach ihnen suchen – vielmehr kündigen sie sich mit der verrückt grellen Fröhlichkeit einer Ansammlung sehr großer Schilder an, und mehr muss man nicht sehen, um zu wissen, dass man schon bald ein Gewerbegebiet oder eine Ansammlung von aufgeblasenen Märkten finden wird. Das Werbeschild im Raum – das ist im Grunde die Architektur dieser Landschaft, die ich mein Zuhause nenne. Und in diesen Gebäuden gibt es wirklich nichts, das man nicht entdecken kann, wenn man nur gründlich genug sucht, man muss nur mit genügend Willenskraft und der Entschlossenheit hineingehen, es zu schaffen. Und diese Aufgabe wird einem zumeist leichter gemacht, als es sich anhört, denn in den Geschäften gibt es Männer und Frauen, die einem sehr gerne weiterhelfen, die einen vielleicht sogar mit einem Lächeln ansprechen – und es stimmt ganz eindeutig, dass ein Lächeln jeden Tag aufhellt, das ist ganz einfach eine Tatsache des Lebens. Sie kommen auf einen zu und fragen etwas wie *Kann ich Ihnen helfen, Sir?*. Und unter diesen Lichtern dachte ich, als ich dort stand und nach den Gängen mit der Kleidung suchte, dass man mir am allermeisten helfen würde, indem man den Umstand ignorierte, dass ich gerade Tropfen des Bluts einer Frau auf meinen außerdem noch zerknitterten Kleidern hatte. Aber genau das taten sie – weil sie so ausgebildet wurden und weil es sehr nützlich ist. Genau so ist es in diesen Superstores, und ich glaube, dass sie für einige der glücklichsten Momente meines Lebens verantwortlich sind, ob nun in Spielzeugmärkten, wo es so viele Spielsachen gab, dass ein normales Kind gar nicht wüsste, was es damit anfangen sollte, oder den Riesensupermärkten mit importierten Speisen, wo all die Saucen aufgereiht auf mich warteten, die ich mir nur träumen konnte. Ich mag nämlich süße Dinge sehr, und besonders mag ich süße Saucen – den roten Ketchup und den gelben Senf sowie andere Flüssigkeiten und Emulsionen –, doch plötzlich erschien mir der Unterschied zwischen dem Rot von Blut und dem Rot der roten Sauce zu klein, und deshalb ging ich zielstrebig durch die Gänge, was nicht schwer ist, denn diese Orte sind wie Geometrie, äußerst organisiert und strukturiert – als hätte jemand einen Bodega-Kiosk genommen, die Sorte, deren Schaufenster mit Kisten von Müsli oder Crackern oder Süßigkeiten ausgelegt sind, und das Ganze dann zigtausendfach multipliziert, bis es gigantisch ist. Und dann sprechen einen auch noch die Produkte an – *Ich möchte Ihnen erzählen, wie ich entstanden bin,* sagen sie. *Lassen Sie uns Wege finden, unsere Umwelt besser zu behandeln* – und mir gefiel das, wie jedes Produkt ein Zeichen für sich war. Mir gefiel, wie sie mich informierten und auf eine bessere Welt hofften. In dieser zärtlichen Stimmung kaufte ich ein graumeliertes T-Shirt und eine besonders leuchtend blaue Jeans. Damit meine ich vermutlich auch, dass ich dieses eine Mal mein übliches Bemühen, mein Erscheinungsbild zu kuratieren, für kurze Zeit aufgeben musste. Ich versuche nämlich, mich sehr um meine Kleidung zu kümmern, auch wenn in letzter Zeit, wenn ich neue Kleider wollte, Candy sie kaufen musste – und ich weiß zwar, dass heutzutage sehr viele Menschen ungewöhnliche Aufgabenverteilungen haben, doch egal war es mir nicht: Ich hatte das Gefühl, dass meine Identität in Zweifel gezogen wurde. Doch schließlich war der Wunsch nach Stil größer als der Wunsch, ich selbst zu sein, denn sich zu stylen, so denke ich manchmal, ist die einzige Möglichkeit, sich selbst zu beweisen, dass die Zukunft schon irgendwie in Ordnung sein wird. Doch fürs Erste bestand die Zukunft aus dieser Jeans und diesem graumelierten T-Shirt, das durch eine, sagen wir mal, pfiffige Naht sehr gewonnen hätte. Ich verließ den Superstore und kehrte zu meinem wartenden Auto zurück, wo ich mich auszog, was nicht leicht ist, wenn man direkt hinter dem Steuerrad sitzt – man muss sich winden und seltsam verrenken, was für einen Beobachter wirklich komisch aussehen muss. Ja, da saß ich inmitten eines endlosen Gitternetzes für abwesende Autos, und als ich innehielt und mir mit dem ausgezogenen T-Shirt, den Rückspiegel als Kosmetikspiegel nutzend, die Wange abwischte, wurde mir wieder einmal schlagartig bewusst, wie traurig der eigene Oberkörper aussieht, wenn man nichts anhat außer Jeans – diese Traurigkeit wird wohl noch trauriger, wenn man gerade eine Frau in einem Krankenhaus zurückgelassen hat, die einem sehr wichtig ist, einem aber die eigene Ehefrau genauso wichtig, wenn nicht noch wichtiger ist, als die Frau, die gerade in einem Krankenhausbett liegt, und jetzt sitzt man allein auf einem Parkplatz, während die eigene Frau fast sicher auf einen wartet, gemeinsam mit den eigenen Eltern. Ich denke, jeder kann nachvollziehen, dass man diese Situation traurig findet. Ich weiß nicht, ob ich noch weiterwusste. Stell dir eine blaue Fläche vor, dann verdoppele sie, genau da wollte ich sein. Ich hatte dieses Bild vor Augen, von einem Ort ohne Menschen – so als würde man eine Flagge oder ein Segel an eine Wand heften wie einen Windjammer und dann darauf starren, wie ins tiefe, blaue, unorganisierte Meer. So müde war ich, so jammervoll – aber gleichzeitig konnte ich das kosmische Argument erkennen. Selbst in den Augenblicken meines größten Vergnügens hatte ich immer das Gefühl, dass mir Auflehnung und Rache und Bestrafung bevorstanden. Denn ich bin fest davon überzeugt, dass die Menschen sich gegen mich erheben sollten. Sie sollten mich stürzen, so wie sie einen psychopathischen Plantagenerben stürzen würden. Wäre ich in der Lage gewesen, an zwei Orten zugleich zu sein, hätte ich die Bestrafung selbst ausgeführt.

… bevor er nach Hause zurückkehrt & seine Frau belügt …

Falls die Tatsache, dass sie mit den Eltern ihres Mannes zusammen zu leben vermag, dir den Eindruck vermittelt hat, Candy sei schüchtern, dann versichere ich dir, dass dies nicht zutrifft. Meine Frau ist sehr cool – und das äußert sich, wie ich finde, in ihrem pessimistischen Sarkasmus. Sie hat eine toughe Ausstrahlung. Candy trainierte jeden Morgen am Boxball. Sie hatte Hanteln, die ich nicht heben konnte. Und ich fand das damals äußerst cool, und finde es immer noch. Das ist im Grunde alles, was du an Beschreibung brauchst. Sie ist groß, und ihre Schönheit ist streng. Hohe Wangenknochen, zarte Augen. Aber wenn sie betrunken spielt, wirft sie ihr Haar immer so ordinär nach hinten, so wie ein Mädchen in einem Film, und das sorgt immer für Unterhaltung. Sie könnte locker auf eine Party gehen, mit einem Plastikarmband und einem dünnen Kleidchen und flachen Schuhen und Pastellrosen aus Plastik, als sei sie die Königin des Übernatürlichen, eine weiße Pamyu Pamyu. Sie hat diesen Geruch an sich, der ist so, wie wenn man sich das fleischlich Eleganteste vorstellt, eine Art Schmiermittelgeruch, der auch nach Patschuli oder Rose riecht. Für Candys Geschmack war deshalb die Atmosphäre in unserem Haus eindeutig zu *old school*. Sie wollte genauso wenig einen Dauphin als Mann, wie sie die Rezepte meiner Mutter wollte, oder von meinem Vater ganz still angestarrt zu werden, in seiner uralten Popstarbrille mit den gelben Gläsern. Ich will damit sagen, dass ich mir für das Gespräch mit Candy keine großen Hoffnungen machte. Ich erwartete keine tränenreiche Szene der Vergebung. Meine einzige Hoffnung war, eine ganz neue Welt zu erfinden. Sobald ich die unechten weißen Säulen vor unserem geerbten Vorstadthaus hinter mir gelassen hatte und im Flur stand, wo auch Candy war, begann ich deshalb ganz schnell zu reden, zum Teil, weil ich glaube, dass wir ohne schnelles Reden nicht vorankommen, aber auch, weil Candy da stand und irgendwas Banales sagte wie –

CANDY
Wo warst du? Ich wollte Hiro bitten, dich anzurufen, aber er –

Ich hatte meine eigenen Pläne, wie dieses Ding zwischen uns ablaufen sollte, und es kam mir wichtig vor, auf der Stelle mit der totalen Neuerfindung zu beginnen. Das muss man tun, denke ich, wenn man manche schwierige Situationen erfolgreich meistern will.

ICH
Ich war auf 'ner Party, aber ich war *voll schlecht drauf*, und dann bin ich mit ein paar andern Leuten auf 'ne andere Party gefahren, aber da bin ich auch wieder weg, weil mich das da auch traurig gemacht hat, und dann bin ich allein in ein Café und hab einfach da gesessen, einfach so im Café, und hab Kaffee getrunken.

CANDY
Die ganze Nacht?

ICH
Ich wusste nicht, ob ich dich wecken würde, und ich dachte mir: Erst mal klaren Kopf bekommen, Alter, ganz ruhig bleiben.

CANDY
Und du hast nicht gedacht, dass ich vielleicht schon wach bin, wenn du um sechs noch nicht zu Hause bist?

ICH
Mann, tut mir wirklich leid. Du hast total recht. Ich hab mich einfach so, ich weiß auch nicht, *umnachtet* gefühlt.

CANDY
Umnachtet?

ICH
Ist das kein Wort?

Auf diese Weise versuchte ich, plausibel und realistisch zu bleiben, und ich finde, es war gar nicht so schlecht. Ich will nicht behaupten, dass es perfekt war, aber letztlich sind den eigenen Erfindungen immer Grenzen gesetzt. Auf jede Erfindung folgt eine weitere, und das ist sehr ermüdend. Als Nächstes fragte sie zum Beispiel nach meinen neuen Kleidern – denn dies war natürlich nicht die Jeans, in der ich am Abend zuvor das Haus verlassen hatte, und auf solche Dinge achtete sie.

ICH
Aus dem Superstore!

CANDY
Hä? Was?

ICH
Ich dachte, das würde mich glücklicher machen.

CANDY
Welcher Superstore?

ICH
Draußen am Motorway, dieser Vierundzwanzig-Stunden-Laden.

CANDY
Du machst mir irgendwie echt ein bisschen Angst gerade, weil –

ICH
Wieso denn?

CANDY
Weil – lass mich einfach ausreden – entweder lügst du wie ein Geisteskranker oder du hast gerade so eine Art Zusammenbruch.

ICH
Wirklich so schlimm? Jetzt echt?

CANDY
Das weißt du genau.

ICH
Was weiß ich?

CANDY
So kann das nicht ewig weitergehen.

Und es war so, wie eine Welle das Wasser im Meer benutzt – wie eine Welle sich fortbewegt, aber nicht das Wasser. Genau so stand Candy da und wurde von ihren schmerzhaften Gedanken überrollt. Sie spülten durch sie hindurch, wie eine Welle. Ich hatte Mitleid mit ihr, denn es tut immer weh, wenn man sein Vertrauen in andere Menschen in Frage stellen muss. Dass sie nichts sagte, heißt nicht, dass ich mir nicht vorstellen konnte, was sie gesagt hätte.

... denn Lügen sind eine Möglichkeit, eine neue Welt zu erfinden ...

Aber gleichzeitig ging mir durch den Kopf, dass ein solches Schweigen eindeutig auch etwas Schönes hatte. Das war mir vorher schon aufgefallen. In meiner Kindheit beklaute ich gerne meine Mutter. Sie hatte in ihrer Handtasche immer einen Vorrat an Aufklebern, auf denen internationale Fußballspieler zu sehen waren, und andere schöne Sachen, als Bestechungsgeschenke für ihren schwierigen Sohn – und eines Tages begriff ich, dass sie, weil sie die Sachen in großen Mengen gekauft hatte, es nicht bemerken würde, wenn ich mal einen einzelnen Schokoriegel entwendete, oder ein Päckchen mit den Porträts meiner Lieblingsfußballer, den Brasilianern mit ihren Einzelnamen. Vielleicht begriff ich auch nur, dass sie, auch wenn sie es bemerkte, das niemals ansprechen würde. Ich frage mich, ob das in allen Familien mit Dauphins so ist. Da stand Candy nun und wollte, dass ich den Ton oder die Geschichte fand, die es uns beiden erlauben würde, mein merkwürdiges Verhalten nicht mehr zu erwähnen oder seine tatsächlichen Ursachen nicht angehen zu müssen, in einer Welt jenseits des Wirklichen zu existieren, und ich wollte sie nicht enttäuschen. Schließlich traute ich mich –

ICH
Ich bin einfach nicht glücklich. Ich glaube, so einfach ist das.

Und ich war froh, denn ich konnte sehen, wie erleichtert sie in diesem Augenblick war. Ja, ich konnte sehen, wie sie dachte, dass sie, wenn wir diese Tonlage beibehielten, ebenfalls einstimmen konnte, als wäre dies das 19. Jahrhundert und als hätte ich gerade eine schwierige Transponierung eines Fagottstückes für Posaunen absolviert, oder eine ähnliche Tour de force. Ich meine wirklich Tour de force. Es wird oft nicht anerkannt, welches absolute Impresario-Talent das Lügen erfordert. Das Problem beim Lügen ist, dass einem gesagt wird, man solle beim Lügen nicht an die Wahrheit denken, man solle die Lüge komplett glauben, aber an was soll man denn beim Lügen sonst denken, wenn nicht an den Umstand, dass man gerade lügt? Es gibt wirklich nichts anderes, an das man denken kann, es drängt sich einem absolut auf, so dass man, wenn man seine erste Ansprache beginnt, schon an die Schattenansprache dazu denkt, in der man die Wahrheit sagt, und wenn man dann mitten in seiner zweiten Ansprache steckt, ist die erste Schattenansprache noch immer da, jetzt allerdings begleitet von ihrem Zwilling, dem zweiten Schatten. Und dass Candy verstand, was für eine Tour de force es für mich war, zeigte sich schon daran, dass sie mich so voller Liebe ansah. Mir fällt auf, dass es in der Geschichte meiner Familie noch andere solche Artisten gab, damit meine ich Menschen, die die Welt nach ihrem Willen formen konnten, wie diese Hypnotiseure Löffel verbiegen. Damit meine ich nicht nur solche Kraftmenschen wie meinen Vater, der Firmenimperien gründen konnte, sondern auch solche eher verschlagenen Kraftmenschen wie meine vielen Onkel, unter denen es einige gab, die es nützlich fanden, sich als verrückt auszugeben. Und wenn dies damit einherging, dass deine Frau eine deiner Affären mit einer Sekretärin entdeckte und dich verlassen wollte, wie im Falle von Onkel Marvin, oder dass deine Frau, wie bei Onkel Milo, ein weiteres Kind wollte, oder diverse andere Katastrophen, dann ließ sich das nicht ändern. In ähnlicher Weise wurde ich in dieser Unterhaltung mit Candy einfach zu der Person, die ich sein musste, um mein Lügen plausibel erscheinen zu lassen, was also jemand war, dessen Leben nicht so gut lief und der deprimiert war, was natürlich nicht sehr schwierig war, weil diese Rolle letzten Endes den meisten Leuten zur Verfügung steht. Und mir stand sie ganz besonders zur Verfügung: weil ich a) arbeitslos war und b) oft im Schlafanzug zu Hause herumhing und so schlecht roch, wie man es sich vorstellt. Ich denke, du verstehst, wie leicht es einem solchen Subjekt fällt, seine schöne Frau anzulügen, der Welt gegenüber zu erklären, dass er in einem tiefen Elendstal gefangen ist, obwohl er gleichzeitig auch an das Bild einer nackten jungen Frau mit blutendem Gesicht denken muss, oder an das Gesicht derselben Frau ohne Blut, aber dafür mit Schweiß auf Nase und Oberlippe, wie sie zu ihm aufblickt, und wie das Licht durch die Vorhänge fällt, als sie kommt.

CANDY
Zezette, was ist los?

ICH
Ich habe ständig das Gefühl, sofort losheulen zu müssen. Verstehst du? Ich glaube, ich bin vielleicht einfach unglücklich.

CANDY
Wegen uns?

ICH
Wegen – nein, wegen allem. Nicht wegen uns.

… & können ganz beiläufig passieren …

Es stellt sich nämlich heraus, um es mit anderen Worten zu sagen, dass man in einer perfekten Ehe, einer, in der einem absolutes Vertrauen entgegengebracht wird, einfach alles machen kann. Denn das Lügen destilliert seine ganze Pracht nur dann, wenn du den Menschen anlügst, der jeden Morgen neben dir aufwacht, der glaubt, dein Innerstes besser zu kennen als ihr eigenes. Das ist die perfekte Person zum anlügen, denn nur indem du so jemanden anlügst, kannst du eine perfekte Lüge erschaffen, die Sorte, die ganz neue Möglichkeiten, andere Leben und andere Welten eröffnet, so, als wärst du in einem selbstgebauten Raketenrucksack zum Mond gereist. Du musst es einfach mit viel Schwung durchziehen, und schon wird dir jeder glauben, der dich liebt, solange sie keinen Grund haben, es nicht zu tun – und das haben sie meistens nicht. Das Problem beim Lügen ist allerdings, dass ich mich irrte, wenn ich dachte, nur einen einzigen Aspekt meines Lebens der Unwahrheit anheimgeben zu können. Leider zieht sich das durch alles. Klar, im Gespräch werden oft schreckliche Dinge gesagt, aber noch viel schrecklicher kann das sein, was nicht gesagt wird. In beiden Fällen gibt es Konsequenzen, so dass sich das, was nach bloßem Schweigen und Abwesenheit aussah, als wichtiges Ereignis herausstellen kann. Denn bei genauerer Überlegung muss ich zugeben, dass die besondere Art, auf die Candy und ich dieses Schweigen konstruierten, für die weitere Geschichte, die ich erzählen muss, tatsächlich entscheidend war. Dass es keine Konsequenzen in der unmittelbaren Zukunft gab, stellte sich in der echten, weiter entfernten Zukunft als die schlimmste Konsequenz von allen heraus. Die Art, auf die wir uns gegenseitig zum Schweigen brachten, barg Sprengpotential in sich. Und ich spreche bewusst von Schweigen. Denn selbst wenn man sagt, dass jemand ganz besonders cool ist, gibt es doch nur ganz wenige Menschen, die Streit und Auseinandersetzungen mögen. Ich gehöre ganz sicher nicht dazu. Wenn jemand filmen möchte, wie in den Bars von ruhigen Städtchen scharf geschossen wird, mit Gewehren und anderen Gegenständen, dann wäre ich dafür nicht die Idealbesetzung. Und auch das Herumschreien in Restaurants ist nicht meine Stärke – Szenen mit Frauen, die Tische umwerfen und sich mit Lippenstift das Gesicht bemalen, wie Schwerverletzte oder böse Clowns. Solche Szenen machen mir Angst. Streit macht mir eigentlich immer Angst, egal in welcher Form. Der einzige Mensch auf der Welt, der Konflikte genauso wenig mag wie ich, ist Candy, und vielleicht ist das der Grund, weshalb wir einander für immer lieben werden. Wir ziehen es vor, wenn zwischen den Menschen Schweigen herrscht, auch wenn es so etwas wie Schweigen natürlich gar nicht gibt, denn sogar, wenn man nur den Kopf oder die Hand auf bestimmte Art bewegt, kommuniziert man bereits – deshalb gibt es vielleicht so viele mögliche Kunstformen, denn Film ist zwar möglicherweise das Beste für Schweigen und die verschiedenen Arten von Gesten, aber man braucht auch noch eine Kunstform aus Worten für die Darstellung der inneren Gedanken. Eine einzige Kunstform reicht nicht aus für die gesamte Kosmologie, die innere Weite und das kleine Äußere. Und in diesem Fall bestand die Kosmologie in der Frage, wie viel von der Wahrheit ein Mann seiner Frau verraten muss, am sehr vorstädtischen frühen Morgen einer Riesenstadt. Ich kann nicht sagen, dass ich das schon wirklich sagen konnte.

ICH

Du bist den ganzen Tag bei der Arbeit, und das ist nicht leicht für mich –

Ja, das einzige Problem ist, dass Lügen Vorsicht erfordert, und einen Augenblick lang waren wir unvorsichtig.

CANDY

Ich tu das nur für uns – ich meine – ich will dir deinen Raum lassen –

Plötzlich war meine Argumentationsposition deutlich schwieriger geworden, also sprach ich nicht weiter. Aber gleichzeitig versuchte ich, das richtige Geräusch zu machen, denn ich war absolut einer Meinung mit ihr. Sie war keineswegs grausam, sondern vielmehr das Gegenteil, was recht oft passiert. Es war wie damals, als meine Mutter mich in einem chinesischen Restaurant ausschimpfte, weil ich die Hühnerfüße mit Salz und Pfeffer nicht wollte, die ich doch selbst bestellt hatte. Aber das kann ich, denke ich, auf mein junges Alter und meine Unerfahrenheit schieben. Es war fast sicher ein katastrophaler Schaden, den ich verursachte, aber ich weiß nicht, ob Schaden das einzige oder auch nur das wichtigste Kriterium sein sollte, um das eigene Handeln zu beurteilen: Was ist zum Beispiel mit Freude oder Staunen oder ganz einfach einer Vorliebe für das Groteske? Denn es ist nun mal so: Lügen ist schön. Klar, es ist verstörend, das zu entdecken. Wenn man das Bedürfnis hat, dass sich am Ende die Moral durchsetzt, wenn man die perfekte Gesellschaft zum

Ziel hat – und das ist genau das, was ich jederzeit zu erreichen versuche –, dann hat Lügen seine furchterregenden Seiten. Aber es passiert ganz sanft und schnell, als hätte ich gerade festgestellt, dass sämtliche in Leder gebundenen Bücher in der Regalwand einer imposanten Bibliothek Fälschungen sind, und dann schwenkt die Wand plötzlich auf, und man geht hindurch, in einen weiteren Raum voller Bücher. Irgendwie, dachte ich mir, war dies gerade eine Situation, die zugleich wirklich und unwirklich war. Denn wieder fand Candy den passenden Ton.

CANDY
Aber glaubst du, du solltest dir vielleicht 'nen Job suchen? Würde das helfen? Meinst du, es ist einfach die Langeweile? Ist es so 'ne gute Idee, den ganzen Tag im Haus zu sein? Ich meine, zieht dich deine Mutter nicht runter?

ICH
Wo denn was für'n Job?

CANDY
Ich hab schon immer gedacht, dass du ein guter Lehrer wärst – ein guter Grundschullehrer, und da könntest du mit Kindern arbeiten, und ich glaube, das wär gut für dich. Du hättest immer noch Zeit für andere Sachen. Ich glaube, das würde dir Spaß machen.

ICH
Ich glaube nicht. Ich glaube, auf keinen Fall.

CANDY
Was ist mit deiner Arbeit?

ICH
Ich weiß nicht.

CANDY
Glaubst du, dass du deshalb unglücklich bist?

ICH
Kann sein.

CANDY
Wieso schreibst du keinen Horrorfilm?

ICH
Horrorfilm?

CANDY
Irgendwas Splattermäßiges –

ICH
Meinst du?

CANDY
Ich will Männer aus den Augen bluten sehen. Oder zumindest will ich, dass was *passiert*. Wieso passiert nie irgendwas? Oder ein Film über ein Massaker!

ICH
Ich glaube, so was darf man nicht zeigen.

CANDY
Echt?

ICH
Ganz sicher.

Und so plapperten wir vor uns hin. Und wieder einmal hatte sich die Katastrophe zurückgezogen, einfach so zurückgezogen in die verschwommene und idyllische Ferne.

… wenn auch das Splattermäßige bleibt, als Andenken, oder als Beweis …

Ich hatte mich immer so mit der Welt verbunden, wie dieses Luftschiff an der Anlegebrücke des Empire State Building festgemacht war – und das ist wahrscheinlich zu erwarten, wenn man ein Leben lebt, in dem die Katastrophen unendlich aufgeschoben werden. Ein Hafenarbeiter oder ein Bauer zu sein bereitet einen nicht auf ein Leben wie meines vor, in dem das Wirkliche eher wie Brausepulver ist. Das ist ein behagliches Gefühl – und so brachte es mich nicht aus der Ruhe, als ich mich umdrehte und Candy fragte, was ich da auf dem T-Shirt hatte. Ich blickte hinab und erkannte mehr und mehr, so wie eine Surferin die Welle erkennen muss, die sie hinabziehen und für den

Wipeout sorgen wird, der ihr Ende bedeuten wird, dass ich in der Eile einfach das T-Shirt wieder angezogen hatte, mit dem alles angefangen hatte. Es war daher ein T-Shirt mit einer Ansammlung blutiger Flecken.

– Das?, sagte ich.

– Genau, sagte Candy.

– Keine Ahnung, sagte ich.

Und wieder sprachen wir nicht weiter. Wie gesagt, wir schießen nicht scharf, Candy und ich. Wir ließen die Pause sich selbst ausbremsen, ließen sie stocken. Denn es ist überhaupt nicht schwer, Dinge zu ignorieren. Und deshalb war es wie – wie war es denn? Es war wie diese Geschichte von dem Mann, der im Traum durchs Paradies reiste und der eine Blume geschenkt bekam, als Beweis dafür, dass seine Seele dort gewesen war. Und als er aufwachte, hielt er tatsächlich eine Blume in der Hand. Das ist eine vergleichbare Geschichte – oder nein, es war eher so: Es war wie die Geschichte eines Prinzen aus dem Osten, der eines Tages träumte, er lebte nicht mehr im Palast, sondern in der Stadt, und zwar in bitterer Armut. In diesem neuen Leben hatte er weder Diener noch Köche. Er hatte nur eine Frau, die jeden Morgen aus dem Haus ging, um als Verkäuferin in einem Kaufhaus zu arbeiten. Sie lebten in einem Haus in den vorstädtischen Favelas einer riesigen Stadt, zusammen mit ihrem Jagdhund. Seine Welt waren der Slum und das Barrio. Und dann wachte er eines Morgens auf und war wieder in seinem Palast, mit allen Höflingen und Lakaien, während der zweite Zeiger seiner prachtvollen Armbanduhr einen vielleicht minimal stumpferen Winkel beschrieb –

SEINE HÖFLINGE ODER LAKAIEN
Ja, heftig, da sind Sie wohl kurz eingenickt, Herr –

doch der Prinz wusste tief in seinem Herzen, dass etwas geschehen war, ziemlich eindeutig. Und deshalb ordnete er an, dass der gesamte Hofstaat mit ihm in einem kleinen Autokorso losfuhr, und tatsächlich, als die SUVs die Plastikvorstadt dieser riesigen Stadt erreichten, mit Hotels und anderen Details, erkannte er eine Straße wieder. Ruhig stieg er aus dem Wagen, als auf der Straße eine Frau auf ihn zukam. Und die sagte: *Zezette, wo warst du die ganze Zeit? Was denn? Haben die dich festgenommen?* – Wie soll ich das beschreiben?, würde der Prinz Jahre später sagen, wenn er diese verstörende Geschichte erzählte. – *Stellen Sie sich vor, Sie sind das* Enfant terrible, *das beim Aufwachen feststellt, dass es eigentlich nur die Schöpfung eines Stiftes oder einer Feder oder eines Keyboards ist, das es nicht sehen kann. So würde ich es beschreiben. Das fühlt sich ganz und gar nicht gut an. Aber genug von mir. Was diese Party jetzt braucht, ist eine Runde Negronis.* Und so endet die Geschichte. Ich meine, es war so ähnlich, klar, der Blutfleck: bloß verkehrt herum, oder umgekehrt.

2. UTOPIA

DIE WASSERPISTOLE

… als sein Seelenverwandter Hiro …

– Wieso hast du geheiratet, wenn du total unglücklich warst?, fragte mich Hiro etwas später in diesem Neonzeitraum.

– Unglücklich habe ich nie gesagt, sagte ich. – So ein Wort hab ich nie benutzt.

– Rede mit mir, sagte Hiro. – Erklär es mir.

– Ich hatte eine Vision, sagte ich.

– Was war die Botschaft dieser Vision?

– Die Botschaft der Vision war, nicht zu heiraten, sagte ich. – Also habe ich geheiratet.

– Total logisch.

– Visionen richtig zu interpretieren ist nicht immer leicht.

– Kann sein, sagte Hiro. – Was war das für eine Vision?

– Eine Art Stimme?, sagte ich.

Ich hatte schon von weiteren Komplikationen der Gastfreundschaft gesprochen. So geschickt, wie ein Tapaskellner einem einen Teller Chicharrónes hinstellt, ohne dass man mitbekommen hätte, bestellt zu haben, oder wie ein Dschinn in einem der alten Märchen erscheint, war Hiro plötzlich in das hineingeplatzt, was man scherzhaft *mein Leben* nennen könnte, und da blieb er dann.

… im vorstädtischen Panorama auftaucht …

Jedem, der irgendetwas zu beschreiben versucht, stellt sich das Problem, was bleibt und was nicht. Walt Disney hatte dieses Problem, und ich genauso. In dieser kleinen Moritat gibt es ein paar Dinge, die es bereits gibt, die in Zukunft eine Rolle spielen werden – wie Candy und Romy, aber einige Dinge gibt es noch nicht, wie Schusswaffen oder die Zeitspanne, in der ich die Menschen, die ich beschreibe, nicht mehr gesehen habe. Einige Dinge sind gerade dazugekommen, wie Hiro. Und einige Dinge gibt es und wird es weiterhin geben, wie den Schauplatz. Der Schauplatz ist das einzige permanente Phänomen. Nachts, sagte Candy einmal, mag ich es hier fast, wenn nur die Laternen da sind und der Zitronengeruch der Müllfahrzeuge, aber an den grauen Tagen ist es manchmal sehr schwer. Findest du nicht auch, Chico? Ich kannte das lyrische Problem, das sie beschrieb. Es gibt nichts weniger Heimeliges als diesen Ort, der das Zuhause ist, ein Ort der Erinnerungen, der Abweisung, der Kleinlichkeit, der Scham, der Täuschung, der fehlgeleiteten Energie, so sehr man auch versucht, ihn zu mögen. Ich glaube, viele der Schwierigkeiten, die manche Menschen mit dem Leben haben, sind durch den Umstand bedingt, dass man nur von einem einzigen Ort kommt – aber vielleicht ist das nur ein Problem, wenn man in diesem Panorama aufwächst, mit Autobahnen und Feldern, die wie Flickenteppiche aussehen, aber weil beinahe jeder an einem solchen Ort aufwächst, muss es ein fast schon universelles Problem darstellen. Ganz egal, an welchem Ort der Erde, ob in Kabul oder Santiago, überall hat man dieselbe Landschaft vor Augen. Denn in Wirklichkeit wohnen die meisten Bewohner von Kabul nicht direkt in der Stadt, sondern am Rand der Stadt, wo Kabul in lichte Flächen und leere Straßen zerfällt, der Sorte mit laschem Asphalt und nur ganz wenigen Straßenlaternen, die von unregelmäßig verteilten Generatoren in Betonverschlägen angetrieben werden. Das ist der Ort, an dem die meisten Menschen heutzutage leben, und das heißt, dass man sich, egal in welche Stadt man reist, sofort zu Hause fühlt, solange man weit genug hinausfährt, nicht zu weit, aber weit genug. Ich halte diese Orte für die schönsten unserer Zeit: die Tenniszentren, Lagerhäuser, Kettenrestaurants, und dazu die Riesensupermärkte und die Großmärkte. Aber ob diese Orte das Glücklichsein fördern, das weiß ich nicht, wenn man bedenkt, dass Suburbia auch eine Art von Absenz ist, ohne Fokus und ohne Zentrum, wie die grünen Hügel von So-Cal, einfach eine Aneinanderreihung von Hauptstraßen und Nebenstraßen. Es ist im Grunde Gras, oder Flechte, wie es sich ausbreitet und so sämtliche Lücken zwischen den Bahnstrecken und den Autobahnen ausfüllt, sich einfach immer weiter ausbreitet, mit vielspurigen Schnellstraßen, Burgerbuden, Banken, Drogerien, Krematorien, Tempeln für verschiedene Religionen und andere Glaubensrichtungen, Versicherungsbüros. An so einem Ort ist es ganz normal, wenn sich die Langeweile wie Kuchenteig ausdehnt und nicht mehr verschwindet, das Gefühl, die einzelnen Teile des eigenen Lebens nicht mehr zusammenfügen zu können – so, wie wenn man bei der Sicherheitskontrolle am Flughafen in einer endlosen Schlange steht und deshalb weder vor noch zurück kann, sondern sich ganz einfach fügen muss. Und besonders, wenn man möchte, dass die Menschen gemeinsam leben, miteinander leben und einander verehren, was seit jeher mein Ideal ist, dann ist diese vorstädtische Vagheit vielleicht kein so guter Ort.

... mit seiner Neigung zur Utopie ...

In dieser Geschichte, die ich zu erzählen habe, versuchen die Menschen miteinander zu leben, doch meistens bleibt jeder für sich. In dieser Geschichte versuchen die Menschen, nicht durch Geld oder Liebe getrennt zu sein, doch meistens sind sie es trotzdem. Und doch haben wir es wenigstens versucht. Nehmen wir Hiro zum Beispiel: Als ihm eine Portion Rübenklößchen in dem Thai-Café bei der Endhaltestelle der Straßenbahn gebracht wurde, teilte er sie, und zwar mit Begeisterung, denn er redete nicht nur von Utopien, sondern versuchte, die Welt zu seinem so freundlichen Ort zu machen, wie er konnte. Wenn wir zusammen spazieren gingen, nahm Hiro mein Geld und verteilte es an die Penner, denen wir begegneten. Und das fand ich immer sehr beeindruckend, denn ich selbst gebe nicht viel an die Armen, nicht aus Egoismus, sondern einfach, weil ich nicht so recht weiß, wie ich mit den weniger

Wohlhabenden kommunizieren soll. Wenn ich es versuche, geht es meistens nicht gut aus, weil ich dann nicht mit derselben Unbekümmertheit spreche, wie wenn ich alleine bin. Vor kurzem zum Beispiel war ich in einem Burgerladen, und an der Theke stand eine Frau, deren viele kleine Kinder um Pommes bettelten, und es war offensichtlich, dass ihr die Situation peinlich war, weil sie sich nicht für alle etwas zu essen leisten konnte, deshalb kaufte sie eine einzige Miniportion für die ganze Horde. Und als ich an der Reihe war, meine eigene Portion Pommes mit Schokomilchshake zu ordern, fügte ich meiner Bestellung stolz die passende Anzahl von Pommesportionen hinzu und brachte sie zu ihrem Tisch, wo sie mich hasserfüllt ansah. Sie haben schon gegessen?, sagte sie im Tonfall absoluter Empörung. Also trat ich mit meinen vielen Pommes den Rückzug an und aß sie aus Scham komplett auf, dann hasste ich mich dafür, sie gegessen zu haben. Ich will damit nur sagen, eine Utopie ist nicht einfach zu erreichen, und das zeigte sich vielleicht auch in einem gewissen manischen Zug, der Hiros Denken zu eigen war – sein Kettenbrief-Plan, um Gefangenen im Westen zu helfen, oder ein mobiler Verkaufsstand für Granita, in Geschmacksrichtungen von Lavendel bis Chili. Eines Tages, als wir vielleicht ein bisschen zu viel mit importierter Orangenlimo gemischtes Bier getrunken hatten, träumten wir sogar gemeinsam von einem Büro für diese Pläne, und gingen dabei so weit, eines zu recherchieren, in einem Gebäude, zu dessen anderen Nutzern eine ganze Reihe anderer Unternehmen zählte, zum Beispiel Opern-Newsletter, Agenturen für fremdsprachige Vorträge, hochspezialisierte Reisebüros, kleinere Währungsspekulanten und vielleicht der eine oder andere Privatdetektiv, denn es ist niemals gut, von der Welt getrennt zu sein. Hätten sich nicht solche Schwierigkeiten wie Mietzahlungen oder Versicherungszertifikate ergeben, hätten wir das Büro vielleicht genommen. Ich machte mir sehr oft solche Gedanken, so als könnte man wirklich alles machen, wenn man es nur versuchte. Die Schwerelosigkeit war das Element, in dem ich lebte – ob ich nun an Romy dachte, an Hiro oder ganz allgemein an meine Arbeitslosigkeit. Das meine ich, wenn ich die Vorstadt als Problem bezeichne. Eine Landschaft wie diese macht die Welt so fadenscheinig wie diese alten Filme, in denen man sieht, wie der Held die Heldin umwirbt, während hinter ihnen die aufgezeichnete Straße abgespult wird. Und ein weitergehendes Problem ist, dass in eine solche Existenz einzutauchen so ist, wie eine Millionen von Meilen weite Reise zu unternehmen und unter Jetlag zu leiden, und alle Dinge, die man für wichtig hielt, scheinen zwar nicht komplett verschwunden zu sein, aber ein wenig umgeordnet, als wäre das Leben ein Spionageoffizier, dem es Spaß macht, Psychospielchen mit dir zu spielen – die Bücher in deinem Regal neu zu ordnen, wenn du im Supermarkt bist, oder den Müll rauszubringen, bis du irgendwann anfängst, deine eigene Wirklichkeit anzuzweifeln.

… & seinem manischen Tonfall …

Selbst wenn eine solche Unwirklichkeit sich höchstwahrscheinlich positiv auf den eigenen Moralkodex auswirkt, insofern, dass es Dinge möglich macht, die andere Menschen ablehnen, wie etwa eine solche Gang zu bilden, wie wir sie bildeten, das Trio von Candy und Hiro und mir. Zum Beispiel hatten vor allem mein Vater und meine Mutter wenig Verständnis dafür, vielleicht, weil für sie die einzig erstrebenswerte Gruppe die ganz klar umrissene Familie war. Zu Hause führten wir immer wieder dasselbe Gespräch –

MEINE MUTTER
Und wann, denkst du, will Candy mal Kinder?

So setzte sich meine Mutter hin und sprach ganz beiläufig Dinge an, meist in unserem schwimmenden Lieblingsrestaurant am Dock, wo wir von pockennarbigen alten Frauen zubereitetes Tofu aßen und eingelegte Enteneier mit Ingwersoße. Und sicher, wenn ich es überhaupt irgendwem recht machen konnte, wollte ich es meiner Mutter recht machen. Sie war immer meine engste Vertraute, die, der ich all meine Geheimnisse anvertrauen konnte. Aber Candy und ich hatten noch keinen Gedanken an die Möglichkeit verschwendet, Kinder zu haben. Solche gewöhnlichen Gedanken lagen uns fern.

MEINE MUTTER
Aber natürlich sollt ihr das machen, was ihr beide für richtig haltet.

ICH
Hm, ja.

MEINE MUTTER
Rede mit mir. Ich will's ja nur verstehen. Willst du dich selbst finden?

ICH
Nicht ganz.

MEINE MUTTER
Was denn dann?

ICH
Wer bist du, Mama? Chang Apana?

MEINE MUTTER
Mach mich nicht durcheinander. Lass deine Witze.

Menschen, die so alt waren wie meine Eltern – die verstanden gar nichts! Denn es gibt tatsächlich viele Formen des Zusammenseins, die keine Familie sind, sondern eher so etwas wie eine Truppe. Und eine Truppe, finde ich, ist etwas Schönes und Elastisches. Wer noch nie Teil einer solchen Truppe war, hat eine der erstrebenswertesten Erfahrungen verpasst, die man auf der Welt machen kann.

Man hat das Gefühl, als sei nichts jemals langweilig, weil es plötzlich immer jemanden zum Reden gibt, so sehr packt es einen, und eine Konsequenz davon ist, dass man im Allgemeinen mehr Geld in Cafés und/oder Brasserien ausgibt, weil es so viel Spaß macht, in solchen Lokalen zu sitzen, weil man dort Unterhaltungen fortführen und ganz allgemein die Lage der Welt bedenken kann, so dass man für das Geld, das man dort ausgibt, locker durch die Menge der vernichteten Langeweile entschädigt wird. So versuchte ich meiner Mutter das Ganze zu erklären, auch wenn ihrer Ansicht nach eine solche Argumentation bloß bemüht oder hysterisch war, und im Nachhinein betrachtet kann ich verstehen, warum sie so dachte. Ich dachte manchmal ein bisschen zu schnell oder zu ungeduldig – nicht, dass Denken an sich etwas Schlimmes wäre, aber es kommt darauf an, wann es geschieht. Wenn man vor einem Ereignis zu viel nachdenkt, schafft man entweder gar nichts, oder das, was man schafft, ist irgendwie zu verrückt oder aufgebläht. Aber das lernte ich erst später. Denn Hiro abzuweisen, erklärte ich meiner lieben Mutter, wäre nicht mit meinem Moralkodex vereinbar gewesen. Und nicht zu vergessen: Hiro und ich verband eine gemeinsame Vergangenheit. Wir kannten uns, seit wir Kleinstkinder waren, und in sämtlichen Stadien unserer Ausbildung war er mein Kamerad und Komplize gewesen. Das lag zum Teil daran, dass wir beide in diesen Vorstädten und Waldidyllen als ähnliche Wunderkinder galten, aber auch, weil für uns die Mathematik- und Schach-Mannschaften gleichermaßen sterbenslangweilig waren (– Aber willst du denn nicht irgendwo mitmachen, Schätzchen?, hatte meine Mutter gefragt, nachdem sie mir als Bestechungsgeschenk einen Trainingsanzug aus türkisem Satin überreicht hatte). Wir interessierten uns stattdessen für Pharmazeutika und Narkotika. Das brachte uns, wie man so sagt, *zusammen*. Ich war im Grunde Hiros Seelenverwandter, sein Doppelgänger. Auch wenn Hiro zugegebenermaßen mehr Charisma hatte. Wären wir ein Kommentatorenduo, wäre ich für die Beschreibung des Spiels zuständig und Hiro für die Anekdoten. Aber trotzdem war *Doppelgänger* nicht übertrieben. Besonders, wenn man sich ansah, wie wir redeten, so schnell und sprunghaft und polyglott gefärbt. Wir hatten also gemeinsam unseren Einstieg in die Erwachsenenwelt geplant. Ich würde sagen, dass dieser Einstieg für uns beide unterschiedlich gelaufen ist. Hiro flog in die Hochhausviertel verschiedener Hafenmetropolen, nach dem Modell der klassischen Erfolgsgeschichte. Und ich blieb in diesem horizontalen Umland. Klar, manchmal nannte ich Hiro meinen verrückten Freund, aber mir war nicht immer klar, wie ernst ich das meinte. (– Jeder deiner Freunde ist dein verrückter Freund, sagte Candy einmal zu mir. – Ja sicher, weil die *sind* verrückt, Gringoline, antwortete ich.) Ich wusste, dass er alle möglichen Drogen nahm, von Gras bis Koks, aber das war in dieser Generation nichts Ungewöhnliches, und ich kannte auch die Gerüchte, die ihn umgaben wie Windstöße aus den Trompeten nackter Cherubinen auf den alten Gemälden, dass er irgendwann seinen Job an der Ostküste aufgeben musste, weil er eine Kur absolviert oder eine Nervenheilanstalt besucht hatte, wie ein Edelmann mit Syphilis, aber das ließ mich nicht an ihm zweifeln.

Ich hatte selbst Phasen voller Melancholie und Stimmungsaufheller, aber war ich deshalb ebenfalls gleich verrückt? Und weil Hiro der Mensch war, der mich länger kannte als alle außer meiner Mutter und meinem Vater – die, als Eltern, nicht als Menschen zählen, die einen kennen, sondern in einem Orbit des Kennens und Vergessens existieren, der nur ihnen offen steht – und weil man solchen Kindheitsfreunden keinen Wunsch abschlagen kann, weil sie die sind, die man nicht abweisen kann, wenn sie wieder in dein Leben treten wollen, wies ich also Hiro nicht ab. Ich will damit sagen, man muss versuchen, so *gefällig* wie möglich zu sein, und so nett wie es nur geht. Und überhaupt: Hiro war immer schon so dynamisch wie ein Nadeldrucker gewesen. Wäre seine Brust in einen Strickpullover mit aufgestickten Pinguinen gewandet, wäre wohl niemand überrascht gewesen. Schon als Fünfjähriger war er erfinderisch gewesen, und jetzt, voll ausgewachsen, steckte er so voller Wünsche und Pläne wie eine mit Schrot geladene Muskete. Eine solche Persönlichkeit finde ich absolut unwiderstehlich. Also kam Hiro eines Monsuntages mit einem Koffer angereist und richtete sich in unserem Gästezimmer ein, und von da an verbrachten wir unsere Tage zusammen – in den örtlichen Dim Sum-Läden und den Nachmittagsvorstellungen der Kinos. Vor dem leeren Horizont setzte sich Hiros Silhouette deutlich ab, wie ein Cowboy mit breitrandigem Cowboyhut, der am Ende der Hauptstraße steht und Tricks mit seinem silbernen Revolver zeigt.

Nicht, dass Hiro so viel gestanden hätte. Seine übliche Körperhaltung war das Sich-Zurücklehnen. Ein kleines Gefäß, das er immer bei sich trug, enthielt seinen kleinen Beitrag zur Pharma-Ökonomie: die Antipsychotika, die ihm seine Ärzte empfohlen hatten, dann Tabletten, die er online aus Hochhauskomplexen in fremden Ländern gekauft hatte, Heilkräuter – und das führte manchmal zu komischen Situationen, zum Beispiel, wenn er versehentlich Schlaftabletten und Antihistaminika nahm und anschließend von Mitternacht bis zum Morgen schlief, dann aufwachte, aber immer wieder einschlief, bis er schließlich gerade rechtzeitig für ein spätes Abendessen mit der Familie richtig aufwachte, und dann gleich zurück ins Bett. Wie krank Hiro wirklich war, wusste ich nicht. Solche Tabletten zu nehmen unterschied ihn zum Beispiel in keiner Weise von den anderen Leuten, die ich kannte. Wir alle kauften irgendwelche Mittelchen im Internet. Wenn Hiro Dinge denkbar zu sein schienen, die anderen Menschen weniger denkbar erschienen, dann fand ich das eher charmant als schlimm. Wie wenn er fröhlich Fremde ansprach und anbot, sie zum Flughafen zu fahren, solche kleinen Nettigkeiten. Denn wieso sollte man jedes Mal Geld für lange Taxifahrten aus dem Fenster werfen müssen? Und wieso sollte ich deshalb ein solches Leuchten als Verrücktheit einstufen? Natürlich, jetzt, da ich verkrüppelt und alt und ganz allein bin, denke ich vielleicht nicht mehr so, aber damals gab ich mir viel

Mühe, die Welt zu einem besseren Ort zu machen. Und deshalb kauften wir immer weiter Drogen für den Privatgebrauch im Internet, und diese zunehmenden narkotischen Vergnügungen ließen unseren Weg vielleicht ein bisschen verschwommen erscheinen. Mit Narkotika meine ich nicht solche halb-kostbaren Dinge wie Peyote oder Crystal Meth, die ich mit Gesundheitsschäden verbinde, sondern Dinge, die man in jedem Gemischtwarenladen bekommt, wie Ketamin oder Aufputschmittel. Sie verleihen einem ein Gefühl der Zuversicht, das für den Eintritt in die Erwachsenenwelt wirklich sehr wichtig ist. Denn wenn deine Freunde sich alle wie Kinder anziehen, mit ihren Turnschuhen und Sweatshirts und den albernen Frisuren, und du genauso, dann kann das bedeuten, dass sich alles irgendwie schauerlich anfühlt.

– Das Problem ist nicht, sagte Hiro, – dass die Erwachsenen uns übelwollten.

– Leider nicht, sagte ich.

– Das Problem, sagte Hiro, – ist, dass sie es ausschließlich gut mit uns meinen. Wir sind die ersten Kinder, die jedermanns Traumkinder sind.

– Nicht so gut.

– Nein, sagte er.

Wenn man sich überlegt, welche Probleme einem einzelnen Menschen begegnen können, oder zweien! Eine Truppe zu sein ist so viel sicherer. Aber natürlich kann man nicht jederzeit als Truppe auftreten, nicht in dieser traurig-ernsten Zeit, und wenn Candy einmal nicht da war, was natürlich der Normalzustand war, wenn Candy ins Büro in der Stadt fuhr, ihr Büro hoch oben in den ausgefransten Wolken, führten Hiro und ich unsere Truppe als Duo fort. Und dieses Duo nahm oft die Form eines Seminars an, in dem wir uns mit meiner Moralphilosophie auseinandersetzten.

– Du, sagte Hiro, – befindest dich in einer wirklich merkwürdigen Situation.

– Raus damit, sagte ich. – Ich kann das ab.

– Unbeständig gegenüber deiner einzigen Liebe, verlässlich gegenüber allen anderen.

– Unbeständig?

– Ist doch wahr, sagte Hiro.

Es ist wahr, dass Hiro mein bester Freund ist, aber ich fand trotzdem nicht, dass er recht hatte, oder zumindest nicht ganz und gar recht. Ich wusste natürlich, warum er das sagte. Romy hatte mich an dem Tag angerufen, an dem sie aus dem Krankenhaus kam, und ich war sofort zu ihr gefahren. Natürlich war ich sehr erleichtert, dass es ihr gutging, aber ich würde sagen, das stärkere Gefühl war, dass ich wieder einmal ganz aufgeregt war, wie ich es in Romys Anwesenheit immer bin – wie schnell die Gefühle aufeinander folgen! – so hatte ich gerade noch Angst vor der totalen Katastrophe gehabt, ich meine vor Romys Tod und dem Tod meiner Ehe und dem totalen Wipeout, und jetzt, da dieses Szenario abgewendet war, war es, als hätte man es vollständig aus meiner Erinnerung gelöscht, und mir war wieder nur wichtig, dass Romy meinen Witz und meine Gesellschaft genoss. Die neue Katastrophe, würde ein Witzbold vielleicht sagen, war die Katastrophe ihres Überlebens. Alles ging so weiter wie zuvor – als wäre ich der geblendete Autofahrer, der fröhlich auf der Autobahn von Spur zu Spur driftet – und auf diese Art hatte diese blutige Episode in all ihrem Schrecken und der Anspannung dazu geführt, dass ich sogar noch mehr Zärtlichkeit für sie empfand, mich ihr noch mehr verbunden fühlte. Wäre sie mir in dieser blutenden Form niemals begegnet, wären wir einfach aufgestanden, Frühstücken gegangen und losgefahren, dann, denke ich, hätten wir vielleicht einfach nur gute Freunde bleiben können. Doch das Blut hatte etwas Dramatisches, und das brachte uns sehr nah zusammen. Nicht, dass wir noch einmal miteinander geschlafen hätten, aber wir schickten einander sehr viele Nachrichten und telefonierten viel, denn solche Verbindungen lassen sich nur schwer verleugnen – und doch, trotz allem, liebte ich Candy ohne Ende. Und deshalb glaube ich, versuchte ich Hiro zu erklären, es gibt keinen verwirrenderen Zustand als die Ehe, sie ist unser größtes Rätsel, wie es der Selbstmord in früheren, absurden Zeiten war. Kann schon sein, dass unsere Probleme harmloser wirken als damals, in Zeiten von Krieg und Pest. Vielleicht sind wir harmloser, aber auch tiefgehender. Denn im Grunde, denke ich, liegt echte Größe darin, so viele Beziehungen wie möglich zu unterhalten. Was sonst soll mit Utopie gemeint sein? *Immer wenn ich auf eine Party gehe, denke ich, das wird die beste Party aller Zeiten*, hat Shoshana einmal zu mir gesagt, bevor sie irgendwo tief in die hinterste Ecke dieses Landes verschwand. Und ich habe immer noch keinen Satz gehört, der mich mehr dazu gebracht hätte, mich zu verlieben. Und wenn man wirklich so denkt, und ich glaube, dass ich das tue, bedeutet das eine schwere Bürde. Man setzt sich den Gefahren anderer Menschen aus, von denen sich die meisten Leute fernhalten – der weitreichenden Erkenntnis, dass jeder Mensch, der einmal in dein Leben eingetreten ist, nie wieder davon ausgeschlossen wird. Wer mit Menschen nicht mehr spricht, mit denen er im Bett war, wenn auch nur einmal, ist feige oder seltsam, denke ich, und wenn ich ein Kommunist wäre und aus der Partei austreten wollte, würde ich das sanft und elegant machen – wieso sollte man sich grundlos Feinde machen? Und deshalb ist die Ehe ein so großes und dauerhaftes Problem. Sie ist ein moralisches Dilemma in Reinform – wie der größte Fall von Zersiedelung der Welt, so dass man immer dann, wenn man gerade dachte, alles hinter sich gelassen zu haben, doch nur in einer weiteren konzentrischen grünen Vorstadt gelandet ist. Oder, anders herum gesagt, man kann letzten Endes nicht nur mit der eigenen Frau sprechen, aber wenn man erst mal mit anderen Menschen zu sprechen beginnt, wo hört das auf? Irgendwann stellt man fest, dass man, beispielsweise, nicht nur verliebte Botschaften an andere Frauen schickt, sondern sich auch noch um den besten Freund kümmert, um ihn bei Laune zu halten.

– Ach, *ich* bin das Problem?, sagte Hiro. – So siehst du das, Chico?

Und auf eine Art war es so. Das heißt, ich glaube, dass oft ein anderer Mensch notwendig ist, um ein philosophisches Problem offensichtlich werden zu lassen, es lässt sich nicht immer mit abstraktem Denken am eigenen Escritorio erreichen, und mein Freund Hiro war ein solcher Dämon. Denn es heißt zwar gemeinhin, dass die Regel der allgemeinen Realität besagt, dass nichts passiert – okay, aber was machst du, wenn doch etwas passiert? Ich finde, *etwas* ist ein komplettes, unerforschtes Gebiet der Philosophie. Und Hiro war derjenige, der die Gabe hatte, etwas zu erfinden, wo normalerweise nichts war. Er war das Gegenteil davon, wie Leute in den Vorhöfen von Einkaufszentren auf Liegestühlen sitzen, als könnten sie diese seltsamen Orte normal machen, was sie nicht können. Hiro konnte einen Bingosaal oder eine illegale Autowerkstatt so wirken lassen, als seien sie mit den unglaublichsten Orchideen und grüner Vegetation überwuchert. Und selbst wenn ein solches Verhalten seine Ursachen hatte und vielleicht eine Form des Leidens darstellte, hieß das nicht, dass die Konsequenzen nicht real oder sogar erfreulich waren. Es stellte sich heraus, dass bei Hiro der Unterschied zwischen dem Grauenhaften und dem Gewöhnlichen sehr dünn war, so dünn vielleicht wie der Unterschied zwischen den beiden Seiten von Alufolie.

… wo Verbrechen tugendhaft sein können …

Eine solche Erfindung war es, kleine Verbrechen als größere Tugenden anzusehen. Wir fuhren gerne nachts durch die Stadt – das Viertel, in dem die Metzgereien vor kurzem angesiedelt wurden, die Beaux-Arts-Gebäude, das Kricket-Stadion – langsam zogen Reihe um Reihe von Kiosken und Leuchtreklamen, zum Beispiel für Kasey's Chicken, vorbei, eine noch spät geöffnete Milchshake-Bar, eine Spielhalle, ein Geschäft, das Eiswürfel & Eiscreme verkaufte, darunter in Neonschrift *24 Stunden* – und auch wenn ich nicht sicher war, ob diese Rund-um-die-Uhr-Behauptung stimmte, gefiel mir doch diese moderne Haltung, denn ich finde es gut zu wissen, dass man nachts jederzeit aufstehen und auf Menschen treffen und Sachen kaufen kann, nicht, dass man je um, sagen wir mal, fünf Uhr morgens aufstehen würde, um Cannoli zu kaufen, aber trotzdem finde ich das sehr beruhigend. Und dann ereignete sich – falls das der richtige Ausdruck ist, denn ich habe oft Probleme mit Verbformen, es fällt mir schwer, immer das richtige Tempus zu finden – dieser Augenblick, als wir in einem der äußeren Vororte waren, auf einer unserer Herumfahrtouren, und wir in eine Bodega spazierten, einfach um uns umzusehen und vielleicht Feuerzeugbenzin oder eine Modezeitschrift zu kaufen, und ich mir einen Moment lang das aufgemotzte Coverfoto irgendeines Klatschmagazins ansah und in das tote Gesicht eines Supermodels oder einer Thronfolgerin starrte, und deshalb vielleicht ein paar Schritte hinter Hiro zurück war – und deshalb war das Erste, was ich von Hiro sah, als ich wirklich drin war, nicht, wie er vornüber gebeugt da stand und sich die Eissorten in der Gefriertruhe ansah, nein, er tat auch sonst nichts, was in einer solchen Situation normal gewesen wäre, sondern er hielt in der einen Hand eine Maxipackung Garnelenchips und in der anderen horizontal eine Pistole. Und viel später, als wir die Szene Candy beschrieben, reagierte sie eindeutig verstört.

– Ihr verarscht mich, sagte Candy.

– Hör nicht auf ihn, sagte Hiro.

– Wenn ich's doch sage, sagte ich, – wir waren richtig bewaffnet.

Nicht, dass ich damals die Kanone genauer untersucht hätte, zum Teil, weil ich zwar weiß, dass Kanonen das Modernste sind, was es zu kaufen gibt, aber das heißt noch lange nicht, dass es für Otto Normalverbraucher, und damit meine ich natürlich mich selbst, egal wie modern dieser Otto oder ich auch sein mag, einfach ist, mit solchen Geräten *vertraut* zu sein. Ich glaube, es ist nicht übertrieben zu sagen, dass darüber Bescheid zu wissen gar nicht so leicht ist. Und doch wirkte es bei Hiro ganz stressfrei, in eine Bodega zu gehen und eine Donnerbüchse zu zücken.

(– Da fällt mir was ein, sagte Candy. – Erinnert ihr euch an meinen Freund Epstein?

– Epstein?

– Mein Freund Epstein, sagte sie.

– Schatz, wir erzählen dir doch gerade was.

– Okay, sagte sie. – Okay.)

Noch spannender war das Ganze, weil Hiro auf den ersten Blick überhaupt nicht brutal wirkt. Das ist noch etwas, das wir gemeinsam haben. Um zu sehen, dass Hiro brillant oder ein bisschen schräg oder beides zusammen war, reichte ein einziger Blick. Er trug eine eckige Brille mit schwarzem Gestell, eine dunkelbraune Cordjacke mit Schalkragen und verschiedenen Reißverschlüssen, und darunter ein braunes Karohemd, doch das Detail, das ihn besonders auszeichnete, war, dass er an den Füßen hellbraune Bootsschuhe trug, aber ohne Socken, wie ein Riviera-Mogul. Er war ein lupenreines Beispiel des modernen Schicks. Und deshalb wirkte das Bild ein wenig überspannt: Im Hintergrund lief auf dem Fernseher hinter der Verkaufstheke eine Wiederholung der berühmten Katz-und-Maus-Rache-Saga, denn Cartoons sind einfach überall, man kann ihnen nicht aus dem Weg gehen, und unterdessen verließ Hiro langsam diesen sehr hell erleuchteten Kiosk, mit der horizontalen Waffe in der einen Hand und dem vertikalen Garnelensnack in der anderen. Und mit dieser Idee, den Abgang zu machen, war ich schließlich auch einverstanden, denn ich wollte bloß weg von dort und mir von Hiro eine Erklärung einfordern, wann genau er beschlossen hatte, dass Bodegas in unserer Gegend zu überfallen ein angemessener Zeitvertreib sei. Ich sehe ein, dass es theoretisch keine besseren oder schlechteren Arten gibt, sich die Zeit zu vertreiben, weil es bei der Zeit ja gerade darum geht, sie zu verschwenden, aber es gibt auch Grenzen.

– Was sollte der Scheiß?, sagte ich.

– Die ist nicht *echt*, sagte Hiro.

Und er zeigte mir die Donnerbüchse, die ich jetzt, bei genauerer Betrachtung, als Wasserpistole erkannte, und aus Plastik, aber sehr realistisch. Und es beruhigte mich irgendwie, zu sehen, dass er niemanden verletzen wollte. Ich hatte keine Ahnung gehabt, wie wenig dazu nötig war, eine überzeugende Kopie zu sein, und dieses Wissen war nicht nur beruhigend, sondern auch, im Rückblick, sehr verlockend und verführerisch. Ich frage mich, ob alles, was ab diesem Punkt geschah, nur aufgrund dieser Verlockung geschah, der Erkenntnis, dass etwas nicht *viel* zu sein braucht, um das Ding selbst zu sein – so dass wir, als wir links und rechts von uns die Boutiquen erblickten, uns auf der Stelle in vorsichtige Mafiosi verwandelten. Zugegeben, die Gefahr für uns war gering. In der Ferne war ein einziger Straßenfeger, der gerade eine Pause machte und mit seinem Handy beschäftigt war. Es war, als wäre die Straße ein Strand, wie einer dieser leeren Strände, wenn man mit schweren Schritten dem Meer und dem Plastikseetang entsteigt, stehenbleibt und sich die ganzen Menschen ansieht und plötzlich niemanden mehr finden kann, den man kennt. Über uns spielten Koalas und Tauben in den Jacarandabäumen. Und so gingen wir davon, während Hiro versonnen seine unberührte Tüte Garnelenchips betrachtete. Dann gab er sie großzügig dem ersten Kind, dem wir auf der Straße begegneten.

… was eine verführerische Erkenntnis ist …

War dies nicht eine Form von Utopismus, diese kleine Verbesserung des Lebens eines anderen Menschen? Ich fand es sehr liebenswürdig von meinem Freund. Vielleicht hätte man in einem längst vergangenen Jahrhundert, wenn man den Gesellschaftsvertrag neu erfinden wollte, das Ganze in größerem Elend getan, man hätte isoliert im Untergrund gelebt und sich in wahnsinnigen Monologen und finanziellen Sorgen und Hunger verloren; doch in dieser leuchtenden Zeit schien es möglich, es auf sanftere Art zu erreichen – einfach durch den Wunsch, eine gewagtere Existenz zu erschaffen: mit Freundschaften, Affären, Zweit- oder erweiterten Familien. Ich glaube nämlich, obwohl uns schon so viele Formen der Utopie zur Verfügung stehen, mit Computern und Raumfahrt und Fernsehen und Telefonen, all der Ausrüstung der jüngsten Zukunft, dass es trotzdem noch weitere Utopien gibt. Es ist vielleicht nur so, dass es jetzt in kleineren Dingen steckt, wie dem Weg von dem Gedanken, etwas zu tun, bis zum tatsächlichen Tun – wie deinen Freund zu fesseln und ihn zu missbrauchen, bis er vor dunklem Vergnügen aufschreit – oder noch kleiner, einfach in solchen Satzanfängen wie *Wenn es doch bloß so wäre …* oder *Irgendwas fehlt …* Man muss klein anfangen, will ich damit vermutlich sagen. Und wenn dein bester Freund gerade im Krankenhaus war, wegen emotionaler Probleme, und sehr verletzlich und ohne klare Vorstellung, wo er bleiben soll, aber dafür ganz auf sich allein gestellt, dann finde ich es nur logisch, dass wir die Verpflichtung hatten, ihn aufzunehmen. Denn das, was man annimmt, kann wirklich so innig geliebt werden wie das, was man selbst erschafft, und vielleicht sogar noch mehr. Oder zumindest erschien es mir immer so, dass das Annehmen des Fremden ein Beweis dafür war, dass man eine Seele hat. Vor langer Zeit, als ich viel kleiner war als ich es jetzt bin, war ich mit meiner Mutter in einem Geschäft und wollte sie offenbar sehr dringend auf eine hässliche Person aufmerksam machen, die dunkles und eindeutig buschiges Nasenhaar hatte. Meine Mutter zog mich weg und erzählte es fortan immer als etwas besonders Schlimmes, das ich getan hatte. Also, was sollte ich denken? Von da an dachte ich, dass man auf keinen Fall gemein zu anderen Wesen sein darf. Nicht, dass meine Gedanken immer bei den Unterdrückten anderer Länder gewesen wären, aber ich versuchte schon, nicht grausam zu den Menschen um mich herum zu sein, die nicht so viel hatten wie wir. *Wir sind nicht reich*, sagte meine Mutter, aber ich glaube, das war nur, weil die Häuser um uns herum Rosengärten und Swimmingpools hatten, und wenn das so ist, kann sich schon mal die Perspektive ein bisschen verschieben. Aber wenn man anfängt, über die Dinge ein bisschen gründlicher nachzudenken, dann stellt man fest, wie beschränkt die eigene Definition des Guten oder Schönen oder Liebenswürdigen ist, man merkt, dass viele der Dinge, die man für undenkbar gehalten hat, wie etwa, einer Frau, die nicht die eigene Frau ist, mitten in der Nacht Nachrichten zu schicken, oder ohne Erlaubnis Gegenstände aus einem Geschäft mitzunehmen, auch etwas Schönes haben können, wenn man nur die richtige Sichtweise darauf findet. Und genauso argumentierte ich jetzt – als hätte ich vorher glücklich in einer bewachten Wohnanlage gelebt, in der die Bewohner vor den im Drogenwahn erdachten Verwüstungen der Maquiladores da draußen beschützt wurden, und wäre jetzt im Freien und zugleich angenehm überrascht. Ich bewunderte Kakteen, kaufte mir Mangosaft und ließ es mir richtig gutgehen. Wie sich herausstellt, sind Verwandlungen doch möglich. Oft macht man irgendwas, und es fühlt sich vielleicht wie nichts an – nur dicht und fluffig wie einer dieser parfümierten, aufgeschäumten Glücksbärchi-Sticker, und dann BAMM! totales Chaos.

TÄUSCHUNG IST EINER DER VORZÜGE DER FAULHEIT

… denn es wirkte überall so, als würde nichts passieren …

Nicht, dass es sich damals wie totales Chaos angefühlt hätte, nicht direkt. Da war nur Weichheit, und die Farben, die man mit weich verbindet: Pistazie, Vanille, Pfirsich. Diese Art von Weichheit war etwas, das ich bei meinen Mitmenschen sehr schätzte. Einmal bin ich zum Beispiel in unseren Schulfreund Nelson hineingelaufen. Nelson war oft in der Zeitung, er schrieb über Showgeschäft und Kino. Wenn die Filmstars mit dem Helikopter aus dem Norden oder Süden kamen, wurden sie von Nelson begrüßt. Und jetzt stand er in einer ausgesprochen tristen Seitenstraße und erklärte mir fröhlich, wie sehr er sich freute, am Stillen seines Kindes teilhaben zu können. Es war schön, wie er es beschrieb. Er hielt das Baby ganz vorsichtig, so dass es an den Brüsten der Mutter saugen konnte, denn was man auf jeden Fall vermeiden musste, waren spezifische Rollen für die Mutter oder den Vater. So viel wie möglich, sagte er, sollte man deshalb alles gemeinsam tun. Ich bewunderte diese frohe Denkweise sehr, und fragte mich, ob diese Aura des Staunens, die Art, wie die Welt, in der wir alle leben, in der Pastellfarbpalette von Chemikalien und Bonbons erstrahlte, ein Effekt unserer Erziehung war. Denn unsere Schule war im Grunde ein Country-Club, wenn man sich unter »Country-Club« auch die Über-Ausbildung eines kleinen Renaissancehofes vorstellen kann. Und auch, dass sie sich den verschiedenen *Halfies* und *Mestizos* verschrieben hatte, den *Octoroons* und *Griffes*: all den verunsicherten Kindern und Enkelkindern von Einwanderern. Alles, was man uns beibrachte, war, sämtliche Unterschiede zwischen den Menschen auszulöschen – und hier stand das Ergebnis vor mir, in Form der schlaffen Gestalt Nelsons und, allgemeiner gesagt, in Form unserer hellen Umgebung. Wir machten Ausflüge und sahen uns Segelboote an, fuhren zum Frescoball- oder Snookerspielen, oder in den Park mit den Limonadenständen. Während Hiro und Wyman und ich so sprezzatura Zeitvertreiben nachgingen wie fett zu werden, oder noch fetter, Erdnussbutterwaffeln oder Vanilleshakes zu essen, oder manchmal beides zusammen, in Form von halbgeschmolzenen Sundaes. Und dennoch, so entwickelte sich das Chaos, in aller Weichheit, als würde das Chaos auf Zehenspitzen hereingeschlichen kommen. Hiro zum Beispiel hatte sich angewöhnt, verschiedene Perücken zu tragen – blond, retro, trottelig kreativ. Ich persönlich fand seine Energie befreiend, aber nicht jeder sah es so: Für sie war es *bedenklich* oder *gefährlich* oder irgendein anderes therapeutisches Adjektiv. Er verbrachte seine Zeit im Internet und verglich Schusswaffen, und wenn Wyman seine Besorgnis über diese Entwicklung zum Ausdruck brachte, blieb Hiro gelassen und unerschüttert.

– Du bist so ein Perfektionist, sagte Hiro, während er seinen Kaffee mit Zucker ganz schwer machte, und dann ein paar Tabletten schluckte. – Entspann dich mal.

Oder ich kam nach unten und stieß auf seltsame Vignetten und Unterhaltungen, Dinge wie:

HIRO
Ich meine, stell dir vor, der Friseur hat dir gerade den schlimmsten Haarschnitt der Welt verpasst, und jetzt triffst du jemanden zum ersten und vielleicht letzten Mal, und du willst unbedingt klarstellen, dass du normalerweise nicht so aussiehst, aber das kannst du natürlich nicht. Du musst dich damit abfinden, dass dein wirkliches Selbst keine Rolle spielt. Du glaubst zwar nicht, dass dein wirkliches Selbst im Haarschnitt steckt, aber das kannst du nicht erklären –

CANDY
Alles okay?

HIRO
Ja, sicher.

MEINE MUTTER
Ausgezeichnet.

HIRO
Ich meine, keine Ahnung, woher ich das wissen soll.

Vor jeder Party kam Hiro von einem seiner Ausflüge mit einer Zusammenstellung für jeden von uns nach Hause, und es kann sehr gut sein, dass vor allem die Narkotika für dieses Gefühl verantwortlich waren, das ich hatte, das Gefühl von Verflechtungen und Schicksalhaftigkeit. Zum Beispiel vergesse ich immer, eine merkwürdige Nachricht zu erwähnen. *Ist dort Danger Mouse?*, schrieb mir ein Fremder, mit einem ungewöhnlichen Ländercode. *Spreche ich mit SuperTed?* Aber andererseits gibt es in dieser Zeit mit der ganzen Technologie andauernd Fehlverbindungen, und deshalb versuchte ich, nicht weiter darüber nachzudenken. Stattdessen machte ich mir Sandwiches, die vor allem aus Kewpie-Mayonnaise bestanden, während um mich herum die wichtigen Fragen dieser Tage diskutiert wurden.

MEINE MUTTER
Er braucht einen Job.

MEIN VATER
Auf jeden Fall.

MEINE MUTTER
Wieso gehst du nicht zurück ins Büro und fragst?

ICH
Ich hab gefragt.

MEINE MUTTER
Und?

ICH
Das weißt du doch.

MEIN VATER
Er braucht einen Job.

Denn wenn man ganz entschieden *keinen* Lapislazuli für den Verkauf in Flughafengeschäften importiert, oder eine Hotelkette an der Pazifikküste mit Minibrezeln und anderen Snacks beliefert, dann muss man sich die Zeit, die man auf solche Aktivitäten verwendet hätte, auf andere Weise vertreiben. Die Zeit war klumpig und zähflüssig, als wäre Zeit Congee. Sie war eine Luftblase oder eine einzige Pause, und wenn das die eigene Situation ist, ist es schwer, nicht mit dem zu experimentieren, das am leichtesten verfügbar ist, etwa, wie lange man an einer Tasse Kaffee trinken kann, oder wie viele Horrorfilme man am Stück gucken kann. Und auch wenn ich gesagt habe, dass ich meine Arbeit für diesen Traum von Kunst aufgegeben habe, muss ich vermutlich trotzdem zugeben, dass ich mir in dieser Hinsicht viele Sorgen machte – Sorgen, dass es tatsächlich schon zu spät sein könnte, dass dies das Ende meiner Jugend war, das Ende der Geschichten, das Ende der Kunst, Sorgen, die auch in diese Erzählung einfließen werden, aber noch nicht – dass diese geplante Methode, meine Zeit auszufüllen, nur die kleinste Erschütterung am äußersten Rande meines Denkens war. Stattdessen beschäftigte ich mich mit dem Gedanken, dass das Leben selbst ein Kunstwerk sein könnte. Denn meine neugewonnene Freizeit erlaubte mir, wie sich herausstellte, auch die Erfindung neuer Kategorien oder Phänomene – dunkle Möglichkeiten von Phantasie und Täuschung.

… was unserem Helden erlaubt, neue Begierden zu entwickeln …

Kein Wunder also, dass die Art, auf der ich hauptsächlich meine Zeit verbrachte, wenn ich nicht mit Hiro zusammen war, darin bestand, mein Abenteuer mit Romy weiterzuverfolgen. Dies war unter all den Methoden, meine Zeit auszufüllen, eindeutig eine der intensivsten, weil dazu das Verfassen sehr vieler Mails und anderer Nachrichten gehörte, das Beschneiden von Fotos und schließlich das Überlegen, wie und wann ich all das schicken sollte. Und dann das Warten auf eventuelle Antworten. Oder, wenn eine Antwort tatsächlich ausblieb, das zwanghafte Nachgrübeln über die Gründe dieses Ausbleibens. Ich weiß, dass diese Art, die Zeit auszufüllen, mich zumindest in der Sprache der Kirchen oder orthodoxen Synagogen oder Ashrams zu einem nutzlosen Menschen macht. Aber zeig mir die Seele, die *kein* Müllstrudel ist und im ansonsten hellblauen Ozean Plastik um sich sammelt. Denn die große Verlockung von so viel Freizeit, die für dich vielleicht nicht offensichtlich ist, wenn du das hier in der U-Bahn liest, ist, dass freie Zeit einem alle Mittel in die Hand gibt, die man braucht, um die Menschen zu täuschen: Du, der du pendelst und immerzu von Abgabefristen gejagt wirst, bist in Bezug auf dein inneres Leben glücklich beschränkt und deshalb unzugänglich für Verlockungen. Wohingegen Arbeitslosen einfach sehr viel Zeit zur Verfügung steht. Wenn jemand einen geheimen Telefonanruf oder ein ausgedehntes Treffen benötigt, ist es immer möglich, das zu arrangieren. Es ist nicht so, dass ich die eventuelle priesterliche Missbilligung solcher Lügen und solcher Untreue nicht verstehen könnte. Aber wenn man erst mal gemerkt hat, wie angenehm die Taten sind, die andere Menschen verletzen, ohne dass sie davon wissen, und wie leicht es ist, so etwas zu tun, dann fällt es schwer zu widerstehen, denn dann wird einem gegen den eigenen Willen das Wissen aufgezwungen, dass die Bedingungen dieser Welt viel weicher sind, als man immer dachte. Ich glaube, dass auch Romy das wusste. Sie mochte Candy und wollte sie ebenfalls nicht verletzen, doch wieso, diskutierten wir oft, musste überhaupt jemand verletzt werden? Das Ideal war ganz einfach reine Leichtigkeit.

... geschützt durch das Alibi seiner Traurigkeit ...

Solche Reinheit in einem Jungen! Ihr Generalissimi und Richter, die ihr den Umstand verurteilt, dass ich mich in dieser Seifenblase vergnügte, während sich meine Frau große Sorgen um mich machte und mich sogar ermutigte, alles zu tun, was mir Freude bereitete, so dass sie zu einer Gehilfin bei ihrer eigenen Hörnung wurde, oder welch altmodischer Begriff für eine solche Handlung auch immer angebracht sein mag – seht ihr nicht, dass wir keine andere Wahl hatten? Es war die allgemeine Regel, nach der wir uns verhielten. Wenn Candy je gezeigt hätte, dass ihr mein Zuhausebleiben nicht recht war, dann hätte das gezeigt, dass sie mir und meinem Geständnis, dass ich traurig war, nicht glaubte, und weil sie mir zeigen musste, dass sie mir glaubte, dass sie überzeugt davon war, dass meine Traurigkeit so groß war, dass sie mich dazu brachte, Partys zu verlassen und allein als Nachteule oder Verrückter in den Diners und Cafés dieser Stadt zu sitzen, musste sie also auch jetzt ihr Mitgefühl und ihre Beunruhigung zur Schau stellen. Sie ermutigte mich, so viel Zeit wie ich wollte auf nächtlichen Ausflügen zu verbringen, weil sie wollte, dass ich glücklich war, und das tat sie mit einer solchen Zärtlichkeit, dass ich anfing, ihr zu glauben und mich mir selbst als tieftraurig vorzustellen. Aber vielleicht ist das gar nicht so verrückt. Ich meine, wie krank muss man sein, um krank zu sein? Wenn man sich vorstellt, dass man an etwas leidet, an dem man eigentlich gar nicht leidet, wie kann man dann den Unterschied erkennen? Innerhalb der Denkblase ist es absolut so schlimm, wie das medizinische Lehrbuch es sagt. Nur wenn wir versuchen, unsere Gefühle aufzulisten, stellt sich das Problem, dass einfach so viele Gefühle zwischen unser Denken und unsere schlimmsten Absichten passen, und ist es wirklich Unehrlichkeit, wenn jemand seine obszönen und herrlichen Triebe nicht eingesteht? In einer solch ausweglosen Situation stand ich in der Küche und machte Donuts oder etwas ähnlich Leckeres, während Candy in ihrem Anzug vor mir stand und meine schwierige emotionale Lage zu verstehen versuchte.

CANDY
Wie läuft's, Baby?

ICH
Nicht so gut.

CANDY
Wirklich?

ICH
Wirklich.

CANDY
Na, lass dir Zeit, okay?

Solche Macht hat das Lügen! Es kann wirklich alles erreichen. Und vielleicht ist dieses Wort *Macht* gar nicht verkehrt. Ich glaube, es könnte sein, dass ich in dieser Welt mit einer völlig unverdienten Macht gesegnet bin.

... was jedoch verstörende nächtliche Phantasien erzeugt ...

Doch auch wenn ich mich sehr gut amüsierte und meine Unterhaltungen mit Romy genoss, die sich jetzt vor allem um Löcher und Öffnungen drehten, oder wenn nicht direkt die Unterhaltungen selbst, dann die Ahnung, dass es bald über solche Gespräche hinausgehen würde, war es doch auch so, dass es da eine Dunkelheit gab, über die ich nicht hinwegsehen konnte, inmitten der Helligkeit, so wie dieser schwarze Kreis, der in den Augen bleibt, nachdem man geblendet wurde. An zwei Menschen zugleich zu denken war sehr schwierig, und die Auswirkungen davon konnte man meinen geheimen nächtlichen Gedanken ablesen. Denn in dieser Zeit stellte ich mir nicht nur Romy in verschiedenen unbekleideten Posen vor, ich stellte sie mir manchmal auch tot oder zumindest auf sanfte Weise verschwunden vor. Das kam nicht nur in meinen Träumen vor, sondern auch ganz bewusst. Oder ich malte es mir anders herum aus, und es war Candy, die tot war, so dass ich allein mit Romy zurückblieb, was in gewisser Hinsicht gut und in anderer Hinsicht nicht so gut war. Obwohl ich natürlich noch nie die Erfahrung des Alleinseins gemacht habe, egal in welcher Form, noch habe ich in irgendeiner Form die Erfahrung gemacht, wie es sich anfühlt, wenn die Menschen, die man liebt, sterben; es gab keine größeren Todesfälle in meiner Familie oder unter meinen Freunden oder Geliebten oder auch nur meinen Bekannten – vor den Ereignissen, die ich hier beschreibe, hatte sich mein Leben durch die völlige Abwesenheit von Blut ausgezeichnet –, und ich glaube, dasselbe gilt für viele der Menschen um mich herum, wie Wyman und Nelson und ihre Zeichentrick-Familien. Das macht mich skurril und unschuldig, keine Frage, aber vielleicht eröffnet es zugleich eine Perspektive auf den Tod anderer Menschen, die nützlicherweise frei von Emotionen ist. Denn mir hatte zwar schon als Kind meine Mutter beigebracht, dass man niemandem den Tod wünschen darf, aber trotzdem muss es doch sicherlich normal sein, sich andere Menschen tot vorzustellen – und zwar selbst dann, wenn man Waldarbeiter oder Wertpapierhändler ist, richtig? Ein Tod kann eine endgültige Lösung für ansonsten ausweglose Situationen sein, und eine solche Situation war dieses Szenario, in dem ich mehrere Leben zugleich lebte, obwohl man doch eigentlich nicht mehr als eines gleichzeitig leben sollte. Ich sah keine Möglichkeit, wie die verschiedenen Lügen aufgelöst werden könnten, und das regte mich auf, und so gingen mir oft Unterhaltungen mit Romy durch den Kopf, in denen ich sagte: *Romy, qué pasa?* Und sie sagte mir unter Tränen ade, während ich sie langsam vergiftete. Damals hatte ich Schuldgefühle deswegen und fand es schändlich, solche Gedanken zu haben, aber jetzt frage ich mich, ob es wirklich meine Schuld war, oder ob die Verantwortung nicht viel weiter gefasst bei der Gesellschaft lag, denn ist es wirklich zwangsläufig so, dass eine solche Vervielfältigung der eigenen Zuneigung in jedem Fall eingegrenzt werden muss? Ich versuchte nicht weniger, als ein Unendlichkeitsproblem zu lösen.

… in Anbetracht der offensichtlichen Komplikationen …

Und ich glaube, dass das umso schwieriger war, weil Romy eine Freundin war. Wäre sie bloß eine Bekannte gewesen, die die anderen nicht kannten, wäre ich vielleicht ein wenig entspannter gewesen. Aber wenn ich an die vielen Wege dachte, auf denen Candy davon erfahren konnte! –

zum Beispiel konnte Romy jemandem davon erzählen, den wir beide kannten, aber das würde nur geschehen, wenn Romy mich hasste oder mir schaden wollte, was ich unwahrscheinlich fand, aber ebenfalls denkbar war eine winzige Unachtsamkeit, wenn mir irgendeine Bemerkung über Blut oder Krankenhaus herausrutschte, oder vielleicht war ich im Krankenhaus gesehen worden, von jemandem, den wir kannten, der vielleicht mit einer Überdosis eingeliefert worden war, oder weil er in eine Messerstecherei oder eine Prügelei verwickelt gewesen war, denn es ist schwer zu wissen, wer sich wann wo aufhält. Also blieb ich nachts wach und stellte mir vor, wie Wyman oder Shoshana – auch wenn Shoshana eigentlich längst nicht mehr in der Stadt war – mich von der Cafeteria aus beobachtete, sah, wie ich blutverschmiert mit Romy ankam, und es notierte, wie ein Gestapo-Handlanger. Und aus schlechtem Gewissen beugte ich mich nachts über meine Frau und küsste sie ganz sanft. Das waren die Gedanken, die mir in dieser Zeit durch den Kopf gingen, und es braucht schon eine gewisse Charakterstärke, um damit zurechtzukommen – denn das Lügen ist ein Talent wie jedes andere auch, so wie Essen oder Glücklichsein oder Drogennehmen. Es ist eine dieser Sachen, von denen man denkt, man kann sie einfach so machen, aber in Wirklichkeit gehören Training, Intuition, körperliche Ausdauer dazu. Und natürlich will ich damit überhaupt nicht sagen, dass ich all das ohne Schuldgefühle tat. Es ist genau die Schuld, die ich zu beschreiben versuche, aber vor allem fühlte ich mich für all meine anderen Identitäten verantwortlich, die Identitäten, die ich vielleicht verlieren würde, wenn ich diese Abenteuer nicht weiterverfolgte.

– Du hast was?, sagte Wyman.

– Hör zu!, sagte ich.

Denn was in diesen Diskussionen zum Thema Moral nie gesagt wird, ist das grundlegende Problem des Timings. Wenn man so jung geheiratet hat, und Candy und ich heirateten sehr jung, in voller Unschuld und Ehrlichkeit, was dann?

– Ihr bleibt zusammen, sagte Wyman, – oder ihr trennt euch.

– So einfach ist das nicht, sagte ich.

Denn es trifft wirklich zu, dass alle denken, sie werden nicht anwesend sein, wenn jemand stirbt, ich meine, wenn jemand stirbt, der nicht die eigene große und angetraute Liebe ist. Jedenfalls dachte ich, dass es auf mich zutraf. Der einzige Mensch, den ich mir vorstellen konnte, am Sterbebett zu umsorgen, war meine geliebte Frau, Candy, und selbst das hoffte ich, würde nicht geschehen, denn ich bevorzuge die Option, dass die Person, die stirbt, ich selbst wäre, und zwar in ihren Armen. In jeder denkbaren Zukunft, die ich mir je vorstelle, kommt auch meine Frau vor. Das denke ich in mir drin, auch wenn ich weiß, dass es nach außen hin seltsam wirken kann, möglicherweise wie Gleichgültigkeit gegenüber den Gefühlen anderer Menschen – wo doch in Wirklichkeit das Gegenteil zutrifft, ich denke zu viel an andere Menschen. Wenn ich jemanden glücklich machen kann, will ich das tun, wie kompliziert die Konsequenzen auch sein mögen, wie sehr es mich auch auf Gedanken bringt, die sich wellenförmig ausbreiten, oder so, wie sich Bienen anordnen, in ihren vibrierenden Stöcken.

… deren Struktur eine umfassende Traurigkeit offenbart …

Und klar, sagte ich zu Wyman, dem spirituellsten meiner Freunde, als wir zur Einstimmung aufs Ausgehen ein paar Chemikalien rauchten, an einem späteren Punkt dieser Erzählung, als ich mich nach solchen simplen Sorgen zurücksehnte, ich weiß, dass der Großteil der Traurigkeit in der Geschichte der Menschheit den abhängigen Frauen gehört. Ich weiß, dass es immer die bettlägerigen Frauen waren, die zusammenbrachen – wenn sie in Hysterie den Mittagstisch verließen, um dann Kirchenbasare zu organisieren und von allen bemitleidet zu werden. Das wusste ich alles, aber jetzt, versuchte ich zu argumentieren, wusste ich auch, was sie wussten. Auch ich war das Opfer meiner wirtschaftlichen Umstände! Ich war wie die Hauptfigur in einer Telenovela. Ich war die Frau, die ihren Ehemann mit dem schwarzen Gärtner betrog und Valium oder andere Tabletten schluckte, während sie die Horoskope in den Illustrierten las. Ich will damit nicht sagen, dass das die einzigen anderen Beispiele von Traurigkeit in der Geschichte der Menschheit sind. Ich bin mir sicher, dass es in den Annalen der Song-Dynastie Männer und Frauen gab, die nicht wussten, was sie mit ihrer freien Zeit anfangen sollten. Ich meine bloß, wenn man so viel Freiraum zur Verfügung hat, ist es ganz natürlich, dass man sich ein bisschen, sagen wir mal, verzweifelt oder unglücklich fühlt, auch wenn ich trotzdem den nächsten Teil des Interviews selbst führen könnte, ungefähr so: *Aber womit hast du denn gerechnet, Kleiner, wenn du deine Arbeit aufgibst?* Ich weiß, das ist die Ein-Dollar-Frage. *Und jetzt willst du dich auch noch mit deiner Assistentin treffen? Du wolltest Kunst machen, klar, aber dazu noch einen vollen Terminplan?* Sicher, das verstand ich. Aber trotzdem war es ärgerlich. Leben! Ich wollte leben! Und im Ernst, war das so ungewöhnlich? Ich war mehr und mehr überzeugt, dass die drängendste Frage, in jeder Megalopolis, die ist, was man mit seiner Zeit anfängt – mit anderen Worten, wie lässt sie sich zu etwas Größerem machen als sie zu sein scheint? Es ist so leicht, das Schöne an einer Statue oder einem Gemälde zu erkennen, aber wie sieht das Schöne in Bezug auf ein Leben aus? Ich persönlich stelle mir diese Frage andauernd, und das ist zumindest eine Tätigkeit wie jede andere. Lethargie ist, finde ich, ein problematischer Vorwurf. Denn es ließe sich sicherlich argumentieren, dass der Zen-Meister in seiner Gummizelle mehr Arbeit leistet als du. Und wenn das so ist, na ja, dann galt das manchmal auch für mich. Ich war mit meinen Überlegungen sehr beschäftigt –

… die vergessene Kunst des Glücklichseins …

– wie zum Beispiel über eine Unterhaltung mit meiner Freundin Tiffany, die an der Uni lehrte, und die mich ausschimpfte, weil ich auch nur den Wunsch nach anderen

Leben angedeutet hatte. *Du hast es so gewollt, und jetzt hasst du uns dafür? Versteh ich das richtig?* Das war im Wesentlichen Tiffanys Argument. *Du willst, dass man sich um dich kümmert, und dass die Frau die Rubel und Rupien nach Hause bringt, und jetzt fühlst du dich davon so beeinträchtigt?* Wie wär's denn, Vollidiot, fügte sie mit ihrem verächtlichen Blick an, wenn du mal ein bisschen erwachsen werden würdest. Ich sah total ein, dass ihre Argumentation gerecht war, aber gleichzeitig auch überhaupt nicht, denn die Werte, nach denen sie mich zu beurteilen schien, waren zwar unanfechtbar, aber es waren nicht meine. Ich fühle mich in vielerlei Hinsicht von meinen Freunden im Stich gelassen. Es ist wie in dem Film, den Tiffany so mag, in dem die schwarzweißen Figuren eine Affäre anfangen und dann zu ihren Ehemännern und Frauen zurückkehren. Wieso, sagte sie einmal zu mir, als ich gerade überhaupt nicht davon sprach, sollte ein potentielles zukünftiges Glück mehr wert sein als das gegenwärtige Glück zweier Menschen? Und ich wollte ihr versichern, dass ich es wirklich nicht wusste. In Sachen Glücklichsein liege ich oft daneben, aber ich möchte zumindest glauben, dass es das einzig Wichtige ist. Was willst du, sagte sie dann – ein Leben ohne Reue, ist es das?

ICH
Wenn ich etwas bereue, dann, dass man nicht jeden Tag vietnamesischen Kaffee mit Kondensmilch trinken kann, weil es einem total die Diät versaut. Wenn ich etwas bereue, dann das.

TIFFANY
Du lässt dich tyrannisieren, Schätzchen, von der Angst, etwas zu verpassen.

Sie sagte dies mit diesem tiefen Bedauern, als würde sie mich aus unerreichbarer Ferne betrachten, ein Hochmut, der, wie ich gerne denken wollte, ungerechtfertigt war. Zu meiner Verteidigung konnte ich mir sicher eine andere Sichtweise zurechtlegen. Ich meine: *gemein, unbeholfen, heimlich, hinterhältig* – können das nicht auch Werte sein, wenn das Glücklichsein auf dem Spiel steht? Und vielleicht, okay, räumte ich Wyman gegenüber deshalb ein, kommt diese Art von apathisch gelähmter Atmosphäre, die ich ausstrahle, normalerweise in Diktaturen und anderen totalitären Staatsformen vor, weil solche Gefühlslagen wie meine dort besonders farbenfroh gedeihen, inmitten der präsidialen *Palacios* und des Tränengases und der *Lampadas* – aber ich würde sagen, dass sich ein gelähmter Zustand auch in anderer Form äußern kann ... Manchmal ist da dieses Gefühl von Unwirklichkeit, sagte ich, und Wyman nickte – auch wenn er mir vielleicht nicht mit voller Konzentration zugehört hatte, das lässt sich in keiner Unterhaltung so genau sagen –, wenn die Dinge ganz langsam zum Stehen gekommen sind, wie am stillsten aller Bahnhöfe an einem schwülen Nachmittag. Wyman, spürst du das nicht auch? Ich ziehe hier bloß eine Parallele, aber ich glaube, dass meine Notlage in verschiedener Hinsicht mit der eines Anwalts oder Buchhalters aus einem Pleitestaat vergleichbar ist, der alles hinter sich lässt, um einen Lebensmittelladen in einer riesigen, sauberen Stadt zu betreiben. Diese neue Identität ist ein Schock, auf jeden Fall, und irgendwie auch erniedrigend, aber sie bedeutet auch, dass man, wenn man durch die Straßen läuft, das Gefühl hat, verkleidet zu sein, mit all der versteckten Macht, die eine Verkleidung mit sich bringt. Plötzlich sieht man überall Bedeutung durchsickern – so wie man vielleicht am späten Vormittag in ein Luxushotel zurückkommt und die benutzten Handtücher und Laken in feuchten Haufen in den ansonsten perfekten Fluren vorfindet.

– Durchsickern?, sagte Wyman.

– Es ging los mit der Orgie, sagte ich.

– Der Orgie?, sagte Wyman.

– Hab ich dir noch gar nicht von der Orgie erzählt?, sagte ich.

– Offenbar nicht, sagte Wyman.

– Dann setz dich, sagte ich. – Hast du noch Bier? Mach's dir bequem.

DIE ORGIE

... eine pastellene Atmosphäre, von einer Party unterbrochen ...

Es ging langsam los, wie jede andere Party auch, mit Eiscreme und Akkordeons und Dubstep und all den anderen Zutaten, die die Leute zum Glücklichsein zu brauchen glaubten. Aus einer Ecke des Raumes sahen Candy und ich uns eine psychedelische Band an. Wenn ich irgendwelche Vorahnungen hatte, wie so ein Gefühl, dass sich mir in diesem Augenblick die schwarze Mamba mit ihren triefenden Giftzähnen näherte, dann spielten sich diese Vorahnungen unbemerkt von mir ab – wie diese Kulissen von Seen und Feldern in den uralten Bordellen, die irgendein Viejo mit der Hand abspulte, um dem sich liebenden Paar die Illusion eines Schlafwagens zu geben.

– Hey, da ist Epstein, sagte Candy.

– Epstein?

– Hey, das ist Romy, sagte Candy.

– Romy?

– Hab ich doch erzählt, sagte Candy.

– Was erzählt?, sagte ich.

Natürlich hätte ich damit rechnen sollen, weil die Besetzungsliste einfach so klein ist. Eigentlich ist jeder Einzelne in dieser Erzählung ein Freund. Ich kenne sie alle. Es ist wie ein Gruppenfoto, oder vielleicht, genauer gesagt, ein Gruppenfoto mit Statisten. So unbedeutend ist dieser Schelmenroman, und das, finde ich, macht ihn auch so wahr. Denn so außergewöhnlich ist sie gar nicht, die Kürze dieser Besetzungsliste. Im Allgemeinen kennt jeder jeden, den man selbst kennt, oder zumindest kommt es einem in dieser Landschaft so vor.

… auf der es zu melancholischen Enthüllungen kommt …

Und deshalb hätte ich nicht so überrascht sein dürfen, als ich Romy in einer verliebten und intimen Unterhaltung mit so einem Beatnik-Idioten namens Epstein sah, einem Beatnik-Idioten, den ich als einen von Candys Freunden aus ihrer Zeit nach der Uni kannte, als sie in anarchistischen Arbeitskreisen aktiv war. Bloß war es trotz allem ein Schock, weil ich nur sehr wenig Zeit hatte, um das Wissen zu verarbeiten, das mir die Haltung und der Vibe der beiden vermittelte, nämlich dass sie in irgendeiner Weise ein Paar oder zumindest lose zusammen waren – aber so funktioniert eine soziale Existenz ganz oft, dass man gezwungen ist, ganz schnell erschütternde Informationen aufzunehmen. Ja, da saß Romy und sprach über Biopolitik oder irgendein anderes angesagtes Thema, mit Epstein, dem schlimmsten Beatnik von uns allen, der gerade eine übertriebene Strickjacke trug, während Romy ihre übliche zu große Brille und Boxstiefel anhatte. Denn Romy war einer dieser Menschen, bei denen die erotische Anziehungskraft außer Frage steht, aber gleichzeitig nicht nach außen getragen wird, das heißt, sie gab sich große Mühe, ihre Schönheit zu verstecken – das dunkle Blond ihrer Haare, die hellen Sommersprossen, die ihr gesamtes Gesicht überzogen, als hätte man eine Vorlage für Malen-nach-Zahlen auf ihre Haut gezeichnet –, dass mir jetzt der Gedanke kommt, dieses Verstecken könnte tatsächlich eine noch schwerere Form von Eitelkeit gewesen sein. Jede ihrer Bemühungen, ihre Schönheit zu verbergen, ließ sie nur noch deutlicher hervortreten. Zum Beispiel benutzte sie nur einen Filzstift, um ihren schlampig hochgesteckten Haarknoten zu fixieren – diese Art von Lässigkeit eben. Sie winkte mich zu sich, um mir hallo zu sagen, also ging ich zu ihr und ließ Candy stehen, die sich das Getränkeangebot ansah. Ich war ein bisschen frustriert über mich selbst, denn obwohl ich versuchte, mir nichts anmerken zu lassen, wirkte mein Blick offensichtlich fragend, denn Epstein fing sofort an, als müsste er die Sache erklären:

– Ja, wir sind schon eine Weile zusammen, sagte er.

Ich wollte Romy unbedingt ansehen, aber mir war klar, dass das nicht erlaubt war, weil es allzu schnell mein manisches Bedürfnis nach einer Erklärung verraten würde, und ich wusste, dass ich in der Öffentlichkeit kein Recht auf eine solche Erklärung hatte, obwohl ich auch wusste, dass es, wenn ich sie überhaupt nicht ansah, ebenfalls ein Zeichen war, denn so funktioniert das Leben, man sendet Zeichen aus, indem man etwas tut oder etwas nicht tut, es gibt keinen neutralen Bereich dazwischen.

– Ich hab gehört, sagte Epstein, – du hast dieser Dame hier geholfen.

– Wie das?, sagte ich, oder irgendeinen ähnlich dämlichen Satz.

– Als sie diese Sache hatte, sagte er. – Cool, dass du sie begleiten konntest. Ins Krankenhaus.

– Ach, ja klar, sagte ich.

– Ich hab ihn an dem Morgen angerufen, sagte Romy.

– Natürlich musstest du zurück zu Candy, sagte Epstein.

– Natürlich.

Ich musste ihn mir dringend genauer ansehen, aber ich musste mir auch Romy ansehen, und es fiel mir nicht leicht, mich möglichst unbekümmert zu geben. Ich versuchte zu verstehen, ob das bedeutete, dass sie schon mit Epstein zusammen gewesen war, als wir in diesem Hotel aufgewacht waren, und dann später, im Laufe unserer Korrespondenz und unserer Verabredungen und unserer verkrampften und nicht noch einmal vollzogenen Affäre – obwohl sie natürlich keinerlei Verpflichtung hatte, es mir zu erzählen, genau wie ich nicht davon ausgehen durfte, dass sie mit niemand anderem ausgehen würde. Aber im Nachhinein betrachtet ließ es diese ganze Verwicklung in einem anderen Licht erscheinen, und ich wusste nicht, wie es mir damit ging, so wie man sich vielleicht fühlt, wenn man einem Jungen ein Nacktfoto von sich schickt und dann später erfährt, dass man es genau in dem Augenblick geschickt hat, als seine Freundin mit Pizza und Raki zum Übernachten ankam. Selbst wenn der eigentliche Augenblick ein Vergnügen war, verschwindet dieses Vergnügen, wenn man sich daran zurückerinnert und sich herausgestellt hat, dass es auf falschen Annahmen begründet war.

… die das endlose Zurückweichen der Identitäten beweisen …

Aber eigentlich war das bloß ein Teil des viel umfassenderen Problems. Ein Mensch ist eine kleine Sequenz oder ein Bündel, und man sieht nie all seine Aspekte. Bei denen, die man liebt, ist das jedoch besonders nervig, weil das diejenigen sind, über die man gerne alles wissen möchte, auch wenn das wirklich nicht möglich ist, und das bringt die Menschen dazu, sich seltsam oder unversöhnlich zu verhalten, oder, genauer gesagt, lässt einen erkennen, wie seltsam sich die Leute die ganze Zeit über verhalten, bloß dass man nur die Menschen, die man liebt, mit der nötigen Genauigkeit beobachtet. Und doch war mir außerdem klar, dass ich zwar selbst dieses Gefühl von Entfremdung und zurückweichenden Identitäten hatte, wie in einem Zerrspiegel, aber bei Epstein musste dieses Gefühl noch stärker sein. Ich wusste, wie er sich gefühlt hätte, wenn er mit mir unter vier Augen hätte sprechen können. Er hätte mich einem strengen Verhör unterziehen wollen. *Wo warst du in dieser Nacht? Was hast du gemacht? Kann ich dir vertrauen?* Natürlich konnte er mir nicht vertrauen, und das wusste er genau. Ihm wurde mit einem Schlag klar, dass er niemandem vertrauen konnte, oder vielleicht kam ihm diese Erkenntnis nicht zum ersten Mal in seinem Leben, denn er war eindeutig alt genug, dass ihm dieses Wissen bereits ein- oder zweimal aufgezwungen worden sein dürfte. Doch vielleicht hatte er gedacht, dass sich ihm mit Romy das Traurige der verborgenen Identitäten nicht noch einmal eröffnen würde, und trotzdem saß er jetzt hier, und ich hatte das Gefühl, eine gewisse Erschöpfung in seinen Augen erkennen zu können, weil er wieder einmal diese schwierige Erkenntnis hinnehmen musste – und das machte mich traurig. Ich meine, ich war traurig, in diesem Augenblick der Desillusionierung dabei zu sein, oder, genauer gesagt, ich war traurig, der Auslöser dieser Desillusionierung zu sein, denn in der Regel finde ich, dass man Illusionen pflegen und ehren sollte. Aber weil ich immer darauf aus bin, mich so edel wie möglich zu verhalten, zögerte ich keine Sekunde, als Epstein mir sagte, wie dankbar er mir sei, sondern nahm seinen Dank so elegant entgegen, wie ich konnte. Genau so muss man sich seinen Freunden und Bekannten gegenüber verhalten. Ich tat es jedoch schnell, weil ich bezweifelte, eine solche Komödie noch viel länger aufrechterhalten zu können. Dann entschuldigte ich mich freundlich und kehrte zu meiner geliebten Frau zurück.

… & die Gefahren jeder Party …

Alle gehen ständig auf Partys, was bedeuten muss, dass die meisten nicht das Gefühl haben, dass daran etwas auszusetzen ist. Wohingegen die Motive, das Haus überhaupt zu verlassen und sich in Gesellschaft zu begeben, oft falsch oder sogar gefährlich sind – etwa das Verlangen, mit jemand anderem zu schlafen, oder soziologische Studien zu betreiben, zum Beispiel ein Haus von innen zu sehen oder Leute kennenzulernen, die man normalerweise nicht treffen würde, und deshalb war ich manchmal in den Häusern meiner reicheren Freunde anzutreffen, auf ihren Geburtstagspartys in Restaurants und Salons mit Filmproduzenten und Galeristen, auch wenn ich mich am nächsten Tag dafür schämte, plötzlich auf sozialen Aufstieg aus gewesen zu sein, aber auch andere, scheinbar unbedeutende Motive wie Langeweile oder die Bitte eines Freundes, denn auch solche scheinbar harmlosen Motive warfen dieselben grundlegenden Fragen auf – dass man nämlich eigentlich gar keine Freunde haben sollte, dass man sich mit der eigenen Einsamkeit und den eigenen Verfehlungen abfinden und die Abgeschiedenheit des eigenen Zimmers nie verlassen sollte. Wie unbekümmert wir auf diese Partys gehen! Denn es ist wirklich gefährlich, sich in Gesellschaft zu begeben, vor allem, wenn man an die Gefahr denkt, der man seine verschiedenen Bindungen dadurch aussetzt. Alle denken, dass es für sie nur einen einzigen Menschen auf der Welt gibt, so hat man es ihnen beigebracht, und im Allgemeinen funktioniert das vermutlich auch gut, aber die Wahrheit ist natürlich, dass es viele Menschen gibt, die man äußerst bezaubernd finden könnte, und nicht bloß in weiten Abständen traurig über den Globus verteilt, sondern in jeder Straße, die man entlangläuft, es trifft wahrscheinlich auf fast jeden zu, mit dem man sich unterhält – und aus diesem Grund liegen diese Paare, die sich im Gespräch darüber wundern, welch außergewöhnliche Abfolge von unglaublichen Zufällen sie zusammengebracht hat, auf so traurige wie komische Weise daneben. Ich meine, sie berücksichtigen gar nicht, in wie viele andere Menschen sie sich im selben Augenblick hätten verlieben können, oder davor, oder in wen sie sich später noch verlieben könnten. Vielleicht wissen die Menschen das doch. Vielleicht kommt es deshalb so selten zu echten Unterhaltungen, weil wir uns solche Mühe geben, zu vermeiden, dass es zu einer Unterhaltung mit einem anderen Menschen kommt, und uns stattdessen meist mit einer kurzen Begrüßung und Verhandlung zufriedengeben, und wenn es doch einmal zu einer Unterhaltung kommt, dann muss sie von Höflichkeit und Geschäftskompetenz bestimmt sein, von indirekten und verdeckten Gedankengängen – und zwar, um zu verhindern, dass man den anderen Menschen näher kennenlernt und sich dann unweigerlich verliebt.

... denn Partys bringen schwierige Unterhaltungen mit sich ...

Und hier waren sie, meine Zeitgenossen – aßen Pizza Hawaii in Hawaiihemden, und ich wusste nicht, ob diese künstlerische Ironie ihre eigene war oder die des Schicksals. Sicher, es gab in der Geschichte der Welt eindeutigere Zeichen, es war zum Beispiel kein so klares Muster wie das, was der Geschäftspartner meines Vaters entdeckte, ein Mann, der vielleicht Alvin hieß, und der, als er vor einer roten Ampel hielt, durch das Autofenster in einem bestimmten Muster angeschossen wurde, fein säuberlich in die Schulter, und am nächsten Tag im Krankenhaus erhielt er eine Karte, auf die dasselbe Muster fein säuberlich aufgemalt war – und danach verließ Alvin für alle Zeiten die Stadt. Aber trotzdem, irgendwas war da.

– Ich hab noch was, sagte ich zu Candy.

– Das heißt, ich baue?, sagte sie.

– Vielleicht könntest du ja –

– Ich frag ja nur, du Pfeife.

Wie schon gesagt, meine Frau war cool. Sie konnte richtig streng sein, wenn sie wollte, und das gefiel mir sehr. Also baute Candy unsere Joints, und ich stand da und versuchte, Romy nicht anzusehen, was dazu führte, dass ich Hiro entdeckte, der bereits da war und sich auf einem Bildschirm die Wiederholung einer uralten Trash-Serie um die hübscheste aller Vampirjägerinnen ansah.

– Und wieder einmal habe ich einen scheiß Joint gebaut, sagte Candy und stieß den Rauch aus.

– So schlecht auch wieder nicht, sagte ich.

Denn ich wollte, dass alle so glücklich waren wie möglich, was jederzeit mein Idealzustand ist, aber in diesem sehr angespannten Augenblick eine besondere Dringlichkeit hatte.

– Glaubst du, das Gras ist gestreckt?, sagte Candy.

– Glaubst du?, sagte ich, aber dann wurde ich unterbrochen.

– Hola, Suffkopp, sagte Romy, die herübergekommen war, um sich zu unterhalten.

– Wie sieht's aus?, sagte ich.

Ich versuchte angestrengt, die allgemeine Stimmung einzuschätzen. Es schien, als seien alle glücklich und als müsse ich mir keine Sorgen machen – und genau das passiert vermutlich, wenn man Leute hinters Licht führt: jede Unterhaltung wird zu einer Oberfläche, hinter der man einen Abgrund vermutet. Jedes Muster schien denkbar, ob nun numerologisch wie bei den alten Sehern, oder bloß wie das Muster des Wetters oder des Mauerschwalbenfluges, falls ich eine Mauerschwalbe erkennen konnte, was ich, glaube ich, nicht kann. Das Pastorale ist nicht mein Lebensraum.

ROMY
Du bist so eine Micky-Maus-Figur.

ICH
Was ist so schlimm an Micky?

ROMY
Der hat nur drei Finger an jeder Hand.

Unter vier Augen wäre ich in der Lage gewesen, zu antworten, und zwar eloquent. Es stimmt, dass ich manchmal etwas weltfremd wirken kann, hätte ich gesagt, aber ich möchte auch darauf hinweisen, dass ich soziale Schwierigkeiten habe, ich bin ausgesprochen schüchtern, und hätte ich nicht diese sozialen Schwierigkeiten, dann hätte ich, glaube ich, große Dinge erreichen können, aber so ist es halt, ich kann's nicht ändern. Aber in der Öffentlichkeit war ich mir nicht so sicher, ob ich mich an dieser Unterhaltung beteiligen sollte, oder ob ich mich nicht vielmehr in stiller Anmut hänseln lassen musste, und deshalb blieb ich, wie im Stillen gefordert, still – weil ich verstand, was Romy mit diesem Dialog sagen wollte: *Lass uns einfach reden, als sei nichts, und dann ist auch nichts.*

ROMY
Hab ich schon erzählt, dass ich deine Mutter getroffen habe?

ICH
Meine Mutter?

ROMY
Wir haben siebzehn Minuten lang über dich gesprochen. Das war irre.

HIRO
Alle machen sich solche Sorgen, das ist verrückt –

CANDY
Ich mach mir keine Sorgen.

Es war wie diese Situationen, wenn man mitten in der Nacht in einem internationalen Luftverkehrsknotenpunkt wie Houston oder Chiang Mai landet und einen Anschlussflug erreichen muss – nicht, dass mir das je passiert wäre, aber ich kann es mir wenigstens vorstellen –, so dass man manisch Ausschau nach Zeichen und Schildern hält. Das war die Art von Besorgnis, die ich in dieser Unterhaltung über mich hielt, wie einen Schirm zum Schutz gegen die endlose Sonne, dieser Unterhaltung, in der alle, die ich liebte, einfach so miteinander plauderten, und eine mögliche Reaktion auf diese Art von Gefühl ist es, sich noch mehr wegzuschießen, als man sich ohnehin schon fühlt, und deshalb war ich froh zu sehen, dass Hiro sich darangemacht hatte, seine kleinen Häufchen zu bilden – er schnitt eine Tablette Modafinil in vier Teile, dann Cipralex und Diazepam. Ich begrüßte nämlich nicht nur, ganz allgemein, dieses neue Zeitalter der Narkotika, sondern ich brauchte in diesem konkreten Augenblick unbedingt etwas, um mich abzulenken.

– Bist du sicher, Schätzchen?, sagte Candy, als sie mich voller Enthusiasmus schnupfen sah.

– Ja, das reicht jetzt vielleicht, oder?, sagte auch Romy.

Ich verstand, dass sie gerade selbst im Krankenhaus gewesen und noch sehr verängstigt war, dass sie ihre eigenen, ganz persönlichen Ängste hatte, aber das war mir egal, denn ich brauchte diese Narkotika, und zwar nicht ohne Grund. Ich stand da und dachte angestrengt über Romy und meine Frau und Epstein und meine Begierde nach, und deshalb nahm ich irgendwie benommen wahr, dass Hiro sich in der Zwischenzeit davongemacht hatte, und dann hörte ich ihn leise einen Satz zu zwei Kids auf einem Sofa sagen:

– Und, wie wär's, wenn wir jetzt alle eine Orgie feiern würden?

Ich habe nie behauptet, dass ich Hiro gut leiden kann. Ich habe gesagt, dass er mein bester Freund ist. Das sind vollkommen verschiedene Dinge.

Jeden Tag – das war die Lektion, die man aus Hiros Leben lernen konnte – sollte man versuchen, etwas zu tun, das einem anderen Menschen hilft. Und sei es nur, sich beim Scharadespielen Mühe zu geben, das reicht schon. Eine andere seiner Maximen lautete: Ein Party ist viel unkomplizierter als die Leute denken. Im Grunde braucht man nur Bier und Plastikstühle und Musik und Take-away-Essen aus Plastikbehältern. Und das ideale Getränk ist eine minimale Menge Alkohol mit maximaler Wirkung.

– Und sonst nichts?, sagte ich.

– Dann muss man sich nur noch um die richtige Atmosphäre kümmern, antwortete er.

Bei allem, was er tat, versuchte er, dem Gewöhnlichen noch etwas hinzuzufügen. Und schon hatten sich zwei Kids blitzschnell ausgezogen. Sie hatten auch vorher nicht sonderlich viel angehabt, deshalb könnte man sagen, dass der Unterschied nicht besonders groß war. Zumindest könnte ich mir vermutlich eine Position vorstellen, von der aus der Unterschied zwischen dem Bekleideten und dem Unbekleideten unbedeutend wäre – aber in diesem Augenblick konnte ich nicht so recht daran glauben. Ich glaube immer noch, dass Kleidung einen großen Unterschied macht, ganz genau wie die Haut. Ich weiß, dass mich das wieder einmal so altmodisch macht wie einen Eiswagen, genau wie meine Unfähigkeit, eine E-Mail nicht so zu beginnen und zu beenden, als würde ich einen Brief schreiben, aber so ist das eben, so funktioniere ich.

Die Art, wie Hiro die Orgie vorschlug und wie sie begann, war so weich und so unbedeutend wie die Wärme, die ein Mensch auf dem Toilettensitz hinterlässt. Aber andererseits laufen die Dinge eben so ab, und das macht es so schwer, über irgendein Ereignis zu sprechen, das man erwähnen möchte. Es war, wie wenn man sich vorstellt, dass alles eine Oberfläche ist – und schließlich ist *alles* Oberfläche –, aber dann schafft es verstörenderweise doch etwas, hindurchzusickern. Das sind die Handlungen, die heutzutage am häufigsten vorkommen, diese Art von kleinen Lecks oder Rissen im allgemeinen Glanz. Alles fühlt sich so flüchtig an, dass es fast unmöglich ist, ein Ereignis zu bemerken, wenn es passiert, wie wenn dir jemand eine Jacke gibt, die er nicht mehr mag, und sie perfekt zu deiner neuen Jeans passt, das ist ein möglicher Ausgang der Geschichte, und wenn es so bleibt, ist alles gut – aber man kann auch zu spät feststellen, dass man in etwas viel zu Großes hineingeraten ist, und dass gerade Godzilla grünleuchtend den radioaktiven Fluten entsteigt.

… & werden, zum Beispiel, zu einer Orgie …

Es war, als würde ich eine Szene aus einem dieser in Pergament gebundenen Renaissancedrucke betrachten – den geheimen, die nur perversen Connaisseuren bekannt waren, mit riesigen Muskeln und verhangenen Betten. Hätte ich je darüber nachgedacht, hätte ich unter dem Wort *Orgie* etwas völlig anderes verstanden, etwas, das in eine andere Epoche gehörte, eine Zeit der Swingerclubs und gepflegten Schnurrbärte, unterlegt mit einem Softcore-Klaviersoundtrack. Aber vielleicht kam mir dies hier so anders vor, weil dies nicht mehr die Zeit der Swingerclubs war, sondern eine Zeit, in der alles wirklich obszön war. Sobald man mit jemandem im Bett ist, kann man tun, was man will, das ist heutzutage die grundsätzliche Regelung – es gibt keinen Ekel und keine Gefahr. Vielleicht war das der Grund, wieso die Szene vor mir so friedlich und so anders war als das, was ich mir vorher vorgestellt hätte, und vielleicht gilt dasselbe für viele andere Worte, denn die meisten Worte, die wir so fröhlich verwenden, sind eigentlich überholt, oder Übertreibungen. Wenn die Atmosphäre verrückt war, dann wirkte sie nicht so. Aber jetzt, aus der Distanz, nachdem alles verschwunden ist, frage ich mich, ob ich mehr darüber hätte nachdenken müssen. Denn das Problem beim Glücklichsein ist ja, wie sehr es die Kooperation anderer Menschen erfordert, und es ist nie klar, ob sie aus den richtigen Gründen kooperieren, womit ich meine: aus denselben Gründen. Klar, jeder hat seine eigenen Gründe, wie der Swami sagt. Aber nur weil sich in einer bestimmten Situation die Gründe überschneiden, heißt das noch lange nicht, dass sich auch die Konsequenzen überschneiden. Aber damals dachte ich nicht mit solchem Abstand. Ich staunte vielmehr, wie anders alles war, als ich es mir immer vorgestellt hatte, und diese Erkenntnis gefiel mir sehr. Bei dieser Orgie ging es leise und arbeitsam zu, sehr viel *willst du jetzt weitermachen?* oder – *nein, nein, alles gut, bei dir auch?* – *kein Problem, lass mal so weitermachen* – diese Art von Salongespräch, freundlich und zielgerichtet. Mir gefiel es, wie rücksichtsvoll diese Menschen miteinander umgingen. Sie standen auf, um Wasser zu trinken, unterhielten sich ein bisschen und übernahmen wieder, wenn mal jemand eine Pause vom Lecken oder Küssen brauchte. Es war charmant, wie die Leute das angingen. Es ist so einfach, dachte ich, sich zu multiplizieren. Ich war dieselbe Person, die auf die Party gegangen war; das Ich in mir war dasselbe. Dies ist keine überraschende Situation und passiert häufig. Aber jetzt befanden sich in diesem Ich, an der Stelle, an der zuvor nur die leise Ahnung davon gewesen war, was unter dem Wort *Orgie* zu verstehen sein könnte, diese beiden nackten Kids, die sich schüchtern oder träge küssten, auf extrem entspannte Weise, und eine Zigarette, die das Mädchen zur Seite gelegt hatte, brannte unbemerkt im Aschenbecher ab. Und wenn es nur das gewesen wäre, eine allgemeine Steigerung der glückseligen Stimmung, hätte ich es vermutlich akzeptieren können. Aber dafür hätte ich die Tatsache ignorieren müssen, dass eine Orgie zwischen Menschen, mit denen man viele Geheimnisse teilt, ein schwieriges soziales Zusammentreffen ist. Ich machte Hiro nicht dafür verantwortlich. Wenn Hiro niedlich war, dann auf dieselbe Art wie das schlimmste Kätzchen der Welt. Vielleicht kommt er mir jetzt vor wie einer dieser Space-Invader-Dämonen, die pixelweise Gift fallen lassen, doch damals waren diese Pixel nicht leuchtend und gut sichtbar. Ich war ganz sicher, dass Hiro nichts Boshaftes in sich hatte, aber ich fragte mich trotzdem, ob ich mir nicht gerade deshalb mehr Sorgen um Hiros Tabletten hätte machen müssen, zum Beispiel um die Frage, ob seine sporadische Einnahme medizinischer Tabletten, die seine allgemeine Verfassung stabilisieren oder verbessern sollten, tatsächlich so nützlich für das Gemeinwohl war, wie Hiro behauptete. Ich hatte jedoch keine Zeit, darüber nachzudenken, ich konnte erst im Nachhinein darüber nachdenken, als es auf eine Art schon zu spät war, weil die Frage, ob Hiros manisches Verhalten eine Gefahr darstellte, schon über alle Maßen beantwortet war.

... überraschend sozial ...

Denn was sich in diesem Augenblick vor mir ereignete, war, dass plötzlich auch Romy und Epstein nackt waren – oder zumindest Epstein, und Romy war, sagen wir mal, oben ohne. Sie kam rüber, um nackt mit Candy und mir eine Zigarette zu rauchen, also fing ich ein neutrales Gespräch an, mit einem dieser beiläufigen Sätze wie, keine Ahnung, *Romy, was gibt das?* Auf einer der Brüste konnte ich eine Ader sehen, und wie immer dachte ich, wie merkwürdig es war, dass sich Nacktheit wie tiefgreifendes Wissen anfühlte, dass sogar wenn man jemanden bereits nackt gesehen hatte, seine Nacktheit noch immer ein Ereignis ist, und es war ein Ereignis – die Art, auf die wir Romys Brüste vor uns hatten.

– Epstein ist total durchgeknallt, sagte ich.

Ich finde, es war eine absolut neutrale Aussage, aber insgeheim waren meine Gedanken viel konkreter, vor allem war da das Gefühl absoluter Eifersucht und Einsamkeit, von dem ich niemals jemandem etwas verraten konnte, denn welches Recht hatte ich, wegen Romy eifersüchtig zu sein, wenn ich selbst hochoffiziell mit einer anderen Frau liiert war? Und trotzdem war ich eifersüchtig, auf diese melancholische Weise, und ich war traurig, dass sich herausgestellt hatte, dass sie mit anderen Menschen ausging, und nicht nur mit ihnen ausging, sondern sie auf eine Art liebte, auf die sie mich vielleicht nicht liebte. Aber andererseits, wieso sollte sie nur mich lieben, wenn ich nicht nur sie liebte? Und diese Eifersucht hatte noch ein Geheimfach, wie ein mobiler Schreibtisch, den ein Adliger auf der nächtlichen Flucht vor der Arbeiterrevolution mit sich trug, und zwar das Bild von Epsteins dunklem Penis, das ich jetzt im Kopf hatte. Ich glaube, ich hatte noch nie einen erregierten Penis gesehen, der nicht mein eigener war, außerhalb verschiedener Bildschirme, und es war sehr merkwürdig, einen Penis zu sehen und zugleich zu wissen, dass er einem Mann gehörte, der eine Frau fickte, die ich liebte, oder es zumindest gleich tun würde, und vielleicht sogar vor meinen Augen. Außerdem muss ich zugeben, dass er mir groß vorkam, oder zumindest nicht klein, und deshalb stellte ich mit Interesse fest, dass ich nicht nur traurig, sondern zugleich objektiv beeindruckt war. Und als Romy uns verließ, um zu diesem unerwarteten Athleten zurückzukehren, machte ich Candy leise darauf aufmerksam.

– Cool, oder?, sagte Candy.

– Ja, cool, sagte ich.

– Ziemlich groß.

– Auf jeden Fall.

– Aber wird er je erfahren, sagte Candy, – wie es ist, wenn ein Mädchen seinen kompletten Schwanz in den Mund nimmt und dann aus großen braunen Augen zärtlich zu ihm aufblickt?

Ich wusste nicht, was ich darauf antworten sollte. Um uns herum unterhielten sich die Leute –

– Bist du schon steif?, sagte Romy.

– Merkst du das nicht?, antwortete Hiro.

– aber ich sagte immer noch nichts und sah mir nur die Inneneinrichtung an.

... durch das Vorhandensein von Geheimnissen schmerzhaft gemacht ...

Zu sagen, dass man ein geheimes Doppelleben führt, könnte den Eindruck von Erhabenheit erwecken – als würde man Treffen in privaten Kabinen abhalten, die normalen Menschen mit ihren Parkas gar nicht offenstehen, dass man vielleicht an Abendessen mit Kardinälen in ihren Palazzi teilnimmt und über Präsidenten lästert – aber eigentlich macht die Geheimhaltung dein eigenes gewöhnliches Leben bloß ganz klein und schwer, es hat diesen problematischen Effekt, dich zu einer Form von Tapferkeit zu zwingen, die niemand zu ertragen haben sollte. Es klingt widersprüchlich und verrückt, aber wie sich herausstellt, ist die Geheimhaltung ein Weg, sich in dieser Welt mehr Dingen auszusetzen, als man sollte; sie bedeutet, seine Privatsphäre an Orte mitzunehmen, an denen sie nicht sein sollte – wie diesen Augenblick, in dem mir klarwurde, dass ich würde zusehen müssen, wie Romy mit jemand anderem Sex hatte, während meine Frau nackt neben mir saß, und dabei musste ich den Anschein milder Neugierde erwecken. Pornobarone oder Faschisten stellen sich vielleicht solche Dinge vor, aber ich bin in meiner Phantasie immer nur liebenswürdig gewesen. Ich denke nicht groß genug, um die Gefühle komplett auszuschalten und einen Menschen bloß als Körper oder Mittel zum Vergnügen zu sehen. Aber das, dachte ich jetzt, ist ganz einfach das, was passiert, wenn man viele Geheimnisse hat: Man wird zu Erkenntnissen gezwungen, die anderen Menschen vielleicht meist erspart bleiben, und zwar, dass jeder von uns in vielen verschiedenen Universen zugleich lebt – bloß begegnen sich die verschiedenen Asteroiden und Supernovae dieser Universen für gewöhnlich nicht. Doch wenn man mehr als nur ein Leben lebt, passiert es leider in manchen Augenblicken, dass diese Welten aufeinanderprallen, und in diesen Augenblicken verlangt das Gegenwärtige nach absoluter Haltung und Bravour, und ich wollte dem Gegenwärtigen jederzeit gewachsen sein. Wenn ich diese schrecklichen Dinge mit ansehen musste, wenn ich das pummelige Stück Heraldik dieser Zeit sein musste, ja, wenn ich ihr Märtyrer sein musste, der sich ekstatisch in kochendem Öl pochierte, sich an einen Pfahl gebunden der Sonne aussetzte, dann sei es so. Ich würde die wahnsinnigen Konsequenzen auf mich nehmen – obwohl es im Allgemeinen Candy war, nicht ich, der es leichtfiel, das Gegenwärtige zu akzeptieren. Sie konnte immer gut mit Stresssituationen umgehen, wie dieser, in der man im Beisein vieler seine Kleider ausziehen musste – eine Situation, die ich extrem schwierig fand, weil sie mich an diesen Moment in Umkleidekabinen erinnerte, wenn alle nackt sind, aber so tun, als würden sie es nicht bemerken, und die Abdrücke der Sockengummis wie Bissspuren an sämtlichen Knöcheln. Aber vielleicht gilt dasselbe auch, wenn nur zwei Menschen in einem Raum sind – dass nämlich das Entkleiden ein ungewöhnlicher Akt ist, weil sich zu entkleiden so anstrengend ist, weil so viele Bewegungen und Denkprozesse dazugehören. Ja, seine Kleider vor einem Fremden auszuziehen und wieder anzuziehen, ist das Unnatürlichste der Welt. Vielleicht ist deshalb das Verlangen notwendig, weil sich sonst niemand ausziehen würde, und zwar niemals. Doch dann gab mir Candy, als würde sie auf mein Unbehagen reagieren, leise zu verstehen, zu ihr unter die Decke zu kommen, die jemand gebracht hatte – eine Kinderdecke mit länglichen Football-Bällen darauf – und mir wurde wieder einmal klar, wie liebevoll sie war, wie sehr sie mich liebte und sich um mich kümmerte, und so saßen wir nun auf dem Sofa und beobachteten, und ich empfand meinerseits große Zärtlichkeit für sie. Aber trotzdem kann ich es nicht empfehlen – bei einer Orgie neben der eigenen Frau zu sitzen und einer anderen Frau zuzusehen, neben der man vor kurzem nackt in einem Hotelzimmer aufgewacht ist, und die auch noch blutete – es sei denn, man ist ein Drogenboss, der es gewohnt ist, viele Frauen und Geliebte zu haben. Ich hatte noch nie ein Talent zum Regelverstoß. Die üblichen Regelverstöße, wie Rezepte für Medikamente zu stehlen, oder in der Metro über die Absperrung zu hüpfen, dieser manische Machismo, fremde Hilfe abzulehnen, ich dachte immer, dass ich zu all dem nicht in der Lage sei. Und deshalb fühlte sich die Nacktheit, die ich um mich herum sah – weil die Stimmung jetzt zunehmend fröhlich und entzückt war und sich eine große Anzahl von Menschen küssten, in verschiedenen Stufen der Ekstase, und mit *große Anzahl* meine ich vielleicht nur neun oder zehn, aber das finde ich immer noch eine große Menge Nacktheit, wenn man sie vor Augen hat – sehr einschüchternd an, und in Reaktion darauf konnte ich spüren, wie mein Bewusstsein abzuwandern versuchte, sich einfach über die Grenze ins leere, weite Feld davonstehlen wollte. Mir fällt es oft schwer, mich auf nur eine Sache zu konzentrieren, und wie ich hier so saß, fühlte ich mich genötigt oder sogar gefangen, vom Schicksal und den Sternen da oben verleitet – so wie in diesem Augenblick, wenn im oberen Stockwerk der Psychopath und sein Messer auf dich warten und du genau weißt, dass der idiotische Polizist, der vor dem Haus in seinem Streifenwagen sitzt und einen ruhigen Cigarillo mit Empanada de Carne genießt, dir auf keinen Fall helfen wird. Und trotzdem würde ich zugleich sagen, dass es, wie bei allen Dingen, keine leichte Aufgabe ist, den genauen Grad der eigenen Unbehaglichkeit vorherzusagen. Ich stellte mir vor, dass die Schwierigkeiten bei einer Orgie unter guten Freunden eher gering ausfallen würden, dass es sich um Probleme des *Zuschauens* handeln würde. Mit Zuschauen und Eifersucht hätte ich noch irgendwie zurechtkommen können. Die leuchtenden Katastrophen, die sich jetzt ereigneten, waren jedoch viel phantastischer, und plötzlich musste ich an meine Mutter und meinen Vater denken, allein in ihrem Schlafzimmer, nicht weit entfernt, und wie meine Mutter sich Late-Night-Sendungen ansah und mein Vater schnarchte oder noch im Bad war, und ich verspürte absolute Traurigkeit oder eine Art Verlassenheit, als hätte ich nie etwas anderes gewollt als diese Miniaturkomödie meiner Eltern. Mein Vater las meiner Mutter gern aus der Zeitung vor, und dann gaben sie spöttische Kommentare zur allgemeinen Lage ab. Diese Art von Intimität kam mir jetzt sehr weit entfernt und romantisch vor, und romantisch vielleicht genau deshalb, weil sie jetzt so unmöglich und weit weg zu sein schien.

… was zu schwierigem Wissen führt …

Während wir so unter dieser Decke saßen, kam Romy ganz freundlich und offen herüber, mit noch mehr Drogen für uns – und ich nahm sie gerne, weil ich dringend etwas brauchte, um mich anders zu fühlen, als ich mich gerade fühlte. Das Problem bei Narkotika ist jedoch, dass sie, wenn man sie mit anderen Menschen nimmt, nicht nur Auswirkungen auf einen selbst, sondern auch auf die anderen haben, und die Reaktionen anderer Menschen sind sehr schwer zu kontrollieren. Das ist ein weiterer Grund, den man in die endlosen Ordner mit Gründen aufnehmen kann, weshalb die ideale Gesellschaft so weit weg und unmöglich ist. Wir saßen da in einer weichen, verschwommenen Wolke, aßen vielleicht ein paar Jelly Beans, erzählten vielleicht Witze, bis ich begriff, was da gerade neben mir passierte, nämlich dass Romy und Candy einander küssten. Und in meiner Wolke und meiner grundsätzlich verschwommenen Verfassung verstand ich, dass jetzt von mir erwartet wurde, große Zurückhaltung in Bezug auf meine Gefühle zu üben – denn wenn ich schon den bloßen Anblick von Romy als sehr schwierig empfunden hatte, dann war diese Verschlingung mit meiner Frau ein ganz neues Problem –, und ich war mir nicht sicher, ob ich dem gewachsen war. Es war, als würde ich ein Kōan live vor mir sehen. Nicht, dass das etwas Neues wäre, nicht ganz. Der grundlegende Effekt unserer vielen Drogen ist es, Dinge zu ermöglichen, die vorher nicht möglich waren, und auch wenn das ein Fortschritt ist, denke ich, es könnte zugleich der Grund dafür sein, wieso Loyalität für mich und meine Camerados schwieriger ist, als sie es für unsere glücklichen Eltern war. Es ist eine der großen Errungenschaften dieser Zeit, in der wir leben, diese Neigung zum Oversharing, aber es kann auch anstrengend sein. Ich hatte bereits ähnliche Dilemmas erlebt, nehmen wir zum Beispiel etwas so Unbedeutendes wie den Umstand, dass Romy, wenn sie auf Toilette musste, uns ganz einfach auffordern konnte, Candy und mich, sie zu begleiten, ohne dass dies jemandem als ungewöhnlich auffiel. Und wenn wir dann drin waren, war es, als würden sich zwei Zeitfenster überlappen. Da war zum einen das alte, in dem ich so tat, als würde nichts Merkwürdiges geschehen, und dann das neue, geheimere, in dem ich ganz vorsichtig erregend fand, was sie da tat – ich meine nicht, dass man irgendwas sehen kann, wenn Mädchen pinkeln, sie beugen sich einfach ein bisschen nach vorne, während sie sich weiter mit dir unterhalten, und zack! könnte man auch auf einer glatten Sitzbank in einem netten Restaurant außerhalb der Stadt sitzen, aber ich fand die Szene trotzdem aufregend, und natürlich durfte ich Candy nichts davon zeigen. Und jetzt sah ich zu, wie sie Romy küsste, und versuchte angestrengt, einen Blick aufzusetzen, der angemessen sein könnte, was schließlich der Blick war, der für Candy angemessen war, denn ich wollte auf keinen Fall, dass der Schleier der Illusion von unseren Augen gerissen würde. Aber weil ich keine Ahnung hatte, was die angemessenen Bewegungen waren, ob Candy wollte, dass ich mitmachte oder dass ich nur zusah oder dass ich mich gänzlich unbeeindruckt gab, denn niemand möchte mit einem Irren verheiratet sein, der von Frauen besessen ist, die auch Frauen lieben, entschied ich mich für einen möglichst neutralen Tonfall. Ich saß da und versuchte zu lächeln. Manchmal ist zu lächeln alles andere als leicht, genau wie zu weinen, aber trotzdem versuchte ich es, meiner Frau zuliebe, weil ich sie sehr liebte. Und diesen Tonfall hätte ich, wie sich herausstellte, noch sehr lange beibehalten können. Ich fühlte mich in diesem Tonfall sicher. Candy und Romy lagen jetzt beide nackt vor mir auf dem Boden, Candys Kopf lag auf der Kante des Sofas, auf dem ich zugedeckt saß. Doch nach einigen Minuten begriff ich, dass Candy jetzt zu mir sprach und mir mit Gesten zu verstehen gab, auch mitzumachen. Und das war nun ein Problem, das über das Problem des Tonfalls oder des Gesichtsausdrucks hinausging – und ein Problem, das ich schon immer habe, betrifft mein Gesicht, denn das ist nicht nur eines der jugendlichsten, das du je sehen wirst, sondern es ist auch immerzu beweglich und anfällig dafür, mich zu verraten. Gedanken spazierten frei darüber hinweg, flatterten durch meine Augen, ruhten sich auf meinen Lippen aus, verschwanden dann ganz. Denn wie soll man mit seiner eigenen Frau schlafen, wenn neben einem nackt die Frau liegt, die die geheime Geliebte und Passion ist? Das ist ein Problem, und zwar eines mit einer weiterreichenden Bedeutung. Jedenfalls dachte ich das. Denn ich wusste nicht, wie ich anders hätte reagieren können. Ich hatte keine Möglichkeit gesehen, meiner Frau zu erzählen, was zwischen mir und Romy war, weil ich niemandem weh tun wollte, und doch war es genau diese gute Absicht, durch die ich in diese schwierige Position geraten war – und es war dieser Augenblick, denke ich jetzt, der mein Leben in ein Vorher und ein Nachher unterteilte, so eindeutig wie der Unterschied zwischen einem Telefon, das klingelt, und einem, das nicht klingelt, wenn man allein in einem Hotelzimmer sitzt und wartet. Meine Definition dessen, was denkbar ist, wurde ein kleines bisschen gedehnt, ausgeweitet, bis eine völlig neue Welt sichtbar wurde. Denn alle denken, sie wüssten, wie die Dinge laufen, sie denken, sie hätten die Realität durchschaut, aber das liegt nur daran, dass der kleine Teil der Realität, den sie erfahren, von ihnen selbst so sehr kontrolliert wird, dass sie gar nicht daran denken, wie leicht es geschehen könnte, dass das Blut überquillt. Sie denken nicht daran, je in die Situation zu kommen, mit ihrer Frau zu schlafen, wie zum ersten Mal mit einer Mätresse oder Geliebten, während besagte Geliebte ihre Ehefrau befriedigt. Das ist eine unglaublich anstrengende Situation, und ich glaube, dass ich letztendlich nicht erfolgreich war – denn schließlich ist es sehr schwer, nicht erkennen zu lassen, dass man den nackten Körper von jemandem kennt oder mit ihm vertraut ist, es ist sehr schwer zu verbergen, dass man weiß, wie man ihn berühren muss, genau wie es aus der Art offensichtlich wird, wie zwei Menschen nebeneinander stehen oder sich miteinander unterhalten, mit den allerkleinsten Veränderungen in der Syntax. Und so war da, ob ich nun die Innenseite von Romys Oberschenkeln leckte, mit gelegentlichen Pausen, um Candy neben mir zu küssen, oder ob ich meinen Penis in Romy steckte, geleitet von Candys Hand, diese Leichtigkeit oder dieses Wohlbehagen, die Candy, wie ich dachte, bemerken musste, wenn sie nur wollte. Aber trotzdem schien sie es nicht zu tun.

… eine komplizierte Kategorie …

Es ist sehr schwer zu wissen, was man wissen sollte oder könnte. Eine Sache, die immer schon auf Candy zutraf und über die wir uns stritten, war das Ausmaß, in dem ein Mensch der Wahrheit ins Auge blicken oder sie komplett in ihrem Kopf bewahren konnte. Candy glaubte daran, alles zu zeigen. Sie war so eine Art wilde Hardcore-*Tricoteuse*. Ich persönlich fand die Horrorfilme und die Holocaust-Ausstellungen verstörend, ich war der Meinung, dass wir nicht anzusehen brauchten, wie Körper verbrannt wurden, oder wie sie federleicht mit Schubkarren und anderen landwirtschaftlichen Geräten verladen wurden, aber Candy war härter als ich – sie war der Meinung, dass das ganze Leid der Welt wie dieses alte Elektronium war, in dem alle Massaker bereits vorher aufgezeichnet waren, und vielleicht hat sie recht, vielleicht ist es bloß faul, so zu denken, wie ich dachte.

CANDY
Da könnte ein Nazi sitzen und sich überlegen, wie man am besten Leute umbringt. Zum Beispiel, wie verbrennt man hundert Leichen, wenn man nur Kohle für zehn hat?

ICH
Das kann man nicht machen –

CANDY
Du gehst das nicht richtig an. Wieso sollte man keine Gaskammer filmen?

ICH
Schatz –

CANDY
Du meinst, die Brutalität kann man nicht zeigen? Und was ist mit Porno? Glaubst du, die machen sich beim Pornodrehen so Sorgen wie du?

ICH
Wahrscheinlich nicht –

CANDY
Ich meine jetzt nicht die normalen Aufnahmen, wie Frauen in die Dusche gehen. Es sollte genau so sein, wie es den Pornobossen –

ICH
Wir könnten doch gleich alle Statisten verhungern lassen.

CANDY
Das gefällt mir. Wahrscheinlich gibt es da Bestimmungen, aber so langsam begreifst du's, Toto. Du denkst jetzt ein bisschen intelligenter –

Und schließlich war das einer der Gründe, weshalb ich diese erotischen Amateurfilmchen so liebte, die man jetzt überall sehen kann. Ich liebte sie, weil sie alles zeigten, was da war, bis hin zur allerkleinsten Dekoration im Schlafzimmer, der *My Little Pony*-Sammlung und den Sportmedaillen, sie konnten nicht anders – endlich gibt es eine Kunstform, bei der nicht alles Kunst ist, bei der der Zufall Teil des Gesamtentwurfes ist. In Filmen passieren Dinge, und man hält einfach drauf, oder zumindest wäre es in einem idealen Film so, wohingegen die Leute beim Fernsehen immer genau dann schneiden, wenn man will, dass sie draufhalten, als hätten die Verantwortlichen sich verschworen, all unsere noblen Instinkte zu enttäuschen. Trotz dieser Abgehärtetheit, die mir Candy beibrachte, würde ich dennoch sagen, dass Candy diejenige von uns war, die die Dinge irgendwie nicht so wahrnahm, wie sie waren. Sie wandte sich von unserem Leiden ab, so dass wir uns jetzt in dieser zunehmend schädlichen Situation wiederfanden und etwas Großes nicht ausgesprochen wurde. Aber vielleicht ist das normal. Wir versuchten, das Gute im anderen zu sehen, und wollten, dass es wahr war, und in gewisser Weise war es das dadurch auch, wie fehlerhaft es auch wirkte. Denn trotz all unserer Bemühungen blieben Candy offensichtlich noch immer Restzweifel. Sie wollte mir glauben und wollte es zugleich nicht, in dieser Phase, in der ich oft verschwand, oder geistesabwesend war, oder schwieg. Ich konnte es ihr ansehen. Ich verstand, was sie mir sagen wollte: *Bitte werde nicht zu einem Monster. Bitte mach keine schlimmen Sachen. Ich will an dich als moralisches Wesen glauben.* Würde irgendeine Frau etwas anderes wollen? Sie wollte deshalb unbedingt glauben, dass sich alles durch den traurigen Umstand meiner Arbeitslosigkeit erklären ließ, und nicht dadurch, dass ich jemand anderen liebte, und ich glaube tatsächlich, dass sie recht hatte, dass mein Verhalten wirklich viel eher durch meine Traurigkeit zu erklären war als durch irgendein Vergehen mit Romy oder Hiro, und deshalb war diese Aufforderung zum Mitmachen vielleicht eine Prüfung, so wie ein Ritter in den alten Erzählungen getestet wurde. Und falls es eine solche Prüfung war, dann wollte ich sie couragiert bestehen. Um ihr den Gefallen zu tun und zu zeigen, dass ich sie für alle Zeiten lieben würde, fuhr ich also fort, Romy zu lecken, während Candy sich zurücklehnte und zusah. Das war vielleicht grauenvoll, aber auch nicht grauenvoller als der Rest des Lebens, redete ich mir ein. Meistens sprechen wir die

Gründe nicht aus, weshalb sich nichts ändern soll, weshalb alle in ihren Raumblasen ausharren und sich um die Sonne wirbeln lassen sollen. In jedem Augenblick des Tages gibt es solche Falschheit, zum Beispiel, wenn man einer Bekannten nicht sagt, wie unmöglich man ihre Tätowierung findet, oder wenn man seinem Exfreund gegenüber behauptet, dass man auf jeden Fall irgendwann mit ihm nach Tahiti fahren wird, einfach so als gute Freunde, obwohl man weiß, dass es zu einer solchen Reise niemals kommen wird, einfach weil er so absolut traurig und einsam wirkt, selbst noch sechs Monate, nachdem man ihn verlassen hat. Ich meine bloß: Es sind Flugzeuge in der Luft, die Geschäftsleute zu Treffen bringen, die zum Scheitern verdammt sind, weil ihre Geschäftspartner korrupt sind, und außerdem Frauen, die zum Wiedersehen mit ihren untreuen Ehemännern reisen. Das ist ein ganz normaler Tag in der Stratosphäre dieses kleinen Planeten.

… durch das, was sichtbar ist & unsichtbar …

Anderswo war der Raum durch eine hilflose Unordnung bestimmt, durch die horizontalen Komplikationen von Stuhlbeinen und Lampenkabeln, und es machte mich traurig, daran zu denken, wie unbeholfen Körper aussehen können, wenn es nicht genug zivilisierten Raum für sie gibt. Klar, es waren vielleicht nicht mehr als neun Personen involviert, aber trotzdem, das Grundgefühl war, dass alles miteinander verwickelt war. Ein Mädchen lag einfach da und wurde zwischen den Beinen geleckt, während sie träge mit einem Penis herumspielte, der ihr in die Hand gelegt worden war, doch ihr Kopf lag auf einem Stapel Popzines, und ich machte mir Sorgen um ihren Hals. Sorgen bereitete mir außerdem die Frage der Hygiene, doch ich wusste, wenn ich dieses Thema zum Beispiel Candy gegenüber ansprach, würde sie es einfach als sogar noch uncooler als sonst abtun, deshalb tat ich es an ihrer Stelle selbst ab. Ich will einfach sagen, dass mir in dieser Zeit viele Gedanken und Gegengedanken durch den Kopf gingen, so viele, dass ich die Orgie brauchte, um mich abzulenken, und deshalb sah ich zu, als wäre es Fernsehen – falls Fernsehen etwas Extremes und auch Bösartiges geworden wäre. Denn was jetzt geschah, war, dass Epstein sich wieder zu uns gesellt hatte, nachdem er sich ein Glas Wasser geholt hatte. Er legte sich neben meine Frau, und sie unterhielten sich so wie alte Freunde, aber wie alte Freunde, die nackt waren, was sie natürlich waren, und er rieb seine Nase an ihrem Hals, und während er das tat, konnte ich sehen, wie sein Penis sich ganz sanft und langsam aufzurichten begann, und es tat weh, das ansehen zu müssen und nichts tun zu können, es als Preis akzeptieren zu müssen, den ich für die eigenen Ideale zahlen musste. Und mir war bewusst, nicht vollständig, nur ein bisschen – ein bisschen so, wie wenn man beim Aufwachen nach einem Traum zu greifen versucht, oder nach dem Tischtennisball, wenn er vom Tisch geschmettert wurde und in Spiralen davonfliegt –, dass, wenn ich so aussah, als wäre ich mit diesem neuen Zustand glücklich, es einen guten Effekt haben würde, nämlich dass es Candy zeigen würde, dass ich in dieser Orgie nicht besitzergreifend gegenüber oder fokussiert auf Romy war. Es würde mich als einen Freigeist von absoluter, unbestreitbarer Offenheit erscheinen lassen. Denn Epstein sah auch Romy an, und sie beide lächelten, und ich sah traurig zu, wie sie sich ansahen. Alle tauschten diese Blicke aus, um sich gegenseitig zu versichern, dass gerade nichts Drastisches passierte, obwohl diese Situation natürlich absolut drastisch war. Aber vielleicht war sie es auch nicht, wenn wir immer noch lächeln konnten. Ich hatte noch nie so viel Zärtlichkeit und Schmerz zugleich erlebt. Ich hatte immer eine Truppe gewollt, versuchte ich mich zu erinnern. Das waren Candy und Hiro und ich, und hier waren wir nun und weiteten die Sache aus, als würden wir die Besitztümer und Reiche des Mondes erkunden. Romy beugte sich über Epstein, und ich konnte die Sehnen in ihrer Achselhöhle sehen, und wie dünn und empfindlich die Haut ihrer Brüste schien, an der Stelle, wo sie auf ihren Brustkorb trafen, und diese Zartheit brachte mich dazu, vor Liebe aufschreien zu wollen, aber ich tat es nicht, ich versuchte vielmehr, außerhalb meiner selbst zu bleiben, und eine Methode, das zu tun, war es, über den Geruch nachzudenken, denn eine Sache, die ich mir, glaube ich, nie vorgestellt hatte, wenn ich über Orgien nachdachte, was zugegebenermaßen selten vorkam, war, dass der Geruch, wenn viele Leute Sex hatten, offensichtlich derselbe war, wie wenn nur zwei Leute Sex haben, aber vervielfacht, und der war manchmal abstoßend und manchmal verführerisch, je nach eigener Stimmung: Er war intensiv und pflanzlich und überall, als wäre man in einem Gewächshaus inmitten der Ranken und mit Kondenswasser an den Scheiben. Dann ließ Romy Candy sich auf ihr Gesicht setzen und das war sehr heikel, wie Candy so verharrte, hochkonzentriert, man sah, dass es ein Vergnügen war, aber auch schmerzhaft, diese Position zu halten. Oder Romy lutschte Epsteins Penis und musste gelegentlich würgen, so dass ich um sie besorgt war, aber dann dachte ich mir, dass es vermutlich auch irgendwie schön sein muss, dieses Gefühl zu ersticken, oder dass es zumindest ein Schmerz war, der zur Lust dazugehörte, denn warum sollte das jemand sonst machen? Dann warf ich einen Blick auf Candy, um zu sehen, was sie dachte, aber sie machte nicht den Eindruck, überhaupt irgendwas zu denken. Sie war bloß auf narkotisierte Art entspannt, und ich war froh, sie froh zu sehen – und egal wie traurig ich in mir drin war, hatte ich doch diese Vision vor Augen, zu der, das muss ich zugeben, auch Glücklichsein gehörte, denn in dieser Orgie schien gezeigt zu werden, dass es, wie ich es immer glauben wollte, andere Modelle für das Zusammensein von Menschen geben konnte, es konnte eine Art von Zuwendung geben, die fast unpersönlich und zugleich sehr süß war. Vielleicht hatte Hiro also recht, dass solche kleinen Korrekturen der Realität zu viel interessanteren und vergnüglicheren Szenarios führten. Oder vielleicht, überlegte ich, spielte es überhaupt keine Rolle, ob ich mit ihm einer Meinung war oder nicht, es hatte keinen Einfluss darauf, wie Hiro in der Welt existierte: Er war einfach da, so wie der Wind in einem Windkanal. So wie er zum Beispiel jetzt da stand, direkt vor uns. Er reichte Candy und mir je ein Eis.

– Lasst mich, sagte Hiro, – nur einmal in meinem Leben so geistesgegenwärtig sein wie der Held in diesem Film, der mittendrin innehält und sagt: *Ihr sollt wissen, dass hier zu sein eine der großen Freuden meines Lebens darstellt.*

Dann ging er wieder davon. Hiro war so *hyper* wie ein Genki-Drink. Und so, glaube ich, ging es mit dieser tropischen Verwirrung los.

… mit möglicherweise dunklen Konsequenzen …

Denn nachher war es heikel – so wie es immer heikel ist, wenn man das erste Mal Sex hatte oder einen anderen Menschen zumindest berührt hat, aber dies war die Steigerung davon. Es war die Art von bedeutungsschweren Gedanken, wenn die zukünftigen Möglichkeiten in der Luft hängen, grotesk wie Dämonen, oder dass man vielmehr selbst einer dieser Dämonen ist, und herumflattert in alten und übergroßen Kostümen. Ich glaube, ich wusste, dass keiner von uns immun oder unempfänglich gegenüber Gefühlen war, und dass wir, wenn dies schon geschah, die Verantwortung dafür übernehmen mussten, die tragischen Konsequenzen zu verhindern zu versuchen. Aber dieses Wissen war so weit weg, wie ein winziger Leuchtturm in der Ferne. So dass, so sehr mir auch bewusst war – während Romy anfing, meinen inzwischen ziemlich ermüdeten Penis zu lecken und meine Eier sanft in ihrer warmen Hand hielt, auf eine Art, die, wie ich fühlte, ihre stumme Methode war, mir, vergeblich, zu versichern, dass dies mehr war als ein Spiel –, dass wir uns in diese Situation begeben hatten, in der alle in Gefahr waren, ich doch nicht innehalten konnte, um darüber nachzudenken, wieso. Und wenn in einer Erzählung plötzlich mehr Elemente vorkamen, als ich erwartet hatte, war es dann an mir, sie aufzuhalten? Wenn die Dinge überall durchsickerten, fühlte ich mich nur dazu verpflichtet, das Leck sorgfältig zu untersuchen – ob ich diese Katastrophe nun ausgelöst hatte oder nicht. Ich fand irgendwie nicht. Ich sah in diesem Fall eher Hiro als Impresario, obwohl es vielleicht unwichtig oder sogar unmöglich ist, einen Impresario oder eine Ursache auszumachen. Dann kam eine Freundin eines Freundes, die bis auf ein Paar Skistiefel nackt war, zu uns und bat um Feuer. Sie mochte Gryphon oder Maria oder Kayley oder so ähnlich heißen. Ich suchte in meiner auf dem Boden liegenden Jeans, weil ich froh war, mich mit etwas zu beschäftigen, das nichts Sexuelles war, und währenddessen redete sie weiter.

– Das war echt der schlimmste Kater meines Lebens, so drei Tage!, sagte sie – Mein Immunsystem ist so ein superdünnes Stück Papier. Keine Ahnung, es ist, als wär ich nicht mehr ich selber.

Das war die Art von Dialog, die unter meinen Freunden normal war, völlig schräg und bizarr. Eigentlich war das Schräge das einzige Gebiet, das wir bewohnten. Das ist der Tonfall, den ich aufzuzeichnen verdammt bin.

3. GEMEIN, UNBEHOLFEN, HEIMLICH, HINTERHÄLTIG

... was zu Gerüchten von freizügigen Taten führt ...

Die Gerüchte, die anschließend über unsere kleine Bande kursierten, waren Gothic und noch andere Genres – Noir, Nacktfilmchen, Hammer-Schund –, bis ich irgendwann ans Telefon ging und Shoshana dran war. *Was läuft da für 'ne Scheiße?*, sagte Shoshana, oder irgendeine andere FBI-mäßige Frage. Sie wollte, dass ich wusste, was man sich sagte – dass wir alle dasselbe Bett teilten; dass wir den ganzen Tag schliefen, um dann die ganze Nacht lang Acid einzuwerfen, in verschiedenen sexuellen Kombinationen; oder dass wir auf Partys auftauchten und verrückte Aktionen anzettelten, die die Leute erschüttert und angeekelt zurückließen. Man erzählte sich außerdem, dass ich ein Teilzeitdealer geworden sei, der unter anderem mit verschreibungspflichtigen und -freien Drogen handelte, und mit einem Nebenerwerb im Bereich Internetunterhaltung, wo Romy und Candy beim Sex zu sehen waren, oder dass Hiro und ich alles taten, wozu uns ein Online-Ensemble von zahlenden Zuschauern aufforderte. Andere Leute hätten schwören können, dass sie Candy auf Partys gesehen hatten, wo ihre Arme mit blauen Flecken übersät gewesen waren, oder in Handschellen, zu denen nur ich den Schlüssel hatte. Und klar, natürlich ist jeder, Signore, das Objekt von Gerüchten, jeder Einzelne existiert als eine Ansammlung von Fehlinformationen und Geschichten in den Köpfen der anderen, das ist allen jederzeit bekannt, aber es zu *erfahren*, es tatsächlich zu wissen – na ja, das ist ein ungewöhnliches Schicksal, das normalerweise nur den Berühmten vorbehalten bleibt. In irgendeiner Weise verrufen oder skandalös zu sein, tat mir sehr weh – auch wenn ich nicht abstreiten konnte, dass solche Gerüchte mit einer gewissen neuen Freiheit in meiner Lebensweise einhergingen. An einer solche Gruppenaktivität teilgenommen zu haben, schien mein Denken grundsätzlich erweitert zu haben – diese Erkenntnis, dass Dinge, vor denen ich mich vorher gefürchtet hätte, wie Orgien und Fremdgehen vor den Augen meiner Frau, so reibungslos geschehen konnten, wie etwa Avocados existierten, oder das Postwesen. Ich hatte endlich verstanden, dass ich, während ich dachte, einfach nur im Garten zu stehen, zwischen grünen Bächen und vereinzelten Vögeln, eigentlich eine Tür aufgestoßen und das große Schlachthaus entdeckt hatte, und überall war Blut, das auf den Möbeln klebte und an meinen zarten Händen.

… die eigentlich recht gesittet sind …

Und so ging es für mich weiter die Molltonleiter hinab – auch wenn es sich anfühlte, als ginge es in die andere Richtung, in hellen, aufsteigenden Arpeggien. In dieser neuen Atmosphäre, in der ich begann, mich freier auszudrücken, wurden meine Vorlieben barocker, wie eine Kathedrale mit in den Stein eingelassenen Totenköpfen und Kerzen in verschmierten Gläsern. Romy gegenüber war ich jetzt viel weniger vorsichtig und reserviert. Denn als wir noch einmal miteinander geschlafen hatten, und zwar im Beisein meiner Frau, war es, als sei ein uraltes Verbot aufgehoben worden, und so trafen wir uns häufiger, und es war schwierig, damit aufzuhören. Aber ich möchte betonen, dass es nun auch zu Hause zwischen mir und Candy emotionaler zuging, so als hätte Hiro, indem er diese Orgie initiierte, gezeigt, wie einfach es war, die simpelste Phantasievorstellung Realität werden zu lassen. Manchmal setzte sich Candy aufs Klo und fing an zu pinkeln, aber zunächst nur sehr zurückhaltend, als sei es nicht leicht für sie, sich so gehen zu lassen, und als müsse sie sich konzentrieren, ihre Augen schließen oder wegsehen, und manchmal klappte es gar nicht, manchmal hörte ich nie dieses leise Geräusch unter ihr, wie ein kleiner Bergbach, aber wenn doch, dann nahm sie meinen Penis in den Mund – weil ich dort war, vor ihr stand und wartete – und es machte mich fertig, so sanft war es, und so kaputt. Und solche Taten hätte es nicht gegeben, wenn Candy nicht ebenfalls sehr glücklich gewesen wäre – denn sie war zwar schon immer jemand mit einem großen Intellekt und ernstem Gebaren, aber das reine Eheleben hatte sie nie gewollt. Es war Candy gewesen, die mich aufgefordert hatte, meine Eltern zu fragen, ob Hiro bleiben durfte. Genau wie ich verfolgte sie das Ideal einer umfassenderen Daseinsform, und für sie hatte das, glaube ich, eine ganz konkrete politische Dimension – denn wieso sollte irgendeine Frau definiert oder eingeschränkt werden? Ihre Wildheit war proportional zu der absoluten Unterdrückung, die sie verweigern wollte. Und ich weiß, dass heutzutage die Kombinationsmöglichkeiten von Junge und Mädchen so unendlich sind, dass es manchmal verwirrend und deprimierend und schmerzhaft sein kann, aber sicher können sie auch reizvoll sein, diese neuen Kombinationen dessen, was normal ist und was wunderbar, oder nicht? Der Tonfall bei uns zu Hause, wenn es denn einen Tonfall gab, war so etwas wie Unheilvoller Funk. Denn während ich früher nie daran gedacht hätte, sagen wir mal, Candy im Bett zu schlagen oder ihr auf die Brüste zu hauen, war ich ihr gegenüber jetzt so aufmerksam, dass es eine Veränderung zwischen uns gab. Jetzt war zwischen uns eine Brutalität oder Gewalttätigkeit. Alles, was Candy und das Schlafzimmer betraf, war auf neue Art herrlich und kunstvoll, und doch war auch das ein Problem für mich, denn solche Dinge im Privaten mit Candy zu tun, schien mir auf eine Art ungerecht gegenüber Romy zu sein. Welche Spiralen! Welche Unschuld! War es *das*, was ihr wolltet, Mama und Papa, als ihr mich auf diese Privatschule geschickt habt, an einem See, im Wald, mit vielen Therapeuten und Köchen? Denn einmal verdrehte ich unsicher oder zumindest versuchsweise einen von Candys Nippeln, und sie japste nach Luft. Ich drehte weiter.

– Tu mir weh, sagte Candy. – Echt jetzt, so richtig.

Und auf diese Weise entdeckte ich, dass ich diese sexuelle Vorliebe hatte. Es ging von Candy aus, nicht von mir. *Eine Vorliebe?*, sagte Wyman, als ich ihm betrunken davon erzählte. *Das soll bloß eine Vorliebe sein?* Ja sicher, erwiderte ich. Denn als sie das sagte, sah ich ihr in die Augen, und gleichzeitig kam mir alles viel erregter vor. Ich meine nicht nur meinen Penis, obwohl ich natürlich meinen Penis meine, aber ich meine auch meinen Bauch und meine Lunge und mein Herz, ich meine mein Nervensystem. Das war die Erregung, eine große Entdeckung zu machen. Und so war in den Wochen darauf Candys Schrei vor Vergnügen an ihrem eigenen Schmerz zu hören, während meine Mutter und mein Vater unten beim Frühstück saßen, ihr Müsli aßen und den Kaffee durchlaufen ließen, und wir oben waren, wo ich sie mit einem Seil fesselte, das ich bei einem Schiffsausrüster in der Stadt gekauft hatte (eine Handlung, die ich niemandem empfehlen würde, der dazu neigt, sich zu schämen, denn es ist schwierig, bei einem solchen Schiffsausrüster nur einen einzigen Meter oder so zu kaufen, wenn man noch dazu überhaupt nicht wie der zersauste Seebär aussieht, den man zu imitieren versucht, sondern vielmehr wie das, was man ja auch ist – wodurch es vielleicht gar kein Fall von Imitation mehr ist, denn wenn man etwas tatsächlich ist, wie kann man dieser Sache dann ähneln? –, nämlich der perverse Dauphin, den die Eltern hervorgebracht haben). Und dann schlug ich sie – wenn auch so geschickt, dass meine Eltern es nicht hörten –, bis ihre Arme und Beine voller blauer Flecken waren, und zwängte meinen Penis in sie, während sie ihren Kopf hin und her warf. Oder manchmal band ich sie einfach nur ans Bett und ließ sie so zurück, während ich zum Frühstücken nach unten ging, wo ich ins Gespräch meiner Eltern versunken saß. Aber meistens fanden wir einen Weg, es irgendwo anders zu tun, im Badezimmer von Freunden, oder von Mauern versteckt an öffentlichen Orten, in der Unisex-Toilette von Museen: Denn wer will schon im Bett gefickt werden wie ein altes Hausmütterchen? Und das muss ich sagen: Mich strengte dieses Verlangen sehr an. Ich bin mit dem Wunsch aufgewachsen, den Frauen um mich herum Gerechtigkeit widerfahren zu lassen. Bei den Filmen, die ich anschaue, achte ich sehr genau darauf, dieselbe Anzahl von Filmen von Frauen wie von Männern auszuwählen, auch wenn sich das nur schwer aufrechterhalten lässt. Doch wenn deine Frau will, dass du sie schlägst, auf die Brüste, und ihr in die Nippel kneifst, bis sie ein Geräusch von sich gibt oder eine Schnute zieht, die höchstwahrscheinlich Schmerz zum Ausdruck bringen, ist es dann falsch, das zu tun? Ich glaube nicht, und deshalb empfand ich keine Reue, abgesehen von der Reue darüber, keine Reue zu empfinden, weil ich wusste, wie das Ganze in einem anderen Kontext gesehen werden könnte, nämlich, dass ich in dieser Situation der altmodische Mann war. Und das wollte ich auf keinen Fall, dass ich in meinem Begehren so männlich war wie die Generation meines Vaters, denn mein Vater ist zwar ein sanfter Mann, doch seine Freunde fand ich immer sehr entmutigend, mit ihrem Begehren nach Frauen, bei dem es nur um Besitzen und Verachtung ging. Aber ich glaube, dass das, was hier geschah, viel süßer war. Viele Menschen meinen, wir hätten es gut, wir Kinder dieser Zeit, nichts als Milchshakes und Eiscreme, aber im Allgemeinen herrschte eine

Grisaille- und Schneeatmosphäre, so als hätte es einen Putsch gegeben und als seien wir alle besorgte Tschinovniks in den Ruinen des Winterpalastsystems. Ich hatte Freunde, die in Dreierbeziehungen gelebt hatten, aber sie hatten damit aufgehört. Ich hatte Freunde, die so rabbinerhaft orthodox zu leben versuchten wie ihre Eltern, aber auch das führte zur Verzweiflung. Die Ausrastgeschichten meiner Freunde waren inzwischen meist abgeschlossen. Wir hätten uns auch jeden Morgen hinsetzen, Tee trinken und frische Xiaolongbaos essen können. Und wenn sich mir in dieser Phase, in der keine Anstellung in Aussicht war, die Möglichkeit zu einer solchen Hemmungslosigkeit eröffnete, wie sollte ich da widerstehen? Candy saß dann da, an ihrem Schminktisch, und schrieb Mails in BH und Höschen, ihr Haar mit einem Band zurückgebunden, damit sie sich später noch das Gesicht waschen konnte, oder um die Feuchtigkeitscreme einziehen zu lassen, und es war genau diese Gelassenheit und Sicherheit und Effizienz, die mich so begierig darauf sein ließ, sie durcheinanderzubringen. Natürlich war das auch mit verräterischen Gerüchen verbunden. Aber so wie meine Mutter immer über meine Diebstähle und unplausiblen Geschichten hinweggesehen hatte, sah sie auch über das hinweg, was jetzt geschah. Und dieses Schweigen war sehr nützlich, wenn man bedenkt, dass auf unseren Laken jetzt häufig Blut und Sperma und manchmal auch Urin waren, was meine Mutter unaufgefordert reinigte, mit derselben Sorgfalt, die sie für unsere Teppiche oder unsere Kleidung aufbrachte.

… was Stillschweigen erfordert …

Das ist meine Meinung zum Thema Schönheit. Um irgendein Ideal zu erreichen, kann es notwendig sein, andere, kleinere Ideale zu opfern oder aufzugeben, wie etwa das Ideal des Anstands, oder das Ideal, allen alles zu erzählen, oder das, keine Falschheiten und Unwahrheiten und Lügen in die Welt zu setzen, und das, nicht gewalttätig zu werden, sondern zu begreifen, dass Gewalt etwas Herrliches sein kann – und dass das so ist, bedeutet in keiner Weise, dass das zugrundeliegende Ideal falsch ist. Die geradlinige Entwicklung jeder Romanze muss vielleicht immer erst von anderen beachtenswerten Gegenständen gestört werden, oder in den Kung-Fu-Begriffen der Filme meiner Kindheit gesagt: Man muss tun, was getan werden muss. Und schließlich hatte ich schon lange vor diesem Experiment mit anderen Menschen gewusst, wie viel Spaß es machen kann, seine eigenen Regeln zu brechen – zum Beispiel ging ich manchmal heimlich zu einer Hamburgerbude und stopfte mich mit Fleisch voll, trotz meiner vegetarischen Prinzipien: Dann saß ich im Dunkeln in irgendeinem Keller, um drei Uhr Nachmittags, und aß einen Hamburger, der ohne Teller oder Besteck serviert wurde, nur mit dem fettigen Papier, auf dem er lag, und einem Stapel Servietten aus dem Serviettenspender. Bei allem, was ich tat, wollte ich um jeden Preis das Glücklichsein erreichen, und vielleicht war daran meine Mutter Schuld. Denn als ich noch sehr jung war, tat meine Mutter im Kino zwei Dinge: Sie erklärte mir permanent, was gerade passierte, und sie ging mit mir hinaus, sobald sich etwas Trauriges abzuzeichnen schien – und deshalb habe ich die Filme meiner Kindheit entweder nie gesehen, wie diesen einen mit dem riesigen Hai, weil sie schon vorher wusste, dass sie erschreckend und traurig waren, oder ich habe sie angefangen, ohne sie bis zum Ende zu sehen, wie diesen Film mit der außerirdischen Lebensform, mit dessen Traurigkeit sie nicht gerechnet hatte, um dann schnell das Kino mit mir zu verlassen. Das ist eine eindringliche Lektion dafür, dass der einzige Zustand, den es beizubehalten gilt, das Glücklichsein ist. Das führt einen sehr wahrscheinlich dazu, Dinge zu tun, die andere Menschen verabscheuenswürdig finden, obszön sogar. Wie unermesslich man doch werden kann! Es ist wie ein Unsichtbarkeitsmantel oder eine Superkraft – diese Welt der Geheimnisse zu entdecken. Denn natürlich begreift man, sobald man selbst Geheimnisse hat, dass es überall Geheimnisse gibt, bei jedem, der jemals neben einem sitzt oder mit dem man sich unterhält: Es kann so unbedeutend sein, wie wenn man dringend auf Toilette muss, während einem gerade jemand etwas für ihn Wichtiges oder Bewegendes erzählt, wie etwa ihre psychiatrische Krankheitsgeschichte oder eine Nahtoderfahrung, und man ist selbst auch bewegt, aber denkt gleichzeitig daran, wie gerne man jetzt für kurze Zeit von der kühlen Stille von Keramikfliesen und Licht und Ruhe und Privatheit umgeben wäre. Und so erstaunte es mich tatsächlich, wie selten mir auffiel, dass mich jemand anlog, wenn ich doch an jedem normalen Tag so viele Lügen fabrizierte. Und ich weiß, dass zum Beispiel Tiffany einen Einwand vorbringen würde, der ungefähr so lautet: Aber was du hier übersiehst, ist, dass jeder ein Recht auf sämtliche Informationen hat. Du sprichst von *Blutvergießen*, höre ich sie sagen, also lass uns dir von *Blutvergießen* erzählen. Stell dir vor, jemand wird in das Vernichtungslager gebracht, das dir am meisten Angst einjagt: Und wenn dieser Jemand das nicht weiß, wenn er glaubt, er sei unterwegs zu irgendeinem idyllischen Urlaubsort oder bloß zu einem Arbeitslager, dann empört uns das mehr, als wenn er in vollem Bewusstsein in den Tod fährt. Und okay, klar, das versteh ich. Aber ich würde dann auch erwidern: Tiffany, sag mir eins: Wenn du stirbst, würdest du es dann lieber vorher erfahren oder einfach plötzlich sterben? Ich persönlich würde nämlich lieber plötzlich sterben, ohne dass mir jemand was sagt. Denn letztendlich ist mir das Glücklichsein wichtiger als die Wahrheit.

... heikel beizubehalten ...

Und während ich meine barocken Erkundungen mit Candy fortsetzte, wollte ich Romy Nachrichten schicken, damit sie sich geliebt und nicht von mir verlassen fühlte – aber das musste ich natürlich mit größter Vorsicht tun, damit Candy nichts davon mitbekam –, und deshalb stand ich mitten in der Nacht auf, blendete meine Müdigkeit aus, ging ins Bad und setzte mich, mit Regen oder kleinen lila oder schwarzen Wolken um mich herum und dem warmen iPad auf meinen warmen Oberschenkeln, und tippte langsam Nachrichten. Es war, als versuchte ich, einen Tunnel von meinem Zimmer zu ihrem zu graben, als wären über uns die normalen Fußgänger im grünen Sonnenlicht, während ich hier unten war, blind vor mich hin wühlte und auf mich aufmerksam zu machen versuchte. Es war mir wichtig, dass Romy wusste, dass sie mir auf jeden Fall etwas bedeutete, dass mein Verlangen nach ihr keine bloße Wollust oder vorübergehende Marotte gewesen war. Das Problem war, dass ich, je mehr Nachrichten ich ihr schickte, auch immer mehr das Gefühl hatte, sie vielleicht sogar zu lieben, und deshalb fing ich an, mir Sorgen darum zu machen, wie ich unser Gleichgewicht beibehalten konnte, das perfekte Gleichgewicht, bei dem niemand die Sicherheit des anderen gefährdet. Das Gleichgewicht basierte auf einer bestimmten Art von Kommunikation, und wir liefen Gefahr, dachte ich, es durch diese unvermittelten Anfälle lyrischer Verzweiflung zu stören. *Kann das hier von Dauer sein?*, schrieb sie. *Kann etwas von Dauer sein, wenn es so kompliziert wird? Wollen wir das überhaupt?* Oder so ungefähr. Und weil es immer wichtig ist, jemanden darüber zu informieren, wenn er etwas getan hat, was ihn angreifbar macht, wie etwa, eine Sorge oder Angst vorzubringen, die einen selbst betrifft, reagierte ich nicht mit dem utopischen Optimismus, den ich so mochte, sondern mit ähnlich inbrünstigen Betrachtungen, und schrieb: *Wo bist du, Romy, in dieser Nacht? Vor mir sehe ich den Bildschirm und will doch dein Gesicht sehen* – doch das Problem dabei ist, dass, sobald man das tut, sobald man solche Sätze schreibt, in diesem Tonfall, man sich in einen ganz neuen Bereich des Vertrauens und auch der Begierde begibt. Das zu kontrollieren, ist sehr schwer. Und je mehr ich wollte, dass auch Romy glücklich war, desto komplizierter und unermesslicher wurde deshalb ihr Glücklichsein, zumindest in meinem Kopf. Ich konnte nicht sagen, was Romy tatsächlich fühlte, weil es so schwierig war, sich besonnen zu unterhalten, und mit besonnen meine ich, sich am Sonntagnachmittag auf dem Sofa die Sportergebnisse anzusehen. Stattdessen hatten unsere Unterhaltungen immer etwas Dramatisches. Gleichzeitig war die Geheimhaltung, die wir hierdurch erzeugten, etwas, für das ich Candy entschädigen zu müssen glaubte, obwohl ich ja wusste, dass sie ihr gar nicht bewusst war – denn wenn, sagen wir mal, dein Mann manchmal leise um drei Uhr nachts aufs Klo geht, dann ist das nichts Unnormales, es könnte einfach mit der neuen Wasserkur zusammenhängen, die ihm bei seinen morgendlichen Trainingseinheiten helfen soll, so dass Sich-Davonstehlen und Geheimhaltung gar nicht wie Sich-Davonstehlen und Geheimhaltung erscheinen. Und doch wusste ich, dass es so war, und deshalb bemühte ich mich sehr, eine ruhige Atmosphäre für sie zu erschaffen, inklusive Blumen und netten Gesten, wie das Auto in die Waschanlage zu bringen.

… Beispiele einer größeren Philosophie …

Stell dir den prachtvollsten Hörsaal vor, den du je gesehen hast, komplett mit Neonröhren und bekritzelten Bänken, und dass ich darin eine Vorlesung zum Thema

Zeit halte, und vorne an der weißen Tafel steht meine abschließende Berechnung. Ruhe da hinten! Jetzt wird nicht geknutscht, Leute! An der Tafel würdest du sehen, dass ich die Zeit in drei Kategorien unterteilt habe: das *Notwendige*, das *Überflüssige* und das *beinahe Notwendige*. Das habe ich bei meinen Studien gelernt. Und ich würde sagen, wenn ich mich für eine entscheiden müsste, dann ist die schwierigste Kategorie diese letzte Kategorie des *beinahe Notwendigen*. Das lernte ich dadurch, dass ich mich um meine Freunde kümmerte und um andere Liebschaften. Das Notwendige geschieht jeden Tag; das Überflüssige meist nur einmal – und wenn es nur das Notwendige und das Überflüssige geben würde, dann gäbe es, glaube ich, keinen Bedarf nach Philosophie. Doch leider gibt es da noch diese weitere Kategorie, denn das *beinahe Notwendige* ist das, was eindeutig geschehen sollte, leider nur selten geschieht, aber manchmal dann doch passiert. Das *beinahe Notwendige* ist das, was so selten geschieht, dass man irgendwann die Lust verliert, es sich überhaupt vorzunehmen, weil man ja weiß, dass man höchstwahrscheinlich wieder einen Grund finden wird, es nicht zu tun, und doch kann es passieren, wenn man übermenschliche Anstrengungen aufbringt. Manchmal frage ich mich, ob sich der gesamte Charakter eines Menschen in seinem Verhältnis zum *beinahe Notwendigen* offenbart, also nicht in den seltenen Ereignissen, wie wenn man mit jemandem ins Bett geht, sondern vielmehr in der weiteren Struktur des Alltags – wenn man zum Beispiel tatsächlich mit jemandem ins Bett geht, wie bewahrt man dann ihr Selbstwertgefühl mit kurzen Nachrichten und Geschenken? Das sind die permanenten Probleme der guten Absicht, die sich jedem Menschen stellen – den Leuten mit ihren Selbsthilfenachschlagewerken, die mit ihren Kindern auf den Boulevards unter den Akazien und Palmettopalmen ihre Runden drehen, den Kids, die die Burgerläden und Jobcenter und Matestände bevölkern –, und hierin steckt die wahre Metaphysik. Sollte ich je eine philosophische Abhandlung schreiben, werden solche Kleinheiten vermutlich meine größte Entdeckung sein.

… von unbedeutenden Absichten …

Sieh mich doch an! Ich fand es genauso wenig einfach, mein geheimes Leben aufrechtzuerhalten, mit all seinen Verpflichtungen, wie es für einen Höfling einfach war, die diplomatischen Erfordernisse in den Palästen von Versailles einzuhalten. Meine Haut schien abzusterben – jeden Morgen war etwas Neues, ob nun ein Ekzem, Schuppenflechte, unerklärliche kleine Ausschläge, und außerdem Zahnbeschwerden, Haarerkrankungen. Und so wollte, glaube ich, mein Körper durch sein Jammern und seine Traurigkeit mitteilen, wie unser erschrockener Hund in der erleuchteten Nacht, dass ich zwar natürlich wollte, dass alle weiterhin glücklich waren, ich aber gleichzeitig wusste, wie leicht es wäre, Leuten weh zu tun, und zwar ohne dass dieses Leid größeren Einsatz und Aufopferung erforderte. Und es war auch nicht nur mein engster Kreis, dem ich mich verpflichtet fühlte. Wenn ich den Eindruck hatte, Fremde enttäuscht zu haben, fühlte ich mich jämmerlich und unwohl, selbst bei solchen, die nur ganz kurz an unsere Tür kamen. Ich erinnere mich zum Beispiel an einen Tag voller Sonnenlicht und Sonnenblumen, als ein Mann kam, der Staubwedel und andere Gegenstände in einem Plastikeimer verkaufte. In einer solchen Situation, wenn jemand etwas von mir einfordert, auf das ich nicht eingestellt bin, stellt meine Schüchternheit oft ein Problem dar. Und an diesem speziellen Tag war ich mit verschiedenen Projekten beschäftigt, mit denen ich gerne weitermachen wollte, und deshalb sagte ich, sobald ich den Fettsack mit seinen eingeschweißten Staubwedeln vor mir sah, und den zweifarbigen Spülschwämmen für die perfekte Küche, dass wir keinen Bedarf hatten, und machte ihm die Tür vor der Nase zu, was, zugegeben, eine etwas abrupte Vorgehensweise gewesen sein mag, aber andererseits wollte ich diese Dinge nicht haben, und wenn man gerade so in Gedanken vertieft ist, ist es schwierig, Unterbrechungen jeglicher Art mit dem richtigen Maß von Wertschätzung und Respekt zu begegnen. Und deshalb kann es durchaus sein, dass ich die Tür versehentlich schon zugemacht hatte, bevor er seinen ersten Satz beendet hatte, was mir leid tat, aber was er, wie ich hoffte, verstand, doch was stattdessen geschah, als ich zur Treppe zurückging, war, dass er den vertikalen Briefschlitz aufdrückte und ich dadurch sein Gesicht wie in einem Horror-Close-up sehen konnte, es war nur ein Auge zu sehen, aber vor allem sah ich seinen Mund, der einen Satz brüllte wie: *Fick dich, Vierauge,* oder irgend so etwas, ich erinnere mich nicht an den genauen Wortlaut, und ich glaube, ich erinnere mich deshalb nicht genau, weil ich sehr erschüttert war. Denn ich hatte ihn auf keinen Fall verletzen wollen. Doch wenn er einen Groll hegte, tat es mir sehr leid, wenn ich dafür verantwortlich war, und ich dachte lange Zeit darüber nach, wie ich ihn besser hätte behandeln können. Aber zu meiner Verteidigung hätte ich sagen können, dass ich an diesem speziellen Tag sehr hart zu arbeiten versucht hatte, denn ich begriff mehr und mehr, dass ich Candy nicht so sehr durch meinen Betrug enttäuschte, sondern vor allem durch die Art, wie ich in diesem Zustand totaler Arbeitslosigkeit und ohne Geld verharrte. Oft fing Candy abends an zu weinen, zum Beispiel, wenn sie zu müde war, um mich zu einem Cocktail-Drive-in zu begleiten oder zu den Stadien für Hunderennen, oder wenn ich sie wieder einmal zu überreden versuchte, nicht zum Frühyoga zu gehen, sondern lieber bei mir im Bett zu bleiben. Und ich wusste, dass ich durch meine Unfähigkeit zur Produktivität Candys Liste von Aufgaben noch weitere hinzufügte, aber ich hatte außerdem das Gefühl, dass ich nicht in einen Bürojob zurückkehren konnte, noch nicht, dass von meiner Weigerung, ein Büro zu betreten, mein Glücklichsein abhing, und damit auch Candys. Es war denkbar, dass viel von meinem Schreiben abhing, etwa meiner Monographie zur Philosophie – vielleicht das Glücklichsein vieler Menschen, man konnte nie wissen. Ich sagte mir, dass es vielen jungen Menschen eine große Hilfe sein könnte. Arbeitet nicht! Das ist zumindest eine Idee mit Geschichte. Ob Candy sich daran störte, dass ich keine Beschäftigung hatte, oder nicht, war eine sehr schwierige Frage für mich, und sie war vielleicht deshalb besonders schwierig, weil sie mich nie fragte, und anhand dieses fehlenden Fragens wusste ich, dass es sie beunruhigte.

– Wenn du mir was zeigen willst, sagte sie manchmal, – jederzeit, Schätzchen.

Und zu meiner Schande muss ich zugeben, dass ich auf solche Aufforderungen gereizt reagierte, und zwar, weil ich mich durch solche Fragen umso ungenügender und unsicherer fühlte, je weniger ich zustande brachte. Und so kam es, dass solche Fragen irgendwann gar nicht mehr gestellt wurden und Candy zur Arbeit ging, während ich da blieb, Kaffee kochte und traurig und mit schwerem Herzen den Hund betrachtete. Im Friseursalon fragte ich meine Friseurin über mein sich möglicherweise lichtendes Haar aus. Sie schien es ganz entspannt zu sehen, aber es ist ja auch leicht, sich wegen der Ängste von anderen nicht verrückt zu machen, das ist, würde ich sagen, ein Talent, das jedes einzelne Wesen auf diesem Planeten besitzt, inklusive den Versagern von Algen und den weniger feinfühligen Schnecken. Für mich dagegen war Angst das zentrale Medium. Ich war ein Connaisseur darin, meine eigenen hohen Ideale zu verfehlen. Sicherlich lag ich oft daneben, aber zumindest lag ich immer richtig, was die Gründe für mein Danebenliegen betraf. Niemand kann behaupten, ich würde mir Illusionen über mich selbst machen. Aber ich glaube auch, wenn man sich allzu sehr mit den kleinen Unmöglichkeiten beschäftigt, wie etwa, was man essen soll oder wie man rechtzeitig aufsteht, dann sieht man nie die großen Unmöglichkeiten, und das ist sehr schade. Deshalb bin ich der Meinung, dass jeder, der mir meinen Perfektionismus und meine scheinbare Heuchelei vorwirft, das Wesentliche nicht begreift. Denn natürlich kann niemand der perfekte Vegetarier oder Zeitplaner sein, auch wenn man es versuchen sollte – aber das ist kein Grund, nicht zu verstehen, dass es auf einer höheren Ebene, wie der Liebe, immer unmöglich sein wird, ein richtiges Leben zu führen. Selbst, wenn es keine andere Art zu leben gibt. Das machte die Menschen um mich herum wütend.

MEINE MUTTER
Wieso musst du immer solche Witze machen?

ICH
Ich find mich nett.

MEINE MUTTER
Das bist du auch, Schatz. Nur leider versteht das keiner.

ICH
Aber das sollten sie.

MEIN VATER
Er ist ein Clown.

MEINE MUTTER
Lass ihn doch, wenn er das sein will.

MEIN VATER
Ich weiß nicht.

Das war unsere Vorstadtgesprächsüberschneidung, der man den Zweitnamen Unterhaltung gegeben hat. Aber ich glaube, dass meine Mutter richtig lag. Für meine Mutter wollte ich der allmächtige Konquistador sein.

... um solche multiplen Welten zu vermehren ...

Das Ideal, das ich zu bewahren versuchte, war das immerwährender Fürsorglichkeit. So kam es, wenn ich im Bett lag, und, während sich Candy auszog, eine kurze Nachricht an Romy schickte, was nur selten geschah, aber manchmal geschehen musste, wenn Romy eine unmittelbare Bestätigung wollte, dass ich nicht nur Candy darüber anlog, wem ich da eine Nachricht schickte, sondern auch Romy darüber anlog, wo ich war – denn Romy war kein Ungeheuer der Verderbtheit, sie mochte Candy sehr, und wenn ich ihr erzählt hätte, dass ich gerade im selben Raum wie Candy lag, inmitten der Kissen, und ihr brutal phantastische Dinge schrieb, dann hätte sich Romy aufgeregt, und das mit gutem Grund. Und während ein Moralist wohl argumentieren würde, dass zu lügen deshalb falsch ist, weil es verfälscht, weil es andere Menschen in Erfindungen verwandelt, ohne dass sie davon wissen, oder, genauer gesagt, weil es die Menschen, mit denen man spricht, in Geister und Scheinbilder verwandelt, halte ich die Möglichkeit für erwägenswert, dass gerade dieses Geisterhafte etwas Schönes ist und hochgeschätzt werden muss. Plötzlich ist die gesamte Welt grell und voller Aras. Und auch wenn ich für dieses Ideal schreckliche Dinge ertragen musste, sehe ich dennoch ihre Schönheit, oder das Verführerische daran.

… für die ihm Hiro als Vorbild dient …

Inzwischen war Hiro mit so vielen Tricks und Projekten beschäftigt, dass ich den Überblick verloren hatte. Er kam mitten in der Nacht mit völlig obskuren Zigarettenmarken zurück, aus verschiedenen maritimen Ländern, und erzählte mir, dass er am nächsten Tag keine Zeit für mich haben würde, weil er jemanden kennengelernt hatte, der sich medizinischen Tests mit möglicherweise erschütternden Ergebnissen unterziehen musste und seine Unterstützung brauchte, und obwohl ich seinen Gemeinsinn lobte, verspürte ich doch vielleicht einen Anflug von Eifersucht, weil ich dachte, wieso sollte diese andere Person die Aufmerksamkeit bekommen, und nicht ich? Wieso sollte die Krankheit von jemand anderem so geschätzt werden? Ich wollte Hiro ganz für mich. Ein Sidekick zu sein, macht keinen Spaß, wenn der Maestro keine Zeit hat, und dann sitzt man da allein mit den Knabberstangen im flackernden Licht einer Trattoria. Vielleicht kam es auch zu dieser Einsamkeit, weil ich Schwierigkeiten mit meinem Telefon hatte: Jemand rief mich an, aber wenn ich abnahm, war da niemand. Ich weiß, dass das häufig passiert, aber unter diesen Umständen machte es mich trotzdem nervös. Natürlich hatte ich in einer solchen Atmosphäre ein großes Bedürfnis nach Lebensfreude, und Hiro war mein Vorbild. Ich wollte ihm in seinen obskuren Entdeckungsfahrten nachfolgen. Wenn wir dabei in Vergnügungsschuppen und Saufkneipen landeten, hieß das nicht, dass wir verwahrlosten oder die mit weniger Glück ausnutzten, sondern es war einfach nur unser Versuch, Zeit zu verbringen, ohne uns zu langweilen, und ein vielleicht lobenswerter Wunsch, mit Menschen zu reden, die wir sonst eher ignorieren würden. Hiro trieb durch die Nacht, und ich wollte ihn dabei begleiten. Ganz klar machte ich mir auch ein wenig Sorgen um ihn und wollte ihn beschützen. Ich war voller Fürsorglichkeit. Er befand sich in einer dieser manischen Phasen, in denen ihm der Schlaf wie etwas Lästiges erschien, und wenn man nicht schlafen gehen und auch nicht zu Hause herumsitzen will, in den stillen Schlafzimmern von Suburbia, dann werden die Läden, in die man geht, im Laufe der Nacht immer schäbiger. Das lässt sich gar nicht vermeiden, und so war es ganz natürlich, dass wir eines Nachts, nachdem wir von Laden zu Laden gewandert waren, in Bademänteln nebeneinander saßen und uns mit fast nackten Mädchen unterhielten. Und es ist immer wichtig, die eigene Perspektive zu vergrößern, um den Hintergrund und den Vordergrund näher zueinander zu bringen. Das ist ein grundlegendes Moralgesetz.

– Hey, sagten wir. – Hey hey.

– Hey, erwiderten die Mädchen freundlich.

Sicher, Hiro nannte diesen Ort einen *Saunaclub*, und

natürlich kenne ich den Ruf dieses Wortes, und hätte ich Wyman von dieser Szene erzählt – der grundsätzlich Angst vor der Welt hat, als wäre die platonische Idee eines Fotos von Wyman Wyman in einem gestreiften Blazer und Strohhut, der in einem sepiafarbenen Stechkahn steht –, hätte er, denke ich, gesagt, dass ich mir moralische Sorgen hätte machen müssen. Das Wort hätte vielleicht ein so unheilvolles Zeichen sein müssen, als wenn ich in einem Teenie-Horrorfilm in einer verregneten Nacht vor einer Werkstatt mit knisternder Leuchtreklame gelandet wäre. Aber ich war immer schon sehr tapfer, was mein Seelenleben betrifft. Ich würde mein Seelenleben an jedem Ort möglicher Verderbtheit aufs Spiel setzen, für einen Kokos-Slushie und den Eine-Million-Dollar-Hauptpreis.

… den unser Held in einen Saunaclub begleitet …

Es gab da eine Umkleidekabine, die den Umkleidekabinen in den Schwimmbädern ähnelte, in denen ich Schwimmen gelernt hatte, und das ist vermutlich kein Wunder, denn wahrscheinlich sind die Variationsmöglichkeiten bei Umkleidekabinen sehr begrenzt. Die Atmosphäre war seltsam wassersportlich, und jeder von uns trug am Handgelenk einen Schlüssel an einem Plastikarmband. Und hier hatten Hiro und ich unsere weißen Spa-Bademäntel und Plastiksandalen angezogen – eine Uniform, die zwangsläufig erniedrigend ist, vor allem für einen Mann mit Wampe, ganz zu schweigen von einem kleinwüchsigen Mann mit Wampe, was möglicherweise Sinn und Zweck des Ganzen war, die Hässlichkeit der Männer im Vergleich zu den Frauen zu betonen. Vielleicht war es eine kleine Erniedrigung, die mit der viel größeren Erniedrigung der Frauen verrechnet werden konnte. Auch wenn ich nicht sicher bin, dass die Frauen erniedrigt wurden, ich bin sogar fast sicher, dass sie sich an einem solchen Ort nicht zu schämen brauchen. Es war eher wie in diesen Märchen, in denen Nymphen neben einem Pool liegen, und ich verstand jetzt, wieso diese Märchen damit enden sollten, dass der Macho seine Strafe erhält. Ich glaube, Strafe ist für eine solche Situation angebracht – in einem Salon zu sitzen, auf einem Sofa, mit einem antialkoholischen Gratisgetränk, und sich dieses Tableau anzusehen, das ein wenig an den Erfrischungsbereich beim Bowling erinnerte, auch wenn man einräumen muss, dass hier etwas Leuchtendes hinzu kam, und zwar der Umstand, dass jede der Frauen nackt war, oder fast. Das war ein weiteres Beispiel für meine Sammlung von Kopien, die nicht wirklich Kopien sind, weil es ganz genau wie das Porträt einer normalen Bar aussah, aber der Unterschied, dass die Mädchen fast nackt waren, war eine ganz neue Entdeckung dessen, was in dieser Welt möglich ist. Ich glaube, ich hatte vermutlich nie zuvor verstanden, was man mit Geld erreichen kann. Ich glaube nicht, dass ich wusste, dass so etwas möglich war. Ich hatte bisher gedacht, dass die größten Vergnügungen, die man für Geld kaufen konnte, Drogen oder Urlaub waren. Mir war nicht klar gewesen, dass es keinerlei Grenzen gab. Und ich kenne das Argument, dass es auf der Welt viele Formen der Nötigung und

Verstrickung gibt, und dass Geld nur eine davon ist, aber was man uns hier vorspielte, war auch sehr überzeugend. Ich dachte über etwas nach, von dem mir Romy einmal erzählt hatte, dass sie es einem Freund von ihr sagen musste, ungefähr so –

ROMY
Ich glaube, du machst alles nur wegen Pornos. Zum Beispiel in mein Gesicht kommen. Ich mag das nicht. So was brauch ich nicht. Ich will nicht, dass du auf meinen Mund abspritzt.

Und ich verstand sie, aber wir stritten uns trotzdem, weil meiner Meinung nach nichts wesentlich falsch daran war, alles so zu machen wie in Coney Island, wo sie früher eine neue Attraktion nach der anderen aufgebaut haben: die Achterbahn, die Wasserrutsche. Ich finde immer noch, dass Manhattan nicht Manhattan-mäßig genug ist: Man könnte noch mehr aus der künstlichen Beleuchtung herausholen. Worauf Romy etwas in die Richtung erwiderte, ihr sei es eigentlich darum gegangen, dass er sie nie gefragt hatte. Er hatte sich nie hingesetzt und überlegt: Was hält diese Zeichentrickfigur mit den qualmenden Ohren eigentlich wirklich davon? Ich verstand, was sie damit meinte. Das Problem bei den höheren Idealen ist, dass man sie gemeinsam mit anderen Menschen erreichen muss, und das kann zu verwirrenden Situationen führen. Hier etwa wirkten alle sehr glücklich, sich einfach nur zu unterhalten. Hätte ich mir noch mehr vorstellen können, dann wären das bloß Massagen von Mädchen in Bikinis gewesen, oder vielleicht ein fernöstliches Soapland, mit Schwerpunkt Schrubben. Und so löste sich für mich erst, als Hiro mir erklärte, dass man mit jeder von ihnen in ein Zimmer verschwinden konnte, das wahre Rätsel dieses Ortes auf. Und ich wusste, dass ich, den üblichen Kriterien Wymans nach, sofort aufbrechen sollte, aber was mir Sorgen bereitete, war meine Erregung. Sie schien zu zeigen, dass es auch noch eine andere Möglichkeit gab, die Situation einzuschätzen. Irgendwo in einer Ecke meines Blickfeldes, wie eine dieser Zeichentrickfeen, hatte ich, glaube ich, eine Vision von Candy, aber dann verblasste sie. Es war wie diese kurze Belichtung, wenn man in der Metro sitzt und eine andere Metro entgegenkommt und man einen Moment lang in das Gesicht eines anderen Menschen starrt, statt auf das eigene Spiegelbild, aber am Ende verblasst es dann doch – denn die Traurigkeit, die ich vielleicht empfinden würde, wäre es wert, für diese neuen Eindrücke, die ich erleben würde, und vor allem, wenn ich bedachte, dass mir so etwas wahrscheinlich nicht noch einmal passieren würde, dass ich mich nie wieder in so einen Laden verirren würde, und dass ich es auf ewig bereuen würde, wenn ich hier untätig bliebe. Wenn sich die Utopie in multiplen Perspektiven unter Freunden erreichen ließ, wie Candy bemerkt hatte, wieso dann nicht auch hier, mit Fremden? Ich machte mir außerdem Sorgen, dass, wenn ich schon einmal hier war, es arrogant oder kalt wirken könnte, nur herumzusitzen und zu gucken. Ich versuchte an die Zukunft zu denken, die ungefähr zwei Stunden entfernte Zukunft. Ich glaube, ich dachte, dass das Schlimmste, was ich fühlen konnte, diese

Art von kränklicher Leere sein könnte, am Morgen, nachdem man zu viel Whisky getrunken und zu viel Haschisch geraucht hat. Ungefähr so schlimm stellte ich es mir vor, das Gefühl danach. Und schließlich ist es leicht zu glauben, etwas sei passiert, wenn es gar nicht so ist. Es gibt keinen Grund, wieso auf alles eine dunkle, fiese Traurigkeit folgen muss, die sich dann selbständig macht und einen verfolgt wie so ein zerfallender Fetisch mit Streichholzhänden und schrecklichen Zehen. Ich glaube, das Kurze geschieht häufiger, als wir denken, so winzig klein wie das leise Platzgeräusch, das die Blasen von Seifenschaum im Spülbecken verursachen. Doch ich brachte meine moralischen Berechnungen nie ganz zu Ende, weil mich Hiro unterbrach, der ein schönes Mädchen anlächelte, das beinahe nackt war, aber nicht ganz, und das sich nun neben mich setzte und lächelte. Und als sie das tat, schaltete sich mein Verstand aus – so wie die Räder eines Rollkoffers mit einem Mal ganz leise sind, wenn sie vom Asphalt des Gehsteigs auf den dicken Hotelteppich wechseln.

… wo er sich im Aufstieg befindet …

Ich bin normalerweise schlecht im Lächeln, aber für sie versuchte ich zu lächeln. Ich wollte, dass sie sah, wie höflich ich sein konnte, und wollte, dass sie sich entspannte. Außerdem bin ich anfällig für weibliche Schönheit, und klar, wenn man sie auf einer Party gesehen hätte, wäre man nicht sehr beeindruckt gewesen – aber dort hätte sie die gewöhnliche moderne Kleidung angehabt, während sie hier nur ein Stück Stoff um die Hüfte trug, und so etwas sehe ich nicht so oft. Ich glaube sogar, dass ich eigentlich noch nie mit einer Fremden gesprochen hatte, die oben ohne neben mir saß. Ein Mädchen, das nur oben herum nackt ist, finde ich absolut sexy, und ich sage zwar sexy, aber vielleicht hat es auch etwas Trauriges. Sagen wir mal, es kann traurig oder sexy sein, je nach Situation. Zum Beispiel liebe ich es, wenn Candy nur ihre Jeans anhat, wenn sie sich erst halb an- oder ausgezogen hat, aber dort kann das Oben-ohne-sein auch sehr verletzlich wirken, als ob etwas einfach unvollständig ist, während es hier nur verlockend war. Dann fiel mir ein, dass ich dem Mädchen ein Kompliment machen könnte, weshalb ich so etwas sagte wie:

– Du bist wirklich hübsch.

Ich weiß in solchen sozialen Situationen oft nicht recht, was ich sagen soll. Wie gesagt, ich leide unter Schüchternheit. Doch sie sah mich voller Zuneigung an und nannte mir ihren Namen. Und ich weiß, dass dieser Name fast sicher ausgedacht war, aber trotzdem, wie alles andere auch braucht ein Mensch einen Namen, selbst wenn dieser Name nicht echt ist.

– Ich bin Caycee, sagte Caycee.

Und dann saßen wir da. Hiros Blick war jetzt in die Ferne gerichtet, als sei er ein stiller Denker oder ein Mystiker. Auf eine Art verstand ich ihn. Ich glaube, dass er nervös war, und es war ja auch peinlich, neben einem Mädchen zu sitzen, das man nicht kennt und das beinahe nackt ist, und das neben dem eigenen Freund, und beide in Bademänteln. Das war ganz klar eine neue Form der menschlichen Interaktion. Aber es gefiel mir auch, denn ich glaube, dass es in der Zukunft immer mehr um diese Arten von Interaktion gehen wird, wo alles Gewöhnliche nur noch verschwommen zu erkennen ist. Ich war eindeutig erregt. Ihre Augen waren blau und ihr Haar war blond und ihre Brüste waren klein, aber mir waren ihre Augen und ihr Haar und ihre Brüste egal, ich war jenseits der physikalischen Welt, weil ich im reinen Zeichentrick war, im siebten Kreis, wie dieser Mann, der träumte, er würde auf die winzig kleine Erde hinabsehen – ich habe tatsächlich die Fähigkeit, mich so aufzuspalten oder zu schweben. Ich fühlte mich sehr gespalten und hatte außerdem das Bedürfnis, diesen Augenblick glücklich zu gestalten, als wäre es ein Beweis meiner immer höheren Ideale, nicht Sex zu haben oder so etwas, sondern einfach nur eine freundliche Unterhaltung führen zu können. Und weil ich glaube, dass es immer merkwürdig ist, sich nicht zu unterhalten, wenn man eine nackte Frau vor sich hat, oder beinahe, weil ich zwar vielleicht nicht weltmännisch bin, aber die Anstandsregeln kenne, versuchte ich weiter zu reden.

– Du bist sehr schön, sagte ich.

Mir fehlt wirklich der passende Wortschatz.

– Wie alt bist du?, fragte Caycee.

– Ach, so um die dreißig, antwortete ich voller Ernst.

Und während ich das sagte, kam es mir wie ein trauriges Alter vor. Es wirkte einfach sehr alt und zugleich sehr jung. Dann fragte Caycee, ob ich verheiratet sei oder eine Freundin hätte, und einen Moment lang befürchtete ich, meinen Ehering angelassen zu haben, aber vor allem war es die unschuldige Direktheit dieser Frage, die mich bekümmerte. Es überraschte mich, wie ich mir vorstellte, dass ein gerade flügge gewordener Roué überrascht wäre, wenn ihn seine Geliebte nach seiner Ehefrau fragte. Mir fehlte der Mut, ihr zu sagen, dass ich verheiratet war. Ich wollte, dass sie mich mochte. Und doch wollte ich auch nicht wie einer dieser traurigen Menschen erscheinen, die an einen Ort wie diesen kommen, weil sie niemanden haben, der sie liebt, und deshalb entschied ich mich für einen Kompromiss und erzählte ihr, ich hätte eine Freundin. Doch das führte dann zu einem Verhör durch Caycee, irgendetwas Höfliches wie –

– Lebt ihr zusammen?

Und aus dem Umstand, dass wir zusammen lebten, denn ich erzählte ihr die Wahrheit und sagte, dass wir es taten, folgten weitere Fragen, Caycees Logik entsprechend.

– Und wann werdet ihr heiraten?, fragte sie.

Für sie war Verheiratetsein sehr wichtig. Es war eine sehr schwierige Unterhaltung, was nicht nur an dem Dialog selbst lag, sondern auch an der Tatsache, dass einer von uns im Wesentlichen nackt war und der andere nicht. Ich blickte auf ihre weichen Brustwarzen. Sie bemerkte, wie ich sie ansah. Sie kniff sie, bis sie sich vorwitzig aufrichteten, als sei es das, was ich wollte. Und als ich erwiderte, was für eine seltsame Frage es sei, ob ich meine Freundin heiraten werde, wollte ich hinzufügen, dass ich damit nicht sagen wollte, sie solle eine solche Frage nicht stellen, und dass ich sogar dankbar war für ihren Vorschlag, dass eine neue Ehrlichkeit möglich sei, weil einer von uns nackt war – auch wenn ich gar nicht ehrlich war, obwohl ich es auf eine Art vielleicht doch war, und auch wenn man argumentieren könnte, dass dies eigentlich nicht ihre Idee gewesen war, das Nacktsein, dass hier vielmehr Regeln im Spiel waren, und wirtschaftliche Erwartungen, aber ich glaubte wirklich, dass diese wirtschaftlichen Erwägungen eher *sekundär* waren, wie man in der Wirtschaft so sagt.

– Du solltest sie heiraten, sagte Caycee. – Wenn du sie liebst, solltest du sie heiraten.

Und sie hatte natürlich recht, und ich war so sehr ihrer Meinung, dass ich ihren Rat schon vor langer Zeit befolgt und Candy geheiratet hatte, doch dieses Gefühl wurde von einem anderen Gefühl überlagert, das, glaube ich, näher an Bedauern war, und zwar, dass ich fast sicher der einzige Mann war, der je in einem Saunaclub einen Geist der etablierten Ordnung gefunden hatte. Doch auch das wurde von einem weiteren Gefühl überlagert, vielleicht einer Art Verlorensein oder Verlocktsein. Ich roch Kokosöl. Oder nach was auch immer Caycees Körper roch, es gefiel mir. Ich wollte das nicht. Aber ich wollte. Ich wollte ihr auch eine Antwort auf ihre vernünftige Frage geben. Ich wollte unbedingt, dass sie mich mochte und mich nett fand. Meine Mutter hat mich so erzogen, zu glauben, dass es darauf ankommt, was man denkt, und ganz besonders im Umgang mit Frauen. Ich habe ein reiches und mitfühlendes Seelenleben! Ist das etwa nichts? Und deshalb, glaube ich, war es mir wichtig, dass dieses Mädchen mich für niedlich hielt, für einen Draufgänger, ganz klar, aber einen, den seine Freunde für sehr nett hielten, und das sollte auch sie tun.

– Wir haben einen Hund, sagte ich.

Was sie darüber dachte, weiß ich allerdings nicht – weil sie das Gesprächsthema meines Hundes nicht aufgriff, sie reagierte nur, indem sie mich fragte, ob ich an einen Ort gehen wolle, wo es etwas privater sein würde. Und diese Wendung zum Geschäftlichen machte mich traurig, aber ich hatte auch Verständnis dafür. Es war schließlich ein Geschäft. Und auf eine Art – ich meine nicht in jeglicher Hinsicht – hätte es mir gefallen, wenn meine Mutter es gesehen hätte, die Höflichkeit, mit der ich dieses Gespräch führte. Meine Mutter stellt andauernd – in Friseursalons und Blumenläden – meine Beziehung zum Geld in Frage, als sei Geld eine Wolke, auf der ich mich ausruhe, wie so ein Putto mit seiner Trompete, und ich war stolz, dass ich sie jetzt widerlegen konnte, wenn ich ihr je von diesem Augenblick erzählen könnte, was ich vermutlich nicht konnte. Dies war wirklich meine Privatangelegenheit. Ich fragte nach dem Preis. Berechnet würde halbstundenweise, sagte Caycee. Ich bezahlte sie für eine halbe Stunde allein in einem Zimmer. Okay, sagte ich. Wir konnten tun, was immer ich wollte, sagte sie. Und dann zögerte ich. Ich fragte, ob ich kurz darüber nachdenken dürfe, nur einen Augenblick, und ich glaube, dass ich vielleicht etwas tat, das mich an Flirten erinnerte, obwohl es wahrscheinlich nicht Flirten war, sondern bloß Angst. Ich blickte mich hilfesuchend nach Hiro um, doch Hiro saß jetzt an der Bar und trank einen zweiten Guavensaft. Als ich ihn wirklich brauchte, ließ mein Engel mich im Stich.

Dann nahm Caycee meine Hand, und sie war sehr warm, ihre Hand, und ich war sehr ergriffen von ihrer Hand, von der Tatsache, dass sie echt und ihre und da war. Und vielleicht hätte ich versuchen sollen, klarer darüber nachzudenken, was sie dachte. Mir ist bewusst, dass nur sehr wenige Männer, wie zum Beispiel mein Vater, je versucht haben, die Gedanken einer Frau zu verstehen, aber mir kam außerdem die Idee, dass diese Gedanken letztlich im Grunde dieselben sind wie meine. Was bedeutete, dass ich mich darauf verließ, dass sie sah, wie überwältigt ich von etwas war, das vielleicht nicht Dankbarkeit war, aber sehr nah dran an Dankbarkeit. Ich meine, es fühlte sich an, als sei dies ein Fall von Wohltätigkeit oder Entrücktheit, wie in diesen Bildern von der Assumtion, als sei die Welt in ein herrliches, goldenes Licht getaucht.

… entdeckt den Drang zu Selbstbeschreibung …

Der Grund, wieso ich dir dies erzähle, ist, dass dieser Augenblick einen wichtigen Abschnitt in meiner Berufung markierte. Als wir einen Flur entlanggingen und Caycee einen Schlüssel von einem Brett an der Wand nahm, dann einen Raum betrat und die Tür hinter uns abschloss, bemerkte ich plötzlich einen kleinen Riss oder Spalt. Es war eindeutig nicht unproblematisch, überlegte ich, weiterhin die Dinge zu mögen, die ich mochte. Wenn zum Beispiel tatsächlich etwas in so einem Casa von schlechtem Rufe geschah, na ja, dann stellte sich natürlich die fluoreszierende Frage der Liebenswürdigkeit. Um ein Beispiel aus dem Leben meines Freundes Kayvon zu nehmen: Wenn die eigene Frau einen dabei erwischt, wie eine andere Frau einem auf dem Badezimmerfußboden einen Dildo reinschiebt, kann man irgendwann nicht mehr glaubhaft behaupten *Das war ich nicht*. Und mir ist bewusst, dass die gesamte Geschichte der Kunsttheorie sich darum dreht, das Thema des Liebenswürdigen aus dem Bild zu lösen, es sind bloß so spießige Betrachter wie Nelson, die sagen: Mensch, in dem ganzen Film war nicht einer, mit dem man gerne abhängen würde, aber traurigerweise ist vielleicht doch was dran an Nelsons Beobachtung. Ich meine, wieso sollte jemand einem seine Aufmerksamkeit schenken? Das ist eine gute Frage. Und wenn sie es schon tun, wieso sollte man sich dann wie ein Arschloch verhalten? Das geht weit über das Moralische hinaus, dieses ganze Problem. Es reicht bis in den tiefen, dunklen Wahn hinein, anderen gefallen zu wollen. Es gab viele Dinge, das musste ich zugeben, die meine Mutter an ihrem Kind nicht sehr geschätzt hätte, wenn sie die Wahrheit gekannt hätte. Sie war meine *Confidente*, aber nicht in allem. Wie zum Beispiel, und mir ist klar, dass es vielleicht nur eine Kleinigkeit ist, aber ich weiß nicht genau, ob man in diesen Dingen zwischen dem Kleinen und dem Gewaltigen unterscheiden kann, sah ich mir früher gerne Gang-Bangs im Internet an. Sie machten mich an. Es stimmt, dass Candy mir einmal sehr süß zu sagen versuchte, dass an dieser Art der Unterhaltung nichts Falsches war. Aber Candy war immer sehr nett. In einem der Filme wurde ein hübsches Mädchen mit dem Rufnamen Chastity interviewt, bevor es mit dem Gang-Bang losging.

Chastity trug eine graue Weste und graumelierte Shorts. Und dann fragte sie der Mann mit der Kamera, ob sie jemanden grüßen wolle, so was wie *Hallo, Papa*! – Oh, das wär furchtbar, sagte sie mit einem ernsten Lächeln. Sie dachte darüber nach. Es war sehr süß, wie sie *furchtbar* sagte, wie *forchbar.* – Ich hab drei kleine Brüder, und das wär auch forchbar, ich hoffe bloß, sie wissen noch nichts davon ... Und mich packte ein gerechter Zorn. Wie konnte der Mann hinter der Kamera sie so beschämen? Was gab ihm das Recht? Sie war ein netter Mensch, ein liebenswerter Mensch, das musste selbst dem dümmsten Betrachter klar sein. In Pornos sehe ich aufseiten dieser schönen Frauen vor allem Wundertaten in Sachen Durchhaltevermögen. Denn das, was sie gleich tun würde, war im Grunde eine altruistische Tat für ihre endlosen Zuschauer. Ich wollte sie in die Arme nehmen und sich ausruhen lassen. Doch das konnte ich natürlich nicht, und deshalb nahm ich meinen Penis und konzentrierte mich stattdessen darauf, während ich zusah, wie sie anal penetriert wurde – denn wenn ich hätte sagen müssen, was mir am besten gefiel, dann hätte ich leider sagen müssen, dass, wenn man ein Mädchen in den Arsch fickt, wie die Enge, die die entscheidende Eigenschaft war, ganz plötzlich nachlässt: nicht, dass sie sich komplett lockert, aber schon irgendwie. Was ich damit sagen will, ist, dass die *old school* Probleme der Beschreibung sich um die Frage drehen, wie sehr etwas mit *der echten Welt* übereinstimmt, aber dass es in Zukunft vielleicht um die Frage gehen wird, wie man das Nette und Liebenswerte hinter sich lässt. Kann sein, dass ich übertreibe. Keine Ahnung. Ich sage bloß, dass mir, als ich durch diesen Flur ging, ein alter Witz einfiel: *Dieser Mann sieht vielleicht aus wie ein verdorbener Idiot und verhält sich auch so, aber lassen Sie sich davon nicht täuschen. Er* ist *ein verdorbener Idiot.* Das ist im Grunde die Situation, dachte ich, jedes einzelnen Sprechers im Universum. Und in diesem Augenblick verspürte ich diesen plötzlichen Drang, das alles aufzuschreiben. Ich vermisste die tränenüberströmten Heiligen und die verhängten Beichtstühle! Hätte ich mein Telefon oder irgendein anderes Schreibgerät gehabt, ein Diktiergerät oder einen Filzstift, hätte ich es auf der Stelle zum Einsatz gebracht. Ich verspürte plötzlich das brennende Bedürfnis, Tagebucheinträge und verspielte Skizzen anzufertigen. Hört mal her, schien ich zu schreien, wie ich Banjo spiele! Wie sich herausstellte, war ich so viel größer, als ich gedacht hatte.

… wie sein Verhalten in diesem Schlafzimmer …

In dem Zimmer drehte sich Caycee zu mir um und löste ihren Hüfthalter und gab mir zu verstehen, dass ich mich ebenfalls ausziehen sollte. Also zog ich meinen Bademantel aus, was eigentlich nicht sehr schwer war, weil ich immer schon Schwierigkeiten mit diesen Frotteebademänteln hatte und ihn deshalb mit den Händen zusammengehalten hatte, während ich hinter ihr über den dicken Teppich schlurfte. Und ich fühlte mich ziemlich weiblich und merkwürdig. Ich fragte mich, ob es das war, was Frauen oft fühlen, dieses Entblößtwerden und diese Unsicherheit. Ich trug immer noch meine Plastiksandalen. Ich wollte sie ausziehen, aber ich war mir auch nicht ganz sicher, was den Teppich in diesem Zimmer und ganz allgemein die Hygiene betraf. Caycee trug durchsichtige Plexiglas-Plateauschuhe und behielt sie auch an. Die Ungleichheit störte oder verwirrte mich, aber ich konzentrierte mich nicht auf meine Verwirrtheit, ich dachte vielmehr über ihre Beine nach oder über das zwischen ihren Beinen, wo alles perfekt glatt war. Es war wie die Schönheit eines dieser Bilder, in denen ein genialer Künstler mit nur vier Strichen ein Gesicht gezeichnet hatte. Und genau so war da nur eine glatte Kurve zwischen ihren Beinen, als sie sich hinlegte. Also legte ich mich ebenfalls hin, mit den Füßen weiterhin auf dem Boden, denn auch wenn ich meine Plastiksandalen nicht ausziehen wollte, kam es mir doch falsch vor, wenn die Sandalen das Bett berührten. Es war dunkel, und in der Luft hing der Geruch ihres Parfüms und auch von Reinigungsmitteln. Und jetzt denke ich, dass ich mich hätte wundern sollen, aber das tat ich nicht. Ich war bloß auf einmal glücklich, und es war so wie immer, wenn man nackt mit einem Mädchen zusammen ist, nur eben ein bisschen anders. Sie legte sich hin und machte verschiedene Vorschläge, und mir wurde klar, dass ich überhaupt nicht darüber nachgedacht hatte, was wir eigentlich tun würden, was bedeutete, dass ich bis zu diesem Moment nicht an mögliche Ansteckungsgefahren gedacht hatte. Und ich glaube, ich hatte nicht darüber nachdenken wollen, weil der Gedanke mir so beschämend vorkam. Aber jetzt, da mir der Gedanke kam, wollte ich auch nicht, dass dieser Augenblick Konsequenzen hatte, die mich ein Leben lang verfolgen würden. Andererseits, vielleicht war diese uralte Angst Teil der ganzen Erfahrung. Außerdem bin ich bei solchen Auftritten immer nervös. Von einer neuen Umgebung lasse ich mich leicht verunsichern. Klar, sie war schön, aber ich dachte auch, dass sie mich eigentlich überhaupt nicht wollte, und in einer solchen Situation halte ich es nicht für abwegig, wenn es einem schwerfällt, erregt zu sein. Selbst wenn ein Mädchen nur ein kleines bisschen gelangweilt oder müde wirkt, will ich nicht weitermachen, und das hier war viel schlimmer. Denn ich sah mich gezwungen zuzugeben, dass ich zwar wahrscheinlich jünger und weniger faltig als der übliche Gast oder Kunde war, aber ich war nicht im eigentlichen Sinne attraktiv. Ich erinnere mich, wie Romy sagte, es sei seltsam, mit mir zusammen zu sein, weil sie in der Regel einen muskulöseren Typ vorzog, und obwohl ich sagte, dass mich das nicht störte, schaffte ich es dennoch nicht, es zu vergessen. Und so machte ich mir Sorgen um das Funktionieren meines Penis, und Sorgen wegen Krankheiten, und Sorgen, dass Caycee eigentlich gar nicht wollte, was hier passierte, und vor allem wollte ich jetzt damit fertig sein, damit ich ihr mein gesamtes Geld geben konnte und unser Geschäft beendet war. Auf der anderen Seite, das ist mir klar, hätte ich auch einfach nichts machen können, ich hätte absolut nichts machen und sie trotzdem bezahlen können, und dass ich es nicht so machte, lag vermutlich einfach an meiner permanenten Neugier. Ich will immer sehen, wie es weitergeht. Also sagte ich, vielleicht nur ein Blowjob, und dann sah sie mich an, mit einem Lächeln, von dem ich hoffte, dass es ihr Verständnis ausdrückte, dass ich tief in meinem Herzen ein ehrlicher Mann war, dass ich nur die kleinsten Dinge verlangte, und dann fragte sie mich, ob ich es mit Kondom wollte oder ohne. Und ich sagte etwas, das im Rückblick vielleicht ein bisschen zu unschuldig klingt –

– Na ja, was ist denn besser?, fragte ich – als sei ich in der Schlange einer Cafeteria oder in einem Luxus-Massage-Spa.

– Für diesen Zweck finde ich es besser mit, sagte Caycee.

Also tat sie es mit Kondom. Ich legte mich auf den Rücken und wandte den Blick ab, in der bekannten Pose der Ehefrau aus dem 19. Jahrhundert. Ich war mir auch nicht ganz sicher, ob ich überhaupt eine Erektion hatte. Es war, als sei ich in eine solche Panik geraten, dass ich alles Gefühl und Bewusstsein für meinen Penis verloren hatte, so wie ein Würstchen sich im Schlafrock fühlen muss. Ich nahm einfach an, da sie immer noch weitermachte, musste wohl irgendeine Form von Erektion vorhanden sein, doch vielleicht ist ein solches Vorkommnis in dieser Art von Situation nur allzu normal, und Caycee war so höflich, dass sie mit solchen weichen Extremitäten umgehen konnte, wie diese ältere Frau in diesem alten Film, die einem Soldaten die Definitionen des Wortes *Fiasko* beibrachte. Sie hockte so seitlich über mir, und ich fragte, ob ich sie berühren dürfe, und sie nickte. Also berührte ich die Haut zwischen ihren Pobacken, die rauere Haut und das schrumpelige Loch. Dann berührte ich sie, wo es normalerweise glitschig und feucht gewesen wäre, aber jetzt sehr trocken und sehr glatt war. Und ich war ein bisschen enttäuscht über diesen völligen Mangel an Feuchtigkeit. Ich weiß, es gab keinen Grund, warum sie dies erregend finden sollte, aber ein Teil von mir fand es erregend, und hoffte zumindest, dass sie es auch tat. Ich konnte nicht anders. Also versuchte ich, an etwas anderes zu denken. Zuerst dachte ich darüber nach, dass dies tatsächlich das erste Mal war, dass ich mit Kondom einen geblasen bekam, und ich wusste nicht recht, was ich davon hielt, aber was neue Erfahrungen anging, bestand die größere neue Erfahrung natürlich in dem Umstand, dass ich dieses Mädchen dafür bezahlte, meinen Penis in den Mund zu nehmen, doch bevor ich irgendeinen dieser Gedanken zu Ende denken konnte, war ich gekommen. Es war eindeutig der schnellste Orgasmus meines Lebens. Ein bisschen war ich erleichtert, denn wenn ich gekommen war, musste ich vorher eine Erektion gehabt haben. Und trotzdem konnte ich eine gewisse Enttäuschung nicht vor mir selbst verbergen. Sie machte mit einer äußerst geschmeidigen Handbewegung einen Knoten in das Kondom. Sie ging sehr ordentlich vor, und ich dachte, es könne eigentlich nichts Ordentlicheres geben, als in den Mund eines Mädchens zu kommen. Die Leute denken, es sei eine Sauerei, aber das stimmt nicht. Ich kam in ein Kondom in ihrem sauberen Mund. Wie domestiziert kann man sein?

– Das ging schnell, sagte sie.

Ich konzentrierte mich nicht so sehr auf ihren Tonfall, aber ich glaube, sie klang eher zufrieden als sarkastisch oder ironisch. Ich denke, aus ihrer Perspektive muss ich wie ein gutes Geschäft gewirkt haben. Es passte außerdem zu dem Tonfall, von dem ich hoffte, dass wir ihn schon gefunden hatten, nämlich dass wir Freunde waren oder dass ich versuchte, ihr nichts aufzuzwängen. Und dann fiel mir auf, dass, wenn dies das echte Leben gewesen wäre, und das war es natürlich, aber wenn es, sagen wir mal, ein anderer Aspekt des echten Lebens gewesen wäre, in dem wir uns ganz normal in einer Bar begegnet wären und uns anschließend in einer so intimen Umgebung wiedergefunden hätten, dann hätten wir im Anschluss eine Unterhaltung begonnen, und das ist etwas, das mir immer sehr gut gefällt, eine Unterhaltung anzufangen, weil es sich anfühlt, als gebe es ein paar Dinge, die wir zu besprechen hätten, aber jetzt wollte sie nur, dass ich mich wieder anzog. Und das tat ich auch. Ich wollte sie in keiner Weise verärgern. Sie war ausgesprochen nett und sympathisch.

… in dem alle moralischen Werte revidiert werden …

Wir liefen wieder den Flur entlang, und ich ging in die Umkleidekabine, während sie davor stehenblieb und wartete, und ich kam mit meinem gesamten Bargeld heraus, weil ich zeigen wollte, wie dankbar ich ihr war. Ich gab ihr ein Trinkgeld, das wahrscheinlich doppelt so hoch war wie der eigentliche Preis. Aber ich bin eh kein Freund von Trinkgeld, weil das Trinkgeld zeigt, dass das Gesellschaftssystem versagt hat, dass der angegebene Preis nicht der erbrachten Leistung entspricht, und natürlich, Senoritas, hat das System versagt, daran besteht kein Zweifel, doch das Trinkgeldgeben wird dann zu dem Schauplatz, wo es zu einer Art von Entschädigung kommt. Obwohl ich in diesem Augenblick dachte, dass ich gerade eine andere Ungerechtigkeit beging, weil das Bargeld, das ich Caycee gegeben hatte, eigentlich meinem Vater gehörte, weil ich sämtliches Geld, das ich gerade hatte, von meinem Vater bekam, und es fühlte sich ein wenig falsch an, es für diesen Zwecke ausgegeben zu haben und nicht für Bücher fürs Leben. Das fühlte sich sogar wie der schlimmere Betrug an als Candy zu betrügen – und deshalb war das, was ich in diesem Moment empfand, ein bisschen so wie an dem Morgen, als ich neben Romy aufgewacht war, eher eine Art Nostalgie, ich hatte das Gefühl, Candy anrufen zu wollen, um ihre Stimme zu hören. Sie kam mir so weit weg vor, und ich wollte mit ihr sprechen, auch wenn sie natürlich der eine Mensch auf der Welt war, dem ich diese Geschichte niemals erzählen durfte. Ich würde mich mit meiner Stimme in meinem Kopf begnügen müssen, und mit anderen Vertrauten, wie Hiro. Und deshalb ging ich zurück in den Salon, wo mich Hiro anstarrte.

– Du hast das echt gemacht?, sagte er.

– Na ja, nicht ganz, sagte ich.

– Bei mir auch, sagte Hiro.

– Was meinst du damit?, sagte ich.

– Wir haben uns unterhalten, und sie hat gesagt, dass sie müde ist. Dass sie schon seit zwölf Stunden arbeitet.

– Ha, sagte ich.

– Deshalb habe ich sie einfach nur massiert.

Ich beneidete ihn, ungelogen. Irgendwie hatte es Hiro

geschafft, eine nettere Erfahrung zu machen als ich. Aber so ist das eben, wenn man mit jemandem unterwegs ist, der noch viel unschuldiger ist als Buddha. Es zerstört einem sämtliches moralisches Selbstvertrauen.

4. DIE PISTOLE

DIE PISTOLE

… die Grundlage für größere Pläne …

Ich hatte bereits das Gefühl, dass wir in Sachen Weltveränderung möglicherweise schon recht weit gekommen waren, wir probierten in allen Bereichen neue Verhaltensweisen aus, dehnten die Welt, wie man den Teig für eine Pizza ausdehnt, doch Hiro war der Meinung, dass wir uns in Abstraktion und Untätigkeit verloren. Wir hatten keinen größeren Plan.

HIRO
Das könnte noch ewig dauern.

ICH
Dir ist langweilig.

HIRO
Mir ist mehr als langweilig. Ich bin frustriert.

Die Analysen von Empfindungen, und Empfindungen von Empfindungen, auf die wir uns spezialisiert hatten, fand Hiro, waren nicht genug, oder zumindest machten sie, so amüsant sie auch sein mochten, nicht die richtige Art zu leben aus. Wir brauchten größere Aktivitäten. Zumindest verkündete er das eines düsteren Morgens in einem Café, als wir feststellten, dass wir uns nur einen Tee leisten konnten, und einen Holunderblüten-Donut, weil es eines von Hiros Zielen war, immer so gigantisch wie möglich zu leben – und ich musste einräumen, dass ich seiner Meinung war. Wenn man mittellos ist, ist es nicht leicht, ideale Gemeinschaften zu bilden. Und mein Vater hatte vor kurzem entschieden, mir nicht weiter Geld zu geben, und zwar, weil es nur für Luxus und Müßiggang ausgegeben wurde – nicht, dass er an sich etwas dagegen gehabt hätte, wollte er betonen, er wollte einfach nur nicht derjenige sein, der den Luxus für andere finanzierte. Womit er vermutlich Hiro meinte. Er war der Meinung, jeder müsse sein eigenes Faulsein finanzieren, und obwohl ich mit dem Gedanken spielte, ob nicht die wahre Form von Widerstand gegen die Welt in ihrer derzeitigen Form darin bestand, das Geld anderer Leute zu vergeuden, brachte ich es nicht übers Herz. Möglicherweise war ich auch der Meinung meines Vaters. Denn so abhängig zu sein, wie ich es war, kam mir keinesfalls wie ein guter Beruf vor.

MEIN VATER
In deinem Alter hatte ich schon eine Firma gegründet.

ICH
Genau das meine ich.

MEIN VATER
Das war nicht leicht.

ICH
Es ist auch nicht leicht, ich zu sein.

Es in jungen Jahren schwer zu haben, ist, glaube ich, ein gutes Rezept für Selbstachtung. Es dagegen gut zu haben – neben plätschernden Brunnen auf der Sonnenliege zu liegen und *Che Bellezza!* zu rufen – bedeutet definitiv, es schlecht zu haben. Was einfach eine allgemeinere Formulierung des Satzes ist: *Ich wohne noch zu Hause mit meiner Mutter und meinem Vater und meiner Frau, und ich spüre einen permanenten Schmerz.* Aus einer Familie zu stammen ist natürlich unvermeidbar, aber es ist zugleich ein schreckliches Leiden. Egal, wie viele weiße Pillen man schluckt, sie schaffen es nicht, dass sich diese Wolke besser anfühlt. Und wenn einem das Leben so etwas antut, ist es schwer, eine positive Reaktion zu zeigen. Depression wäre wohl eine Möglichkeit, meinen Zustand zu beschreiben, aber ich zog die romantischeren Begriffe vor, die früher in Mode waren, wie *Melancholie*. Meine Therapeutin war dagegen. Sie sagte, ich solle *Depression* sagen. Aber das ist schon lange her. Ich wuchs in solchem Komfort auf, dass ich absolut unselbständig war. Für einen Multimillionär war es vermutlich nicht viel. Ich wusste einfach, dass ich jederzeit nach Hause kommen konnte, mit dem Taxi, und dass die Betten frisch bezogen sein würden, und das Fenster vielleicht einen Spalt geöffnet, so dass die leisen Geräusche der Stadt zu hören waren, und unten würde meine Mutter mir einen warmen Kakao machen. Anderswo waren die Menschen abhängig von Junk-Burgern oder Einkaufszentren oder Schlaftabletten. Ich war abhängig von meinem Stand im Basar des Lebens. Meinst du nicht auch, dass ein solcher Komfort für jemanden von meinem Naturell nicht so gut ist? Ich will damit nicht sagen, dass meine Eltern mir schaden wollten, aber Schaden kann, wie wir alle wissen, durch so viele verschiedene Kanäle und Abflüsse kommen, dass sich der Schaden nie so ganz abhalten lässt. Vielleicht konnten andere Menschen ihre Selbständigkeit trotz solcher Bedingungen bewahren, aber ich war keiner von diesen Menschen. Obwohl es also schwer zu ertragen war, dieses Wissen, dass mein Vater in finanzieller Hinsicht mit mir abgeschlossen hatte, konnte ich es doch als eine große Chance betrachten. Als sei ich der Ball und diese Situation der Basketball-Superstar, und als warteten wir jetzt nur noch auf ein letztes Element, damit ich per Slamdunk in den Korb gestopft werden würde.

… mit Schusswaffen als Accessoires …

Hiros Auffassung nach war das Hauptproblem das ewige Problem des Cashflows – und natürlich würde ich ihm da nicht widersprechen, darin bestand jetzt die große Schwierigkeit in unserem Leben –, aber gleichzeitig, fügte Hiro hinzu, war das größere Problem: Wir wollten nicht dafür arbeiten. Sein Gedanke war: Wenn es theoretisch möglich war, in kurzer Zeit reich zu werden, wieso sollten wir dann warten? Oder, philosophischer ausgedrückt, ein Gangster leistet in seinem Verlangen, schnell reich zu werden, großen Widerstand gegen die Sozialordnung. Er ist absolut gelangweilt von der Arbeitswelt, und das ist vielleicht nichts Verächtliches, jedenfalls ist es zumindest nicht dumm. Und wie sich herausstellte, war jetzt auch Hiro in diesem Geschäftsfeld tätig – und um seinem Argument Nachdruck zu verleihen, holte er eine wunderschöne Pistole hervor, nicht direkt eine Uzi oder ein Kleinkaliber, sondern eine Art kleine Magnum, bei der Kategorie bin ich mir nicht sicher, und der Anblick dieses Geräts auf Hiros Knien in einem Retro-Café, mit Fotos von toten Stars der Snooker- und Fernsehwelt, löste eine aufgeregte Reaktion bei mir aus, was ich nicht für ungewöhnlich halte, denn es ist nicht normal, eine Pistole in seinem Leben zu haben, zumindest nicht, wenn man ein so unschuldiges Wunderkind oder ganz allgemein so ein Mensch ist wie ich. Aber ich würde auch behaupten, wenn man noch nie ein Objekt, das wie eine Pistole aussieht, in der Öffentlichkeit in der Hand gehalten hat, hat man nicht gelebt. Ob Kopie oder echt, spielt keine Rolle. Der Thrill ist cool.

– Scheiße, was ist das?, sagte ich.

– Ist doch offensichtlich, sagte Hiro.

Und ich wollte nicht zu zögerlich oder kritisch erscheinen, zum Teil, weil die Person mit Pistole immer sehr überzeugend wirkt, aber auch, weil ich diese Theorie hatte, dass ich zumindest einige Menschen sehr glücklich machen könnte, und vielleicht war letztlich der Einzige, auf den das tatsächlich zutraf, Hiro – wie konnte ich ihm widersprechen? Und außerdem war ich, wie gesagt, ein wenig traurig und wütend über meine gegenwärtige Lebenssituation. In mir war dieser melancholische Zorn, und das kann destabilisierend wirken, wenn man damit beschäftigt ist, seine alltäglichen moralischen Entscheidungen zu treffen.

... und einem kriminellen Plan ...

Wie wenig Ausrüstung man braucht, um überzeugend zu wirken! Diese Lektion hatte ich schon beim Bodega-Vorfall gelernt. Eine schlechte Kopie einer Pistole reichte aus, um gefürchtet zu werden, und auch dies war nicht, sagte Hiro, das wahre und wahnsinnige Ding selbst.

– Nicht?, sagte ich.

– Nein, Mann, sagte er.

Es stimmte, sie war echter als eine Wasserpistole. Gleichzeitig, merkte er an, war sie weniger echt als eine echte Pistole.

– Ist bloß eine Kopie, sagte Hiro.

– Die sieht aber echt aus, sagte ich.

– Ja klar, sagte Hiro. – Wieso auch nicht?

Wie viele Doppelgänger braucht eine Geschichte wirklich? Eine Zeit lang ist es leicht, alles mit Wasserpistolen und solchen Sachen zu machen, behauptete Hiro, aber wenn man mal was Größeres vorhat oder was Ernsthaftes, dann braucht man bessere Requisiten, jedenfalls hatte er das beschlossen, während er die schönen, offenen, beleuchteten Räume des Computerbildschirms durchstreifte. Die Wasserpistole war gut, wenn alles ganz schnell ging, aber wenn eine Pistole echt aussieht, richtig echt, mit passender Sicherung, Lackierung, Ölfilm und so weiter – echter muss sie nicht sein, wenn man nicht vorhat, sie zu benutzen, und eine Pistole ist in einer zivilisierten Gesellschaft meistens nicht dazu gedacht, benutzt zu werden, sie ist viel allgemeiner eine Art, mit anderen Menschen zu sprechen, ein Zeichen, wie Netzstrumpfhosen oder Retrobrillen.

– Was meinst du, sagte ich, – mit was Ernsthaftes?

– Na ja, wie wär's mit ... dem Nagelstudio?, sagte Hiro.

Ich glaube, wir leben in einer gefährlichen Zeit, gefährlich in moralischer Hinsicht: In früheren Zeiten stellte sich der schönen Seele, die sich ausdrücken wollte, immer das Problem der Materialbeschaffung, ich meine, es war vielleicht nicht ganz einfach für einen durchschnittlichen, etwas lebensfernen Studenten in einer Stadt in den Marschen oder einem Slum-Ballungsraum, an eine Waffe zu kommen, oder an anderes Zubehör, und auch an das viele Opium, das er sich so wünschte. Doch jetzt sind so viele Dinge in den flachen Tiefen des Computerbildschirms zu haben, und auch wenn das sicherlich ein zivilisatorischer Fortschritt ist, ist es vielleicht gleichzeitig ein Nachteil.

– Okay, red weiter, sagte ich.

Als wir die Sache mit der Wasserpistole und der Bodega gemacht haben, führte Hiro an, hatte ich mich zu keinem Zeitpunkt beschwert, wieso also, wollte er wissen, sollte das jetzt anders sein? Auch wenn die Requisite ein bisschen bedrohlicher wirkte, war sie im Kern überhaupt nicht bedrohlicher, weil es sich in beiden Fällen nicht um ein echtes Werkzeug handelte. Wenn also meine Sorge der Sicherheit der Menschen galt, die bedroht werden würden, dann wäre meine Sorge unbegründet, genau wie meine eventuelle Sorge um unsere eigene Sicherheit, denn auch in dieser Hinsicht, dachte er, könne ich unbeschwert sein, denn welches Nagelstudio verfügte schon über einen Sicherheitsdienst oder einen Alarmschalter? Schließlich, fuhr Hiro fort, handelte es sich doch um einen Ort der Harmonie und des Parfüms, in den nie jemand mit bösen Absichten ging. Klar, sie würden Videoüberwachung haben, aber weil Überwachungskameras das schlechteste Kinoerlebnis der Welt lieferten, mit winzigen, unscharfen Gestalten, musste auch das uns nicht beunruhigen. Und auch *moralisch* konnte nichts schiefgehen, weil ein solches Geschäft abgesichert sein würde, mit Versicherungsschutz gegen genau diese Art von traurigem und unvermeidbarem Ereignis. Jedes Geschäft in jeder Straße muss damit rechnen, sagte Hiro, genau wie eine Frau damit rechnen muss, dass sie irgendwann ein Mann gegen die Wand drückt und ihr blöde seine Liebe erklärt. Zusammengefasst war sein Argument, nehme ich an, dass sich ein Verbrechen wie ein reines und einmaliges Ereignis betrachten ließ, solange niemand zu Schaden kam.

HIRO

Spielt es wirklich eine Rolle, wenn man ein Einzelhandelsgeschäft überfällt? Ich meine: Wem tut das weh?

ICH

Ich nix verstehen.

HIRO

Die Frau, auf die man die Pistole richtet oder was auch immer, das Bajonett, kriegt ihr Geld zurück, die Firma, die hinter dem Geschäft steht, kriegt ihr Geld zurück, der Einzige, der zahlt, ist der hohe Manager der Versicherung, der ganz weit weg ist und dem es vor allem nicht weh tut.

Und ich fühlte eine leichte Verärgerung – sie kam ganz sanft, so wie ein hoher Wind sich in den Spitzen der Eukalyptusbäume und Akazien einnistet –, weil Hiro offensichtlich dachte, es würde schwer sein, mich zu überzeugen, und wenn er dachte, dass ich mich nicht leicht überzeugen lassen würde, wollte ich ihm unbedingt das Gegenteil beweisen.

– Lass es uns machen, sagte ich.

– Sicher?, sagte er.

– Keine Frage, sagte ich.

Wenn man keine Möglichkeit hat, in seinem sonstigen Leben seine Fähigkeiten unter Beweis zu stellen, ist der Gedanke sehr beruhigend, dass es einen Weg gibt, um zumindest ein bisschen zu erreichen. Und außerdem, überlegte ich, während ich den letzten Bissen meines halben Donuts aß, waren jetzt so viele Dinge in meinem Leben ganz anders, als ich sie mir noch vor kurzem vorgestellt hatte. Die alten Denkmuster kamen mir nutzlos vor. Ich weiß, die übliche Denkweise ist, zwischen dem Inneren und dem Äußeren zu unterscheiden, und zu sagen, okay, es kann sicher ein ästhetisches Interesse daran bestehen, sagen wir mal, in Gedankenexperimenten und Bagatellen die Grenzen des Horrors zu streifen, indem man sich Morde überlegt wie jedes andere Objekt auch, das ästhetisch betrachtet werden will, wie Statuen, Gemälde, Oratorien, Kameen, Intaglien und so weiter, aber wenn man irgendwann den Schritt geht und solche Gedankenexperimente tatsächlich umsetzt, man nichts als Ekel und Muffensausen empfinden würde. Aber ich war mir da plötzlich nicht mehr so sicher. Es kam mir wie eine Unterscheidung vor, die vielleicht eher für den allgemeinen Gesellschaftsvertrag nützlich war als tatsächlich wahr. Und was ich wollte, war etwas Aufregung in meinem Leben. Der Mangel an Aufregung erschien mir als sehr ernstes Problem, und ich würde alles tun, dachte ich nun, um diese Aufregung zurückzuholen – in welcher verrückten Form auch immer. Bitte interessiere mich!, flehte ich die Welt an. Es war, wie ein Verfechter von Tierrechten zu sein, aber am Ende doch das Bedürfnis zu haben, in der Abendsonne zu sitzen und sich anzusehen, wie der Matador den Stier tötet. Ich war auf jeden Fall neugierig, wie so ein Raubüberfall aussehen würde. In einer Hinsicht, das musste ich zugeben, war ich ein Gangster: Wenn man sich in dieser Welt Geld beschaffen muss, ist es immer am besten, es schnell zu tun. Das ist offensichtlich, wenn man darüber nachdenkt. Was ist schlimmer, als Ennui zu erdulden?

... um ein sehr hell erleuchtetes Nagelstudio auszurauben ...

Die Leute, sagte Hiro, stellen sich Raubüberfälle und andere Diebstähle unheimlich kompliziert vor, und wenn man in ein wichtiges Kunstmuseum einbrechen will, denkt man vermutlich, man müsse irgendwas Supercooles machen, wie sich die Uniform des Galerie-Sicherheitsdienstes zu borgen, in die Leitstelle zu gehen und die Überwachungskameras abzuschalten, die Elektronik in den Räumen mit der Blattgold-Kunst zu deaktivieren und den Sidekick sein Sidekick-Ding machen zu lassen, die Bilder von der Wand zu nehmen und die Berieselungsanlage loszutreten. So würden die Leute es erwarten, sagte Hiro, aber eigentlich sollte man einfach reinplatzen und den Laden mit Sturmgewehren und Balaklavas ausnehmen. Man hat drei Minuten, bis der erste Streifenwagen auftaucht, und das ist jede Menge Zeit, wenn man weiß, was man tut. Mit anderen Worten, die kompliziertesten Dinge, sagte Hiro, sind manchmal die einfachsten – und ich glaubte ihm. Und deshalb verzichteten wir auf große Pläne oder Diagramme oder Zugangs- und Fluchtrouten, wir betraten einfach das Nagelstudio, wie ganz normale Kunden, die schnell ein bisschen Farbe und Nagellack wollten –, bloß dass wir Baseballkappen trugen, und Sonnenbrillen, wegen der Nachmittagssonne, weil die Zeit, die wir gewählt hatten, dieser Leerlauf des frühen Nachmittags war, eine Zeit, die wirklich nur Eltern oder Arbeitslose kennen. Die Frau am Empfang war in ein Telefonat vertieft:

– Also sie war nicht zwei Wochen zu spät, es waren, glaube ich, nur ein paar Tage. Und sie war deshalb zu spät, weil sie so gestresst war. Ja, *vielen* Dank! Die lügt. Die Frau hat echt ein Problem. *Voll* labil.

Dann eine Pause und dann etwas wie:

– Scheiße, was hat *das* damit zu tun? Die hält sich für cool, weil sie einen Asiaten geheiratet hat. Die konnte schwarze Frauen noch nie leiden.

Das heißt, ich erinnere mich nicht genau. Ich mache nur aus dem Gedächtnis nach. Das war die Szene, als wir ankamen, und es wirkte auf hell erleuchtete Art glücklich, und ich spürte ein Bedauern, dass wir dafür verantwortlich sein würden, dieses Glück zu vermindern, und stattdessen Sorge und Angst zu bringen, und deshalb wollte ich das Ganze unbedingt so schnell wie möglich hinter mich bringen. Außerdem war ich froh, dass wir einen so sanften Eindruck machten, denn obwohl das vielleicht ein Autoritätsproblem bei einem Raubüberfall mit sich brachte, half es bestimmt, ihre natürliche Angst und ihr Unbehagen zu lindern. Und dazu, überlegte ich, konnte es ein noch größeres Überraschungsmoment bedeuten, wenn man plötzlich eine Waffe zog, als wenn man mit Balaklava und Gebrüll hereinkam, und auch wenn der Schreck der anderen Menschen größer sein mochte, der Nageltechnikerinnen und der einen Kundin mit einer Hand im Chemikalienbad, war doch ihre Furcht vielleicht geringer. Und als Hiro das tat, ich meine, als er die Pistole herausholte und in die Luft hielt, bemerkte ich, dass mein Herz überhaupt nicht ruhig blieb, sondern riesengroß in meinem Körper war. Das war ein weiterer Effekt, den ich nicht erwartet hätte, wenn ich das Ereignis von einem Heißluftballon oder einem Wetterflugzeug aus betrachtet hätte – und in mancherlei Hinsicht war dieses Ereignis, so wie ich es in Erinnerung habe oder wie ich es jetzt aufzuzeichnen versuche, ein einziges Geflecht von unvorhergesehenen Effekten. Unserem im Café gefassten Plan nach war es mein Job, Schmiere zu stehen – wenn ich allerdings einen Wachmann mit Wolfshunden oder irgendeinen Vertreter der Polizei gesehen hätte, wurde mir jetzt klar, hätte ich wohl nicht genau gewusst, was zu tun gewesen wäre. Deshalb versuchte ich, diese Wissenslücke zu ignorieren, und blieb stattdessen beim Eingang des Geschäfts, wo Schaufensterpuppen ihre wunderbaren Nageldesigns präsentierten. Ihre Hände waren sehr groß, wie in einem Traum oder einer Halluzination, in der man seinen Willen nicht unter Kontrolle hat. Und in diesem Augenblick, als ich mir gerade diese halluzinogenen Hände ansah, fing Hiro an zu schreien – auf eine, wie mir schien, etwas übertriebene Art, und dieses Übertriebene besorgte mich, weil es zu verraten schien, dass wir Angst hatten und nicht wirklich Herr der Lage waren. Vor Schreck stand das Mädchen auf und kippte ihr Chemikalienbad um, und ich wollte instinktiv nach einem Lappen suchen, um es aufzuwischen – weil ich Unordnung in jeglicher Form unerträglich finde –, aber dann dachte ich, nein, ich muss mich ruhig verhalten. Und das tat ich. Anstatt an die Chemikalienpfütze dachte ich an die Pistole, denn wie ich jetzt feststellte, ist es sehr interessant, was passiert, wenn man in der Öffentlichkeit eine Waffe zieht. Es tritt eine plötzliche Stille ein, und ich verstehe jetzt, was die Serientäter antreibt, es muss ein solches Vergnügen sein, das jeden Tag zu erleben, und süchtig machend dazu, zu sehen, wie man Menschen mit einer einzigen großen Geste zur Ruhe bringen kann. Eine Macht zu entdecken, von der man nicht wusste, dass man sie hat, das ist eindeutig ein interessantes Gefühl. Und okay, klar, ich weiß, mein Freund Álvaro ist es gewöhnt, morgens festzustellen, dass der Kindergarten seiner Kinder mit Einschusslöchern dekoriert ist, die von einer vorbeifahrenden Maschinenpistole stammten, und ist inzwischen an Bestechung und Drohungen und Schutzgeld und all die anderen Arten gewöhnt, auf die kriminelle Aktivitäten den durchschnittlichen Steuerzahler erreichen – so wie die Broadway-Shows irgendwann die verschlafenen Provinzbühnen erreichen, wie die, in die mich meine Mutter mitnahm, um Pantomimen zu sehen –, aber ich, nein. Doch jetzt begriff ich, dass das Kriminelle und Dunkle möglicherweise auch mich betreffen konnte. Es war ein metaphysischer Schritt nach vorne. Gleichzeitig war mir klar, dass das jetzt nicht der richtige Zeitpunkt für solche Reflexionen war, und ich bin mir nicht einmal sicher, ob es tatsächlich Reflexionen waren – es war eher so, als seien sie in mir drin und warteten auf ihre Bestäubung.

… was sie hyperschnell erledigen …

Alles geschah hyperschnell. Hiro richtete die Waffe auf die Frau an der Kasse und verlangte einerseits, sie solle sich nicht rühren, denn wenn irgendwer zum Telefon greifen sollte, würde er nicht zögern zu schießen, und andererseits sollte sie sich rühren, aber nur ganz langsam, um die Kasse zu öffnen und sämtliches Geld herauszuholen. Ich nehme an, diese Dinge geschehen nur, weil man gesehen hat, dass sie geschehen, ich meine in den üblichen Fernsehserien. Aber was ich nicht erwartet hatte, war, wie langsam sie ablief, diese hyperschnelle Aktivität, obwohl es nur fünf Minuten waren, oder dass ich durch das Fenster draußen still Menschen ihren Hund ausführen oder andere kleine Dinge machen sehen konnte – da war ein Mann, der sich mit einer sehr hübschen Frau unterhielt, und ich konnte erkennen, dass er sie beeindrucken wollte, weil er eine Zigarette herausgeholt hatte, und dazu ein Feuerzeug, doch jedes Mal, wenn er die Zigarette anstecken wollte, hielt er sie vor sich und sprach weiter, dann nahm er sie langsam wieder herunter, und es war wirklich ein schöner Anblick, diese Aufmerksamkeit einem anderen Menschen gegenüber. Dann fiel mir auf, dass vor einem der Spiegel eine Frau saß, und sie weinte sehr, nicht heftig oder laut, aber in ihrem Gesicht waren Tränen, und die Wimperntusche war auf ihren Wangen verschmiert, als hätte sie sich das Gesicht mit Asche bemalt, wie eine Trauernde in der Antike. Ich wollte sie sehr gerne trösten, aber ich war mir nicht sicher, ob Hiro damit einverstanden war. Also rief ich Hiro etwas zu wie:

– Hiro, sagte ich.

– Scheiße, sagte er.

Ich glaube, er war sauer, dass ich seinen Namen gesagt hatte, aber ich war mich nicht sicher, ob es wirklich eine Rolle spielte, ich meine, außerhalb von Filmen – aber trotzdem, er war sauer, und deshalb wollte ich mich entschuldigen.

– Tut mir leid, sagte ich.

– Schon okay, sagte er.

Ich wusste, dass er wütend war, aber ich nahm an, dass dies nicht der richtige Augenblick für Entschuldigungen war, und ich wusste zu schätzen, dass er zumindest wusste, dass es keine Absicht gewesen war.

– Es ist nur so, sagte ich, dass hier ein Mädchen weint.

Hiro sah zu mir herüber.

– Wir sind gleich fertig, erklärte er ihr, und er sagte es freundlich, um sie zu beruhigen.

Sie war zwar noch immer nicht sehr ruhig, aber wenigstens hatte ich getan, was ich konnte. Und sie tat mir sehr leid, denn eigentlich geschah ja gerade nur wenig, wir waren nur zwei Ganoven mit einer Pistole, und wir waren nicht einmal richtige Ganoven, genau wie die Pistole keine echte Pistole war, keine 45er Magnum, die darauf wartete, von dem zugekoksten Meuchelmörder befingert zu werden, doch dann fiel mir auf, dass das Mädchen an der Theke ebenfalls aufgewühlt wirkte.

– Nicht bewegen, hab ich gesagt, sagte ich.

– Ich hab mich nicht bewegt, sagte sie.

– Okay, sagte ich.

Ich war mir nicht sicher. Es konnte sehr gut sein, dachte ich, dass ich mehr Angst hatte als sie, und ich wollte irgendeine Art von Unterhaltung führen. Das mache ich so, wenn ich nervös bin, etwa wenn ich mit unserer Putzfrau oder mit Kindern rede. Auf der Theke stand eine kleine Holzschnitzfigur einer Heiligen, und plötzlich war das alles, an das ich denken wollte – es war eines dieser Verliese der Langsamkeit, wie wenn man auf Amphetamin ist und es auf einmal extrem wichtig ist, die Klamotten im Kleiderschrank in einer bestimmten Reihenfolge neu zusammenzulegen, oder eine To-do-Liste aus einem Notizbuch, das vor lauter Durchstreichen unleserlich geworden ist, in ein neues Buch zu übertragen, in dem keine durchgestrichenen Einträge sind, obwohl man eigentlich auf eine Beerdigung gehen müsste, oder zum Termin beim Scheidungsanwalt. Auf diese Weise wird die eigene Aufmerksamkeit plötzlich abgelenkt, aber ob sie wirklich abgelenkt wird oder nicht, ist schwer zu sagen – denn in meinem Fall dachte ich außerdem über einen Moment nach, als ich noch sehr jung war und mit meiner Mutter in genau diese Einkaufsstraße kam und sie mir ein Buch über das größte Fußballturnier der Welt kaufte, und ich dachte daran, wie glücklich mich das Buch gemacht hatte, und überlegte außerdem, dass diese kleinere Version meiner selbst sich niemals hätte vorstellen können, dass ich eines Tages wieder hier sein würde, mit einem bewaffneten Freund.

– Das ist schön, sagte ich.

– Sie beschützt mich, sagte sie.

– Okay, sagte ich.

– Glauben Sie an Horoskope?, sagte sie.

– Geht so, sagte ich.

– Sie beschützt mich, sagte sie.

– Kann ich mal sehen?, sagte ich.

Die geschnitzte Frau hatte einen bunten Heiligenschein, und auch ihre Kleidung war bunt. Sie stand auf einem

Stück Holz, das wie eine Schachfigur aussah, oder wie ein kompliziertes Element eines phantastischen Gebäudes, womit ich meine, dass es solche Arabesken und Schnörkel hatte.

– Kann ich sie behalten?, sagte ich.

– Fragen Sie mich?, sagte sie.

Und ich glaube, es war in diesem Augenblick, dass ich wirklich verstand, wie viel gewalttätiger als die normale Welt das war, was wir taten, und dass es völlig gerechtfertigt war, wenn sie Angst hatte. Denn wie sehr dieses Verbrechen auch den Tätern wie ein großer Spaß vorkommen mochte, ich konnte absolut verstehen, dass es für die anderen Menschen, ich meine die Menschen, die gezwungen waren, als Zuschauer oder Betrachter oder unfreiwillige Teilnehmer zu fungieren, so als wären sie in einem besonders verstörenden Stück Performance Art, und zwar gegen ihren Willen, etwas Furchterregendes und Ungewöhnliches war. In Filmen sieht man so viel Gewalt, dass den Menschen vielleicht gar nicht klar ist, wie gewalttätig selbst die geringste Veränderung der Realität wirklich ist. Es ist sogar furchteinflößend zu sehen, wie ein anderer Mensch die Stimme hebt, wenn etwa ein verrückter Prediger einen vor einer Kneipe anbrüllt und dann beschließt, einem zu folgen, wenn man zum Bus geht, ist es schwer, sich nicht bedroht und einsam zu fühlen. Und eine Waffe zu zücken, sei sie auch unecht oder ausgedacht, hieß ein viel labileres Element einzuführen, als ich je gedacht hätte. Dieser Raubüberfall wimmelte vor traurigen Details, auf die es mir schwerfiel, in angemessen gewalttätiger Weise zu reagieren, oder sie zu antizipieren, wenn sie denn eintraten. Stattdessen fühlte ich mich bloß sehr einfühlsam und verwirrt, so dass ich die Heilige sanft zurückstellte.

– Tut mir leid, sagte ich.

– Schon okay, sagte sie.

... mit Zweifeln am Seelenleben ...

Ich frage mich, ob es bei dem allen am Ende um das ganze Pop-Konzept des *Netten* geht. Das Nett-Ding ist das Hauptproblem. Denn ich sehe absolut nett aus. Ich trage T-Shirts und Jeans und Turnschuhe, wie jeder andere auch in der Geschichte des Multiversums. Mein Haar ist leicht stachelig. So sehe ich aus, wenn man mich auf der Straße oder in der Kantine trifft. Und meine Augen sind mangamäßig groß, und meine Stimme ist sanft. Ich achte darauf, wie ich spreche, und ich hoffe, dass man das hört. Und trotzdem macht es mich high, richtig grelle Pornographie anzusehen, wo ein Mädchen sich an einem Penis verschluckt und ihr Speichel in Fäden herabhängt wie Spaghetti oder, genauer gesagt, wie Spaghettini. Irgendwann macht mich das traurig oder ich schäme oder ekele mich so sehr, dass ich wegsehe, aber für mindestens zwei Stunden überhaupt nicht. Wie jemand aussieht, das will ich bloß sagen, verrät nichts darüber, wie es in ihm aussieht: *Das ist kein Spaß*, um einen der Lieblingssätze meiner Mutter zu verwenden, als könnte nur meine Mutter den vollen Ernst der Welt verstehen. Ich habe noch nie jemanden getroffen, der nicht nett aussah – mehr will ich gar nicht sagen.

Wenn das Aussehen alles wäre, könnte nie etwas Böses geschehen. Aber das ist ganz offensichtlich nicht der Fall.

… und großen finanziellen Auswirkungen …

Denn ganz langsam reichte mir das Mädchen an der Theke all die weichen Scheine aus der Kasse. Und es fühlte sich sehr leicht an, das Geld – als hätte ich erwartet, dass Geld in solchen Mengen mich in die Knie zwingen würde, wie die Beutesäcke der gezeichneten Räuber in den Geschichten meiner Kindheit, aber nein, es war ungefähr so schwer wie eine sehr leichte Handtasche, wenn überhaupt. Heute staune ich über die Fähigkeit der Welt, sich manchmal in einzelnen Szenen anzuordnen, einfach auf Pause zu gehen und fest zu werden, wie es vielleicht ein Sorbet tun würde, oder ein Eiskristall. Das ist der Unterschied zwischen dem Passieren und Nichtpassieren von Dingen, und weil wir so viel Zeit darauf verwenden, zu behaupten, dass nichts passiert, dass ein *Ereignis* im Grunde unmöglich ist, halte ich es immer noch für möglich, einige Leben als Leben der Heiligen zu betrachten, wo alles, was passiert, all die verpassten Verabredungen und Rückenprobleme und kleinen Stimmungsschwankungen, bloß die feinen Details darstellen, die ein größeres Muster bilden. Zum Beispiel das Gewicht von ein paar alten Banknoten in der Hand – das kann einen Moment von zentraler Bedeutung markieren. Obwohl ich das in diesem Augenblick nicht so sah. In diesem Augenblick war ich mir nicht sicher, ob wirklich etwas geschehen war, als wir nach draußen rannten, und ich glaube nicht, dass dieser Widerwille, an Ereignisse zu glauben, unhaltbar oder auch nur ungewöhnlich war – denn im Allgemeinen neigen die Leute dazu, zu glauben, dass das Leben bloß eine Art allumfassendes Blattwerk ist, so eng und dicht bewohnt wie die Baumkronen am Amazonas, oder eine dieser Collagen, die sich so verrückt abwegig anfühlen, wo alles ein kleines bisschen unzusammenhängend wirkt. Das ist im Grunde die matte Oberfläche, in der die Menschen zu leben glauben, so wie die Partys dieser Welt immer weitergehen, sie gehen immer und immer weiter, die Fiestas, und es sind immer dieselben Leute mit denselben Drinks oder nur winzigen Veränderungen, Campari an einem Tag, Aperol am nächsten, und man geht einfach davon aus, dass dieser horizontale Vibe ewig so weitergehen wird – ganz undramatisch und ohne jeden Riss oder Spalt, ja, man glaubt, dass das gesamte Konzept der dramatischen Szene, das will ich vermutlich sagen, übertrieben ist. Ich dachte auf jeden Fall so. Ich glaubte, dass das, was passierte, immer nur der fortwährende Prozess meines Denkens war und seiner schwierigen Launen. Aber dann passiert doch plötzlich etwas Vertikales. Ich kann es nicht leugnen. Wir rannten hinaus in den leichten Regen – zurück in den Lärm des normalen Lebens, und es war schwierig, so wie es für einen Astronauten schwierig sein muss, wenn er auf einmal nicht mehr in der Schwerelosigkeit ist, und oh je, welche Qualen es bedeuten muss, einfach nur mit dem Hals das Gewicht des Kopfes zu halten, oder die Gabel zu heben, wenn man den vollgekleckerten Teller Carbonara isst, nach der man sich so gesehnt hat.

5. DIE LANGE FIESTA
(DAS HOROSKOP)

DIE LANGE FIESTA (DAS HOROSKOP)

... was seine labile Stimmungslage verbessert ...

Es war eine Zeit ständiger Fiestas. Sie fanden im Rahmen von Picknicks oder an anderen Orten statt, in den Parks, hinter deren Bäumen sich Statuen von Generälen und berühmten Pharmakologen versteckten, oder Büsten der großen Entdecker, wo das Licht rosa gefiltert war und überall Gänseblümchen, und dann in der Nacht in ungenutzten Fabriken oder kleinen Häusern. Wir waren auf jeder einzelnen – denn wie sehr man auch eigentlich zu Hause im Bett bleiben und sich mit einem anderen Menschen berauschen möchte, man wird trotzdem die Wohnung verlassen und auf jede Party gehen, auf die man eingeladen ist, das ist eines dieser merkwürdigen Rätsel, wieso Zwänge so zwingend sind. Selbst die Tatsache, dass ich mir Sorgen um unseren Hund machte, hielt mich nicht davon ab, obwohl es mich ganz klar traurig machte, unseren Hund zurückzulassen, weil man Hunde leider nicht überall hin mitnehmen kann, sie sind gesellschaftlich nicht toleriert. Wahrscheinlich hätte er gern in einem Rudel gelebt, mit anderen Hunden, doch er war gezwungen, allein zu leben, von uns abhängig und ohne die Sprache, in der wir uns unterhielten, auf diesen Festlichkeiten, wo wir tratschten und die Themen des Tages besprachen. Doch Fiestas kennen verschiedene Stimmungen. Was mich angeht, ich war absolut fröhlich, aber ich neigte zugleich zu einem gehetzten Blick. Ohne Vorwarnung fingen meine Hände manchmal an zu zittern, und das hing, denke ich, vor allem mit dem Trauma meiner jüngsten Eskapaden zusammen. Diese Verwandlung zum Macho und Tatortexperten, die meisterte ich nicht unbedingt souverän. Und doch wollte ich glauben, dass ich dieser Karriere gewachsen sein konnte, mit ihren möglichen Kosten und Verlockungen. Ich versuchte zu glauben, dass das Leben, das vor mir lag, zwar sicherlich furchteinflößend war, dass aber, weil mir jede Karriere Angst machte, diese neue Angst sich wie eine Prüfung anfühlte, die ich meistern musste ... Es ist sehr schwierig, stolz auf seine eigenen Leistungen zu sein. Prüfungen zu bestehen reicht nicht aus. Und deshalb unterbrach ich diese Gedanken, um mich im Stehen zu unterhalten.

ICH

Hab ich dir mal von meinem Erlebnis in diesem Flugzeug erzählt?

ROMY

Nein, du Keks, erzähl mal.

ICH

Wir rollten gerade Richtung Start, und ich wusste total, dass was nicht stimmte, die Flugzeuggeräusche waren komplett unnormal, und dann sah ich, wie die Stewardess vor mir mit den Lippen die Worte *Was ist das?* formte, an die Stewardess am anderen Ende des Gangs gerichtet, und natürlich wusste ich, dass ich etwas sagen musste. Ich musste verhindern, dass das Flugzeug startete, weil es bloß in Flammen aufgehen würde, also rief ich die Stewardess zu mir und erklärte ihr, es sei das Sicherste, umzudrehen und das Flugzeug gründlich untersuchen zu lassen. Sie sagte, das könne sie natürlich tun, aber erst würde sie mir ein Glas Wasser holen gehen, und dann könne ich ihr sagen, ob ich immer noch wolle, dass sie sämtliche Passagiere informierte, dass ich wegen des Brummgeräusches der Klimaanlagendüsen, das ich so ungewöhnlich fand, so besorgt sei, dass das Flugzeug meinetwegen das Startfenster verpassen und vier bis fünf Stunden lang untersucht werden müsse.

ROMY
Und was hast du gesagt?

ICH
Gar nichts.

ROMY
Nicht so schlimm.

ICH
Aber was ich nicht weiß, verstehst du das? – war, ob ich deshalb schwieg, weil ich tief in mir drin wusste, dass

ich wirklich nur hysterisch war, und dass es keinen Grund zur Sorge gab, oder ob ich einfach nur so eitel war und auf keinen Fall eine Szene hinlegen wollte, dass ich es vorzog, meinen eigenen Tod und den Tod von 453 anderen Menschen zu riskieren, nur um mich nicht der möglichen Blamage auszusetzen, wenn die Stewardess ihre Durchsage gemacht hätte.

So sehr ich mir nämlich bewusst war, dass ich von Romy geliebt werden wollte, und dass der Grund, weshalb ich sie so liebte, in der Tatsache bestand, dass sie so cool war, konnte ich mich dennoch nicht davon abhalten, sie dazu aufzufordern, über mich zu lachen. Das ist die einzige Methode, auf die ich je bezaubern konnte, und deshalb konnte ich nicht anders. Ein unmögliches Leben zu führen ist kein Vergnügen, und doch schien es das Schicksal zu sein, für das ich geschaffen war. Ich wusste natürlich, dass ich Entscheidungen treffen und Entsagungen auf mich nehmen musste. Mein Leben mit Candy war unmöglich, aber dasselbe galt für mein Leben mit Romy. Keine dieser Optionen hatte eine Zukunft. Und doch trug ich in mir diesen Wunsch, trotzdem eine Art Krise herbeizuführen, obwohl ich wusste, dass keine Hoffnung bestand. Vielleicht hängt das mit meinem Charakter zusammen, denn ich habe schon einen Drang in Richtung Zukunft. Ich bin immer auf der Suche nach meinem besseren Selbst. Aber insbesondere glaube ich, dass es einen konkreten Grund für diesen plötzlichen Wunsch nach Beschleunigung gab. Ich glaube, daran war der neu entdeckte Thrill Schuld, den jede Gewaltszene mit einer Pistolenkopie auslöst.

… durch den neu entdeckten Machismo …

Hiro und ich waren nicht mit einer Schatzkiste voller Dublonen zurückgekehrt, aber trotzdem, es war schon was. Eigenes Geld zu haben war sehr angenehm. Kat war jetzt vermutlich eine Option, die uns offenstand, wir hätten draußen vor dem Gemüseladen sitzen können, mit diesen Krautwedeln im Mund, wie diese rotäugigen Freaks, die auf Gartenstühlen saßen und sich ihr Innenleben ansahen, während sie die Autos auf der Hauptstraße zählten. Aber ich war auf andere und süßere Art wild. Jetzt war es mir beispielsweise möglich, Candy zum Essen einzuladen, oder ihr kleine Leckereien aus dem afrikanischen Feinkostgeschäft mitzubringen, und in der Lage zu sein, solche Dinge zu tun, die ich schon einige Zeit nicht mehr machen konnte, gab mir zumindest ein wenig das Gefühl von Größe, wenn auch nur insgeheim. Sicher, es ist natürlich sehr traurig, wenn es zu Gewalt kommt, niemand *will* jemals Gewalt anwenden, aber gleichzeitig sind solche Dinge irgendwann zu Ende, nichts dauert ewig, und dann ist man auf der Geranium Avenue oder irgendeinem anderen Boulevard, und alles könnte nicht schöner sein. Und dann gibt es natürlich noch Restaurants in interessanten Vierteln, und kleine Theaterpremieren, von denen einem die Leute erzählt haben. Man darf die Erinnerung an Gewalt nicht alles überschatten lassen, oder zumindest wollte ich es so sehen. Und außerdem musste ich zugeben, dass es sogar etwas Angenehmes hatte, mit jemandem zu reden, während er in den Lauf einer Pistole blickte, bloß ein flüchtiger, köstlicher Moment des Wissens, dass man absolut zu weit gegangen ist. Und die Erinnerung an dieses Gefühl erlaubte mir diese träge Großzügigkeit in meinem allgemeinen Auftreten. Wir saßen da, in den Granatapfel-Kneipen und lasen in den kleinformatigen Zeitungen, dass die Faschisten alles übernahmen, über ihre Triumphmärsche in den Fernsehstudios und den riesigen Slums. Dann lasen wir in den größeren Zeitungen über unsere Freunde. Denn was passiert, wenn man hypergebildet ist, ist, dass man in den Zeitungen viele Leute aus seiner Kindheit oder frühen Jugendzeit entdeckt, was ein Problem darstellt, wenn man sich eine Art universellen Respekt und allgemeinen Optimismus bewahren will, weil es das eigene Gefühl von Gravität ein wenig mindert – dass *da* der Staatssekretär ist, der dich bei einem Abendessen einmal so gelangweilt hat, *da* der Filmkritiker in der armseligen Gestalt von Nelson. Es nimmt einem die Achtung vor der sozialen Welt.

… dessen Beibehaltung vielleicht weitere Gewalt erfordert …

Obwohl das Thema soziale Welt sich sehr schnell aufzwang, in Form der Notwendigkeit, mehr Geld zu beschaffen. Denn Großzügigkeit kann nicht andauern, nicht für immer.

– Trotzdem, wir brauchen mehr, sagte Hiro.

– Ich hab nichts, sagte ich.

– Deshalb müssen wir uns ja auch was besorgen, sagte er.

– Ah, sagte ich.

– Wie viel Geld hast du?, sagte Hiro.

– Ich hab kein Geld, sagte ich.

– Verdient Candy nicht was?, sagte Hiro.

– Deshalb hab ich sie nicht geheiratet, sagte ich.

– Das hab ich nie behauptet, sagte Hiro.

– Ich hab kein Geld, sagte ich.

Und auch wenn es eindeutig verführerisch ist, jemanden in den Lauf einer Pistole blicken zu lassen, hätte ich trotzdem ganz sicher weniger gewaltvolle Pläne bevorzugt, solange diese ohne Anstrengung ausgeführt werden könnten. Eine Methode, in bequemer Umgebung schnell reich zu werden, schienen Online-Glücksspiele zu sein, und vor allem die Online-Pokerwettbewerbe, aber wie wir schnell feststellten, fehlte uns hierfür die notwendige Begabung. Wir hatten nicht das richtige Temperament dafür. Dann überlegte ich einen Moment lang, ob das allgemein globale Ding unser Freund sein könnte, wenn man betrachtete, wie viele Waren es auf der Welt gab und wie groß die Preisunterschiede waren, und ich überlegte, das Haus meiner Eltern in eine Art Internetdepot oder Warenlager zu verwandeln, so dass wir Spezialauflagen von Schokolade oder Zeitschriften aufkaufen konnten, oder seltene Turnschuhmodelle, um sie dann mit riesigen Gewinnen an ausländische Kunden zu verkaufen. Doch die naheliegenden Probleme von Kapital und Vertriebswegen, von Marktkenntnis und Know-how ließen diesen schönen Traum schnell platzen. Momentan schien das, was wir als kleinen Verstoß gegen die Legalität erachteten, unsere beste Option zu sein, oder zumindest versuchte Hiro, so zu argumentieren. Es hatte eine gewisse Eleganz. Und ich wollte immer das Beste in Hiros Argumentation sehen. Sie kam mir immer sehr beeindruckend vor. Diese Art, in die Welt hinauszugehen, die Hiro ermöglichte, erschien mir wertvoll, gerade weil sie so pikant und ungewöhnlich war. Ich sah keinen Bedarf nach einer anderen Schule – mir reichten Hiro und seine Argumentationen. Ich glaube, ich kam mir vielleicht noch dazu altruistisch vor, genau wie bei der Gründung der Truppe, die immer mein Ideal war, wollte ich Hiro unbedingt bei seinen Bemühungen unterstützen, das richtige Leben zu finden. Wenn er einen Studenten oder Laboranten brauchte, konnte ich diese Rolle mit Leichtigkeit ausfüllen.

… diese dunkle Stimmung …

Ohne Zweifel war dies eine Zeit vieler Fiestas, doch die Szene, die ich zu beschreiben versuche, dauerte deutlich länger als jede Fiesta: Es ist der gesamte Zeitraum, in dem ich das Bedürfnis hatte, mit der Wahrheit rauszurücken und ein großes, theatralisches Geständnis abzulegen. Denn natürlich war es auch schwierig, Candy die Herkunft meines Geldes zu erklären. Sie befürchtete, ich könnte mir wieder einmal Geld von meinen Eltern geliehen haben, und das gefiel ihr nicht, denn wenn Geld das Problem war, wieso lieh ich es mir dann nicht einfach von ihr, wenn es sie doch überhaupt nicht störte? Und mir fiel nicht ein, wie ich ihr erklären konnte, dass sie falsch lag, denn traurigerweise ist es schwierig, offen über den Ursprung des eigenen Reichtums zu sprechen, und es machte mich traurig, ihr diesen Wunsch auszuschlagen, bloß um großzügig und rücksichtsvoll zu sein. Ich dachte darüber nach, ihr alles zu beichten, doch dann, überlegte ich weiter, würde sie irgendwie besorgt oder verärgert über mein Verhalten sein, und ich wollte nicht, dass sie nachhakte, was ich da tat, denn ich wusste, dass es schwer zu erklären sein würde, und gleichzeitig war ich mir ganz sicher, dass dies im Augenblick der richtige Weg war, wenn auch nur, weil es mir ein Gefühl von Freiheit gab. Vielleicht war das das Problem gewesen, vielleicht konnten wir mit diesem neuen Gefühl von Freiheit unsere Ehe so benutzen, wie die *Enfants terribles* einen Spielplatz benutzen würden? Zumindest schien es so zu sein. Denn in der Lage zu sein, mit Geld zu bezahlen, das ich selbst erworben hatte, wenn auch nicht unbedingt durch meine eigene Leistung, doch zumindest durch meine eigene Erfindungsgabe, war eine Situation, die mich überraschend mutig sein ließ. Selbst wenn die Mittel möglicherweise absolut falsch waren, stellte sich jetzt, da ich mein Ziel einer gewissen bescheidenen Großzügigkeit erreicht hatte, heraus, dass ich die Vorzüge dieses Ziels weiterhin genießen wollte – ich hatte das Gefühl, es verdient zu haben. In der Nacht führte ich solche Diskussionen mit mir selbst: Wieso soll man ein Ziel erreichen, wenn nicht, um die Früchte zu genießen? Die Früchte nicht zu genießen, würde heißen, zu leugnen, dass das Ziel eine Bedeutung hatte, und das wollte ich mir über unser kompliziertes

Abenteuer mit der Pistole auf keinen Fall eingestehen. Es konnte doch nicht sein, dass all das Planen und die Angst vergebens gewesen waren! Ganz zu schweigen von dem Schmerz, den wir den verschiedenen Menschen vielleicht zugefügt hatten, die an diesem Nachmittag zufällig in diesem Nagelstudio gewesen waren. Nein, das durfte einfach nicht wahr sein. Und außerdem waren die Früchte, die dieses Ereignis mir eröffnet hatte, die Früchte von Leidenschaft und Gelassenheit, die so wunderbar außerhalb meiner üblichen Denkweise lagen – so wie man sich vielleicht etwas vorzustellen versucht, das ein bisschen größer ist als das Universum, nicht massiv größer, bloß ein bisschen. Wenn das gelingt, wenn man Zugang zu solchen Dingen hat, erscheint es einem nur edelmütig, sie bis zum Ende zu durchdenken und die Paraphernalien zu untersuchen, über die man jetzt verfügt.

... wo Größe möglich sein könnte ...

Diese Paraphernalien waren natürlich die Frage, wie es möglich sein könnte, doch mit Romy zusammen zu sein. Nicht, dass es tatsächlich möglich gewesen wäre. Das Unmögliche an der Situation war jedoch genau das, was es so spannend machte. Verlockungen hingen überall in der leuchtenden Luft, und deshalb machte ich mich zwar vor Romy zum Gespött, doch ich spielte außerdem gerne den sexuellen Clown. Unsere verbotene und obszöne Kommunikation nahm weiter zu. Ich schickte ihr kleine Fotos, versehen mit kurzen Bildunterschriften: *Stell dir meine*

Zunge vor, zwischen deinen Beinen, deinen Schenkeln. Und manchmal schrieb sie neckend zurück, etwa so: *Wieso reden wir jetzt nur noch über Sex?* Und ich war ein Experte darin, sie zu überzeugen, dass es hier nicht nur um Sex ging. Wenn wir über Sex redeten, sagte ich, redeten wir eigentlich über etwas anderes, nur umgedreht. Vielleicht hast du recht, sagte sie. Ich muss nur deine Stimme hören, sagte ich. Manchmal nicht mal deine Stimme, sagte sie. Ich muss nur wissen, dass du das über mich fühlst, und ich bin weg. Diese kleinen Triumphe machten mich sehr glücklich. Einmal schrieb ich Romy, dass ich gerade eindeutig fett würde, worauf sie antwortete: Schatz, mir dich fett vorzustellen, lässt mich nur noch mehr Liebe für dich empfinden. Dieses Liebevolle machte mich froh. Ich fühlte mich absolut maskulin, auf eine Weise, die meinen Vater sicher stolz gemacht hätte. Natürlich hatte ich auch meine Zweifel. Taten wir das Richtige?, fragte ich mich manchmal. War es möglich, dass man wirklich glücklich sein konnte? Denn sich zu verhören und auf die Bühne zu treten, um den Hauptgewinn in Empfang zu nehmen, wenn man gar nicht als Gewinner gezogen wurde, das muss ein Schicksal sein, das schlimmer ist als der Tod, fast jedenfalls. Und was ist mit den anderen Fällen? Was ist mit dem, der vielleicht tatsächlich gezogen wurde, und der für dieses Schicksal bereit wäre, der aber mit so vielen Problemen zu Hause beschäftigt ist, Problemen der Arbeitslosigkeit und vieler Liebesgeschichten und schlechter Haut, dass er keine Zeit hat, diesen vereinbarten und wichtigen Termin wahrzunehmen? Ist er dann immer noch der Gewinner, oder nicht? Ich wollte nicht derjenige sein, der seine Gelegenheit verpasste, etwas Besonderes zu sein. In diesem Schwebezustand war es deshalb, denke ich, offensichtlich, dass mich Fragen des Vorher und des Nachher verwirrten – als sei vielleicht das Schokoladenei der Welt zerbrochen und als liefe jetzt die gesamte Schnapsfüllung aus, wie in diesen Geschichten, wo die Zukunft in der Vergangenheit versteckt ist, ganz schwer und zähflüssig. Womit ich ganz konkret meine, dass ich mir in dieser Regenwaldsaison plötzlich viel mehr Gedanken über mein Horoskop zu machen begann als je zuvor. In einer Milchbar, wo ich mich vor dem Regen versteckte und einige Blaubeergalettes aß, nahm ich eine alte chinesische Zeitung zur Hand, die es in den örtlichen Kiosken gratis gab. Und für einen bestimmten Tag stand dort: *Etwas Außergewöhnliches beginnt in diesem Monat in Ihrem Liebesleben. Eine große Veränderung tritt ein, aber eine gute.* Ich prüfte das Datum. Es galt noch. Und doch zweifelte ich damals daran. Neue fluoreszierende Vögel schrien im Park. Alles fühlte sich schwer und mysteriös an, als könnte sich jederzeit und überall ein böses Omen ereignen. Einmal ging ich spät abends eine Straße entlang und sah plötzlich Jordan vor mir, die ich mindestens fünfzehn Jahre lang nicht gesehen hatte. Jordan, sagte ich. Jordan. Sie sah mich an.

– Du bist das, sagte sie.

Und wir lächelten einander an. Ich wusste nicht, was ich noch sagen sollte. Ich hatte nicht gedacht, sie noch einmal zu treffen.

– Hey, sagte ich.

Wir hielten inne, aber hielten nicht an. Ganz langsam

gingen wir in entgegengesetzte Richtung weiter, und mir war nicht ganz klar, ob sie wirklich da gewesen war oder nicht – denn vielleicht, überlegte ich, war das, was ich gesehen hatte, nicht echt gewesen, und vielleicht war sie genau in diesem Augenblick gestorben, in irgendeiner fernen Stadt, am anderen Ende der Hemisphäre. Vielleicht war es so. Ich versuchte es nie herauszufinden, ich wusste nicht einmal, wie ich das anstellen sollte, falls ich es wollte. Also ja, es stimmt, dass die allgemeine Atmosphäre von Ärger geprägt war, so als würde das große Netz des Mana ein bisschen tiefer ein- und ausatmen als gewöhnlich, und doch war ich nicht wirklich darauf vorbereitet, an mein Horoskop zu glauben, dass in meinen Liebschaften ein weiterer Wendepunkt auf mich wartete. Ich fand, das Schicksal hatte schon genug getan.

… aber nur, wenn er unter vier Augen mit Romy sprechen kann …

Was ich wollte, war, mit Romy allein zu sein und ihr zu sagen, was ich ihr so dringend sagen musste. Die Fiestakulisse war mir egal. Dass wir hier inmitten einer Gemeinschaft verschiedener Immigranten waren, die auf Plastikstühlen herumlungerten, während hinter uns ein Film von einer anderen Party projiziert wurde, die zeitgleich in irgendeiner Favela jenseits des unfertigen Ozeans stattfand, war vielleicht tatsächlich ironisch oder dandyhaft, aber in diesem Augenblick fehlte mir der Elan für eine genauere Analyse. Aus Übersee importierte Chorizo lag auf dem Grill und machte die Luft schwer und rot. Ein Mädchen in einer leuchtenden Neonweste rieb ihren Hintern an ihrem dicklichen Amorato. Und vermutlich musste ich auch zugeben, dass, wenn die Leute hier versuchten, das, was man Arbeit nennen könnte, mit dem zu verbinden, was man eine Party nennen könnte, sie sich nicht von dem unterschieden, was ich selbst in meinem kleinen Zirkel umzusetzen versuchte. Auch ich versuchte, mein Leben in ein Kunstwerk zu verwandeln. Denn natürlich haben Partys viele Vorzüge, sie erlauben den sozial Unbeholfenen – denen, die einem nicht in die Augen sehen können, wenn sie mit einem reden, und die lieber von hinter einer nervös hochgehaltenen Hand sprechen –, aufzublühen und sich zu entspannen, doch für mich stellten Partys eher eine Art Vernehmung oder sogar Inquisition dar. Denn der Heliumballon voller Gefühle, die ich für Romy hegte, stand jetzt kurz davor zu platzen. Es war sehr wichtig, dass sie verstand, wie sehr ich zu fühlen imstande war, dass sie nicht dachte, ich sei gefühllos oder leidenschaftslos. Ich halte es für wichtig, den Leuten alles zu erzählen. Nicht, dass mir das leichtgefallen wäre, denn diese spezielle Party hatten Candy und ich und Hiro in, sagen wir mal, nervöser Stimmung betreten – Hiro trug eine seiner Perücken, und nicht alle lächelten – und das ist nicht ideal, für die Partyatmosphäre. Candy hatte sich eine neue Frisur verpasst, sie hatte sich die Seiten abrasiert, so dass die restlichen Haare eine imposante Mähne ergaben. Es war nicht besonders feminin, aber cool fand ich's schon. Und wir waren noch nervöser, als wir entdeckten, dass es sich nicht um eine ganz normale

Trinkparty handelte, die Sorte, wo man zwei Minuten bleibt, um dann weiterzuziehen, sondern eine Art Kundgebung und Happening, mit politischen Diskussionen und Installationen – nicht, weil wir solche Kundgebungen nicht mochten, sondern einfach, weil es immer schwierig ist, wenn die sozialen Erwartungen enttäuscht werden: ein bisschen wie umzublättern und festzustellen, dass der letzte Abschnitt, den man gerade gelesen hat, zugleich das Ende des Buches war, oder wenn man ein Kind vorbeilaufen sieht und dann begreift, dass es Brüste hatte und eigentlich eine Kleinwüchsige war. Natürlich ist das kein Problem, aber es erfordert ein kurzes Zurückspulen und eine Neujustierung. Allerdings war keine Zeit für eine solche Neujustierung, denn schon stand Romy vor uns.

– Hey, sagte sie.

– Hey, sagte ich.

So redeten wir. Und deshalb redeten wir auch so weiter, weil wir keine Alternative kannten, es gibt nie eine Alternative für den herrschenden Tonfall, und ich nahm mir vor, mich nicht aufzuregen, doch das war schwierig, vor allem, weil Romy sehen musste, dass ich traurig war und bestürzt und wütend oder alles zugleich, und dann fragte sie mich, mit Candy an meiner Seite, ob etwas nicht stimmte. Und ich war sauer auf sie, denn wenn man sich schon beim Eintreffen klar erkennbar in einem Zwiespalt befindet, und wenn man außerdem ganz offensichtlich das heftige Bedürfnis hat, mit einem anderen Menschen ein privates Gespräch zu führen, und dieser sieht, dass man zwiegespalten ist, was kein Zustand ist, den man freiwillig nach außen trägt, dann wäre es höflich, einfach so zu tun, als hätte man nicht gesehen, was man gesehen hat, und stattdessen fragte sie mich, ob etwas nicht stimmte, während Candy neben mir stand, und das gefiel mir nicht, nicht nur, weil ich mich dabei unwohl fühlte, sondern auch, weil die Tatsache, dass sie dachte, eine solche Frage so beiläufig und sogar fröhlich stellen zu können, zu beweisen schien, dass es für sie gerade gar keinen Zwiespalt gab, dass sie einfach nur mit Epstein dort war und die schwierige Konstellation zwischen uns allen somit völlig aufgelöst war. Daher oder trotzdem dachte ich gleichzeitig, dass ich jetzt umso dringender einen Weg finden musste, mit Romy allein zu sein. Ich bereute es sehr, dass ich hochoffiziell mit dem Rauchen aufgehört hatte, denn Rauchen ist eine der besten Möglichkeiten, um allein mit anderen Menschen zu sein, und ein Großteil des Lebens besteht doch in dem Versuch, private Gespräche mit anderen Menschen herbeizuführen. Doch diese Option stand mir jetzt nicht mehr offen, und tatsächlich schien es, als sei überhaupt kein Gespräch mehr möglich – so düster stand Epstein da in seiner attraktiven Gelassenheit, und dann führte er sie weg, zu einer Gruppe, die um eine ramponierte Stereoanlage herumstand, auf der uralte kommunistische Canciones gespielt wurden. Deshalb ging ich los und ließ Candy und Hiro zurück, um sich über ihre üblichen Themen zu unterhalten – Stepptanz, zum Beispiel –, mit dem groben Plan, eine Toilette zu finden, aber eigentlich, weil ich sehr traurig war. Ich war überfordert.

… wovon ihn ein anderes Mädchen in einer Art Falte abhält …

Während ich darauf wartete, Romy allein zu treffen, durchstreifte ich die dunkle Szenerie. In einer Ecke des Raumes stand ein Fernseher, und mir fällt es schwer, einem Fernseher zu widerstehen – nicht, weil ich so versessen auf Spielshows und TV-Beichten wäre, sondern einfach, weil sich bewegte Bilder nur schwer ignorieren lassen. Wenn ich in einem dieser uralten Flugzeuge, in denen sie ohne Ton einen Film auf einem Bildschirm vorne im Gang abspielen, zu lesen versuche, blicke ich immer wieder auf und verliere die Konzentration, genau wie ich in der Flughafen-Lounge bereits von den stillen Nachrichtensendungen abgelenkt worden bin und der winzigen Raserei ihrer Montage. Deshalb hielt ich auch hier natürlich an und sah zu. Es war einer dieser tragbaren Minifernseher, der ordentlich auf einer umgedrehten Kiste platziert worden war. Ich setzte mich in einen Plastiksessel und sah mir das Etikett meiner Bierflasche an, auf dem ein Sonnenuntergang eine Surfszene in rosa Licht tauchte. Dann saß ein Mädchen namens Dolores neben mir, sie hatte tatsächlich einen so altmodischen und internationalen Namen – und sofort war mein Interesse geweckt, weil der Kontrast zwischen diesem Namen und ihrem Gesicht so groß war, das die modernste und erotischste Verheißung war, die ich je gesehen hatte. Sie hatte das offenste Gesicht, das ich kannte: Es war cartoonhaft in seiner Unermesslichkeit und mit diesen verschwenderischen Augen.

– So seh ich das, sagte sie.

Und mir gefiel, wie sie das Gespräch eröffnete. Ich hatte sie noch kaum angesehen, und schon redete sie mit mir, als hätten wir schon den ganzen Abend lang gesprochen, vielleicht schon das ganze Leben lang.

– Sorry, sagte sie. – Aber mich regt das auf.

– Erzähl mal, sagte ich. – Ich hör zu.

– Okay, sagte sie. – Alles, was man auf dem Bildschirm sieht, passiert wie in einem Traum, aber es wirkt nicht so, es wirkt vollkommen normal.

– Okay, sagte ich.

– Macht das Sinn?, sagte sie.

– Kann sein, sagte ich.

Keine Frage, das war nicht die Sorte Unterhaltung, die ich gewohnt war, dieser abstrakte Einstieg, meine ich. Aber wenn sie über Fernsehen reden wollte, dann konnte ich mitreden, denn in diesem Zeitalter verbringt man viel Zeit damit, Sendungen zu analysieren. Das Gerät ist häufig an, im Hintergrund, als Vorwand etwa für Unterhaltungen, so wie in den alten Theatern ein Kastrat im Hintergrund zu hören gewesen sein mag, während alle anderen ihre Verabredungen und Verwechslungen vorantrieben.

ICH
Was wolltest du sagen?

Denn wie üblich war ich bereits narkotisiert, weil ich ja von Hiro versorgt wurde, und das macht einen in Gesprächen wesentlich anpassungsfähiger und interessanter. Auf dem Bildschirm lief eine dieser Serien, die ewig weitergehen, ohne jede Auflösung, einfach nur ein System von Glissando-Geschehnissen, die nie zu einem Finale führen. Das ist wahrscheinlich der Grund, wieso das Fernsehen unsere beliebteste Kunstform ist – doch das wird sich ändern, wie es das immer tut, alles, was unangreifbar und für die Ewigkeit erscheint, zerfällt in Schneesturm und Wüste. Diese Sendung fand entweder in einem Haus in der Dunkelheit statt oder draußen im sehr weißen und grellen Wüstenlicht.

– Jetzt guck dir das an, sagte sie.

… & in dieser Falte über Fernsehen redet …

Dieser Mann, sagte Dolores, will einen Showdown zwischen seinem Freund und zwei gefährlichen Dealern an einer Straßenecke verhindern – aber sobald ich das auch nur sage, fuhr sie fort, spreche ich schon wie von einem Traum, denn der Mann kann gar nicht wissen, wann oder wo es zu diesem Showdown kommen wird. Er verlässt sich allein auf seine Intuition. Denn obwohl sich in der Wirklichkeit die Dinge immer auf ganz verschiedene Art entwickeln können, weiß in einem Traum oder im Fernsehen jeder immer alles, sie irren sich nie, wenn sie das Verhalten anderer Menschen vorhersagen.

ICH

Wie kommt das?

DOLORES
Guck doch mal. Sieh's dir selbst an!

Denn er weiß tatsächlich, sagte Dolores, dass sein Freund in dieser Nacht versuchen wird, diese beiden Männer mit einer Pistole zu töten, genau wie er den Ort kennt, an dem dieses Duell stattfinden wird, an ihrer Stammecke, obwohl auch das ziemlich unwahrscheinlich ist, denn wenn schon Auseinandersetzung, dann kann man dafür auch gleich einen trostloseren Schauplatz wählen, oder zumindest eine Gegend, die man besser kennt oder wo man zumindest weniger damit rechnen muss, erwischt zu werden. Aber stattdessen ist er hier, auf dem Weg zu genau dem richtigen Ort und zu genau dem Zeitpunkt, an dem die Schießerei losgehen wird, nicht zu früh, nicht zu spät, genau, wenn die Pistolen gerade gehoben werden – denn in so einer Situation ist nichts chaotisch, da geschieht alles ganz langsam, als würden alle auf jemanden warten, der zwar noch nicht sichtbar ist, aber ganz sicher gleich da sein wird.

DOLORES
Siehst du?

Ich konnte es nicht leugnen. Auf dem Bildschirm kam ein Auto angefahren und rammte die beiden potentiellen Killer, so dass sie unter den Rädern zerquetscht wurden. Dann stieg der Mann aus dem Auto und schoss einem der Leichname in den Kopf, vermutlich, um ganz sicher zu gehen, und das wurde aus der Distanz gefilmt, so dass das

Herausschießen oder Spritzen des Blutes bloß elegant aussah, und nicht ekelhaft oder verstörend. Natürlich war diese Art von Gewalt mir jetzt viel näher, und deshalb schämte ich mich, und es jagte mir große Angst ein, wenn das die Welt war, in der ich jetzt lebte, aber ein wenig wollte ich Dolores auch davon erzählen, um das gesamte Szenario zu beschreiben, das ich in letzter Zeit erlebt hatte. Mir kam ein Gedanke, von dem ich wusste, dass er falsch war, und zwar, dass es sie irgendwie beeindrucken würde, aber stattdessen guckte ich bloß weiter. Sie hatte absolut recht. Ich musste es zugeben. Das war alles ganz genau wie in einem Traum: Ich meine, es war komplett unmöglich, dieses perfekte Timing, und doch, wenn ich über das Thema nachdachte, ich meine das Thema Fernsehen und andere Erzählungen, konnte ich nicht sagen, wie oft ich sie tatsächlich in Frage stellte – ich meine jetzt nicht, dass ich so wahnsinnig war, zu denken, es sei real, denn natürlich denkt man nie, es sei real, wenn es auf einem Bildschirm ist, und doch gesteht man dem allen eine Bedeutung und Plausibilität zu, und schon allein das finde ich verrückt und irrational. Wenn es wirklich darauf ankommt, verpasst nie jemand eine Verabredung oder vermasselt alles oder lässt etwas fallen oder nimmt die falsche Abbiegung oder bleibt im Verkehr stecken, und ich glaube zwar nicht, dass das eine so neue Erkenntnis ist, aber es erscheint mir doch wie etwas, das größere Aufmerksamkeit verdient hätte. Wie bei so vielen kleinen Dingen verbergen sich dahinter ungeahnte Tiefen.

– Meinst du, das gilt auch, sagte ich, – für andere Dinge?

– Na ja, guck uns an, sagte sie.

Sie hatte eine Art zu sprechen, die manchmal frotzelnd wirkte und manchmal nicht, und es war nicht immer leicht, beides auseinanderzuhalten. Das gefiel mir, sehr sogar. Plötzlich hatte ich eine Vision von Dolores und mir, wie wir ganz weit weg zusammen lebten und alles perfekt war. Das ist eine Gefahr von Fiestas. Sie ermutigen einen zu solchen kleinen Ausblicken. Welch Übermut! Nicht zufrieden mit zwei Unmöglichkeiten, malte ich mir jetzt noch eine dritte aus. Ich war der Impresario der unmöglichen Situation. Deshalb saß ich einfach nur da und sah sie an. Das sah vielleicht dumm aus, aber das war mir egal.

– Du siehst gut aus, sagte sie.

Das überraschte mich, aber andererseits, der Schein trügt oft. Man kann die Erschöpfung einer Konkubine im Harem des Sultans nachempfinden, wenn man bloß mit dem Ministaubsauger sein Auto saugt, also konnte es sein, dass ich gut aussah, ohne dass mir das irgendwie bewusst gewesen wäre.

… bis er schließlich Romy anfleht …

Die meisten Dinge sind Samen oder Unkraut viel ähnlicher, als alle denken, ein einziges Löwenzahnsamengespinst schwebt wie dünne Fäden durch die Luft. Oder zumindest ist das ein Gedanke, den man für möglich hält, wenn man betrunken auf einer Party ist. Die Leute kommen und gehen, und so kommt es, wenn man nach Romy gesucht, aber sich mit einem anderen Mädchen in einer eigenen Falte der Realität unterhalten hat, dass dieses Mädchen auf einmal weg ist und Romy einem noch ein Surf-Häuschen-Bier anbietet.

– Red mit mir, Chef, sagte Romy.

Und auch Romy wollte ich unbedingt erzählen, was für aufregende Dinge Hiro und ich uns ausgedacht hatten, aber diesmal aus anderen Gründen, nicht so sehr, um sie zu beeindrucken, denn ich bezweifelte, dass Romy von dieser ganzen Verbrechergeschichte beeindruckt gewesen wäre, sondern ich wollte ihr meine neugewonnene Lässigkeit erklären. Das erschien mir der einzige denkbare Prolog für die wilden Dinge zu sein, die ich ihr erzählen wollte. Aber natürlich konnte ich das nicht, und deshalb schwieg ich einen Moment lang, obwohl ich das größte Bedürfnis hatte, zu reden. Das passiert möglicherweise oft. Wenn der Mensch, dem man verzweifelt etwas sagen möchte, einen zu sprechen auffordert, kann das lähmend und schwierig sein, denn plötzlich gewinnt die Frage, wie man anfangen soll, auf verstörende Weise an Gewicht, wie wenn man voller Geschichten beim Therapeuten ankommt und plötzlich keinen Anfang mehr findet. Und so fing stattdessen Romy an zu reden, und es ist, denke ich, ein Fehler, die andere Person zuerst reden zu lassen, wenn man etwas so Wichtiges zu sagen hat, weil es einen von seiner eigentlichen Absicht ablenken kann.

ROMY

Du fühlst dich schlecht, das merk ich –

ICH
Wer, ich?

ROMY
Wegen uns und –

ICH
Nein, aber –

ROMY
Ich mein, das ist ja nicht das erste Mal.

ICH
Nicht?

ROMY
Ich mein, du hast mir doch davon erzählt, als dieses Mädchen dir einen geblasen hat, in Afrika, oder?

ICH
Das war keine Untreue. Das war nur unglücklich.

ROMY
Zumindest bist du keiner von denen, die Schulmädchen erschießen.

ICH
Stimmt. Das ist eindeutig schlimmer.

ROMY
Zumindest gibt's moralisch noch ein paar Grenzen.

Das war absolut nicht die Unterhaltung, die ich mir vorgestellt hatte, so als hätte mich ein extrem unerfahrener, wenn auch wohlmeinender Taxifahrer irgendwo ganz weit weg von meinem Zielort abgesetzt.

ROMY
Und, was wolltest du mir sagen?

ICH
Ich weiß nicht.

ROMY
Ja dann –

Schüchtern zu sein ist vor allem in den wichtigen Momenten ein Problem. Ich suchte nach den richtigen Formulierungen, und das war sehr schwierig.

ROMY
Du musst Candy nicht verlassen, das weißt du.

Sie sagte es ganz sanft, so wie man das Haar eines Mädchens aus ihrem Gesicht halten würde, die beim Ausgehen zu viel getrunken hat und auf die Straße kotzt.

ICH
Nein.

ROMY
Was ist dein Problem? Du denkst, die Liebe ist ein Teenager, der ganz nervös wird, wenn er das Telefon klingeln hört und sich fragt, ob es seine Freundin ist. So funktioniert das nicht mehr, Schmusekater.

ICH
Und wenn ich mit dir zusammen sein will?

ROMY
Dann verlass sie, wenn du willst, und dann können wir weiterreden. Ist doch ganz einfach, oder?

ICH
Aber du willst das nicht?

ROMY
Du hast mich doch auch so.

ICH
Aber ich will dich ganz für mich.

ROMY
Wie alt bist du? Siebzehn?

Nein, es war genau so, wie wenn ein Taxi oder Lieferservice angeblich im Eiltempo unterwegs ist, aber wenn die fünfzehn Minuten um sind, ist er immer noch nicht da, also ruft man beim Chinaimbiss oder der Taxizentrale an, aber die erzählen einem, der Fahrer müsste in spätestens sieben Minuten da sein, und wenn auch diese Zeit abgelaufen ist und man noch einmal die bemitleidenswerte Kommunikationsfachkraft anruft und der Fahrer sich definitiv schon in der richtigen Straße befindet, aber er auf keinen Fall in der richtigen Straße sein kann, denn man steht ja selbst draußen in ebendieser Straße und prüft, ob dieser einsame Motorroller da nicht vielleicht doch ein Auto sein könnte, und die Gong-Bao-Garnelen oder Gemüse-Jalfrezi sind in einer anderen Stratosphäre, in der das eigene Haus nicht existiert. Jetzt befindet man sich in einer neuen Physik und hält sich an dem unbrauchbaren Astrolabium fest. In einem solchen Szenario ist es schwierig, sich nicht völlig verlassen vorzukommen. Dass Romy nicht wollte, dass ich Candy verließ, konnte, so verstand ich es, nur eines bedeuten, und zwar, dass sie Epstein nicht verlassen wollte – und obwohl ich wusste, dass das eine erwachsene Entscheidung war, konnte ich doch nicht anders, als zu glauben, dass ich sie liebte, dass ich sie brauchte, dass all die Liebe, die ich mir in dieser Welt vorstellen konnte, auf alle Zeiten auf sie gerichtet war. In diesem Moment war es mir nicht möglich, auch wenn es bald möglich sein würde, mir vorzustellen, dass in dieser Zurückweisung durch Romy tatsächlich ein möglicher Ausweg bestand – der Morgen war noch nicht eingetreten, an dem ich, als ich neben Candy aufwachte, plötzlich dachte, dass Candys Gesicht so viel Zärtlichkeit und Edelmut ausstrahlte, dass mir klarwurde, wie es sein würde, sie für immer zu verlassen, ich sah plötzlich in ihrem Gesicht das Gesicht, das ich gekannt hatte, als sie noch jung war, und es war in diesem Augenblick so weich und wehrlos, dass ich nicht wusste, wie ich mit diesem Schmerz umgehen würde – auch wenn sich herausstellen sollte, dass diese Gedanken in Wirklichkeit nicht weit genug gingen, denn als wir uns tatsächlich trennten, war es überhaupt nicht so, es stellte sich heraus, dass ich mir die ganzen Komplikationen überhaupt nicht ausgemalt hatte, obwohl ich dachte, das getan zu haben, denn das, was ich ausgeblendet hatte, war ich selbst, das heißt, das Verlassensein, das wir beide erlebten. Denn ich konnte mir zwar vorstellen, wie Candy Sachen aus dem Fenster warf und mein Mailkonto hackte, doch der wahre Schmerz würde darin bestehen, dass wir unsere Sachen aufteilten, dass sie unser Haus betrat, einige Monate, nachdem ich sie verlassen hatte, um eine Tasche mit ihren Kleidern mitzunehmen, oder dass ich einen Karton auspackte und darin die wunderbaren Geschenke fand, die sie mir gemacht hatte. Auf dieser Fiesta jedoch war von dieser eingelagerten Zukunft noch nichts real. Real war nur meine derzeitige Wolke des Verlassenseins, weil Romy mich nicht liebte.

… & dann beobachtet Candy still eine stumme Kommunikation …

Bevor ich mich jedoch auf diese absolute Traurigkeit konzentrieren konnte, kam Candy und nahm mich mit zu einem Tisch mit Sangria und Tellern voll Obst.

– Dieser Typ da, sagte sie und zeigte auf einen Beatnik, – der scheint der Meinung zu sein, dass alle Zoos geöffnet und die Tiere befreit werden sollten.

– Das hab ich so nicht gesagt, sagte er.

– Nein?, sagte sie. – Für mich klingt das nämlich wie ein guter Plan.

Jetzt fing eine Art Tanzparty an, bei der die üblichen Leute sich am Rand aufstellten und nicht tanzten, aber gerade durch den Umstand, dass sie nicht tanzten, zum Ausdruck zu bringen versuchten, wie groß ihr Wunsch war, zu tanzen – ungefähr so teilnahmslos wie die Leute am Rande einer Kaffeeschlange, die ihre Bestellung aufgegeben haben und jetzt nichts mehr tun können, und deshalb stehen sie einfach nur da und checken ein weiteres Mal E-Mails auf ihrem Telefon und warten darauf, dass der Barista ihren Namen ruft. Ich betrachtete Dolores, die in die Augen irgendeines Flaneurs blickte, der Benicio oder Ahmet hieß, und dieser Flaneur, nahm ich an, war der Mann, den sie liebte. Doch während ich über solche Dinge nachdachte, tauchte Romy wieder auf. Sie hatte ein Instrument gefunden, das ein Banjo sein mochte – oder wenn kein Banjo, dann etwas ganz Ähnliches.

– Meinst du, ich soll spielen?, sagte ich.

– Nur so eine Idee, sagte sie.

– Wieso nicht?, sagte ich.

– Okay, sagte Candy.

– Hau rein, sagte Romy.

Doch sehr bald nach dem Augenblick, als ich dieses Banjo wie ein Haustier in den Arm genommen hatte, wusste ich, dass ich es nicht konnte. Ich war nicht mit dem Herzen dabei. Ich hatte meine Onlinestunden stark vernachlässigt. Doch vor allem hatte ich Romy und Epstein im Blick, und wie sie sich im Arm hielten, nicht, dass ich den Eindruck hatte, dass Romy mir weh tun oder grausam sein wollte, aber sie konnte nicht anders, und das ließ mich böse Greiffehler begehen, falls das tatsächlich ein Banjo war, was ich ein wenig zu bezweifeln begann, doch ich wollte es nicht ansprechen, denn wenn ich falsch lag, hätte ich in den Augen der anderen an Ansehen verloren. Der Art und Weise nach, wie sie redeten, war offensichtlich, dass Epstein und Romy sich wunderbare Dinge zuflüsterten, kleine Liebeserklärungen und sexuelle Versprechen, und deshalb fühlte es sich an, wie im Belagerungszustand zu sein, wie ich dort mit dem Banjo im Arm saß. Und obwohl es wichtig ist, sich in so einem Belagerungszustand die Hoffnung zu bewahren, ist es manchmal schwierig, die Dinge zu tun, von denen man weiß, dass man sie tun muss. Die Traurigkeit ließ eindeutig mein Herz schwer werden. Und so war ich verständlicherweise froh, als Dolores wieder einmal auf mich zukam, und vor allem, weil sie mich mit einem leuchtenden Blick ansah, den ich angenehm fand und der mir sehr gelegen kam.

– Das ist cool, sagte Dolores.

– Freut mich, sagte ich.

Sie sagte es mit diesem kleinen Lächeln in den Augen, das ich sehr reizvoll fand, keine Frage.

– Du bist gut, sagte sie.

– Ja, ich weiß nicht, sagte ich.

– Der kann gar nichts, sagte Romy.

– Oh, nein, ich – sagte Dolores.

– Wirklich, sagte Romy. – Alles bloß Lärm.

Und irgendwas passierte ganz eindeutig, doch es war

schwierig zu bestimmen, was es war. Es war mindestens eine Unterbrechung und hatte somit etwas Gewaltsames, den üblichen sozialen Verhaltensregeln nach zu urteilen, so als wäre man in ein wichtiges Seminar hineingeplatzt und stünde in der Tür, während der Professor an der Tafel mit den hingeschmierten Gleichungen seinen Vortrag unterbricht. So fühlte es sich an, diese übereilte Art, wie Romy uns unterbrochen hatte – denn manchmal besteht ein Ereignis gar nicht in dem Ereignis selbst, sondern in dem Tempo, in dem es passiert. Ich sah Romy amüsiert und ein bisschen ängstlich an. Und Dolores stand völlig regungslos da, so als würde die Videoaufzeichnung von ihr gerade zwischenspeichern, sie verstand nicht recht, wieso sie von Romy so eifersüchtig und wütend angegangen wurde, vor allem, weil Romy sehr mit Epstein beschäftigt zu sein schien, der seine muskulösen, tätowierten Unterarme um Romys Hals geschlungen hatte. Mir war klar, dass es eine undurchsichtige Situation war, die einer Erklärung bedurfte, nur leider war diese unmöglich zu geben, und das war alles, was mir durch den Kopf ging, abgesehen von einem kleinen Funken Stolz, dass Romy auf diese Weise ihre Besitzansprüche auf mich deutlich machte sowie ihren Wunsch, dass Dolores unseren Kreis verlassen möge. Doch aus demselben Grund verspürte ich auch ein wenig Angst, denn wenn es für mich zu erkennen war, dieses Besitzanmelden Romys, dann musste es ganz sicher auch für Candy zu erkennen sein: Und wenn es so war, was würde Candy darüber denken? Und es erschien mir offensichtlich, dass sie sich nicht anders als betrogen und traurig fühlen konnte, und deshalb versuchte ich angestrengt, diese Möglichkeit auszublenden und Romy nicht anzusehen, obwohl mir auch jetzt klar war, dass dieses Nichtansehen das eigentliche Problem darstellen konnte, bloß: Welche Alternative hatte ich? Und während diese Gedanken in meinem Kopf kreisten, wirkte Dolores ein wenig verunsichert, als könne sie nicht verstehen, wieso wir plötzlich alle Teil einer Minstrel-Kapelle waren und ihr niemand sagte, was gespielt wurde.

– Ja dann, bis später, sagte sie sanft zu mir.

– Ja, bis später, sagte ich, so sanft ich nur konnte.

Wir sahen uns an. Und im Rückblick frage ich mich, ob ein Horoskop vielleicht auf so geschickte Art eintreten kann: Es war bloß im Hintergrund, wie das leise Klicken und Brummen von Telefonen und Laptops, wenn man in der Businessclass sitzt – in einem einzigen, stillen Prozess des Begreifens. Anderseits, zeig mir mal einen Prozess des Begreifens, der nicht absolut still abläuft. So eine Bedeutung würde ich gerne mal sehen.

… was zu einer freundlichen, aber verstörenden Unterhaltung führt …

Doch in diesem Augenblick achtete ich nur auf die vorherrschende lärmende Oberfläche. Ich wollte unbedingt, dass die Atmosphäre sich beruhigte, aber stattdessen lief alles so nervös ab wie immer. Ob aus Eifersucht oder bloß aus dem Wunsch heraus, das Provokationslevel hoch zu halten, sah Romy Epstein mit einem Blick an, der nur als Ehrfurcht bezeichnet werden kann, und ich wusste im selben Augenblick, dass ich, wenn ich eine Allegorie für einen der antiken Säfte sein müsste, ich nur die jämmerlich zersauste Figur des Melancholikers sein konnte. Melancholie war in der Weltscharade meine einzige Option. Denn ich leide dauerhaft unter diesem Vergleichsproblem, das heißt, mein Problem ist, dass ich permanent Vergleiche anstelle, und ich glaube nicht, dass sich das Glück finden lässt, indem man Vergleiche anstellt. Ich hatte nicht nur das simple Problem der Besitzverhältnisse, wenn ich Romy weiter so ansah, sondern mich traf zudem noch ihre offenbar alles verschlingende Liebe für Epstein, und ich konnte nicht anders, als diese mit dem nicht mehr ganz so innigen Zustand meiner Ehe mit Candy zu vergleichen. Ich wusste, dass es unfair war und dass die Dinge sich nie wirklich miteinander vergleichen lassen, aber ich tat es trotzdem. Und als Candy sagte, dass sie gerne früh nach Hause gehen würde, war ich froh, mit ihr gehen zu können, um mir nicht weiter solche für mich schmerzhaften Szenen ansehen zu müssen, und zugleich wusste ich, so vage wie möglich, dass ich wütend oder verärgert war, dass es mich bestürzte, Romy hier auf dieser Fiesta zurück- und ihrem Glück mit Epstein zu überlassen. Ich hatte das Gefühl, wie immer etwas zu verpassen. Ich verpasste das einzig wahre leuchtende Ding. *Oder aber wir bleiben noch,* sagte ich vermutlich, mit großen Augen oder sonst irgendwie. Und war dann ängstlich überrascht, denn Candy war tatsächlich einverstanden, noch zu bleiben, womit ich nicht gerechnet hatte. Und das weckte sofort meinen Verdacht, ich meine, meinen Verdacht gegenüber ihrem Verdacht, und ich dachte, dass sie nur deshalb blieb, weil sie mich überwachen wollte, weil sie meine Interaktion mit Romy beobachten und die Oberfläche nach Hinweisen auf mögliche Abgründe absuchen wollte, wohingegen es durchaus möglich war, dass Candy damit nur beweisen wollte, dass sie noch immer lange aufbleiben konnte, auch wenn sie sehr früh aufstehen musste, um mit der Metro zu fahren und in Meetings zu sitzen, und sogar dieser Gedanke machte mich traurig, denn wieso sollte irgendjemand sich für jemand anderen verbiegen? Und doch, sie war hier, und es bestand kein Zweifel daran, dass gleich etwas geschehen würde, ich meine, irgendein letztes Ereignis, das beweisen würde, dass dies tatsächlich eine Fiesta war, die man nicht vergessen würde – denn was soll das für eine Party sein, wenn man dort nicht einmal seine Existenz in Frage stellt?

– Weißt du, was dein Problem ist?, sagte Candy. – Dein Problem ist, du liebst mich so sehr, dass du ganz verwirrt bist.

– Wirklich?, sagte ich.

– Ja, sagte sie.

– Ja, kann sein, sagte ich.

Im Rückblick ist mir klar, dass meine Antwort nicht ausreichend war, aber zu mehr konnte ich mich nicht durchringen, denn in diesem Augenblick war ich mir tatsächlich nicht sicher, ob ich wirklich glaubte, dass ich sie liebte, oder genug liebte, aber gleichzeitig mochte ich sie sehr dafür, dass sie das sagte – ich denke, weil ich den Schmerz verstand, der sie einen so einnehmenden Tonfall ausprobieren ließ, und doch führte dieser Tonfall nur dazu, dass ich sie noch mehr hasste. Ich spreche von Hass, aber natürlich verehrte ich sie auch.

– Du, Flauschbärchen, fuhr sie fort, – bist total verpeilt, weil du mich so liebst.

– Ja, sagte ich.

Wir hatten uns ein wenig von Epstein und Romy entfernt, vielleicht in der Absicht, uns Alkohol und Snacks zu besorgen, aber außerdem denke ich, dass man uns hören konnte, und das ist keine Situation, die ich mag, obwohl es Candy nie zu stören schien: Ihr Mangel an Scham erstreckte sich auf alle Bereiche der sozialen Welt, sie hatte kein Problem damit, in der Öffentlichkeit zu weinen oder wichtige Unterhaltungen in der vollbesetzten Metro zu führen, während ich abgeschiedene Wäldchen oder unberührte Berge vorzog, wenn es darum ging, über meine Gefühle zu reden.

– Die sind so glücklich, oder?

– Wer denn?, sagte ich.

– Epstein, sagte sie. – Und Romy.

– Klar, sagte ich.

Ich versuchte cool zu wirken, für den Fall, dass Romy uns zuhörte, und vermutlich tat sie das auch, weshalb ich etwas hinterherschob, was als Witz gemeint war, der sich speziell an sie richtete.

– Aber warte mal ab. Bald sind sie mit jemand anders zusammen, sagte ich.

– Mit dir vielleicht?, sagte Candy.

– Was?

– Denkst du manchmal an jemand anders?

– Jemand anderes?, sagte ich.

Es ist schlimm, wenn ein Witz, der an jemand anderen gerichtet ist, einen selbst in Schwierigkeiten bringt. Natürlich versuchte ich dahinterzukommen, was Candy über Romy und mich wusste. Ich hatte keine Ahnung. Dass sie es so direkt ansprach, bedeutete vermutlich, dass ihre Frage unschuldig war, aber vielleicht handelte es sich auch um eine verschachtelt hinterlistige Erfindung, mit der sie jede Ebene des Realen verwischen wollte. Ich konnte es nicht wissen, weil es nie einfach ist, zu wissen, was in einem Gespräch passiert, vor allem in einem wie diesem, in dem wichtige Dinge besprochen werden, ohne dass man sich auch nur irgendwie vorbereitet hätte, so, wie man sich im Idealfall auf ein Interview vorbereiten würde, mit Notizen und neuen Stiften und sonstigen Hilfsmitteln. Denn es mag zutreffen, dass die Fehlkommunikation auf eine Art das Leitmotiv unserer Zeit ist, doch ich glaube, dass es dem, was wirklich passiert, nicht ganz gerecht wird, denn Fehlkommunikation impliziert eine Art Pfeil, der danebengeht und sein Ziel verfehlt, wohingegen das tatsächliche Problem darin besteht, dass weder Pfeil noch Ziel von ihrer Existenz wissen, weil wir in jedem Satz so viele Lügen und so viel Zweifelhaftes verwenden. Jedenfalls denke ich heute, wenn ich über das Ende der Fiesta nachdenke, wie viele traurige Dinge dort gesagt wurden, ungehindert und unkontrolliert. Und dazu noch wurden sie sehr laut gesagt, und das ist interessant – das heißt, es ist interessant, wenn man plötzlich im Zentrum der Aufmerksamkeit steht, ohne es zu wollen. Doch es schien keine Möglichkeit zu geben, es aufzuhalten. Jeder Satz führte zu einem weiteren Satz – und als meine Frage an Candy keine Reaktion hervorrief, versuchte ich nicht, die Wogen zu glätten oder das Thema zu wechseln, was natürlich immer noch möglich gewesen wäre, sondern dachte mir stattdessen etwas anderes aus, etwas wie:

– Bist du nicht einsam?

Gewalt in Unterhaltungen ist etwas, das vormals sanfte Menschen besonders gut beherrschen. Das trifft zumindest in meinem Fall zu. Wenn ich frustriert bin, werfe ich manchmal mit Sachen um mich, und Candy hat mich schon hemmungslos ins Gesicht geschlagen. Aber Gewalt liegt auch dann vor, wenn zwei Menschen anfangen, sich ohne jede Scham anzuschreien. Und der Anblick von Candys Zorn war wirklich schrecklich.

CANDY
Einsam? Wieso sollte ich einsam sein?

ICH
Hey, schrei doch nicht so.

CANDY
Ich schrei gar nicht.

ICH
Okay, okay.

CANDY
Was erwartest du denn? Glaubst du, wenn man so lange zusammen ist, ist es immer noch so, wie wenn man gerade erst zusammengekommen ist –

ICH
Klar, nein, sicher –

CANDY
Ich finde, unser Sexleben ist gut. Manchmal sogar toll, Schätzchen.

ICH
Okay.

CANDY
Meinst du, wir müssten mehr darüber reden?

ICH
Es sollte ganz einfach sein.

CANDY
Niemand findet es einfach! Da kannst du jeden fragen!

Sicherlich machte die Lautstärke, mit der Candy sprach, mich nervös und beschämt, und ich weiß nicht, ob es wirklich so falsch ist, wenn man nicht einer von den Filmstars sein will, die betrunken auf gesitteten Partys herumbrüllen ... Vielleicht, dachte ich plötzlich, war das Problem, dass wir immer noch keine Kinder hatten: Ohne Kinder, überlegte ich, war es, als würde man in seinem Haus sehr viel Energie erzeugen, wie ein Tier, das gezwungen wird, immer weiter im Kreis zu laufen, um einen Elektromotor am Laufen zu halten. Das bedeutet, dass sämtliche andere Energie abgestorben ist oder abstirbt. Jedenfalls dachte ich das. Ich weiß nicht wieso. Ich lag oft falsch.

… die dann eskaliert …

Definitiv ist es keine Fiesta, wenn es die Existenz nicht verändert. Und doch ließ ich mich, wie immer, selbst von den wichtigsten Dingen noch ablenken, und ich glaube, ich hatte irgendwo im Hinterkopf diesen Gedanken, während ich mir die Lieder anhörte, dass das Problem der modernen Popmusik darin bestand, dass jedes Lied von einzelnen schlechten Zeilen zerstört wurde. Fehlende Genauigkeit, das war das Problem mit der Popmusik, und ich stellte überrascht fest, dass ich das zu Hiro sagte. Ich wusste nicht, woher er gekommen war, aber ich war froh, denn wenn Hiro da war, dann hörte diese Unterhaltung mit Candy möglicherweise bald auf. Und Hiro gab mir als Reaktion einfach eine weitere Aufputschtablette, damit ich mich beruhigte. Ich war mir nicht sicher, ob das eine so gute Idee war, aber ich nahm sie trotzdem, weil Hiro wollte, dass ich so fröhlich wie möglich war. Und ich dachte daran, wie sehr diese Fiesta-Situation einem meiner Albträume ähnelte. Ich hatte jede Nacht Albträume – anders als Candy, die nur schöne Sachen träumt, zum Beispiel von einem Schuh, den sie sich ansieht, oder einem Sundae, nur meine sind immer ganz fiebrig und voller dämonischer Schatten. Aber ich hatte keine Zeit, diesen Eindruck zu analysieren, weil jetzt wieder Candy bei mir stand. Dieser permanente Wechsel war ermüdend, kein

Zweifel. Sie hatte irgendwas genommen, vielleicht Koks, und dazu war sie jetzt ganz ernst geworden, was ein unfehlbares Rezept für Streit ist. Das ist das Problem mit Drogen – sie lassen Dinge geschehen, aber man weiß nie, was genau sie im Schilde führen, bis es zu spät ist. Als Nächstes hatten wir uns ein Taxi gerufen und fuhren mit dem üblichen bekifften Fahrer, der uns seine Ansichten zur Musik der 1980er Jahre mitteilte – und überraschenderweise zeigt sich in einer solchen Situation immer, dass man auch selbst eine Theorie dazu hat, und dann ist man wieder im Wohnzimmer der Eltern und hört vielleicht ziemlich laut Musik, oder man steht in der Küche und brüllt herum, während man sich die sorgfältig gestapelten Töpfe und Pfannen ansieht, und es ist, als würde man seine eigene Kindheit von der Warte eines Sanatoriums in den Schweizer Bergen aus betrachten.

CANDY
Wie kann es besser werden, wenn du's gar nicht versuchen willst?

ICH
Vielleicht sollten wir nicht so viel darüber reden.

CANDY
Vielleicht hatte ich einfach noch nie richtig tollen Sex.

ICH
Super, Petruschka, vielen Dank.

Ja, Gewalt in Unterhaltungen ist definitiv etwas, das vormals sanfte Menschen gut beherrschen. Es muss gar nicht wie bei Kayvon sein, der sich mit einer prächtigen Leidenschaft mit seiner Frau stritt, so sehr, dass sie an irgendeinem Punkt jedes Mal seine Kleidung aus dem Fenster warf, nicht, weil sie wollte, dass er auszog, sondern nur für das Vergnügen, ihn nach unten gehen und alles aufsammeln zu sehen, oder nicht einmal für dieses Vergnügen, hat sie mir einmal verraten, sondern für das Vergnügen, zu sehen, wie er sich schämte, von den netten Shahs im zweiten Stock beobachtet zu werden, die aus ihrem Fenster auf ihn hinabsahen, und denen er jedes Mal freundlich zuwinkte. Unglaublich, wie viel Gewalt auf merkwürdigen Kanälen freigesetzt wird, dachte ich gerade, als plötzlich Candy eine neue Ebene des Hasses erklomm, wie in einem dieser alten Videospiele, wo man von Plattform zu Plattform springt und versucht, nicht abzustürzen.

CANDY
Liebst du mich überhaupt?

ICH
Du hast doch gerade gesagt, das sei mein großes Problem.

CANDY
Fick dich.

ICH
Baby –

CANDY
Was soll das hier überhaupt werden?

ICH
Hey, beruhig dich –

CANDY
Beruhig dich?

ICH
Das hab ich nicht gemeint. Komm einfach – komm ins Bett. Oder lass uns hinsetzen.

CANDY
Glaubst du nicht, dass du willst, dass ich so bin? Hast du nicht sogar ein Vorbild dafür?

ICH
Wen denn?

CANDY
Deine *Mutter*, Süßer, deine Mutter.

Unterhaltungen verlaufen andauernd im Zickzack, und Zickzack ist ein Problem. Und doch kommt es, wenn man eine solche Zickzack-Unterhaltung beschreibt, immer darauf an, denn in einer solchen Unterhaltung finden sich sämtliche Probleme, die es mit sich bringt, ich oder jemand wie ich zu sein: Damit meine ich all die Menschen, die ihr Leben in Inselstädten verbringen, zwischen Restaurants und Konzertsälen und Supermärkten kreisen, diese Menschen, die das Miteinanderreden schwierig finden, aber notwendig. Das war die Klasse, in der ich mein Erbe antreten musste.

ICH
Wieso muss es immer so schwierig sein, sich mit dir zu unterhalten? Du schreist!

CANDY
Ich schreie nicht. Ich schreie überhaupt nicht, du Pfeife.

Sie weinte, und ich setzte dieses Gesicht auf, das mich immer deprimiert, dieses weiche und besorgte und zögerliche Gesicht, weil es nicht das richtige Gesicht ist und man das richtige Gesicht nicht finden kann, es ist irgendwo in der Sammlung von Pierrot-Masken und anderen Karnevalsverkleidungen verschollengegangen. Und mit einem Mal fiel mir auf, dass das Problem bei jeder Amour der Geschichte vielleicht darin besteht, dass man in dem Augenblick, in dem man jemanden kennenlernt, schon alles weiß, was man wissen muss, und doch kann man ein Jahrzehnt lang mit diesem Wissen leben, ohne etwas damit anzufangen.

– Tut mir wirklich leid, ich bin ein Idiot, sagte ich. – Ich liebe dich, das weißt du doch.

– Ich brauch so was nicht, sagte sie.

Wir waren immer gut in diesen Unterhaltungen, wenn wir den Schmerz des anderen lindern konnten, selbst wenn wir einander auf grausame Weise weh getan hatten.

– Ich liebe dich wirklich, sagte ich.

– Ich weiß, sagte sie.

– So sehr, sagte ich.

– Ich weiß, sagte sie.

Auf diese Weise schaffte ich es, sie ins Schlafzimmer zu bringen, und ich konnte mir sogar einreden, dass ich das Licht im Schlafzimmer meiner Eltern nicht bemerkt hatte, so als stünde ich über den kleinlichen Sorgen anderer Menschen. Ich konzentrierte mich stattdessen auf Candy.

... bis die Gedanken wieder blutig werden ...

Jede Unterhaltung ist eine Welt für sich, und das meine ich, denke ich, so unmetaphorisch wie möglich. Und als ich überlegte, ob ich ihr vielleicht einfach alles beichten sollte, dachte ich deshalb auch: Wieso sollte ich ihr noch mehr weh tun? Zu beichten ist immer sehr bequem, obwohl man die Dinge mit Schweigen viel besser regeln könnte, indem man die verschiedenen Welten getrennt hält. Ja, dachte ich, während wir uns auszogen, ich könnte ein besserer Mensch sein, indem ich gar nichts sagte. Auch wenn diese Aussicht mich frustrierte, dass es mir nicht gelungen war, einen größeren Eindruck in der Welt zu hinterlassen. In welch entsetzlichen Lagen man sich wiederfindet, manchmal fühlt es sich an, als könne man unmöglich weitermachen! Aber war diese Unmöglichkeit nicht genau das, was mir bei Filmen und im Kino immer besonders gefiel? Ich war bloß weniger glücklich darüber, wenn alles real war. Aber ich hatte diese unmöglichen Objekte tatsächlich immer gemocht, bei denen Dinge in einem Medium passierten, die in der Wirklichkeit nicht passieren konnten, je phantastischer, desto besser, dachte ich immer, und deshalb liebte ich Bilder mit unmöglichen Tricks, und ganz besonders die technisch anspruchsvollen, die Illusionen erzeugen – wenn die Angelrute eines Mannes bis in einen weit entfernten Bergsee reicht, oder ein Wanderer auf einem fernen Hügel seine Pfeife an einer Kerze ansteckt, die die Hausherrin eines Hotels im Vordergrund aus dem Fenster hält, dessen Schild irgendwo mitten im fernen Wald hängt. Genau wie die idealen Geschichtenerzähler für mich die sind, die auf der Bühne stehen und wie bei so einer Wasserrutsche erzählen, wo man in einer Bahn startet, aber mit dem Kopf voran aus einer anderen hervorschießt – so wie ich nach dieser Fiesta auf meinem Bett gelandet war, und alles krumm war, oder schief.

– Wir könnten jetzt Sex haben, sagte Candy, – wenn du magst.

– Schon okay, sagte ich.

– Okay, sagte sie. – Du kannst nicht sagen, ich hätte keine Lust.

Ich setzte mein übliches kleines Lächeln auf, doch in mir drin war ich sehr traurig. Alle tragen im Bett T-Shirts, und wir waren keine Ausnahme.

– Sollen wir dann jetzt schlafen?, sagte sie.

– Ja, klar, sagte ich. – Hast du den Wecker gestellt?

– Sicher, sagte sie.

Ich versuche, die richtige Beschreibung dafür zu finden – für die Art, wie ich über die Ereignisse dachte, in der blassen Dunkelheit. Ich dachte über mein Horoskop nach, und wie ich je erfahren könnte, ob es sich bewahrheitet hatte. Das ist ein ähnliches Problem wie bei dem Volumen eines Dachswimmingpools – wenn man drin ist und geschmeidig und vom Wasser getragen, machte die eigene Verwandlung vom Festen zum Flüssigen es schwierig zu glauben, dass das Element, in dem man treibt, gleichzeitig ein massives Gewicht darstellt. Oder nein, vielleicht sollte man sich besser eine andere Flüssigkeit vorstellen, das heißt, nicht Wasser, sondern Blut. Sicher, das Fehlen von Blut ist eine der Seltsamkeiten meiner ehemaligen Geschichte, meiner Geschichte, bevor diese Geschichte begann. Aber manchmal taucht das Blut dann doch auf. Es taucht auf, und es scheint keine Möglichkeit zu geben, es daran zu hindern, sich über sämtliche Teppiche und die Vorhänge zu ergießen. Auch wenn man keine Ahnung hatte, dass dies passieren würde, und dachte, dass man für alle Zeiten in dieser schönen Umgebung weiterleben könnte, wie ein Pascha oder ein Staatsrat aus früheren Zeiten, und man nie daran dachte, dass mitten in einer Unterhaltung manche Dinge plötzlich im Kopf von Blut gefärbt werden könnten. Und doch, genau so passiert es.

6. TROPICÁLIA

TROPICÁLIA

… & wieder einmal betritt er eine fremde Welt …

Und so kommt es, dass jemand aus einem Fenster oder ins Meer und in eine andere Welt hineinfällt. Er fällt einfach, und plötzlich schwimmen Falterfische und Blaustreifenschnapper um ihn herum. Das ist gar nicht so seltsam, oder zumindest meine ich, dass es nicht seltsamer ist als andere Ereignisse, die du für normal halten magst. Wie ein Guru schon festgestellt hat, wenn man sagt *Ein Mann sitzt, über ihm ist ein Schiff*, ist es zumindest so real, vielleicht sogar realer als der Satz *Ein Mann sitzt und liest ein Buch*. Aber das, denke ich, kann auch andersherum beschrieben werden: Du sitzt da, mit einer Schüssel Nektarinen und Kaktusfeigen am Küchentisch, oder wo auch immer du sitzen willst, und dann stürzt das Meer auf dich ein. So fühlt es sich möglicherweise häufig an, ob man nun gerade mit dem Dealer verhandelt, dass er einem zeitweilig Rabatt auf die nächste Ration Crack einräumt, oder in einem Autowrack versucht, seinen Ellbogen und seine Hand ausfindig zu machen. Das Außen stürzt einfach auf einen ein.

… was überall passieren kann …

Aber wusste ich das oder wusste ich es nicht? Ich meine, sehen wir uns einmal die Situation unseres Helden an. Hier ist er: arbeitslos, geliebt von verschiedenen Frauen, und mit einem Freund, der, sagen wir mal, ein wenig verrückt ist. Was also soll dieser Held tun? Soll er wie bisher versuchen, den guten Prinzen zu geben, den kleinen Sohn? Oder soll er sich irgendwie von Bundesstaat zu Bundesstaat durchschlagen, ein Clown in ständig wechselnden Verkleidungen, bis er schließlich allein vor dem Horizont steht und um sein Leben bettelt, während ihm jemand eine Pistole an den Kopf hält? Und klar, es scheint so, als habe er sich für Option Nummer zwei entschieden, aber an welchem Punkt wurde die wahre Dunkelheit sichtbar? Aus der zukünftigen Perspektive gesehen finde ich es schwer zu sagen. Wusste ich, dass ich mich im tropischen Meer befand, oder wusste ich das erst später? Denn das Außen kann ganz eindeutig jederzeit in das eigene Leben eindringen, ob man sich nun im Dschungel mitten unter fleischfressenden Pflanzen verlaufen hat oder im Präsidentenpalast zusieht, wie der Geheimdienst Bomben auf einen wirft. Oder man steigt in der verschneiten Ödnis von seinem Wagen und wartet darauf, dass die Pferde und Kibitkas gewechselt werden, und während man wartet, ist um einen herum nur der wirbelnde Schnee und dahinter die platte Dunkelheit. Und man weiß es. Sie ist zu Ende, die Zivilisation. Es ist aus und vorbei mit ihr. Ja, an all diesen Orten – ob nun im Dschungel oder im Palast oder im matten Schnee – kann man das Gefühl haben, im Exil vom Weltgeschehen zu leben. Und ich war arbeitslos und betrügerisch und in mehrere Frauen verliebt, und noch dazu ein Kleinkrimineller und Miniwarlord: Und wenn man sich so verhält, findet man sich in der Regel bald außerhalb der üblichen Bezugssysteme wieder, an die man sich früher gehalten hat. Man entdeckt den Schmerz und alles, was dazugehört, und dann sitzt man plötzlich lebensfroh und allein in seinem schalldichten metaphysischen Raumschiff.

... auch wenn es im Augenblick nicht zu sehen sein mag ...

Du denkst, ich könne das dunkle Metaphysische nicht erreichen, indem ich das Geld und die Möglichkeiten vergeudete, die meine Eltern mir gaben? Indem ich meine Frau mit meiner Traurigkeit verletzte und sie betrog? Wie sich zeigte, war das dunkel genug für mich. Letztlich ist jeder Ort, an dem man landet, das Nirgendwo und der stille Schnee und die kaputte Kibitka, und ein Mann, der fluchend versucht, die Räder auf dem rutschigen Eis auf Kurs zu halten. Aber ich weiß nicht, ob ich damals schon wusste, was ich jetzt weiß. Es fühlte sich kein bisschen wie Dunkelheit und Schnee an. Wie verwirrend das alles war! Es war einfach nur hell und interessant hier zu leben, hier draußen am Rande einer riesigen Stadt, und ich bemerkte nicht, dass ich mich auf dem Weg ins dunkle Chaos befand. Bei allem, was ich sage, musst du deshalb immer diese Zeitfenster im Hinterkopf haben: dass ich nicht nur etwas nicht wusste, was ich erst viel später verstand – als dieses Wissen längst irrelevant geworden war, oder für mich ohne jeden Wert –, sondern auch, dass mein Verständnis durch das, was später geschah, bestimmt worden ist. Ich habe mich nämlich mit diesem Phänomen beschäftigt, und mit den offiziellen Begrifflichkeiten. Und ich denke, dass sich sogar eine noch seltsamere Behauptung aufstellen lässt. Nicht nur das, was man weiß, verändert sich, je nachdem, zu welcher Erkenntnis man am Ende gelangt, wenn alles vorbei ist; sondern auch das, was man tun wollte. Alles ist Retrospektive, und das umfasst auch die eigenen Motive. Was jedoch nicht bedeutet, dass man in dem Moment, in dem etwas passiert, nur Blindheit und Selbsttäuschung empfindet. Wenn ein Motiv in der Zukunft erkennbar wird, heißt das nicht, dass man es von Anfang an hätte erahnen können. Ich erinnere mich, wie mir einmal ein gebildeter Freund in einem Pub oder irgendeiner anderen Art von Kneipe zu erklären versuchte, dass es einen Unterschied zwischen einem bewussten und einem unfreiwilligen Erzähler gibt, zwischen einem, der weiß, was er offenbart, und einem, der das nicht weiß – wobei ich nicht sicher bin, ob man diese Unterscheidung wirklich treffen kann. Niemand, der erzählt, ist sich je komplett bewusst, was er da alles von sich gibt. Egal, wie sehr ich schon immer der Schammes meines eigenen Kopfes war, der Wächter über all meine Gedanken, die absolute Erkenntnis war mir leider trotzdem nie möglich. Das ist mein Grundproblem, wenn ich rede und diese Tatsachen zu beschreiben versuche, denn es gibt, wie sich herausstellt, überhaupt keine Tatsachen: bloß Zeichen und Interpretationen. Und bloß Vorahnungen und Erinnerungen, so dass der Moment selbst möglicherweise gar nicht existiert. Es gibt keine romantische Liebe und keine Abenteuer. Denn ich würde auf der Stelle in jeder Währung der Welt darauf wetten, dass niemand eine Ahnung davon hat, in welcher Art von Geschichte er sich gerade selbst befindet – egal, wohin er blickt, er ist mundtot gemacht und ausweglos eingesperrt –, und dasselbe galt zum Beispiel auch für mich, als ich neben der blutenden Romy aufwachte, oder als ich triumphierend das Nagelstudio verließ, oder auch bei anderen kriminellen Taten wusste ich nicht, auf welche Art von Geschichte es hinauslaufen würde. Das würde ich erst wissen, wenn ich davon erzählen konnte, und davon erzählen würde ich erst dann können, wenn es vorbei war. Und was soll das überhaupt heißen, dass eine Geschichte vorbei ist? Ich meine nicht, dass ich so ein großer Philosophieexperte bin. Ich meine nur, dass ich sehr verwirrt war.

... sondern erst später, in der Zukunft jenseits der eigentlichen Geschichte ...

Denn schon die ganze Zeit existiere ich weit weg von den Ereignissen, von denen ich hier erzähle, in der entferntesten Zukunft dieser Geschichte, denn erst in dieser verdunkelten Zukunft kamen mir diese Gedanken wirklich, lange, nachdem Candy und ich uns endgültig getrennt hatten und ich bei meinen Eltern ausgezogen war und unser Hund tot war. Ich war definitiv sehr allein – in einer Einzimmerwohnung in einer Hochhaussiedlung, draußen im Süden dieser Riesenstadt. Hier bin ich, mit der Beinverletzung und dem komischen Hinkegang, wie so ein gebrandmarkter Seher. Vielleicht werde ich jetzt für immer ein hinkender Mann sein, als hätte ich große Kriege durchlitten. Meine Wohnung war sehr karg, und die Nacht brach an, und ich sah mir die Muster an, die der Smog am Himmel bildete, während ich zugleich dem Rauch zusah, der von meiner Zigarette in die Luft zog, und ich denke, dass ich in einem Interview plausibel hätte behaupten können, dass ich glücklich war, so unbeschwert wie es nur ging. Oder zumindest hätte ich gerne eine so rücksichtslose Antwort gegeben. Aber es ist schwer, so rücksichtslos zu sein, wie man gerne wäre, die Dinge können einen jederzeit einholen, und mich holte die Nostalgie ein. Nostalgie ist die Krankheit unserer Zeit. Denn während andere Generationen in der Lage sind, ihre Vergangenheit und all ihre Artefakte zu Staub verfallen zu lassen, ist für uns alles auf jedem Computer oder Telefon zugänglich, die wir gerade besitzen, und wir können unsere gesamte Vergangenheit einsehen: nicht nur, sagen wir mal, den endlosen Nachspann von *D'Artagnan und die drei Musketiere* oder das wunderbare *Rosarote Panther,* diese Dinge aus unserer Kindheit, sondern auch die gesamte Backlist unserer Korrespondenz. Jeder einzelne Mensch ist heute historisch umfassender dokumentiert als Napoleon, und man müsste es bedauern, wäre es nicht so unabänderlich. Es bedeutet, dass Depression und Nostalgie und eine vollkommen neugeordnete Denkweise das Leben jedes Einzelnen bestimmen, den ich kenne. Und in meinem Fall las ich deshalb all die Mails, die ich je an Romy geschickt hatte, und sah mir an, wie unsere Freundschaft sich in unsere Affäre verwandelt und sich dann in Luft aufgelöst hatte, und ich dachte darüber nach, wie sehr ich Freundschaft liebe. Sie ist etwas sehr Schwieriges. Freundschaft ist so kompliziert wie Liebe, und vielleicht noch wertvoller. Oder zumindest kann sie genauso kolossale Traurigkeit nach sich ziehen. Sie stellt definitiv eine Form von Abenteuer dar. Außerdem überflog ich meine Mails an Dolores, auf die sie nicht mehr reagierte, und dann noch die Mails aus den frühen Jahren meiner Beziehung mit Candy, und erst jetzt verstand ich etwas, das Candy mir zu sagen versucht hatte, und ich wollte sie wissen lassen, wie leid es mir tat, dass ich so dumm gewesen war. Das ist eines der dunklen Vergnügen, die unsere Technologie ermöglicht, in so kurzer Zeit all die Nachrichten lesen zu können, die man erhalten hat, und begreifen zu können, wo man versagt hat. Und ich überlegte, Wyman anzurufen, um zu hören, wie es ihm ging, oder ihm zumindest eine Textnachricht zu schicken, als plötzlich mein Telefon klingelte, und es war Candy.

– Ich bin's, sagte sie. – Passt es dir gerade?

– Ja, sagte ich.

– Bist du beschäftigt?

– Wo bist du?, sagte ich.

– Hier, sagte sie.

– Was heißt hier?, sagte ich.

– Unten, sagte sie.

Ich legte das Telefon zur Seite. Und dann wartete ich darauf, dass der Aufzug sie nach oben brachte, und in dieser Pause sah ich zum Teil nach draußen auf den Balkon meiner Wohnung, wo ich einen Vogelkäfig aufgehängt hatte, den ich vor ein paar Tagen im Vogelgeschäft gekauft hatte, und auf meinen neuen Rucksack, oder ich lauschte einer Fliege, die den Raum im Zickzack mit ihrem Geräusch durchzog, aber gleichzeitig war jetzt vielleicht endlich der Moment gekommen, in dem ich begriff, was mit mir geschehen war oder noch immer geschah. Ich war auf eine Art eindeutig gealtert. Es war diese Zeit-Traurigkeit, die einen im Flugzeug überkommt, wenn man feststellt, dass die Stewardessen auf dem Transatlantikflug nicht nur keinerlei Ähnlichkeit mit den geschmeidigen Pin-ups der eigenen Vorstellung haben, sondern dass es sich vielmehr um genau diese geschmeidigen Pin-ups handelt, nur ist inzwischen einige Zeit vergangen und sie sind noch immer hier oben in der Luft und servieren Minimuffins und Wein in kleinen Fläschchen, und sie sind einfach älter, tragen Eheringe und haben den Sarkasmus für sich entdeckt, und alles ist anders, ohne dass irgendjemand verstehen könnte, wie oder warum. Ich konnte nicht sagen, ob ich mich freute, dass Candy hier war. Auf eine Art fühlte es sich an wie ein Test oder wie Folter, und ich wusste nicht, ob ich es ertragen konnte. Und dann stand sie da, in der Tür zu meiner Wohnung.

… wo er seine Frau ein letztes Mal sieht …

Von all den vorzüglichen Aspekten von Candys Schönheit fiel mir jetzt, wie schon so oft, vor allem die enorme Länge ihrer Beine auf. Das seht ihr nun, wollte ich der Welt oft sagen, wenn ich mit meiner Frau ausging, ihr seht Candy, ihr seht die Pracht und die Schönheit ihrer Beine, und ihr denkt euch: Nur ein Mann mit einem Mordsapparat, einem Baseballschläger am Oberschenkel, mit etwas, das an eine Aubergine oder einen Flaschenkürbis erinnert, nein, keinen Kürbis, einen *Baseballschläger,* könnte eine Frau mit so langen Beinen befriedigen. Ihre Beine sind Objekte von biegsamer, zarter, langgestreckter Schönheit, die dazu einladen, sie sich in verschiedenen Positionen vorzustellen, um die eigenen Oberschenkel geknotet oder angewinkelt und auf den eigenen Schultern ruhend, und als ich sie wiedersah, hatte ich ein solches Verlangen nach ihr, dass ich nicht zu denken vermochte, weil ich nur daran denken konnte, dass über ihren Beinen ihre Hüften waren, und an die weiche Haut zwischen ihren Beinen und wie sie feucht würde, wenn ich sie dort nur berührte, als hätte sich etwas aufgelöst. Ich sah ihr zu, wie sie meine karge Einzimmerwohnung betrachtete, mit meinem einen geliebten Rucksack und den Zeitschriften und Büchern und Zigaretten, denn ich hatte mir vor kurzem das Rauchen angewöhnt, etwas, das Candy immer missfallen hatte und das ich deshalb nur selten getan hatte, oder zumindest nicht professionell.

– Du rauchst jetzt?, sagte sie.

– Ich hab dich nicht hergebeten, sagte ich.

– Okay, sagte sie.

Dann ging ich auf sie zu, ich glaube, einfach, um ihr näher zu sein, und sie sah zu, wie ich auf sie zukam, und als ich neben ihr am Fenster stand, beugte sie sich zu mir herüber, und ich begriff zu spät, dass sie mich bloß in den Arm nehmen wollte – denn wir sind ja sehr unterschiedlich groß, ich bin klein, sie ist groß, ich ein Cherub, sie elegant und schlank – und deshalb bedauerte ich es, als ich spürte, wie meine Lippen ihre trafen. Sie küsste mich ganz leicht auf die Lippen, und ich fühlte mich so, wie sich die Frauen in vergangenen Zeiten angeblich gefühlt haben, wenn man geküsst wird und plötzlich das Gefühl hat, ohnmächtig zu werden. Das Licht im Zimmer kam mir auf einmal falsch vor. Das Licht war gelblich, weil die Abenddämmerung eingesetzt hatte, doch bevor ich daran denken konnte, etwas daran zu ändern, klingelte ihr Telefon.

– Ja, ich ruf dich zurück, sagte sie.

– Wer war das?, sagte ich.

– Wie lange bist du schon hier?, sagte sie.

– Wie lange?, sagte ich.

– Und wieso das Hinken?, sagte sie.

– Hinken?, sagte ich.

– Ja, du hinkst, sagte sie.

– Lange Geschichte, erwiderte ich.

Es war eindeutig schwierig, mit ihr zu reden. Und auch das war etwas, das ich erst jetzt wusste, dass nämlich etwas Unwiderrufliches geschehen war, aber nicht nur das – dass in der Vergangenheit definitiv etwas passiert war, und zwar anhand dessen, was in diesem Augenblick passierte.

… & seine Verwandlung versteht …

Die meisten Geschichten sind wie die Geschichte von dem Mann, der einen Dattelkern wegwirft, und plötzlich ist da hinter ihm so ein muskelbepackter Geist und sagt, *Steh auf, damit ich dich töten kann, so wie du meinen Sohn getötet hast.* Und als der Mann sagt, *Wie habe ich deinen Sohn umgebracht?*, sagt der Geist bloß: *Als du den Dattelkern weggeworfen hat, hast du meinen Sohn, der gerade vorbei kam, an der Brust getroffen, und er ist gestorben. Es gibt keine Rettung für dich. Du musst sterben.* Also tötet er den Tropf, ohne Gnade. Ich meine, die meisten Geschichten scheinen mit einem Zufall zu beginnen, mit dem Erscheinen eines Dschinns, und am Ende ist es Schicksal. Ich sage Schicksal, aber eigentlich meine ich Ungerechtigkeit und dass Leute krankenhausreif geprügelt werden, ob sie dieses Schicksal verdient haben oder nicht. Denn ich sehe die momentane Situation folgendermaßen: Das Universum ist ein absoluter Psychopath und Tyrann, mit Pranken und Boxhandschuhen und welchem Zeug auch immer es zu brauchen meint, um Leute krankenhausreif zu prügeln. Es ist völlig außer Kontrolle. Es ist ein Tyrann, und ich bin sein Sklave, und das führt zu anderen Arten von Wissen. Eine davon könnte zum Beispiel sein, dass man es zwar vorziehen würde, dass eine Sache ganz normal auf eine andere Sache folgt, es jedoch in Wirklichkeit so ist, wie es ein Freund von mir einmal beschrieben hat – wenn ein Hund einen kleinen Jungen beißt und ihn mit Tollwut ansteckt, lässt sich die Illusion einer allgemeinen Regelhaftigkeit aufrechterhalten, und alles hat seine Ordnung, und alle sind glücklich. Sollte sich hingegen der Junge selbst in einen Hund verwandeln, womit ich sagen will, wenn die Geschichte eine unerklärliche Verwandlung oder ein Loch enthält, dann wird die Welt unkontrollierbar – und dieses Szenario ist tatsächlich zwar unwahrscheinlich, aber zugleich das viel Wahrscheinlichere –, so wie all unsere Liebe, unsere Unfähigkeit, unseren eigenen Standards gerecht zu werden, und unser unverdientes Pech. Und wenn das passiert und man eine Geschichte mit einem Loch darin hat, dann verwandelt dieses Loch die Geschichte in ein Märchen. Und deshalb lautet die offensichtliche 1 000 000 000-Dollar-Frage, meiner Meinung nach, in etwa so: Gibt es in dieser Welt überhaupt so etwas wie eine normale Geschichte? Stellt sich nicht alles ab einem gewissen Punkt, wenn man die Bilder nur langsam genug abspielt, als ein Märchen heraus?

… erst, als alles vorbei ist …

– Gehst du mir aus dem Weg?, sagte sie. – Läufst du etwa vor mir weg?

– Ich laufe nicht weg, sagte ich. – Es ist nur. Ich … Willst du was essen?, sagte ich.

Dann küsste mich Candy noch einmal, und diesmal war es echt. Es war überhaupt nicht, womit ich gerechnet hatte, aber wenn es schon geschah, wollte ich keinen Widerstand leisten. Ich zog an ihrer Lederjacke, und sie schüttelte ihre Handgelenke aus den Ärmeln und ließ die Jacke zu Boden fallen, und sie trug ein weißes Top, durch das man die Umrisse ihrer Brustwarzen sehen konnte – denn Candy trug fast nie einen BH, sie brauchte keinen, und das war etwas, das ich an ihr immer schon sehr erotisch gefunden hatte – und etwas an diesem Anblick machte mich schrecklich traurig, es war so konkret und doch so schwer zu fassen.

– Bist du mit jemandem zusammen?, sagte sie.

– Nein, sagte ich. – Und du?

Dann wurde mir klar, dass ich es gar nicht wissen wollte, und zwar genau in dem Moment, als mir außerdem klarwurde, dass sie nicht antworten würde.

– Ich habe dir nicht absichtlich weh getan, sagte ich.

– Mir egal, sagte sie.

Dann setzte sie sich auf einen Stuhl, in dieser Haltung absoluter Eleganz und Selbstsicherheit, die langen Beine unter sich angewinkelt, ein ganz klein bisschen unbeholfen, und ich wusste nicht, was gerade vor sich ging.

– Komm ans Fenster, sagte ich. – Sieh dir die Straßen an.

– Nein, sagte sie. – Komm du her.

Aber das wollte ich nicht. Ich war plötzlich zu traurig.

– Weißt du noch, sagte ich, – du hast mal gesagt, dass wir uns vielleicht wiedertreffen sollten, wenn wir sechzig sind.

– Das war nicht ernst gemeint, sagte sie. – Ich wollte nur nett sein.

– Was war denn daran nett, sagte ich, – wenn es nicht ernst gemeint war?

– Sei nicht verrückt, sagte sie.

Doch natürlich waren es nicht die Worte, sondern der Tonfall, in dem sie es sagte, dieses Flache ohne jede Betonung, das war es, was mir eine solche Angst davor machte, was passiert war, als steckte in dieser Eintönigkeit sehr viel Wissen über die Welt und insbesondere über mich. Als sie ihr Top auszog und oben ohne in ihrer Jeans dastand und ihre Brüste vor mir waren, sah ich sie an und begriff, dass ich nie wieder eine solche Schönheit kennen würde, weil es nicht auf die Brüste selbst ankam, sondern auf die gesamte Situation, diese Situation, in der ein alberner Clown verstand, was genau er verloren hatte. Ich würde nämlich sagen: Das moralische Grundproblem ist, dass wir ganz offensichtlich mehr als nur eine Person sind, und im Laufe unseres Lebens berücksichtigen viele unserer Freunde die Alternativen gar nicht, die anderen Optionen und Aspekte von Wyman und so weiter, die sie in ihrem Leben nicht haben wollen. Wieso wird dem Wyman, der drogenabhängig ist, nicht so viel Respekt entgegengebracht wie dem Wyman, der als Anwaltsgehilfe arbeitet? Wieso sollte der Anwaltsgehilfe der einzige Wyman sein, der bewundert wird? Wenn ich mich schuldig fühle, dann nur für das, was ungetan ist, die Dinge, die ich nicht tue. Und die einzige mögliche Antwort darauf ist das, was Candy dazu sagen würde und was einer der Gründe ist, wieso ich sie liebte. Dass es nämlich keinen logischen Grund gibt, nicht einfach alles zu tun, klar, und wenn wir zum Beispiel die Frage nehmen, ob man mit dem Mädchen in der cremeweißen Smokingjacke und der Lederhose schlafen sollte, die da so aufreizend an ihrer Bierflasche saugt, besteht der einzige Grund, nicht mit ihr ins dämmerige Schlafzimmer zu verschwinden, auch wenn es eigentlich überhaupt kein Grund ist, aber zugleich ist es alles – dass man, wie im überflüssigsten und schönsten Kunstwerk der Welt, entschieden hat, so etwas niemals zu tun, und das ist tatsächlich eine verbindliche und wunderbare Position. Denn es ist ein wunderbarer Zustand, gebunden zu sein. Nur war ich jetzt überhaupt nicht mehr gebunden.

– Ich weiß nicht, ob wir ficken sollten, sagte ich.

– Mir egal, sagte sie.

– Sag nicht immer, es ist dir egal!, sagte ich.

– Tut mir leid, sagte sie. – Was soll ich sagen?

Aber ich wusste nicht, was sie sagen sollte. Ich erinnerte mich an eine kleine Ansprache, die Candy einmal gehalten hatte, in der sie sehr betrunken verkündet hatte, dass ihr Leben im Grunde immer das Gleiche war. Wenn sie nichts tun konnte, war sie unglücklich; wenn sie etwas tun konnte, war sie unglücklich, weil sie nicht genug Zeit dafür hatte; und wenn sie überlegte, in Zukunft etwas zu tun, was ihr eigentlich eine gewisse Hoffnung verleihen musste, drückte die Angst sie zu Boden, die gewaltige und umfassende Angst. *Das heißt natürlich nicht*, fügte sie hinzu, *dass es keine guten Momente gibt.* Ich sehnte mich sehr nach dieser Ansprache von Candy zurück. Draußen war die Atmosphäre so trübe wie immer: Der Geschmack von Asche hing in der Luft, überschwemmte Blumen, ein leichter Nieselregen über den Kanälen. Und über uns stiegen die Militärhubschrauber und die zerbrechlichen Pendlerflieger auf. Und dann lag ich rücklings auf dem Bett, und Candy lag neben mir, in der sich ausbreitenden Dunkelheit, während Glühwürmchen hinter den Fensterscheiben Glühbirnen nachahmten.

… was eine neue Art zu denken erfordert …

Ich meine Folgendes: An irgendeinem Punkt war etwas in mich eingedrungen. Das Außen war hereingebrochen – ob es nun war, als ich neben der blutenden Romy aufwachte, oder als Hiro einzog, oder als wir unsere komplizierte Kommune der verletzten Gefühle begannen, oder einfach, als ich dieses Leben der Lethargie und Erstarrung zu führen begann, oder als wir anfingen, mit Pistolen herumzuspielen und unschuldigen, wohlmeinenden Menschen Angst einzujagen – und ich wusste nicht mehr weiter. Denn niemand ist unmöglich – wenn die richtige Kombination von Äpfeln und Birnen im Spielautomat zum Stehen kommt. Und wenn das passiert, muss man so tropisch denken, wie es nur geht, in der Art der alten Tropicália-Meister. Wenn es je eine künstlerische Bewegung gab, die ich bewundern könnte, dann wären das die Künstler der Tropicália-Bewegung. Sie verstanden die grundlegende Taktik – man muss nehmen, was immer man kriegen kann, und sich um die Frage des Ursprungs keine Gedanken machen. Diese Entdeckung macht man, wenn man außerhalb der Zivilisation ist: Es spielt plötzlich keine große Rolle mehr, ob etwas wirklich einem selbst gehört oder nicht. Wenn man die Kabbala oder die vier Stufen der Erleuchtung braucht, dann sollte man sie sich nehmen und zu eigen machen. Jedenfalls sah ich es so. Fresst einander auf! Werdet zu Kannibalen! Wenn man mitten im Nirgendwo geboren wurde, und dieses Nirgendwo genau dort ist, wo man jetzt gerade sitzt, dann holt man sich seine Nahrung besser überall, wo man sie bekommen kann. Ich meine, wer sind die Tropicália-Meister? Seit diesen Offenbarungen habe ich ein wenig nachgelesen. Da gibt es diesen Künstler Oiticica und seine Installationen: Der Betrachter sitzt zwischen ein paar Topfpflanzen und verschiedenen Badekabinen, und dazu sind da noch Kieselsteine und Aras, und dann schließlich entdeckt er, am Ende eines winzigen Flures, einen einzelnen Fernseher. Aber es gibt auch noch meinen anderen Helden, den Dichter Huidobro: der einmal sein Manifesto in einem Theater in Santiago vorgetragen hat, am Rande des bekannten Universums: und am Rande des bekannten Universums verkündete unser Held, der von den Realitäten um ihn herum gelangweilt war, zu Tode gelangweilt, dass er deshalb nicht mehr länger die Realität der Natur kopieren wollte, die uns schließlich nicht gehörte, sondern stattdessen Realitäten erschaffen wollte, in einer Welt, die unsere sein würde, einer Welt, die auf eine eigene Flora und Fauna wartete. Man muss sich nicht mit dem zufrieden geben, was da ist, das war die grundlegende Botschaft Vicente Huidobros: Wenn man sich zwischen Lianen mit schweren, herabbaumelnden Zungen wiederfindet, die glänzen wie Boxhandschuhe, dann ist es halt so.

… & so beschließt er, es aufzuzeichnen …

Wenn man sich an einem so abgelegenen Tropicália-Ort befindet, ist es kein Wunder, wenn man beim Versuch, ihn zu beschreiben, immer wieder bei diesen Wiederholungen und kleinen Phantasien von Zeitreisen herauskommt, so als könnte man seine Unschuld bewusst wiederherstellen. Was vielleicht gar kein so verrücktes Ziel ist, denn was man vorhersieht oder was man erinnert, kann genauso wichtig sein wie das, was wirklich passiert. Was sonst könnte man von diesem neuen Habitat erwarten? In der Dunkelheit konnte ich ein paar Leute vorbeigehen hören, und ich war hier oben in meinem Zimmer mit Candy. Ich wollte etwas sagen, das alles wenigstens ein bisschen besser machen würde, weil es immer gut ist, wenn etwas einen positiven Abschluss findet.

– Wirklich, sagte ich zu ihr, – ich verstehe dich genau und habe es immer getan.

– Liebling, das ist süß von dir, sagte Candy. – Aber –

– Ich mache mich ständig selbst fertig, ehrlich, sagte ich.

– Du weißt es, oder? Deine Selbstbeschuldigungen entschuldigen gar nichts.

– Was kann ich dann tun?, sagte ich.

– Du kannst gar nichts tun, sagte sie. – Du hättest was tun können. Du hättest dich zum Beispiel einfach nicht verderben lassen können.

Ich dachte über diesen schweren Vorwurf nach.

– Aber sich verderben zu lassen ist schrecklich verlockend!, sagte ich traurig.

Es war, als könnte ich ihre Gestalt in der Ferne immer kleiner werden sehen, obwohl sie direkt neben mir auf dem Bett lag. Und auch wenn ich ihr nicht die Schuld gab – weil ich verstehe, wie langweilig es sein muss, darauf zu warten, dass sich die Leute weiterentwickeln –, wurde mir klar, dass ich ihr meine Unschuld nicht mehr länger beweisen konnte, und weil sie der einzige Mensch war, dem ich je meine Unschuld beweisen wollte, würde ich nie mehr unschuldig sein. Ich war für alle Zeiten schuldig. Es war natürlich nicht so, dass all meine Verbrechen nicht schon äußerst hart bestraft worden wären, durch das viele Pech, das den jüngsten Abschnitt meines Lebens verdunkelt hatte. Und deshalb könnte man sogar argumentieren, dass durch die vielen Rächer, die sich für Candy eingesetzt hatten, meine Schuld, sie verletzt zu haben, möglicherweise stark verringert worden war. Doch an diesem Punkt wurde mir außerdem klar, wenn ich je eine Kunstform für mich finden sollte, müsste es eine Kunstform des umfassenden Geständnisses sein. Nur eine Beschreibung meiner tiefgreifenden *Trivialität* würde angemessen sein, den vollen Umfang meiner Verderbnis zu erfassen. Meine persönliche Corrida! – in der ich mich selbst verzweifelt zur Strecke bringen würde. Ich war so jämmerlich, es war wunderbar. Als ich so dalag, mit Candy zum letzten Mal neben mir, erinnerte ich mich plötzlich an den kleinen Sketch, den ich nach den Ereignissen in dem Saunaclub geschrieben hatte, und ich überlegte, dass ich das Projekt jetzt weiterführen könnte, in einer neuen, riesenhaften Version. Ich hatte eine deutliche Vision von einem Buch, in dem ich meine komplette Erfahrung aufzeichnen würde, und ich wusste, wie es klingen sollte: mit all den Zwischentönen, für die sich niemand begeistern kann, – dem Schaurigen, Zarten, Bedürftigen, Anrüchigen, Langweiligen, dem Entsetzlichen und dem Süßen. In so schrecklichen Tönen würde ich meine Kawaii-Geschichte erzählen, ohne jede Distanz zwischen mir und der abwesenden Person, zu der ich sprach. Ich stellte es mir wie etwas Fortlaufendes vor, wie eine kleine Kaskade mit Wirbeln und Strudeln, oder wie ein endlos flackerndes Feuer. Denn ich hatte immer nur leben wollen. Und das wahre Leben – und das ist keine neue Erkenntnis von mir –, das Leben, das schließlich aufgedeckt und beleuchtet wird, und damit das einzige Leben, das wirklich gelebt wurde, ist das Leben, das man in der Rückschau betrachtet, von irgendwo oben in den Wolken aus, und ein Wort, das diesen Blick beschreiben könnte, ist vielleicht Literatur. Oder wenn nicht Literatur, dann wenigstens Erzählen. Und wenn Candy nicht da war, dachte ich jetzt, in der tropischen Luft, so traurig wie entzückt, konnte ich immer noch so erzählen, als wäre sie es.

… wahrscheinlich in Form eines Buches …

Ich weiß nicht, wieso die Leute denken, dass Geschichten oder Bilder einen aus der Welt herausziehen. Das Erzählen war für mich die einzige Verbindung zur Welt, als sei es ein Klettverschluss oder ein Scharnier. Letztlich kann nichts beigebracht werden: Alles muss erlernt werden. Und man kann nur lernen, indem man sich selbst so viele

Worte wie möglich herausbrüllen lässt. Und schließlich, überlegte ich: Ich war es gewohnt, meine Gedanken niederzuschreiben und sehr schnell zu reden. Ich war ein Wunderkind! Ich führte immerzu Selbstgespräche, ohne dass jemand da gewesen wäre, der mir zuhören konnte, wie so ein Irrer im Park am helllichten Nachmittag. Und doch, fällt mir jetzt auf, da ich mein Unterfangen zum Abschluss bringe, gibt es eine letzte Volte, die ich nicht vorhergesehen hatte. Es ist schwierig, jetzt das alles aufzuschreiben und trotzdem zu glauben, dass das, was ich sage, wahr ist, ich meine absolut wahr. Ich weiß, ein Teil davon mag Faulheit sein, aber ich habe außerdem diese Angst, meine Ideale zu verraten. Denn man träumt davon, dass alles, was man sagt, vollständig ist, unter Berücksichtigung sämtlicher Einschränkungen, aber das ist natürlich nur die Idealvorstellung und wie jede Idealvorstellung nicht erreichbar. Und was tatsächlich passiert, ist, dass man etwas sagt, und eben weil man es gesagt hat, verliert man das aus den Augen, was man eigentlich sagen wollte, denn das wird durch das ersetzt, was man gesagt hat, was zwar ungenau, aber auch real ist, und der Regel zufolge, dass das, was da ist, immer das auslöschen wird, was nicht da ist, wird man sich deshalb am Ende nur an das Gesagte erinnern. Andererseits könnte man das vermutlich auch positiv sehen. Denn klar, vielleicht hat man die ursprüngliche Bedeutung vergessen, aber wenn man diesen Satz vor sich hat, kann es durchaus sein, dass dieser Satz eine ganz neue Bedeutung annimmt, von der vorher niemand etwas geahnt hat. Was man sagt, ist nie das, was man zu sagen glaubt. Was man wirklich sagt, wird gesagt, ohne dass man davon weiß. Das ist vergleichbar damit, dass niemand je denkt, er würde zur gegenwärtigen Epoche gehören, obwohl natürlich jeder zu seiner gegenwärtigen Epoche gehört, bloß wird sich erst dann, wenn wir alle tot sind, zeigen, was von unserer Epoche in uns steckt. Diese Erkenntnis stellt ein schwieriges Problem dar, wenn man etwas erschaffen will. Denn wieso sollte man etwas mit einer bestimmten Absicht beginnen, wenn diese Absicht in keiner Weise im fertigen Werk zum Ausdruck kommen wird? Und doch, wenn man nichts anfängt, dann wird gar nichts ausgedrückt. Und deshalb ist die einzige Möglichkeit, etwas zu beginnen, mit einer Idee zu beginnen, von der man weiß, dass man sie nicht zum Ausdruck bringen kann, und zu hoffen, dass dadurch etwas anderes zum Ausdruck gebracht werden könnte, von dessen Existenz oder Form man noch nichts weiß. Das ist weniger eine Aufzeichnung, sondern eine völlig neue Erfahrung. Ich war kurz davor, neben Candy einzuschlafen, und kurz vorm Einschlafen werden meine Gedanken oft hektisch. Ich versuchte, eine Analogie oder ein Bild für mein Ideal zu finden. Aus irgendeinem Grund fiel mir nur das Bild eines Hamburgers ein. Genauso ordinär waren meine Überlegungen – als ich Candy zum allerletzten Mal sah, als ich endlich begriff, was ich alles verloren hatte, in der dunklen, metaphysischen Wüste einer Einzimmerwohnung, deren Klimaanlage die ganze Nacht hindurch läuft, und das sehr laut. Denn Bücher sind, wie Hamburger, bloß Dinge, die in Schichten eingeteilt sind. Ja, wenn es ein Bild für meine ideale Redeweise gab, dann war es ein Hamburger mit allen Saucen: Eine vielfarbige Zusammenstellung, süßlich und fettig und lecker. Genau das braucht man, wenn man erzählen möchte, was einem in Tropicália passiert ist, wenn man all die Tricks mit dieser fürchterlichen Substanz namens Zeit anstellen will. Und so lange, wie ich konnte, bis ich schließlich einschlief, lag ich da und ließ mir diese Möglichkeit durch den Kopf gehen, wie ein Sachbearbeiter für Risikoanalyse oder ein Medizinstudent, der zum allerersten Mal sehnsuchtsvoll vor dem Eingang zum Striplokal steht und ins neonfarbene Nichts hinaufblickt.

7. DAS DING SELBST

UNGEPLANTE GEWALT

... das die grenzenlose Freiheit unseres Helden aufzeichnet ...

Aus heutiger Sicht denke ich, dass ich weniger Kontrolle über die Ereignisse hatte, als ich glaubte. Und doch erschien es mir nicht so. Nach zwei oder drei Flaschen Bourbon wurden wir freier in unseren Entscheidungen – ob es darum ging, das Auto meiner Eltern auszuleihen, um frischgebackene Erdnussbutterkekse an Freunde und örtliche Geschäfte auszuliefern, oder darum, Leute zu ihren Terminen vor dem Arbeitsgericht oder zur Suchttherapie zu begleiten, nachdem Hiro sich auf der Straße mit ihnen angefreundet hatte. Das ist das Schöne am Bewusstseinsverändernden und am Welthistorischen. In der einen Minute sitzt du im Frisiermantel herum, und in der nächsten sitzt du in der Metro, mit der nachgebauten Pistole in einer Stofftasche, was nur eines deiner vielen Besitztümer ist – auch wenn du zugeben musst, dass dir dieses neue Accessoire gut gefällt, aber nur so, wie dir ein Paar neuer Turnschuhe oder Wimperntusche gefallen würde. Auf diese Weise besuchten wir die Sehenswürdigkeiten der Stadt – die Parks und Chausseen, die Museen des Bankwesens und der Schwerindustrie – und waren voller Freude, dieses Objekt dabeizuhaben, als wäre es unser heimliches Haustier. Oder wir besuchten einfach nur die Geschäfte und die Denkmäler unserer Umgebung und Barriada, stockten unsere Vorräte um mehrere Flaschen Wodka auf und rauchten manchmal ungefähr vierzehn Joints, während wir mit dem Hund in einem fröhlichen kleine Miasma umherspazierten. Das ist tatsächlich das Schöne am Bewusstseinsverändernden – es verändert das gesamte Bild. Denn im nichtrealen Leben hat man immer die Option, sich in einen Zombie oder irgendeine andere Art von Tier oder Superfreak zu verwandeln. Wohingegen im Leben das, was vorher schon passiert ist, einfach weiter passiert, nur vielleicht etwas schlechter – so, als würde man einen Film sehen, bei dem das ganze faszinierende Geschäft des von Szene zu Szene-Kommens die nahtlose Sorge von jemand anderem ist. Anderswo zerfiel die Saison nun schließlich doch noch. Ferngesteuerte Bienen wurden schwerfällig zwischen dem Lavendel und anderen Sträuchern hindurchgelenkt. Im Hintergrund konnte man ganz leise hören, wie der alte Dialog fortgeführt wurde: *Madama Morte! Madama Morte!* Der Himmel war schwer und grau, als sei dem Himmel bewusst, dass er sich verabschieden müsse, und obwohl ich geantwortet und sie darum gebeten hatte, damit aufzuhören, bekam ich manchmal immer noch Nachrichten auf dem Telefon. Aber ich bestand darauf, frei von Sorgen zu sein, und weil es so einfach ist, eine Nachricht zu löschen und so zu tun, als hätte man sie nie bekommen, tat ich genau das. Und wenn ich auf einmal ein wenig Kontrolle über die Welt hatte, wird mir wohl nur der hartherzigste Leser zumindest ein klein wenig Freude darüber missgönnen. Ich wollte nicht niedergeschlagen sein, auch wenn in den Vogelreservaten und den Meeresarmen die allgemeine Monsunmordrate extrem hoch war.

... es beginnt in einem Café ...

Der Laden, in dem wir waren, war eines dieser Cafés neben dem Eisverladekai und dem Kanal. Wir hatten Blaubeer-Clafoutis bestellt, mit Kardamomeis, oder ähnliche Köstlichkeiten. In meiner Tasse war Kaffee, und neben uns beleuchtete Licht den schmalen Ausblick. Eine weitere Besucherin saß allein da und schrieb in ein Notizbuch, und ich blickte milde zu ihr hinüber, denn ich hatte meine eigenen Erfahrungen mit dieser mühseligen Beschäftigung gemacht, überall Zeichen und Nachrichten hinzukritzeln. Aber sonst war der Laden leer. Es war sehr friedlich und still. Und eine Zeit lang gefiel mir das gut. Man konnte Kähne und Fahrräder mit ihren verschiedenen Geräuschen vorbeiziehen hören, und dazu den Klang, den der allgemeine Lärm verursachte, der Umgebungslärm der Stadt. Da war ein Kellner, der herumzulungern schien, der einfach nichts tat, außer sich alles anzusehen. Doch das Problem mit Gefühlen ist, wie schnell sie sich entwickeln, und ich glaube, dass ein grundsätzlicher Zeitdruck und Ungeduld etwas waren, das ich derzeit fast jeden Tag verspürte. Wir unterhielten uns ganz leise darüber, was wir als Nächstes tun könnten, denn wie gesagt, wir brauchten dringend neues Geld. Wir hatten in letzter

Zeit sehr viel darüber gesprochen, und Hiro befürchtete, dass unsere kriminelle Gangstermasche kein Modell für die Zukunft sein könnte.

– Das ist keine Karriere, sagte Hiro.

– Was?, sagte ich.

– Die Leute zu bestehlen, sagte Hiro. – So als Lebensmodell.

Ich wusste zwar, dass wir vielleicht nicht für ein Leben als Verbrecher gemacht waren, weil man dafür seine härtesten Seiten herauskehren und dazu noch einen Erfolgswillen entwickeln muss, der uns möglicherweise abging, aber trotzdem war ich eher dafür, diesen Weg weiter zu verfolgen, und ich wollte ihn überzeugen. Denn so ist es wirklich – wenn man etwas einmal getan hat, wird es gleich viel leichter. Und auch wenn ich jederzeit bereit war, Hiro bei jedem seiner Vorhaben zu folgen, versuchte ich ihn doch dazu zu bringen, die Straße als Ort des Geldverdienens noch nicht aufzugeben. Und es freute mich, dass er nicht total dagegen war. Wenn ich eine solche Leidenschaft an den Tag legte, dachte er, war es wichtig, das zu respektieren. Und doch war es nicht einfach zu entscheiden, auf welchen konkreten Ort wir unsere Energien als Nächstes konzentrieren sollten, denn es gab viele verschiedene Möglichkeiten, wir konnten entweder dieselbe Tat wiederholen oder uns auf verborgeneres Gebiet vorwagen, wie Lagerhäuser oder Fabriken, und so verloren wir uns, wie so oft, auch an diesem farblosen Nachmittag in solchen Überlegungen und sahen zu, wie das Licht sich auf dem stillstehenden, metallischen Wasser langsam veränderte.

... mit einem Kellner im Hintergrund ...

Spätkapitalismus! Spät! Es hatte gerade erst angefangen! Die Atmosphäre war eindeutig so, als würde etwas fehlen – als hätte die Stadt oder das Zeitalter sich gerade an eine andere Verabredung erinnert und uns allein mit seinem zerstreuten Assistenten zurückgelassen. Ich meine, hat sich jemals jemand bewusst für die Cafékultur entschieden? Ich denke nicht. Ich glaube, dieses ganze Boheme-Ding ist einfach das, was passiert, wenn sonst nichts passiert, auch wenn man viel lieber große Ereignisse und Meetings und Termine hätte. Ein Bohemien zu sein ist bloß ein edler Aspekt davon, *das Beste aus seiner Lage zu machen.* Und deshalb war dieses plötzliche Gefühl von Freiheit, das ich jetzt verspürte, etwas sehr Verführerisches. Privat steckte ich allerdings in der Klemme –

(– Aber was soll ich machen?, sagte ich.

– Na ja, sagte Hiro. – Du musst mit Candy zusammen sein, oder mit Romy, oder mit einer anderen –

– Aber das kann ich alles nicht, sagte ich.)

– doch das bedeutete nur, dass das grundsätzliche Gefühl innerer Freiheit, über das ich jetzt verfügte, umso angenehmer und überzeugender war. Das Problem besteht darin, Wege zu finden, diese innere Freiheit auszudrücken, seinen Eindruck in der Welt zu hinterlassen, und genau dieses Problem schien sich mir jetzt zu stellen. Wir hatten schon lange Zeit in diesem Restaurant gewartet, und noch immer war von unseren Blaubeer-Clafoutis nichts zu sehen. Vor uns stand nur der Kaffee, der mich wie immer ein bisschen aufgedreht machte. Ich versuchte, den Kellner auf mich aufmerksam zu machen, aber er nahm mich nicht zur Kenntnis, er schrieb bloß Textnachrichten oder redete mit dem Barista, verloren in seiner kleinen sozialen Wolke. Und ich fand, dass darin ein problematischer Mangel an Respekt zu erkennen war – denn wenn man in diesem Geschäft arbeiten will, das gerade darin besteht, andere Menschen zu bedienen, sollte man es gerne tun und die Unterwürfigkeit mit Stolz akzeptieren. Stattdessen wollte er mir ganz offensichtlich zu verstehen geben, dass er es als Demütigung empfand, dass er diesen Job nicht für seiner würdig erachtete – und sogar, dass er mir gegenüber beweisen wollte, dass er sich in einem moralischen Duell zwischen uns als höheres Wesen durchsetzen würde.

– Hey, cool bleiben, sagte Hiro, oder etwas ähnlich Beruhigendes.

Aber ich wollte nicht beruhigt werden. Wenn es ums Prinzip geht, sollte man sich meiner Meinung nach nicht schämen, eine Szene zu machen. Das habe ich schon sehr früh von meiner Mutter gelernt. Ich sei klein, sagte sie mir damals, aber deshalb durfte man mich noch lange nicht ignorieren oder übersehen. Ich musste für das einstehen, was mir rechtmäßig zustand. Und das versuchte ich auch immer, allerdings mit wenig Erfolg. Jetzt jedoch hatte ich das Gefühl, mehr Kontrolle über mich selbst zu haben. Denn wieso sollte man sich immerzu einreden lassen, sich schuldig fühlen zu müssen? Ich meine, schuldig dafür, bedient zu werden? Wir hatten immer jemanden, der bei uns geputzt hat, und in den Restaurants und Kaufhäusern gab es Leute, die mich bei meinen Entscheidungen berieten, und das hat sich immer ganz natürlich angefühlt. Denn wenn man jemanden engagiert, tut man das nicht, damit er einen hasst; man tut es, um seine Familie zu erweitern, um Menschen um sich zu haben, die sich für einen interessieren und die bewundern, was man zu erreichen versucht. So war es jedenfalls in meiner Kindheit. Es gab immer Menschen im Hintergrund – und ohne Hintergrund ist man definitiv verloren, man ist nichts –, Menschen, die es gut mit mir meinten, die wollten, dass ich mein volles Potential ausschöpfte. Dieser Mann dagegen interessierte sich überhaupt nicht für mich, als beseelte ihn ein viel größeres Gefühl von Privilegiertheit, als ich es je empfunden hatte, und das ärgerte mich sehr.

… der unserem Helden mit seiner Nichtbeachtung Angst einjagt …

Zuerst versuchte ich deshalb, ihm zuzuwinken, ohne dass es so aussah, als würde ich mir dabei allzu große Mühe geben, denn ich wollte nicht, dass das Mädchen, das in ihr Notizbuch schrieb, mich sah – das heißt, dass sie sah, wie ich mich vergeblich bemerkbar zu machen versuchte. Das wäre das Schlimmste gewesen. In den Ahorn- und Orchideenbäumen versteckten die Tauben ihre Gesichter unter ihren versilberten Flügeln. Die Welt stand auf Pause, und blieb auf Pause. Ich versuchte es damit, ihn anzustarren, und dann damit, ihn zu ignorieren. Es war, als hätte man das gesamte Prinzip eines Cafés als eines Ortes der Erfrischung einfach so abgeschafft. Ja, diese Pause, in der wir nur abwarteten, dauerte länger, als ich es je erlebt hatte, und das jagte mir fast ein wenig Angst ein. So geht es mir immer, wenn etwas nicht das richtige Ausmaß hat. Ich finde nichts Ungewöhnliches daran. Letztlich hängt unsere Einschätzung von Dingen immer von ihrer Länge und Größe ab. Erdmännchen zum Beispiel wirken vielleicht entzückend, aber man muss sie sich nur auf die Ausmaße einer Kuh oder auch nur eines Flamingos vergrößert vorstellen, um zu begreifen, dass dieses Entzückende ganz klar durch ihr kleines Format bedingt ist. Genauso kann eine Pause in einem Café, die nicht die richtige Länge hat, zu einer Belastung oder noch Schlimmerem werden. Es kann einen mit Angst erfüllen. Und ich glaube, dass Angst bewirken kann, dass alles anders erscheint, so dass das übliche Verhalten gerade dann nicht möglich erscheint, wenn man es vielleicht am meisten braucht.

... was zu improvisierter Gewalt führt ...

Zum Beispiel entschied ich, aus meiner Ratlosigkeit heraus, den Kellner zur Rede zu stellen. Ich ging zu ihm hin und fragte, ob wir die Rechnung haben könnten.

– Wollen Sie das Essen nicht?, sagte er.

– Wir wollten das Essen schon, sagte ich.

– Aber es wär doch schrecklich schade, wenn Sie gehen würden, ohne zu essen, sagte er.

Vermutlich hätte ich mich nicht überreden lassen sollen, aber ich versuche immer, das Gute in den Menschen zu sehen. So besiegt, kehrte ich zu unserem Tisch zurück, wo Hiro mit dem Schlimmsten rechnete. Dann kam schon der Kellner, mit zwei vollen Tellern. Nur war es nicht das, was wir bestellt hatten. Wir wollten Blaubeer-Clafoutis und Kardamomeis, und stattdessen bekamen wir Tempura mit frischem Gemüse und Minzsorbet – oder so ungefähr, die genauen Details sind unwichtig. Und mir schien, als müssten wir so etwas nicht ohne eine Art von Entschädigung hinnehmen. Es war sehr traurig, in dieser Form beleidigt zu werden. Und in der Rückschau verstehe ich diese hässlichen Gefühle nicht nur als rein, sondern auch als durch andere Ursachen bedingt, nicht nur die Unhöflichkeit oder Gleichgültigkeit des Kellners, sondern auch zum Beispiel die Trostlosigkeit, an die ich nicht zu denken versuchte, wenn ich mit Candy allein in unserem Haus war. Andererseits ist das gerade das Problem mit Beweggründen, sie schweben frei im Raum und sind schwer zu verorten, oder an der tatsächlichen Stelle zu verorten, weshalb es wichtig ist, immer superwachsam zu bleiben, wie ein Wüstenvater, der in seiner klösterlichen Hütte all seine Gedanken überwacht – denn wenn man sich nicht in jedem Augenblick sämtliche seiner Gedanken selbst vor Augen hält, dann können sie sich gegen einen erheben. Superwachsam zu sein heißt im Grunde, superwachsam gegenüber all den Dämonen zu sein, die gegen einen in Stellung gebracht sind, so als wären in einem drin kleine Puppen, in denen einzelne Motten stecken, die darauf warten, sich zu entfalten, wie blässliche

Regenschirme. Und dann entfalten sich diese Dinge tatsächlich. Und eines davon war, glaube ich, diese Sorge um meinen Machismo und meinen Einfluss ganz allgemein. Ich war mir vielleicht meines Machismo nie ganz so sicher, wie ich es mir gewünscht hätte – und ich denke, dass sich das darin zeigte, was als Nächstes passierte. Als ich meine Tempura oder mein Minzsorbet betrachtete und dachte, dass dies in keiner Weise das war, was ich bestellt hatte, in keiner Weise das, was ich mir voller Vorfreude vorgestellt hatte, erinnerte ich mich auch daran, dass sich in der Tasche unter dem Tisch, wie immer, eine sehr überzeugende Pistole befand. Das ist eindeutig etwas, das einem in seinen alltäglichen Interaktionen ganz neue Optionen eröffnet. Außerdem schien mir, als wir unsere zukünftigen Optionen besprochen hatten, dass alles, was wir taten, so moralisch wie möglich sein sollte, denn wenn man sich nicht so verhält, wozu die Mühe? Und hier schien sich mir eine Gelegenheit dazu ergeben zu haben. Gegen diesen Ort vorzugehen, war keineswegs ein unmoralischer Akt: Es war vielmehr ein Weg, ein bestimmtes Ideal zu verteidigen, denn eine Welt, in der auf Feinheiten nicht geachtet wird, ist keine Welt, in der es sich zu leben lohnt. Und während ich dies sicherlich gerne Hiro als Vorschlag vorgelegt hätte, damit er sein Einverständnis erteilen konnte, war mir doch bewusst, dass sehr wenig Zeit zum Handeln blieb, denn falls ich diesen Moment verpasste, wäre er für alle Zeiten vorbei.

Deshalb stand ich etwas wackelig mit unserer Pistole in der Hand auf. Auch die Pistole wackelte in meinem Griff, wie eine Wünschelrute. Ich war mir nicht sicher, ob ich der richtige Mann für eine solche Situation war, da sie ja nicht so akribisch durchgeplant war wie unsere bisherigen Aktionen. Und doch, das eine, was meine Ausbildung mich gelehrt hatte, war, alles in diesen Kampf hineinzugeben. Ich stand mit der Pistole da, starrte den Kellner finster an und verlangte, wie üblich, Geld. Und doch war ich mir, als ich das tat, auch bewusst, dass sich zuerst das Problem stellte, wie mit dem Mädchen zu verfahren sei, das allein und in ihre Notizen vertieft gewesen war, denn in diesem Augenblick bewegte sie sich auf die Tür zu, und ich wusste nicht, ob wir sie entkommen lassen sollten, schließlich konnte sie die Polizei rufen oder andere Maßnahmen ergreifen. Und doch hatte ich keine Strategie parat, sie dazu zu bringen, sich wieder hinzusetzen, weil ich ihr weder weh tun noch sie ängstigen wollte. Und deshalb räumte ich ihr mehr Zeit ein.

– Ich zähle jetzt bis drei, sagte ich, – und bei drei musst du dich wieder hinsetzen.

Das schien mir ein vernünftiges Angebot zu sein, doch sie erwiderte nichts. Sie sah mich nur an, und das machte mich nervös, aber ich zählte trotzdem bis drei, denn wenn man eine Drohung ausspricht, muss man immer versuchen, ihr nachzukommen, das ist eine der Grundregeln der Gesellschaft, ob nun Gangster oder Gallerina, und ich war erleichtert, als ich sah, dass sie Anstalten machte, sich wieder hinzusetzen.

– Nein, sagte der Kellner zu ihr. – Sie sollten besser gehen.

Ich gebe zu, ich war wirklich überrascht. Er war so voller Zuversicht, und er hätte meine volle Bewunderung gehabt, wenn es kein so heikler Moment gewesen wäre, und noch dazu ein weiterer Moment, in dem meine Autorität in Frage gestellt wurde. Ich fand, dass es die Situation viel schwieriger machte als nötig, und ich dachte wieder einmal wehmütig, wie beschwerlich doch alle Formen der Arbeit waren. Die Komplikationen nehmen kein Ende. Genau dieses Gefühl muss sich überall ergeben, nicht nur für mich oder die Redakteurin einer lokalen Diario, die von einem gewalttätigen Mob belagert wird, sondern auch für den Sammler seltener Spinnen und den Pfleger in einem Hospiz. Niemand ist davon ausgenommen. Doch mehr als alles andere verspürte ich einen gerechten Zorn. Hier stand dieser Mann, ohne jedes Pflichtbewusstsein, ohne jeden Respekt, und behandelte mich schon wieder so, als stellte ich keinerlei Gefahr dar. Und als wollte ich ihn widerlegen, stand ich plötzlich ganz dicht vor ihm und hielt ihm die Pistole ins Gesicht. Und das war ein ganz anderes Gefühl als das, was ich vorher verspürt hatte, im Nagelstudio, wo ich bestrebt gewesen war, dass alle möglichst ruhig blieben, und dass ich niemandes moralischen Raum verletzte, diese durchsichtige Hülle, von der ich dachte, dass sie jeden umgab. Es war, als hätte ich bisher geglaubt, dass jeder Mensch einen solchen moralischen Raum um sich herum hat, wie bei den ganz großen Seilbahnen oder Riesenrädern, aber was – das war die

Frage, die sich jetzt stellte, in äußerst gewaltsamer Form –, wenn es nicht so war? Was, wenn jeder für jeden verfügbar ist? Ich will nicht sagen, dass ich eine solche Welt liebe, aber es könnte die einzige sein, die es gibt, oder zumindest schien es so zu sein, mit diesem plötzlichen Übergriff, den ich auf einen anderen Menschen verübte. Wie gesagt, ich glaube, ich hatte die Situation weniger unter Kontrolle, als ich dachte. Ich konnte sehen, wie die Pistole in meiner Hand zitterte, und ich wusste, dass mir langsam die Methoden ausgingen, mich durchzusetzen.

... wenn es gut ausgehen soll ...

Aber Teil eines Duos zu sein, ist immer sehr beruhigend – der eine hat immer die Möglichkeit, dem anderen zu Hilfe zu kommen, und in vielerlei Hinsicht war das Duo, das ich mit Hiro bildete, die beste Gesellschaft, die ich je kannte. Er ging immer sehr geschickt vor, und ich bemerkte, wie er sich hinter mir zielstrebig und anmutig auf die Theke zu bewegte. Ich versuchte, den Blick des Kellners einzufangen. Ich wusste nicht, ob noch weitere Menschen anwesend waren, vermutlich musste es einen Koch geben, der die unpassenden Speisen zubereitet hatte, aber ich konnte ihn nicht sehen. Es gab nur dieses Wildwest-Idyll, während Hiro das Geld nahm und mir ein Zeichen gab, ihm zur Tür zu folgen. Einen Moment lang zögerte ich jedoch, weil ich vorübergehend von der Heftigkeit meiner Gefühle erschüttert war und in meiner Verwirrung feststeckte. Das Notizbuch der Frau lag offen auf ihrem Tisch, der Stift daneben, und ich stellte mir vor, dass es schon bald schwarz von ihren panischen Eintragungen sein würde. Ich glaube, ich wollte mich entschuldigen oder ihr zumindest zeigen, dass ich mich beruhigen konnte und kein Monster war, denn der Gesichtsausdruck dieses Mannes war nichts, was ich je wieder sehen wollte, er sah kränklich und schmerzverzerrt aus, wie etwas, das geschmolzen oder verformt war, so wie eine ausgekugelte Schulter verformt aussieht. Ich wusste, dass ich diesen Schmerz verursacht hatte, und ich wollte klarstellen, dass dies in keiner Weise meinen Absichten entsprach, doch natürlich hat man in solchen Situationen keine Gelegenheit, Interviews zu geben oder ein abschließendes Plädoyer zu halten. Drücken die Kleider, die man trägt, aus, wer man ist, wie die Unterwäschemodels und Charakterdarsteller glauben? Beweist das eigene Handeln irgendetwas? Ich hatte nie gedacht, dass es das tat – aber jetzt, da ich draußen im fluoreszierenden Licht stand, schien es, als hätte ich mich geirrt. Und doch wollte ich immer noch glauben, dass ich es nur gut gemeint hatte. Das Ideal, und es war ein Ideal, war das einer edlen Entschädigung – indem wir unsere Variante von Gerechtigkeit durchsetzten, ohne dass irgendjemand zu Schaden kam. Und sollte man wirklich seine Ideale verraten, nur weil sich lokale Probleme ergeben? Ich kenne meine Wutausbrüche genau. Sie sind wie ein Haustier, vor dem die Leute Angst haben, aber dann lächelt die Besitzerin diesen Leute nur ermunternd zu – weil sie weiß, dass es nichts tun wird, niemanden verletzen wird. Aber ich verstehe auch, dass man darüber anderer Meinung sein kann.

… & in eine neue, energiegeladene Atmosphäre …

Im Anschluss war ich vielleicht einige Stunden oder Tage wieder von einer großartigen Energie erfüllt, als hätte ich eine Megadosis Vitaminpräparate und Antioxidantien geschluckt. Noch immer war ich mir einer möglicherweise bevorstehenden Bestrafung nicht bewusst. Es schien, dass wir, wenn wir diesen Energielevel beibehalten konnten, kurz davor standen, eine letzte große Entdeckung zu machen, im vollen pistaziengrünen Licht, und insbesondere ermutigte es mich, meine persönliche Freizeitgestaltung auszubauen. Ich hatte noch nie eine solche Kraft und ein solches Talent verspürt, mit so vielen Menschen Kontakt zu halten. Unsere Taten brachten ein ausgeprägtes Gefühl von Machbarkeit mit sich. Ich wurde zu einem Monster der Energie, als ob überall feindliche Mächte ihren schlimmen Taten nachgingen und ich sie abwehren müsste – wie beim Computertennis. Obwohl ich nicht genau weiß, ob ich bemerkte, wie das Nichts die Welt auszehrte, in der ich lebte, so wie Geister alles auszehren, ohne dass man weiß, dass sie da sind. Mit so großem Abstand lässt sich das unmöglich sagen. So viele Zeitfenster passierten gleichzeitig! Sie überschnitten und verschoben sich. Und trotzdem war ich sehr beschäftigt. Wie jeder Utopist oder Tycoon hatte ich mit den Problemen der Kommunikation zu kämpfen. Manchmal wollte ich zum Beispiel an Romy eine Mail schreiben, die ungefähr so lauten würde:

> Ich frage mich manchmal, ob wir schon zusammen wären, wenn ich Dich nicht so sehr lieben würde. Denn wenn ich Dich nicht so sehr lieben würde, wie ich es tue, würde ich auch nicht so sehr Dein Freund sein und Dir möglichst offen raten wollen, wie Du in Zukunft glücklich wirst, und deshalb würde ich Dir nicht sagen, dass es natürlich nicht klar ist, ob ich meine Frau verlassen werde – obwohl ich weiß, dass ich sie verlassen werde, weil ich Candy nicht mehr liebe, nicht so sehr, wie ich Dich liebe –, und ich würde Dir nicht empfehlen, Dein Zweifeln oder Zögern noch nicht aufzugeben. Und wenn ich Dich weniger lieben würde, würde ich Dir alles als echt verkaufen, und dann wären wir zusammen. Denn dann wärest Du überzeugt, dass es eine Zukunft für uns beide gibt. Ich werde Dich verlieren, weil ich Dich liebe.

Doch schon als ich das schrieb, wusste ich, dass es möglicherweise nicht stimmte, dass ich nur sentimental war, dass der Grund, warum ich nichts mit Bestimmtheit versprechen konnte, sondern nur mit einer gewissen Unschärfe, mit Kommas und Semikolons in jeder meiner

Aussagen, darin bestand, dass ich wusste, dass es nicht stimmte, und dass ich Candy nicht verlassen würde, weil meine Liebe für Candy in Wirklichkeit absolut und unumstößlich war, was genau der Grund dafür war, wieso es Romy nicht gelingen wollte, von unserer gemeinsamen Zukunft überzeugt zu sein. Ich würde sie verlieren, weil ich sie nicht genug liebte. Und dann erschien mir keine der beiden Möglichkeiten wahr. Und das ist bloß ein weiteres Beispiel eines weiterreichenden Problems.

... trotz vieler Haken ...

Nicht, dass ich an richtige Teletransportation und Zeitreisen glaube, aber ich denke definitiv, dass es sehr häufig vorkommt, dass man an einem durchschnittlichen Tag versucht, einen Rückwärtssalto oder Looping zu machen: eine Ecke des gegenwärtigen Augenblicks zu nehmen und sie zur anderen Ecke zurückzufalten, den gesamten Entwurf feinsäuberlich über sich selbst zu legen – so wie ich früher mit meiner Mutter die Bettwäsche zusammengelegt habe, ein Schritt vor, einer zurück, wieder einer vor, bis man sich in der Mitte trifft, während das Laken immer kleiner wird. Solche Augenblicke passieren andauernd, und ich glaube, genauso funktioniert die Liebe, wenn sie an ihrem Höhepunkt ist, oder an ihrem Tiefpunkt: Es ist wie die Abendschule für Überarbeitete, in einem Kurs über die wahren Bedingungen von Zeit und Raum. Die wahren Bedingungen der Zeit, stellt sich dann heraus, sind immer enttäuschend: Haken, Voreiligkeit, Verspätung, prophetische Vorausschau, Verkennen. Die Zeit, würde ich sagen, wenn ich darüber nachdenke, befindet sich immerzu in einem merkwürdigen und undurchsichtigen Zustand. Deshalb ist es kein Wunder, wenn sie die Ereignisse diffus und schwer nachvollziehbar erscheinen lässt.

… wie dem Ausbleiben von Candys Ansprachen …

Und an dieser speziellen Zwischenstation der Geschichte war ich mir eines speziellen, undurchsichtigen Problems bewusst, dem Fehlen einer bestimmten Szene, nämlich der Szene, in der Candy mit mir über das sprach, was sie in der Nacht auf der Fiesta gesehen hatte, die Vertrautheit, die ihr zwischen Romy und mir aufgefallen war. Von Candy erwartete ich möglicherweise Herumschreien und noch weiteres: Spaghetti, die mitsamt roter Sauce gegen die Wand geklatscht wurden. Und vielleicht wollte ich das, insgeheim. Doch wie immer sagten wir nichts. Was bedeutete, dass Candy von da an eine stille Macht besaß, falls nichtangewandtes Wissen eine Form von Macht darstellt, was ich glaube. Mein Bild von ihr war das einer inthronisierten Frau: Da saß sie, das Zepter ihres geheimen Wissens in der Hand, und ich konnte nicht wissen, was ich tun sollte. Immer wenn Candy in einer Unterhaltung kurz nicht weitersprach, fragte ich mich, ob sie gerade eigentlich an Romy und Dolores dachte, daran, wie Romy auf eine Weise über mich sprach, die rechtmäßig nur Candy zustand. Es war nur ein Augenblick gewesen, ein kurzes Flackern – doch ein Flackern reicht aus, um die Ängste in Gang zu setzen, dass zwei Menschen in direkterem Kontakt zueinander stehen könnten, als man bisher vermutet oder sich vorgestellt hat. Ich meine, zwei Menschen werden umso vertrauter miteinander wirken, wenn diese Verbindung zwischen ihnen unbewusst zu sein scheint. Und all denen, die jetzt sagen *Dann sag's ihr doch! Erzähl Candy alles! Du bist ein Monster! Das hat sie nicht verdient!* – als wäre das hier ein Schattenspiel und ich das Ungeheuer – würde ich antworten, dass ich das Argument nachvollziehen kann, aber trotzdem – ist es wirklich unmöglich, zwei Dinge zugleich zu meinen? Zu keinem Zeitpunkt habe ich mich unaufrichtig verhalten, weder ihr noch anderen Menschen gegenüber. Vielleicht findest du schon das verrückt, denn was kann unaufrichtiger sein als zu lügen und zu täuschen, aber ich bin mir da nicht so sicher, ich meine, nicht so sicher, dass Täuschung etwas so Schlimmes ist, wenn die Alternative darin besteht, eine Sache definitiv zu beenden. Denn wieso sollten die Dinge nicht gleichzeitig passieren können? Und konnte es nicht außerdem sein, dass Candy Schuld war, wenn ich lügen musste – eben weil meine kleinen Vergehen so hart bestraft worden wären? Wenn ich mir vorstellte, wie ich Candy alles erzählte, also alles über Romy und meinen Seitensprung, war ich mir sicher, dass sie mich verlassen würde und wütend und leer sein würde – und deshalb konnte ich es ihr natürlich nicht erzählen. War nicht die Wahrscheinlichkeit, dass sie mir nicht verzeihen oder mich verstehen würde, ein Teil des Problems? Und das bedeutete, dass ich trotz allerbester Absichten das quälende

Gefühl hatte, nach und nach die Fähigkeit zu verlieren, in etwas einzutauchen – so wie man ein Porträt einer Kurtisane in irgendeinem Provinzmuseum betrachtet, kurz bevor das Museum schließt, wenn man schon müde ist und nur noch raus will, auf ein Bier oder einen Milchshake, und dadurch ist die Schönheit der Kurtisane ohne Kraft, weil sie für die eigenen akuten Bedürfnisse irrelevant ist. Und deshalb lag ich nachts wach und listete weitere Dinge auf, die ihren einstigen Glanz eingebüßt hatten: das alte Coney Island, das alte Soho, das alte Kreuzberg, das alte Belleville, und so weiter …

… Sackgassen des Verlangens …

Denn unsere Dialoge waren lustlos und zugleich glücklich, in einer solchen Weise –

CANDY
Alles okay, Schätzchen?

ICH
Ich? Alles gut, mir geht's gut.

CANDY
Du wirkst ein bisschen –

ICH
Nein, echt.

CANDY
Wirklich?

Das ist im Grunde eine Kurzzusammenfassung unserer nächtlichen Unterhaltungen, wie eines dieser Phantombilder, die die Polizei anfertigt, um einen frei herumlaufenden Mörder zu fangen. Immer, wenn die Wahrheit sich näherte, entfernte ich sie ganz vorsichtig aus der Gegend, so wie man ein Kind von einer gefährlichen Maschine fernhält. Um ein Bild von einer alten Autorität zu verwenden, wir sprachen genauso wenig etwas Konkretes an, wie wir den Hund auf einer vielbefahrenen Straße von der Leine ließen: Weil man keine Ahnung hatte, zu welch wirrem Wahnsinn der Hund der Unterhaltung führen würde, wenn je etwas Konkretes ausgesprochen würde. Ich ließ ihre Worte sich in der weiten Vorstadtluft auflösen, da draußen inmitten der Hangars und der Spaßbäder in der Ferne, an diesem amphibischen Ort, mit seinen Dächern und dem Gras, den Gehwegen und Furchen, den Läden und dem Minihimmel. Und klar, vielleicht gibt es ein paar Dinge, zu denen das Verlangen nicht in der Lage ist, und eines davon ist es, fortzudauern, oder für immer fortzudauern, oder unverändert. Das ist vielleicht genauso unwahrscheinlich wie diese B-Movies, in denen der Killer sein Opfer mindestens drei Stunden des Films hindurch verfolgt. Es erscheint mir einfach unwahrscheinlich, will ich sagen, dass sich jemand dauerhaft eine solche Mühe macht. Aber trotzdem ließ es mich fest entschlossen sein, es besser zu machen. Vielleicht hätte ich früher versucht, diese Erzählung von den Mächten, die gegen unsere Ehe standen, durch Geschichten von Engeln und Cherubim und Liebesgöttern zu erklären, das heißt, das wäre möglicherweise das Vokabular vergangener, sanfterer Epochen gewesen, aber wenn ich dieses neue Gefühl beschreiben müsste, ließe sich, denke ich, mit größerer Genauigkeit sagen, dass in unserem Schlafzimmer jetzt nur noch selten diese schwere, stinkende Dunstwolke hing, dieser herrlich herbe Geruch, der beweist, dass unter der Bettdecke alle möglichen Flüssigkeiten produziert werden. Wir küssten und küssten uns, Candy und ich, und es war wie eine dieser Kabelfernsehsendungen, bei der man spät nachts landet, ohne dass man weiß, was da passiert, und man guckt einfach weiter, weil es schon spät ist und man müde ist und hofft, dass der Plot irgendwann vorangetrieben und damit plötzlich alles verständlich wird. Und das geschieht natürlich nie. Aber ich wollte weitermachen, weil ich nicht wollte, dass sie traurig war, und so leckte ich Candy zwischen den Beinen und blickte ab und zu erwartungsvoll zu ihr auf, doch ihr Gesicht war zur Seite gewandt, und dann war ich es, der traurig war. Ich sah sie weiterhin an, blickte einfach nur zwischen ihren Beinen hindurch und fragte mich, was mit mir geschehen war, und auch, ob sich sogar ihr Geschmack verändert hatte, so unmöglich das sein mochte, weil es vorher diese Penumbra von Mineralien und Schmutz hatte, und jetzt nur noch nach sich selbst schmeckte, und damit nicht dreckig genug.

… & anderer Probleme der geisterhaften Kommunikation …

Als ich versuchte, das alles Wyman zu erklären, gab er den Geistern die Schuld daran. Denn Wyman glaubt an Geister, das ist einer seiner vielen altmodischen Vorzüge, die ich zu schätzen weiß, und ich fing langsam an, es so zu sehen wie er. Oder zumindest fing ich an zu verstehen, dass es gegnerische Mächte geben könnte, und wenn man das erst einmal glaubt, ist es schwierig, sie sich nicht irgendwie menschlich vorzustellen. Wyman zufolge existierten die Geister in jedem Kommunikationsmittel, das je erfunden wurde – inklusive Brieftauben und Grammophon – und vielleicht hatte Wyman recht. Es arbeiteten tatsächlich Geister gegen mich, vor allem in den Telefonleitungen und den Funkverbindungen, die in jedem Raum vor sich hin surrten. Denn das Problem ist, dass Menschen nicht wirklich existieren, wenn man nur Nachrichten oder Mails an sie verschickt, oder nur ganz kurz mit ihnen telefoniert. Ich bin sicher, dass wir das auf eine Art wissen, weshalb es auch so wichtig ist, dass wir schnelle Autos bauen, gigantische Luftkissenfahrzeuge und all die anderen Systeme, mit denen sich Menschen allein zusammen in einen Raum bringen lassen, aber gleichzeitig darf man nicht die noch viel größere Macht der Computerbildschirme vergessen, der Minitelefone und all der anderen kleinen Entwicklungen. Es gibt so viele Spielzeuge, um die Menschen verschwinden zu lassen, und auch um sich selbst verschwinden zu lassen. Meine Korrespondenzen!

Es könnte sein, dass die moderne Zeit ein perfektes Paradies der Kommunikation ist, aber das bringt wiederum andere Probleme mit sich, vor allem, wenn man von nervöser Natur ist – zum Beispiel die vielen Wege, auf denen das eigene Privatleben überwacht werden kann. Und für mich konzentrierte sich das auf Romy und ihren Instant Messaging-Wahn – das hatte ich nämlich vorher noch nie verspürt, so eine Begeisterung fürs Nachrichtenschreiben, und insbesondere hatte ich zuvor nie diese spezielle Angst in Bezug auf eine andere Person gekannt, wenn man sehen konnte, ob diese Person gerade da war oder nicht, oder sehen konnte, dass sie vor kurzem da gewesen war und die eigene Nachricht gesehen haben musste, und trotzdem nicht geantwortet hatte, oder wie in Romys Fall, wenn ich aufwachte und sehen konnte, dass sie bis um vier Uhr nachts Nachrichten geschrieben hatte, aber nicht an mich, und das war eine schreckliche Sorge, dieser Gedanke daran, an wen sie geschrieben haben könnte, und wieso sie so lange aufgeblieben war, ohne mir zu erzählen, dass sie ausgehen würde. Und ganz besonders hilflos fühlte ich mich, wenn wir uns dann stritten, weil ich sehen konnte, ob sie gerade eine Antwort tippte oder nicht, oder noch warten musste – und so kam die Zeit einfach zum Stillstand, sie gerann in kleinen Pfützen – und diese neuen Formen der Kommunikation ließen mich nur noch deutlicher erkennen, wie eifersüchtig ich auf sie war, wie gierig ich nach ihrer Aufmerksamkeit war, ohne dass ich ein Recht auf diese Aufmerksamkeit gehabt hätte. Denn es fühlt sich wirklich nicht gut an, zu merken, wie eifersüchtig man sein kann, wenn man doch selbst für die

Situation verantwortlich ist. Und deshalb verlangte ich von ihr unmögliche Dinge, etwa, dass sie komplett auf Sex mit Epstein verzichtete, oder nur extrem langweiligen Sex hatte (*Wie soll das gehen?*, sagte sie. *Du weißt doch, dass ich Sex mag.*), so als sei ich der Studioboss, der die Endfassung eines Films absegnen will. Aber ich konnte nicht anders. Die Eifersucht nagte weiter an mir, so wie Wasser in einem Eimer weiter schwappt, nachdem man ihn schon abgestellt hat.

ICH
Ich will dich nicht kontrollieren.

ROMY
Du meinst, du willst nicht von mir kontrolliert werden.

ICH
Weiß ich nicht. Kann sein. Woher soll ich das wissen?

ROMY
Das fühlt sich an wie eine Fernbeziehung. Das hab ich nie gewollt.

ICH
Aber ich bin hier.

ROMY
Aber nicht wirklich.

ICH

Es gibt Momente, in denen ich mich überhaupt nicht getrennt fühle. Die Momente, wenn ich deine Stimme höre.

ROMY

Wir waren nie getrennt. Nicht wirklich.

Vermutlich könnte es ein Glücksgefühl geben, das zugleich absolute Traurigkeit ist. Denn nur durch Lügen und Geheimhaltung hatten sich solche Wunder überhaupt für mich aufgetan – doch gleichzeitig war es diese Geheimhaltung, die jetzt all meine Gefühle verfälschte und ihre übliche Entschleunigung verhinderte. Solche Gefühle waren nur durch Geheimhaltung möglich, aber die Geheimhaltung veränderte sie auch – sie ließ sie ein bisschen geschmolzen erscheinen, wie einen Plastikpfannenwender, den man zu lange im blubbernden Topf mit Tscholent gelassen hat. Und doch waren die Gefühle da – und was soll man mit Gefühlen anfangen? Sie sind sehr beherrschend, die Gefühle: Sie machen das Leben sehr schwierig und schmerzhaft. Finstere Eifersucht außer Acht zu lassen! Wie hatte ich so unvorsichtig sein können? Ich hatte nie gedacht, wie oft ich an Romy denken oder mir vorstellen oder wissen würde, dass sie gerade mit Epstein im Bett war oder fast. Es war sehr beschwerlich. Wenn ich an Romy dachte und dass ich vielleicht nie wieder mit ihr schlafen würde, dass ich nie wieder derjenige sein würde, der ihren Mund weiter über seinen roten Penis schiebt, oder zusah, wie sie kam, mit gespreizten Beinen vor mir liegend und eine Hand über sich gelegt, wie um den Anstand oder die Privatsphäre zu wahren, dann machte mich das so traurig wie meine Ahnen, die fahrenden Händler, bei der Überquerung des Atlantiks, weil sie ihr Schtetl nie wieder sehen würden.

… nach denen unser Held erotischen Trost zu finden versucht …

Ich glaube, um solche Gedanken zu vermeiden legte ich damals alle Zurückhaltung ab. Vielleicht wäre es auch netter zu sagen, dass die Zurückhaltung mich ablegte und ich sie nicht zurückbekam. Ich hatte einen schrecklichen Schwachpunkt, und zwar, dass ich mich immer noch für Sex begeisterte. Dafür würde ich vielleicht diese neue Gewalttätigkeit verantwortlich machen, die ich im Bett mit Candy erlebte. Sie schien neue Verwüstungen in meinem Denken möglich zu machen. Denn ich war so überzeugt, dass Frauen ganz weit weg waren und immer alles im Griff hatten, dass ich jedes Mal, wenn ich merkte, dass sie genauso konfus waren wie ich, genauso von irgendwelchen Phantasien oder ihrer Verwirrung beherrscht waren, eine Mischung aus Zärtlichkeit und Begehren und dem Wunsch verspürte, zu sehen, was als Nächstes passieren würde. Das ist eine komplizierte Lage, denn im Allgemeinen finde ich es außerdem schwierig, zu wissen, dass man mit einem Mädchen schlafen will, ohne dass es gruselig oder falsch wirkt, so als sei ich jemand, der einer Frau bei lebendigem Leib die Haut abzieht und als Trophäe präsentiert. Ich bin der Urzeitsumpf in all seiner Sumpfigkeit. Aber trotzdem fiel es mir sehr leicht, mit Menschen zu reden und ihnen Fragen zu stellen, und wenn man das tut, kann man sie nach einer Weile um alles bitten, und meistens, denke ich, werden sie es dann auch tun. Wyman erklärte ich es etwas direkter.

ICH
Das liegt an meinem Problem.

WYMAN
Was?

ICH
Dass ich wirklich gut im Bett bin.

WYMAN
Ja klar –

ICH
Das ist eine Last, ein Fluch.

WYMAN
Ach –

ICH
Ich mein ja bloß. Das macht einem das Leben schwer. Es muss viel leichter sein, wenn man ein Mann ist, der einfach nur dick und schwer auf der Frau liegt. Das glaub ich echt.

Nicht, dass jede einzelne Szene perfekt war, überhaupt nicht. Da war zum Beispiel Shannon, die durch eine Laune unserer Terminplanung beide Male ihre Tage hatte, als wir zusammen im Bett waren, und obwohl ich selbst es toll fand, ich mochte dieses zähflüssig Klebrige in ihr und dass mein Penis diese kleine Gezeitenmarke aus braunem Blut hatte, wenn ich ihn herauszog, schien es sie zu stören; dann war da Cassity, die sich als Jungfrau herausstellte und zitterte, als ich sie im Arm hielt, aber ich machte trotzdem weiter; oder Timeka, mit der ich nichts machte, außer mich mit ihr über unsere Kindheit zu unterhalten, und das verfolgte mich vielleicht am meisten – aber trotzdem war ich froh über all diese Erfahrungen, so unvollkommen sie auch waren, das war ich wirklich, ich hätte dieses Wissen gegen nichts in der Welt eingetauscht. Denn wenn du in einer Bar stehst, vor dir dieses Mädchen mit dem Pferdeschwanz und der Lederjacke, sehr groß und hager und blass und damit etwas, das du begehrst –

– Mach weiter, sagte Wyman –

– dann ist die Versuchung viel größer, mit ihr zu schlafen, als nicht mit ihr zu schlafen, weil du im tiefsten Herzen weißt, dass es eine sehr interessante Erfahrung sein wird, und dass diese Erfahrung sehr nah und greifbar ist, während der Trottel, der kein Selbstvertrauen hat, sich in dieser Bar ängstliche Gedanken machen wird, dass die ganze Erfahrung letztlich doch nicht so toll sein könnte, für ihn oder für sie, und dann wird er diese Ängste in marmorne Türme der Moral umwandeln, Säulen der Argumentation, und so wird er, wenn er die Bar verlässt, eigentlich keine Wahlmöglichkeit gehabt haben, auch wenn er sich wie der edelste Stoiker der Welt vorkommen mag. Für mich selbst ist ein solcher Luxus nicht verfügbar. Ich kann nicht anders, als sie glücklich zu machen und irgendwann Dinge zu sagen wie:

ICH
Vielleicht sollten wir einfach ins Bett gehen und verrückte Sachen machen. Vielleicht sollten wir in mein Zimmer gehen, und dann lecke ich dich die ganze Nacht, wo immer du willst – egal wo –

SIE
Auch zum Beispiel mein Arschloch?

ICH
Ich sag doch, egal wo.

Vielleicht erleben viele Menschen solche Situationen regelmäßig und lassen sich deshalb nicht davon beeindrucken, aber mich versetzte es in einen überwältigenden und köstlichen Rausch – dass ich solche Dinge sagen konnte, ohne dass sich das Objekt meiner Begierde von mir abwandte. Sie wandte sich nicht ab. Sie starrte mich an.

ICH
Und du?

SIE
Ich?

ICH
Was schlägst du vor?

SIE
Wenn du mich geleckt hast, will ich, dass du mich über einen Stuhl legst.

ICH
Sag das noch mal! Flüster es!

Sie kam ganz nah heran, und ihr Atem war eine große Versuchung in meinem Ohr.

SIE
Ich will, dass du mich über einen Stuhl legst und mich so richtig hart fickst.

Daran, dachte ich, werde ich mich für immer erinnern. Es wird für mich wie ein Memento sein, das in meiner Pyramide mit mir vergraben wird, zusammen mit einer Million Tonsklaven. So erregend kann die Welt sein, und ich befürchte, dass meine Freunde das nicht verstehen. Wyman, wollte ich ihn fragen: Weißt du wirklich nichts davon? Hast du nie diese Detailversessenheit verspürt? Ich weiß nicht, ob du das kennst. Oder wenn du ein Mädchen dein Sperma schlucken hörst, klingt das ein bisschen wie ein Keuchen oder ist es ganz leise? Ich kenne ein Mädchen, das ganz leise geschluckt hat, aber ich kenne auch andere, die immer weiter gesaugt und so schmatzende, glucksende Geräusche gemacht haben, und Wyman, ich kann das immer noch hören. Diese Begeisterung und diese Freude! Und das soll ich für die Freuden aufgeben, die mir Nettigkeit und Treue bereiten? Ist das wirklich der richtige Schluss? Hat denn das Glücklichsein nicht auch einen moralischen Wert? Ist nicht Ennui die wahre Sünde? So jedenfalls versuchte ich zu argumentieren, meinen Freunden und Vertrauten gegenüber. Ich will in meinem Leben immer so viel groteske Vertrautheit wie möglich, die alles Edle und Normale zum Schmelzen bringt. Mir taten diese großen, schweren Männer so leid, mit ihren zu kurz geschnittenen Haaren, in ihren Nadelstreifenhemden und den Slippern. Sie wissen nichts von echter Lust! Ich dagegen gehe im Park spazieren und treffe ein Mädchen, das antiquarische Bücher verkauft, und kurz darauf hat sie mich schon in ihre Wohnung eingeladen. Oder einmal war da ein Mädchen, das im Puppentheater für Kinder arbeitete, wo sie Chocolate Egg Creams und Limeade Ice-Cream Floats servierte … Wenn sich die Dinge so natürlich und unbeabsichtigt ergeben, weiß ich nicht, wie überhaupt von Schuld die Rede sein kann.

– *Unbeabsichtigt?*, sagte meine Mutter.

… was er zu rechtfertigen versucht …

Ich weiß nicht, wieso ich mich immer meiner Mutter anvertraue, als wäre ich eine zwölfjährige Braut und sie mein altes Kindermädchen, aber ich schien es zu brauchen. Vielleicht wollte ich hören, dass alles, was ich tat, richtig war, und von all meinen Vertrauten war meine Mutter vielleicht die Beste für diese Rolle. Aber dabei vergaß ich eine wichtige Sache, und zwar, dass meine Mutter mich liebte, und geliebt zu werden befreit einen von vielem, aber sie will auch nicht lügen. Das bedeutet, dass sie mir, ohne es zu wollen, die Grenzen meiner Wünsche aufzeigt, und das kann sie zu einer schwierigen Gesprächspartnerin machen. Habe ich schon den türkisen Trainingsanzug erwähnt, den meine Mutter mir gekauft hat, als ich zehn war? Ich weiß nicht, ob ich ausreichend darauf eingegangen bin – den Trainingsanzug, den ich mir gewünscht hatte, um den ich gebettelt hatte, mit Tränen in den Augen, ein Jogginganzug, in dem ich so gangstermäßig aussehen würde, wie es nur ging, und dann trieb meine Mutter so ein Ding aus türkisem Satin auf, mit Schlag … Was soll ein kleiner Junge tun, wenn er so eine Mutter hat? Sie liebt ihn so sehr, und trotzdem will sie nicht zu viel ausgeben. Natürlich ist das hervorragende Erziehungsarbeit, aber es führt dennoch zu schwierigen Dramen, wenn ich doch bloß will, dass alle meine Wünsche in Erfüllung gehen.

– Du hältst das für Liebe, aber das ist es nicht, sagte sie.

– Was ist es dann?

– Das ist bloß Sex.

– Ach, wirklich?

– Du hast immer nur das eine im Kopf, sagte sie.

Ich bin sicher, dass sie es nett meinte, aber ich fühlte mich ein bisschen bevormundet, und das Gefühl gefiel mir überhaupt nicht. Wenn meine Mutter dachte, dass ich nicht Herr meiner selbst war, wollte ich ihr unbedingt das Gegenteil beweisen. Ich hatte ihr meine Entscheidungen mitteilen wollen, und stattdessen behauptete sie, dass es gar nicht meine Entscheidung war: Als sei ich der imitierendste Imitator der Weltgeschichte.

– Du weißt doch, wir wollen nur, dass du glücklich bist, sagte meine Mutter. – Wir lieben dich so sehr.

Ich bemerkte die Traurigkeit in ihrer Stimme und ihren Widerwillen, mir einen Vorwurf zu machen. Ich kannte diese Traurigkeit genau, denn wenn man alles aufgibt und dann nichts dafür vorzuweisen hat, dann braucht es offensichtlich keinen Werbespot mit Trompeten und Maracas, um zu wissen, dass etwas falsch gelaufen ist. Aber wie konnte ich meinen letzten Widerstand erklären? Das sind heikle Gefühle, und auch wenn meine Eltern mich immer für meine Tagträumereien bewundert haben, glaube ich trotzdem, dass Tagträumereien nicht die Wertschätzung bekommen, die sie verdienen.

– Kennst du noch Nelson?

– Nelson, ja klar –

– Er hat ein eigenes Büro.

– Ach ja, und darauf kommt's an.

– Das hab ich nicht gemeint. Aber sieh dir mal an, wie nett Nelson ist, sagte meine Mutter.

Ich verstand, was sie sagen wollte. Sie schätzte, wie sich Nelson um seine Frau kümmerte. Auf dunkle Art wollte ich ebenfalls so sein wie Nelson. Aber ich würde auch sagen, dass Nelson es im Vergleich zu mir leicht hatte. Ich meine, klar, ich lebe in Angst davor, *böse* genannt zu werden. Genau wie Nelson und die anderen meiner Klasse lebe ich in Angst vor dem Adjektiv *egoistisch*. Um dieses

Adjektiv zu vermeiden, werde ich meine Begierden unterdrücken, zumindest in der Öffentlichkeit. Aber wieso sollte das, vor dem man am meisten Angst hat, unbedingt den Moralkodex darstellen, nach dem man leben muss? Das ist gar nicht so offensichtlich. Es war der Moralkodex der Wolke, in der ich lebte, ganz klar, aber was, wenn diese Wolke nicht der natürliche Lebensraum war – so wie ein Fisch vielleicht über sein trostloses Aquarium denkt?

… weil es zu utopischen Erfahrungen führt …

Und was als Nächstes geschah, zog seine wahre Bedeutsamkeit erst aus diesem sehr hellen Unwetter, in dem ich mich bewegte, als alles so lebhaft wirkte wie die Emoji, die ich so liebte. Auf irgendeiner Party oder einer Veranstaltung war da plötzlich Dolores. Benicio war nicht mehr bei ihr, ihr Freund oder Putto. Und als ich sie sah, fühlte es sich an, als sei alles neu geordnet worden, denn wenn etwas von gewaltiger Bedeutung geschieht, gab es oft schon eine Präfiguration dazu – als würde jemand auf der Suche nach dem richtigen Code für das Bankschließfach verschiedene Kombinationen ausprobieren. Zumindest würde ich sagen: Wenn man glaubt, dass alles eine Ursache hat, dann muss man auch einräumen, dass Hellseherei und andere Formen von Horoskopen möglich sind. Ja, in der Rückschau dachte ich, dass ich es eindeutig vorhergesehen hatte, dass ich gewusst hatte, dass wir uns wiedersehen würden, und auch, dass es perfekt sein würde, obwohl ich zugeben musste, dass sie damals nur in einer entfernten Ecke meines Bewusstseins existiert hatte. Und deshalb war es treffend, dass sie, als ich sie sah, in einer Ecke stand – als wäre es möglich gewesen, sie einfach komplett aus dem Bild herauszuschneiden, wie die kleinste Nymphe am Rande einer mit verblassten Allegorien bemalten Decke – und sofort unterhielten wir uns und lächelten sehr viel, wie die zaghaftesten Clowns im ganzen Raum. Ich platzte vor Aufregung, obwohl ich wusste, dass dieses Gefühl sehr wohl nur eine Illusion und eine optische Täuschung sein konnte – und während wir sprachen, wartete ich deshalb auf diese Erkenntnis und wartete doch nicht, ein bisschen so, wie wenn man darauf wartet, dass jemand einem eine Textnachricht schickt, und sein Telefon leise gestellt neben sich liegen hat, aber versucht, nicht draufzugucken, so dass jede vorbeiziehende Wolke oder jede Lichtveränderung am Rande des Blickfeldes einen nervös macht. Etwas an ihrer Art fand ich sehr entzückend. Sie hatte etwas Erhabenes, keine Frage, und dieses Erhabene bestand darin, wie sicher sie sich ihrer selbst und ihres Charmes war. Ihre Unerschütterlichkeit war grenzenlos, und das galt auch für ihre Sinnlichkeit. Und deshalb war es nicht undenkbar, so kam es mir vor, dass sie mir einen Ausweg aus diesem Szenario anbieten würde, in dem ich mich befand, etwas Entscheidendes und Unwiderrufliches, eine Art zu leben, die vollkommen außerhalb des Systems meines bisherigen Lebens lag. So etwas muss es doch schließlich geben. Ich hatte viel darüber nachgedacht. Einen Augenblick lang schien es mir möglich, nie wieder Angst haben zu müssen. Denn für Dolores war überhaupt nichts ernst. Oder nein: Bei Dolores war alle Ernsthaftigkeit auf die Frage der Präzision gerichtet.

– Was hat dir an mir am meisten gefallen?, sagte sie.

– An dir?, sagte ich.

– Als wir uns das erste Mal getroffen haben, sagte sie.

– Auf dieser Fiesta?, sagte ich.

– Für mich, sagte sie, – war es die Art, wie du mich ständig angesehen hast.

Und ich begriff, wie schwierig diese Sorte von Unterhaltung war, weil ich nur sehr wenig von Dolores aus diesem Gespräch in Erinnerung hatte, hauptsächlich erinnerte ich mich daran, wie schwierig alles in Bezug auf Romy und Candy gewesen war, aber jetzt, da sie es ansprach, glaubte ich auch, mich zu erinnern – denn wer kann schon die Vergangenheit beurteilen? Dass sie sich an so viele Einzelheiten erinnerte, empfand ich als etwas Zärtliches, und deshalb wollte ich sie noch mehr, inklusive der Vergangenheit, an die ich mich nicht erinnern konnte. Ich sah sie an und dachte, dass ich mir nicht vorstellen konnte, Dolores' Körper nicht zu wollen: ob krank und fiebrig, von Brechkrämpfen geplagt oder knallrot vor Sonnenbrand. Ich stellte mir vor, wie wir einander von oben bis unten abküssten, wie komplizierte, intelligente Tiere. Und obwohl wir ohne konkrete Pläne für die Zukunft oder auch nur eine Verabredung auseinandergingen, musste ich mit jedem Tag mehr an sie denken, und was ich fühlte, fühlte sich an wie Liebe: So wie manche Hacker einen wahnsinnigen Teil der Bandbreite belegen, ohne jede Erlaubnis. Genauso undurchsichtig kam mir die Welt vor, so schön, so versperrt – und das möchte ich aufzeichnen, die Zukunft, die ich mir mit Dolores vorstellen konnte, ich möchte dieser verlorenen Fiesta ein Denkmal erschaffen, bevor dann die Gewalt losbricht.

DAS AUSSEN BRICHT HEREIN

… doch dann wird seine Utopie unterbrochen …

Nur ein einziger Mensch zu sein! Was für ein Unglück! Ich glaube wirklich, dass die Außenwelt zu klein ist für das, was in den Menschen ist, sie ist zu fest umrissen und bedingungslos. Wer wollte sich nicht in etwas anderes verwandeln, in einen Piranha oder einen anderen Fleischfresser? Obwohl ich bereits ein bisschen wie die anderen Tiere war. Ich war wie ein Krake, der seine Arme um seine Retter und Angebeteten geschlungen hatte, um die Körper von Romy und Candy und Dolores und der Millionen anderer Schimären. Aber wohin war dieser melancholische Krake unterwegs? Schon jetzt verdichteten sich die Ereignisse immer mehr. Es war, als wären die Türen und Fenster und sonstigen Öffnungen überall versperrt, wie bei diesen alten Theaterkulissen, bei denen sich Straßen scheinbar bis ins Unendliche erstrecken. Sogar die Eingangstür unseres Hauses kam mir jetzt wie ein gefährlicher Ort vor, oder wenn nicht gefährlich, dann wie eine Falle. Wenn man zu solchen Gedanken neigt, ist es vielleicht nur folgerichtig, dass das geschieht, was als Nächstes geschah – dass am sehr frühen Morgen, wenn der Morgen zugleich noch Nacht ist, aber man gerade deshalb noch nicht in der Verfassung für solche philosophischen Fragen ist, die Türglocke sehr präzise und leise läutete. Und deshalb ging ich in meiner üblichen Albtraumart in meinen Schlafsachen nach unten – kaputtes T-Shirt, kaputte Jogginghose –, um aufzumachen. Meine Mutter und mein Vater verbrachten gerade irgendwo ein romantisches Wochenende und nahmen nicht an unseren Festlichkeiten teil. Falls es sich tatsächlich um Festlichkeiten handelte, waren sie allerdings sehr traurig. Es war wie eine endlose Teegesellschaft, mit Backen und anderen Aktivitäten. Es war nicht der Zenit, von dem ich geträumt hatte – wo alle Mitglieder einer Kommune oder einer höheren Daseinsform einander liebten und niemand gekränkt war, sondern es sah mehr und mehr danach aus, als würde niemand jemand anderen lieben und als seien alle gekränkt. Ob es nun richtig ist, wenn jemand so früh am Morgen zu Besuch kommt, wenn der Morgen eigentlich noch Nacht ist, darüber machte ich mir keine Gedanken. Natürlich hätte ich das vielleicht tun sollen, auch wenn ich nicht weiß, wie sehr mich solche Überlegungen tatsächlich geschützt hätten – denn wenn eine Gefahr naht, dann naht sie, egal, wie viele Sorgen man sich im Vorfeld darüber gemacht hat. Ich jedenfalls dachte gar nicht an eine solche Gefahr. Wenn man aus schwierigen Träumen geweckt wird – in diesem Traum zum Beispiel löffelte ich meinen eigenen Torso auf, als wäre er aus Eiscreme, und wenn man solche Träume hat, ist man froh, wenn man überhaupt aufgeweckt wird –, dann fehlt einem vielleicht der nötige Abstand, um die Gefahrenlage realistisch einzuschätzen.

Außerdem hatte ich mir nach dieser makabren Szene mit dem Jungen, der Staubwedel und andere Küchenutensilien verkaufen wollte, vorgenommen, dass ich grundsätzlich nicht mehr solche Angst vor Leuten haben wollte, die an unsere Tür kamen, den Statisten und Versagern. Ich würde meine Aufmerksamkeit allem widmen, allen, die auf der Besetzungsliste standen, welchen noch so kleinen Platz in der Gesamtkomposition sie auch einnehmen mochten. Und deshalb öffnete ich die Tür und bemerkte auf der Stelle, dass ich zwei Männer in unser Haus ließ, die mit Sturmhauben maskiert waren. Außerdem hatten sie Ausrüstungsgegenstände dabei, die stark an Pistolen erinnerten. Ich bemerkte, dass ich etwas brüllte – nichts Artikuliertes, bloß ein Geräusch, und somit nicht hilfreicher als die Ausrufe anderer Sprachen, so als hätte ich *oyé* gesagt oder etwas Ähnliches. Ich wurde im Rückwärtsgang vom Flur in unser Wohnzimmer gedrängt, und beim Gehen versuchte ich an diesem sehr späten Punkt der Nacht an Licht und an das Telefon zu denken, und überlegte, ob es mir vielleicht gelingen könnte, eines davon zu erreichen und die Situation dadurch zu verbessern. Aber gleichzeitig war ich sehr ängstlich, und mein Körper war leichter als je zuvor, und weicher. Ich wusste nicht genau, welche Sprache ich sprechen sollte. Ich war definitiv froh, dass meine Mutter und mein Vater nicht da waren, denn niemand sollte mit ansehen müssen, wie in sein Haus eingedrungen wird, und dazu noch, wie ihr Kind auf eine solche Art bedroht wurde, am Morgen/in der Nacht, wenn alle noch schlafen sollten. Vor allem die Sturmhauben störten mich. Schließlich hatten Hiro und ich immer ganz bewusst auf so bedrohliche Ausrüstung verzichtet, und jetzt sah ich mich darin bestätigt, denn der Effekt war schrecklich und verstörend. Natürlich machte es mir Angst, aber je ängstlicher ich wurde, desto wütender wurde ich auch, auch wenn ich inzwischen verstanden hatte, dass wütend zu sein keine Lösung darstellte. Und trotzdem war das Gefühl der Erniedrigung nicht zu verhindern, und ich ließ es einwirken. Diese beiden Menschen hatten ihre Gesichter mit Sturmhauben verkleidet, obwohl ich, während ich es ausspreche, bemerke, dass *verkleidet* vielleicht nicht richtig passt, aber das richtige Verb für Sturmhauben kenne ich nicht, ich weiß nur, dass die Furcht, die sie auslösten, etwas Neues und sehr Trauriges war, weil es sich anfühlte, als sei mein Körper komplett verschwunden, als wäre ich ungefähr so stark wie ein schlaff herunterhängender Gardinenschal, vielleicht nicht einmal so stark.

– Setz dich verfickt noch mal hin, sagte der zweite Mann, und als er es sagte, bemerkte ich, dass es ein Mädchen war.

Und nicht nur das, im selben Augenblick bemerkte ich auch, dass etwas an ihrem Tonfall eine gewisse Unsicherheit verriet, das heißt, dass sie ungeübt waren oder von ihrer eigenen Rolle überfordert, und das ist ein Problem, denn eines ist unbestreitbar, und zwar, dass man selbst von seiner Rolle überzeugt sein und sie genau kennen muss, bevor jemand anderes sie kennenlernen und dadurch überzeugt werden kann, aber ob mich das beruhigte oder nicht, das weiß ich nicht, ich vermute nein, denn in vielerlei Hinsicht ist ein nervöser Gangster viel gefährlicher als ein Gangster, der ganz Profi ist und weiß, was er tut, genau wie man sich einen Hypothekenberater wünscht, der so erfahren ist, dass ihn sein Job schon ein wenig langweilt, das liegt in der Natur des Menschen.

DAS MÄDCHEN
Ich hab gesagt, hinsetzen, verfickt noch mal.

Also setzte ich mich. Und als ich das tat, sah ich Candy in der Tür stehen, und sie sah so verletzlich aus, in ihrem schwarzen Unterhemd und den Boxershorts, dem Unterhemd, das die blasse Oberfläche ihrer Haut und den Ansatz ihrer Brüste sichtbar machte, und ich verspürte eine solche Liebe für sie – welch Tapferkeit in unerwarteten Umständen! – und wünschte mir, laut auszurufen, wie sehr ich sie liebte, aber entschied mich betrübt dagegen. Und stattdessen ließ ich die Szene so weiterlaufen, wie ihre Hauptdarsteller es wollten: mit viel Schrecken und Ohnmacht und Blut.

… & ganz sanft schleicht sich der Schrecken ein …

Ganz bestimmt gibt es immer Menschen, die Zweifel haben – während das Gift in ihre Leber und Adern strömt, oder sie auf ihr Herz zielen und langsam den Abzug ziehen, oder auf der falschen Straßenseite den Lastwagen hupend auf sich zurasen sehen, oder während das Mädchen, das bei genauerem Hinsehen verboten jung zu sein scheint, ihnen die Hose aufknöpft und flüstert, dass niemand davon zu erfahren braucht –, dass das Reale wirklich so real ist, wie es zu sein glaubt. Das ist einfach eine natürliche Folge, wenn man Blut oder Eingeweide oder anderes schleimiges Zeug sieht. Das passiert einfach, wenn Blut fließt. Weil niemand damit gerechnet hat, wissen sie nicht, was sie sagen oder wie sie es beschreiben sollen, sie haben keine Bezugspunkte, und wenn man keine Bezugspunkte hat, ist es schwer zu berichten – das ist, als würden die Zeugen eines Autounfalls oder einer Schießerei zwischen Dealern oder eines Flugzeugabsturzes sagen, *Hey, das war genau wie im Kino*, auch wenn sie natürlich eigentlich sagen wollen, dass sie so etwas noch nie zuvor gesehen haben. Doch das Blutige ist eine viel kleinere Untergruppe des Entsetzlichen, als die Leute denken. Das Entsetzliche kann auch in viel geringeren Momenten geschehen. Ich glaube nämlich, dass es nicht so ungewöhnlich ist zu denken, dass das Entsetzliche und das Normale niemals zusammenfallen werden, nein, es ist gar nicht so verrückt sich vorzustellen, dass in seinem eigenen Leben nie etwas Merkwürdiges passieren wird, denn natürlich passiert in den meisten Fällen tatsächlich nie etwas – andererseits ist das Außergewöhnliche nicht das, was nie passiert, sondern das, was nur manchmal oder nur sehr selten passiert, was bedeutet, dass es schließlich doch passieren kann. Und ein Schluss, den man daraus ziehen könnte, ist, dass das Entsetzliche und das Gewöhnliche in Wirklichkeit nur verschiedene Beschreibungen derselben Sache sind, als seien sie die tiefe und die hohe Note und als gebe es dazwischen das gleitende Glissando-Geschmiere einer E-Geige. Die Schritte von einem Zustand zum anderen können deshalb sehr klein sein – so klein wie der Übergang von Mexicali nach Calexico, oder, zum Beispiel, wie zwei Menschen hereinzulassen, die einem offensichtlich übelwollen, aus deren Haltung und Tonfall tiefe Bösartigkeit spricht. Und vielleicht gibt es tatsächlich keinen großen Unterschied zwischen dem Freundlichen und dem Bösartigen. Letzten Endes lässt sich kein Ereignis in irgendeine dieser Kategorien einordnen, weil alles nur eine Abfolge einmaliger Dinge ist.

– Das hier ist bloß eine Warnung, sagte der Mann.

– Okay, sagte ich.

– Ihr seid selber Schuld, sagte das Mädchen.

– Das ist nett von uns, sagte der Mann.

– Ihr sollt euch nicht nehmen, was euch nicht gehört, sagte das Mädchen.

– Was haben wir denn genommen?, sagte Candy.

Zwischen mir und Candy fand so viel Kommunikation statt, dass es wirklich fabelhaft war, wenn man sich für das Wunder des menschlichen Bewusstseins und seine Fähigkeit interessiert, als eine Art Ektoplasma zwischen zwei Menschen zu fungieren, aber ich versuchte, nicht darüber nachzudenken, was Candy gerade denken mochte. Und außerdem interessierte mich in diesem Augenblick der Umstand, dass diese beiden Gangster sehr verunsichert wirkten. Sie griffen nach Gegenständen und zerstörten sie, aber sie taten es irgendwie lustlos, so als glaubten sie nicht recht an diese Geste. Das machte mich traurig, weil jetzt mein Argwohn wiederkommen würde, und ich den

Menschen nie wieder vertrauen würde, ich meine den Leuten, die ich nicht kannte – denn von jetzt an würde ich es gerechtfertigt finden, jeden abzuweisen, der bei uns klingelte und etwas von mir wollte, als wären es allesamt Verbrecher oder Verrückte und nicht hart arbeitende, ehrliche Leute. Stück für Stück nahmen sie das Zimmer auseinander. Alles, was zuvor in dem Zimmer gewesen war, war noch immer da, klar, aber jetzt bestand es aus mehr Teilen, als notwendig gewesen wäre. Und ich glaube, es ist ziemlich ungewöhnlich, ein Zimmer so minuziös multipliziert zu sehen. Nur sehr wenige Menschen dürften dieses Phänomen je gesehen haben – dass ein Zimmer im eigenen Haus komplett und auf wunderbare Weise zerstört wird, in einem einzigen, planmäßigen Tableau.

... in Form eines zerstörten Raumes ...

Gegen eine Wand standen die beiden Polster des Sofas gelehnt, in einem lockeren und improvisierten V, und jedes davon war aufgeschlitzt wie die Leinwand von so einem modernistischen Gemälde, so dass der Schaum sichtbar war und man begriff, wie dicht der Schaum in einem Sofa ist, als könnte das Wort *Schaum* der enormen Dichte und der Wabenstruktur des Kapok in keiner Weise gerecht werden – und diese aufgeschlitzten Polster bildeten den Hintergrund oder das zentrale Motiv dieser Szene, in dessen Vordergrund mein zerschmettertes Banjo stand, dessen Stücke jetzt willkürlich in unserem Wohnzimmer verteilt lagen, dessen linke Seite von einer Kommode bestimmt war, auch wenn jetzt sämtliche Schubladen herausgezogen waren und einen ungleichmäßigen Turm ergaben, dessen Profil an ein Art-Deco-Gebäude erinnerte, und auch wenn die meisten der Schubladen noch immer in ihren Kästen steckten, während das Zeug darin auf dem Boden verteilt lag oder über die Kanten hing, waren zwei Schubladen komplett herausgezogen und auf den Kopf gestellt worden, so dass aus einer eine Reihe alter Fotografien herausgefallen war, die jetzt in einem chaotischen Haufen dalagen, darunter auch die von einer Geschäftsreise meines Vaters in eine nicht identifizierbare Stadt, als ich fünf war, und außerdem Fotos, auf denen ich einen Astronautenhelm und ein Space-Cadet-T-Shirt trage, während auf der andere Seite des Zimmers, womit ich die rechte Seite meine, jetzt ein kleiner Einschlag in der Wand oder eine Delle im Putz war, was vielleicht mit der Tatsache zusammenhing, dass ein Spiegel von der Wand gerissen worden war, wobei die Befestigungshaken zwei Streifen Tapete mitgerissen hatten, die mit aufgedruckten Rosen oder Tulpen verziert war – die Sprache der Blumen habe ich nie beherrscht –, die jetzt schlapp bis zum Boden herabhingen, wo sie einen Stapel meiner alten Super 8-Filme streichelten und eine kaputte Polaroidkamera und eine zerstörte Brille, die Hiro gehörte: Ja, das war im Wesentlichen die Lage auf dem Fußboden, auf dem jetzt mein zerrissener Rucksack verstreut lag, und einige der Schuhe meiner Mutter, die sie rausgestellt hatte, vielleicht, um sie zu putzen oder neu zu besohlen oder neue Absätze anzubringen, darunter ein Paar goldene Sandalen mit hohen Absätzen und zwei Paar schwarze Stilettos, und als ich all das vor mir sah, kam mir sehr eindringlich der Gedanke, wie leicht es war, Gegenstände in Abfall zu verwandeln, und ich finde es ein interessantes Phänomen, dass am Ende alles so aussehen wird, ich meine, nur noch traurig und schlecht gemacht, unbenutzbar wie mein Banjo, dreckig, das ist das Schicksal, ich vermute, es steckt in nichts eine Bedeutung – ein Beispiel dafür war etwa eines der Spielzeuge, die Hiro für den Hund gekauft hatte, das einmal einem lebhaften Hasen geähnelt hatte, aber jetzt kein Füllmaterial mehr in den Beinen hatte, und das Füllmaterial selbst lag als ein Haufen Baumwolle in kleinen Wölkchen auf dem Boden, während die Augen herausgerissen waren und zwischen den Innereien und den Armen ebenfalls auf dem Boden lagen, obwohl ich glaube, dass diese Zerstörung schon vorher geschehen war, und dass dafür nicht die Gangster verantwortlich waren, sondern der Hund, doch als ich dieses helle Tableau betrachtete, dachte ich auch, dass es zwar wie das totale Chaos aussah, aber dass die Anzahl an Handgriffen, die sie tatsächlich ausgeführt hatten, merkwürdiger Weise geringer war, als man denken würde, der Effekt war viel größer als die Ursache, weil es einfach nur eine bestimmte Anzahl von Gegenständen in einem Zimmer gibt, die man zerstören kann, und was am verwirrendsten und verblüffendsten wirkte, war zugleich das Kleinteiligste, womit ich die neue Oberfläche des Fußbodens meine, die das Mädchen kreiert hatte, indem sie einfach ein paar kleine Kästchen ausgekippt hatte, in denen meine Mutter die Dinge aufbewahrte, für die sie keinen anderen Ort hatte, eine Oberfläche, die weich war und scharf glitzerte und, beispielsweise, aus zwei faltbaren Sonnenbrillen bestand, aber auch aus ein paar Plastik- und Silberringen und einem Satz Plastikbesteck, das wiederum auf einem gestreiften Seidenschal und einem Chiffonschal lag – mit einem Floralmuster bedruckt, glaube ich, aber ich war ja auch nicht auf allen vieren auf dem Fußboden –, daneben noch ein paar Haarspangen und eine kleine Tablettenbox mit einem perlenverzierten Deckel und ein paar alte Kronkorken, die vermutlich Andenken waren, einer Brathähnchen-Preisliste, verschiedenen verhedderten Halsketten, ich glaube, es waren sogar noch mehr Ringe, als ich erst dachte, sowie ein Flyer aus einer der Bars, in denen wir gewesen waren, und dazu ein Knäuel einer jetzt kaputten Lichterkette, mit der sich jedes Haus erleuchten ließe, die mir noch nie bewusst aufgefallen war, aber die, wie ich jetzt erinnerte, an allen wichtigen Feiertagen in unserem Haus aufgehängt worden war, denn ich glaube, dass das, was die Leute als unbekannte Wirklichkeit bezeichnen, tatsächlich nur das Wirkliche ist, was ihnen nicht aufgefallen ist, wie das, was man unter einem Mikroskop sieht, oder das Chaos, das entsteht, wenn man einen horizontalen Stapel anlegt, einen Stapel, der, wie mir jetzt noch auffiel, außerdem nicht nur ein Päckchen Gras, sondern auch noch verschiedene andere leere Plastikbeutelchen enthielt, und den Filzstift, mit dem sich Romy, glaube ich, einmal ihre Haare hochgesteckt hatte, auch wenn ich keine Ahnung hatte, wie er hierher gekommen war, und dann noch einen Stift, einen von denen mit eingebautem Panorama, und dieses Panorama war eine kleine Fähre, die vor dem

Hintergrund Manhattans vor und zurück rutschte, so dass ich überzeugt war, dass man, wenn man nur nah genug heran könnte, die hoffnungsfrohen Gesichter in den Fenstern der Fähre und die Wimperntusche auf den schweren Wimpern der Frauen sehen würde, wenn man nur irgendwie näher herankommen könnte, aber das konnte ich nicht.

… & einer Pistole …

In diesem Augenblick kam unser neugieriger Hund hereinspaziert. Und ich war sehr froh, denn ein Hund ist immer eine schöne Ablenkung.

– Wie heißt er?, sagte der Mann.

– Sidney, sagte ich.

– Ein Mädchen?, sagte er.

– Nein, Junge, sagte ich.

– Fick dich, sagte er.

– Wieso ist das ein Mädchenname?, sagte ich.

– Natürlich ist das ein Mädchenname, sagte er.

Ich wusste nicht, was ich darauf erwidern sollte, also sagte ich gar nichts, denn möglicherweise war dies das bedrohlich verrückte Geplapper, im Anschluss an das man uns zerstückeln oder uns in anderer Form Gewalt antun würde. Vielleicht existiert aber auch wirklich jeder Name doppelt, und er hatte in philosophischer Hinsicht recht, was vermutlich denkbar wäre.

– Sydney, mit y, sagte er.

– Ach, okay, sagte ich.

Es ist im Leben immer gut, die Menschen bei Laune zu halten, und vor allem dann, wenn sie vorhaben, einem Gewalt anzutun – denn natürlich war ich nicht davon überzeugt, dass man Sydney mit y schreiben kann, nicht als Name, aber andererseits ist das Leben voller Namen, und letztlich ist ein Name einfach nicht so wichtig, er ist nur ein Mittel, um etwas mit einem Geräusch zu kennzeichnen, wenn dieses etwas doch eigentlich multipel ist und sich überhaupt nicht kennzeichnen lässt. Und wenn das alles war, was uns passieren würde, dann fand ich, dass wir noch glimpflich davongekommen waren.

– Das Geld, sagte er, – wird morgen zurückgezahlt.

– Welches Geld?, sagte ich.

– Echt jetzt?, sagte er.

– Welches Geld?, sagte Candy.

– Das Geld spielt keine Rolle!, schrie ich.

– Nein?, sagte das Mädchen.

Und sie zeigte uns das, was eindeutig eine Pistole war.

... was, wie er nicht leugnen kann, irgendwie eine gerechte Strafe ist ...

Ich spürte, wie ein ätzendes Gefühl der Ungerechtigkeit mich durchfuhr, oder genauer gesagt, wie dieses Gefühl mich umgab, wie ein Umhang, und vielleicht war dieses Gefühl tatsächlich auch Angst. Als ich selbst ein Verbrecher war, hatte ich nicht so eine Angst gehabt! Wir hatten sehr darauf geachtet, niemandem weh zu tun! Als wir das Nagelstudio oder das Café am Kanal mit unserer Waffe betraten, wussten wir, dass sie definitiv nicht echt war, und selbst wenn sie echt gewesen wäre, dass wir nicht in der Lage gewesen wären, sie einzusetzen. Aber das hier war eine ganz andere Ausgangslage, wie sich herausstellte, und zwar, weil diese Person nicht ich war. Wir konnten nicht wissen, inwiefern diese Pistole nur eine Geste war oder ein echtes Instrument, um massiven Schaden anzurichten. Im Allgemeinen hatte ich das Gefühl, dass die Menschen nicht so wahnsinnig waren, in Wohngebieten abzudrücken, aber ich wusste offensichtlich nicht, was ihr durch den Kopf ging, überhaupt nicht. Deshalb hatte ich natürlich Angst! Aber ich hatte nicht nur Angst. In mir waren viele Frequenzen zugleich. Wut war sicher etwas, was ich fühlte, oder ein ganz ähnliches Gefühl. Und gleichzeitig hatte ich ein immer stärker werdendes Gefühl von Karma. Denn woher diese Leute kamen, war rätselhaft und nicht leicht zu erklären, oder zumindest gab es mehr als nur eine mögliche Erklärung, und sie gab mir sehr wenige Hinweise. Aber ob sie nun aus dem Nagelstudio oder dem Café oder sogar aus dem kleinen Bodega-Kiosk von damals kamen, offensichtlich war, dass uns irgendwann eine fatale Fehleinschätzung unterlaufen war, und zwar zu denken, dass dieses Studio oder dieses Café oder dieser Kiosk von gewissenhaften Bürgern mit alles abdeckenden Versicherungen betrieben würden, und nicht, wie nun deutlich wurde, von kriminellen Vereinigungen, die diese Läden höchstwahrscheinlich nur dazu benutzten, ihre illegalen Machenschaften zu verdecken.

– Ich glaube, sagte ich später zu Hiro, – wir haben irgendwo eine schlechte Entscheidung getroffen.

– Inwiefern?, sagte Hiro.

– Ich glaube, wir haben uns mit richtig bösen Leuten eingelassen, sagte ich.

– Schon möglich, stimmte Hiro zu.

– Ja, könnte sein, sagte ich.

Aber andererseits weiß man nie, wenn man in die Welt hinaustritt, welchen Umgang die Menschen pflegen, mit denen man zu tun hat. Das ist ein Prinzip, das für jede Art von Geschäftsbeziehung gilt, aber ganz besonders für das Gangsterdasein. Und in diesem Moment der großen Offenbarungen wurde mir langsam klar, dass die Liste von Beschwerden gegen mich so lang war, dass ich gar nicht wusste, wo ich anfangen sollte, so als sei ich verantwortlich für eine chaotisch ausufernde Reihe von Straftaten – als sei das, was oberflächlich so witzig aussah, durch ein weites Netzwerk von Querverbindungen miteinander verknüpft. Es gab definitiv eine sehr lange Liste von Menschen, die ich schlecht behandelt hatte, wie Candy oder Romy oder sogar Dolores – auf deren Nachrichten ich nicht immer antwortete, oder zumindest nicht mit der angemessenen Verehrung, wenn ich gerade mit meiner Frau beschäftigt war, oder meiner Geliebten –, obwohl ich natürlich nicht dachte, dass eine von den dreien für diesen bewaffneten Überfall verantwortlich war, doch die Erkenntnis, wie viel Leid ich jeden Tag verursachte, führte nun zu dem noch dunkleren Gedanken, dass es noch eine weitere Liste gab, mit den Statisten, denen gegenüber ich mich nicht richtig verhalten hatte, wie Quincy und Osman und dem Zimmermädchen im Hotel, oder Caycee, oder meiner Freundin Shoshana, die ich schon ewig nicht gesehen habe, und außerdem Shannon oder Timeka oder Cassity, oder der Frau in dem Burgerladen mit ihren vielen Kindern, oder dem Mädchen in dem Café, oder dem Typ, der mit Staubwedeln an unsere Tür kam, ganz zu schweigen von den Betreibern des Kiosks und des Nagelstudios und des Cafés und ihren verängstigten Angestellten und Kunden, und dazu kamen noch die vielen Menschen, denen ich auf irgendwelchen Kunstveranstaltungen nicht genügend Trinkgeld gegeben, bei denen ich mich nicht richtig bedankt oder deren Namen ich mir nicht gemerkt hatte, und das versetzte mich in Panik, nicht nur wegen meiner Schuldgefühle, sondern auch, weil ich das Gefühl hatte, dass sie mir deshalb nicht nur Böses wollten, sondern es vielleicht tatsächlich herbeigeführt hatten, und dass mein Leben deshalb eine solche Katastrophe war. Nicht jedes Licht in der Ferne ist ein Auto auf einer weit entfernten Autobahn, und nicht jede Angst, die man herannahen spürt, lässt sich so leicht erklären. Manche Ängste können sehr formlose Ursachen haben – und in diesem Fall fragte ich mich, ob vielleicht der gesamte Hintergrund meines Lebens in Wirklichkeit ein Vampir war, der darauf wartete, zuzuschlagen. Viele Menschen mochten mich nicht. Sie waren draußen, und sie wollten herein. Es fällt mir nicht leicht, Worte wie *Feinde* zu verwenden, aber ich glaube, dass ich diese traurigen Menschen als meine Feinde ansehen musste, und genau genommen nicht nur als meine Feinde, sondern die von allen um mich herum. Denn vielleicht hassten sie mich zu Recht, die Geister, die sich gegen mich gestellt hatten. Ich war in einer sehr philosophischen Stimmung, die mich an meinen Vater erinnerte, der dazu neigte, wie ein weiser alter Mann Versatzstücke von dem zu wiederholen, was er gelesen hatte, so richtig wahrsagermäßig: *Was man sich vorstellt, ist real.* Oder zum Beispiel, *Wenn du darüber nachdenkst, muss es was zu bedeuten haben.* Meine Weisheit war härter. Wieso sollten die Leute nicht das haben wollen, was ich hatte? Das war die große Frage, und ich glaube, es ist immer noch die große Frage. Wieso sollte man das, was man besitzt, für immer besitzen? Wenn man das begriffen hat, ist es sehr schwierig, den Neid der anderen als ungerecht zu betrachten.

… selbst wenn es noch viel schlimmer wird, als er sich vorstellen konnte …

Das Überraschende war, dass es normalerweise ein Anlass für allgemeine Begeisterung und freudige Ausrufe ist, wenn ein Hund ins Zimmer kommt. Ach wie süß! Guck mal, er hat vier Pfoten! Doch jetzt beobachtete ich, wie die beiden Phantome mit Sturmhauben unseren Hund voller Bosheit musterten. Das Mädchen hielt immer noch die Pistole hoch, genau in meine Richtung zielend, und ich sah weg, weil mir dieser Anblick große Angst machte.

– Dir scheint es nicht besonders leid zu tun, sagte das Mädchen.

– Mir?, sagte ich.

Ich war nämlich darauf erpicht, dass Candy die genauen Einzelheiten meiner kriminellen Aktivitäten möglichst nicht erfuhr. Darauf war ich eindeutig erpicht, und ich glaube, dass dieses Erpichtsein auf eine gewisse Privatsphäre in unserer Ehe in den Augen dieser Leute, die uns übelwollten, wie etwas anderes aussah. Ich glaube, es sah aus wie Unbekümmertheit oder ein unangebrachter Mangel an Reue. Und hätte ich das gewusst oder vorhergesehen, hätte ich natürlich versucht, sie vom Gegenteil zu überzeugen. Aber wer kann schon irgendwas vorhersehen? Und dann drehte sich das Mädchen ganz leicht, so dass die Pistole auf den Hund gerichtet war, und der Hund sah wie üblich zu ihr auf, weil Hunde das nun einmal tun, sie haben keine Antennen für soziale Feinheiten, sie glauben, dass jeder sie liebt. Bis der Mann plötzlich sagte:

– Was soll der Scheiß, Mann? Nicht die Waffe.

– Stimmt, sagte sie und richtete die Pistole weg vom Hund.

– Ich meine, sagte er, – nicht schießen.

Dann nahm der Mann ihr die Pistole ab und schlug damit unseren Hund auf den Schädel, und unser Hund fiel um, er ging unelegant zu Boden, als sei sein Körper gefallen, bevor seine Beine einknicken konnten, und dabei gab er ein ganz merkwürdiges Geräusch von sich, ein bisschen wie das Geräusch, das er machte, wenn man ihm versehentlich auf die Pfote trat, aber noch viel erschrockener. Dann war alles still. Ich meine, er war still, aber es fühlte sich an, als sei der gesamte Raum verstummt. Über seinem Auge klebte Blut, und seine Schnauze verzog sich seltsam, wie um zu dem Geräusch zu passen – er hing schlaff über die Zähne, wie es manchmal geschah, wenn er schlief. Ich heulte auf, nur ohne aufzuheulen, weil Candy mehr heulte als ich und ich stark und tapfer bleiben wollte. Stattdessen beobachtete ich hochkonzentriert, wie sich das Blut aus seinem Schädel sammelte. Ich weiß, der gebräuchliche Begriff ist *Blutlache*, aber ich weiß nicht, ob Lache es wirklich trifft. Es war eher, als wäre neben ihm jetzt eine zusätzliche Oberfläche, und als wäre diese Oberfläche zähflüssig und bräunlich rot. Vielleicht auch nur rot, das kann ich nicht genau sagen. Wieder fand ich das Blut unbeschreiblich. Es sah braun aus, auf dem grünen Teppich im Wohnzimmer meiner Eltern, und alles war voller Entsetzen.

– Gebt das Geld zurück, sagte der Mann. – In vierundzwanzig Stunden. Und dann lassen wir uns alle in Ruhe.

… & die Dunkelheit sinkt herab …

Vielleicht fünf Minuten später kam endlich Hiro herunter, was ich ihm vermutlich nicht vorwerfen kann, weil Schlaftabletten zu dieser Zeit eine wichtige Rolle in seinem Leben spielten. Was er vorfand, muss wie eine dieser Szenen ausgesehen haben, in denen die Eunuchen die Besitztümer des Sultans zerstören, bevor er gestürzt wird, wobei sie auch die Herzen der drallen, schreienden Kurtisanen herausschneiden – Szenen, in denen alles, was gerade noch intakt war, sorgfältig zerlegt wird.

– Hey, Alter, sagte ich.

– Scheiße, sagte er.

– Ja, sagte ich.

Ich war wie gelähmt und ganz still, und das schien Hiro zu denken zu geben. Es war, als würde er diese Szene so undeutlich vor sich sehen, wie wenn man gerade anfängt, Bengali zu lernen, oder wenn man um vier Uhr morgens nach altem Take-away sucht, vielleicht Aubergine mit Fischgeschmack oder Bärentatzentofu, und die Umrisse der Küche sind nur grob von dem trüben Licht des Kühlschranks beleuchtet.

– Was zur Hölle?, sagte Candy.

– Ich habe, sagte ich, – wirklich keine Ahnung.

Das Grundprinzip des Realismo ist nun mal die ausgeprägte Bereitschaft der Leute, sich verarschen zu lassen. Wenn man etwas nur überzeugt genug behauptet, werden sie es niemals in Frage stellen. Oder nein, das geht vielleicht zu weit. Was ich meine, ist, dass sich in so einem traumatischen und schockierten Zustand niemand besonders für genaue Erklärungen interessiert. Sie wollen sich bloß so schnell wie möglich wieder sicher fühlen. Und solange ich meine Behauptung aufrechterhalten konnte, dass ich nicht verstand, ja, dass dies ein schrecklicher Akt willkürlicher Gewalt oder vielleicht eine Verwechslung gewesen war, würde es für Candy möglich sein, mir zu glauben, oder mir zumindest eine Zeit lang zu glauben. Ich wusste es nicht genau. *Ruf einfach die Polizei, okay?*, sagte sie, dann stand sie auf, ging nach oben und verkroch sich unter unserer Decke. Und während sie das tat, war mir möglicherweise bewusst, dass die Wolke, die mich umgab, sich nun endlich auf die Erde hinabsenken würde. Aber darüber dachte ich nicht nach, zumindest nicht in diesem Augenblick. Ich saß da und starrte in den zerstörten Raum hinein, und auf unseren erschlagenen und wunderschönen Hund in der Mitte des Raumes. Ich denke, das, was etwas zu einem Haustier macht, ist, dass wir es überleben, was vermutlich bedeutet, dass wir für die Bäume auch nicht mehr sind als Haustiere. Aber ich hätte nie gedacht, mit ansehen zu müssen, wie er eines gewaltsamen Todes starb. Er hatte sehr traurige Augen, und er war sehr dünn, und er flitzte immer wie wild hin und her, als würde er aus Quecksilber bestehen. Und ich musste daran denken, wie er es immer schaffte, alles supertraurig erscheinen zu lassen. Dann starrte er zu mir hoch, seine dreieckigen Ohren aufgestellt und ohne zu blinzeln, als würde er sich große Sorgen machen, und wenn er das tat, wurde ich meinerseits besorgt. Dann lachte ich einfach hysterisch auf. Genau so durchgeknallt war es, wie in so einer Komödie für Kinder, die am zitronengelben Nachmittag läuft, wenn die einzigen Menschen, die zusehen, sich genauso unglücklich und verrückt und allein fühlen.

8. ZEIT-TRAURIGKEIT

IHR LETZTER AUSFLUG IN DIE ÖFFENTLICHE WELT

... viel später wachen sie schließlich auf ...

Als wir aufwachten, war es bereits dunkel. Der Tag war ausgelöscht worden, und wir wären nicht überrascht gewesen, große Kanonen in der South Side herumballern zu hören. Das Haus aufzuräumen und den Kadaver unseres Hundes anständig zu entsorgen, wäre definitiv der naheliegende Schritt in der Abfolge gewesen, aber ich wusste nicht, ob ich einer solchen Aufräumaktion gewachsen war, und Candy schien dazu genauso wenig in der Lage wie ich. Wir wollten nicht direkt auf das Ballonfest im Park, oder zur Trampolinshow, aber ich finde es nicht seltsam, dass wir nach einer anderen Art von Ablenkung suchten. An diesem Abend sollte eine Veranstaltung stattfinden, die unsere Freundin Tiffany organisiert hatte, eine Diskussion zum Thema Ungleichheit, in irgendeinem improvisierten Freiluftcafé. Wir wussten, dass Romy mit Epstein da sein würde, und dazu noch viele andere interessante Leute, und wie immer hatten wir eine breite Auswahl von Narkotika zur Verfügung, und außerdem hatten wir versprochen zu kommen – und das erschien uns momentan wie die bessere Option, als sich überlegen zu müssen, was wir mit dem zerstörten Wohnzimmer machen sollten. Unsere Seelen waren erschöpft. Ich trug den Kadaver unseres Hundes nach draußen und wickelte ihn in ein Handtuch, damit wir ihn später begraben und alles in Ordnung bringen konnten, und dann machten wir uns mit Hiro auf den Weg zu der Veranstaltung. Ich würde nicht behaupten, dass unsere Unterhaltung in der Metro unbeschwert oder angeregt war, aber das ist, denke ich, nach solcher Gewalt normal. Eines der Hauptprobleme bei den Telenovelas ist, wie tough dort alle sind, wie leicht es ihnen fällt, mit Vergewaltigung, Untreue, Schießereien und so weiter zurechtzukommen. Während im echten Leben nur eines davon ausreichen würde, um jemanden zum kompletten Nervenwrack zu machen, das nur noch heulend dasitzt. Und ich hatte das dringende Bedürfnis loszuheulen. Aber ich wollte zugleich meine Vorstellung von Stil nicht aufgeben. Wenn schon Leute gegen mich gestellt waren, dann wollte ich ihnen mit Fassung begegnen.

… & entscheiden, die öffentliche Welt zu betreten …

Als wir dort eintrafen, hingen Lichterketten in den Bäumen, und jemand hatte Latkes gemacht. Aber es gab auch viele Pamphlete und Flugblätter. Diese Demonstration zielte darauf ab, zu einer neuen Art des Umgangs miteinander zu ermutigen, ein digitales Projekt, um den Austausch kleiner Nettigkeiten zu fördern. Bewegungen wie diese gab es überall – Bibliotheken in Zelten und andere kreative Ideen. Und ich teilte diesen Wunsch nach einer größeren Gemeinschaft. Wir alle versuchten, unsere eigene Macht abzugeben. Wir hatten begriffen, dass wir Besatzungsmächte waren, aber wir bereuten es auch, und das finde ich edel. Wir wollten uns anderen Dingen verschreiben, und das bedeutete, dass ich mich oft mit meiner Mutter und meinem Vater stritt. Für sie bestand die für uns richtige Gemeinschaft in unserer ethnischen Gruppe, und ich sah das anders.

ICH
Das sind nicht meine Leute!

MEIN VATER
Das sind deine Leute. Deine Leute sind deine Vorfahren –

ICH
Ich bin mir da nicht so sicher.

MEINE MUTTER
Nicht so sicher? Meinst du, die waren sich im letzten Jahrhundert *nicht so sicher*? Meinst du, beim Pogrom wärst du –

ICH
Das kann man nicht vergleichen!

MEINE MUTTER
Wer sind denn deine Leute? Verrat mir das!

ICH
Die, mit denen ich meine Zeit verbringe –

MEINE MUTTER
Quatsch.

ICH
Ist doch wahr.

MEINE MUTTER
Du weißt doch gar nicht, was wahr ist und was nicht.

Meine Mutter, Leute!, wollte ich dem Studiopublikum zu verstehen geben. Ich habe immer das Gefühl gehabt, meine Mutter nicht gut genug zu kennen, obwohl ich sie so sehr liebe. Es gibt da immer diese Ungleichheit, und Kommunikationsschwierigkeiten. Vielleicht hätte ich sie erst als Erwachsener kennenlernen sollen, nur wäre es dann eine Freundschaft zwischen zwei Erwachsenen gewesen, was überhaupt nicht dasselbe ist. Denn was hatten wir schon mit den Immigranten und Kibbuzniks gemein, den Gelehrten und verrückten Politikastern? Das leuchtete mir überhaupt nicht ein, inmitten der Grillpartys und Swimmingpools. Doch auch wenn ich deshalb theoretisch ganz klar mit Tiffany und ihrem Traum von einer besseren Gesellschaft sympathisierte, fiel es mir dennoch schwer, mich dazugehörig zu fühlen, wenn ich unter den Revolutionären war. Das ist viel schwieriger, als es den Anschein hat. Wenn ich auch nur einen Aktivisten mit einem Eichhörnchen als Haustier sah oder mit neuen

Ideen dazu, wie man sein Einverständnis oder seine Ablehnung ausdrücken könnte, dann störte mich das. Ich fand, es wirkte nicht wie eine richtige Revolution. Nicht, dass ich Barrikaden und Blutvergießen wollte, aber idealerweise hätten wir zumindest ein gigantisches Krankentransportsystem entwickeln sollen, und Aufzüge in Favelas, aber stattdessen redeten wir nur. Falls wir wie dieser Mönch waren, der rechtschaffen den Weg vor sich fegt, dann nur, wenn dieser Mönch ausschließlich in Gedanken fegte, was wahrscheinlich nicht so gut ist. Andererseits war unser Leben nun mal so: Die Welt war bunt. Zwischen den Affenschwanzbäumen standen Palmen, und im Sommer kam der Monsun. In den Parks flatterten Sittiche herum. Im sanften Regen waren Jugendliche auf dem Gehsteig und tranken. Vermutlich saßen in den Teestuben die zornigeren Jungs, aßen Kuchen und schmiedeten Pläne für einen Coup d'État. Andere spielten einfach nur Tischtennis. Ich denke, es war zumindest eine idealistische Zeit. Das globale Projekt bestand in Demonstrationen und Besetzungen, und ich wusste, dass meine Freunde bei einigen dieser Aktionen dabei waren, um zu filmen und Slogans zu verfassen, darunter Candy und Romy und Tiffany, aber auch andere Freunde wie Björn und Shauna und Trey, und ich versuchte, ihre Fortschritte aufmerksam zu verfolgen, auch wenn ich selbst beschäftigt war. Sie haben alle ihre eigenen Geschichten, meine Freunde da draußen in der Welt. Björns Geschichte ist, dass er sich an der Besetzung einer Bank beteiligen wollte. Er kam eines Abends dort an und stellte fest, dass er zwar großen Hunger hatte, sich aber gleichzeitig nicht traute, in die hell erleuchtete Dunkelheit hinauszugehen und sich einen Chili-Dog oder ein Schrimps-Taco oder ein Stück Pizza zu holen. Also ging er hungrig ins Bett. Das war die Geschichte seines Lebens unter den Besetzern, jedenfalls erzählte er es mir später so. Im Allgemeinen wurden die Geschichten der Leute immer kleiner und kleiner, bis sie nur noch wie Spielzeug daherkamen, was vielleicht nicht die perfekte Größe war. Heute jedoch hatte ich keinerlei Meinung, alles, was ich wollte, war, mit Leuten zusammen zu sein, die ungefährlich waren und mir nicht weh tun wollten. Obwohl ich wusste, dass meine momentane Stimmung keine gute Stimmung war, um Romy zu sehen. Denn wir hatten uns schon eine ganze Weile lang nicht mehr allein gesehen, sondern einander zunehmend Nachrichten oder Mails geschickt, die sehr schwer einzuschätzen waren, manchmal voller Liebe und Zuneigung, manchmal knapp und bloße Informationen. Und jetzt stand sie vor mir und sprach über Politik, und wenn sie das tat, regten wir uns oft übereinander auf, das ließ sich nicht verhindern.

ROMY
Nein, ich verrat dir jetzt mal, wieso es keine Revolution geben wird –

ICH
Okay –

ROMY
Wenn du nämlich einer von denen bist, die ein iPhone besitzen oder Pizzafotos twittern oder so was, dann wirst du in jeder richtigen Revolution zum Ziel werden –

ICH
Häh?

ROMY
Klar, wer mehrere Konten hat und vierzehn Sprachen spricht, kann sich verpissen und sich auf Mustique in Sicherheit bringen. Aber der glückliche Mensch, der gerade genug hat, um gut zu leben, aber nicht, ich sag mal, um zu *flüchten,* der wird gejagt. Die werden gejagt und massakriert. Und die glücklichen Menschen wissen das – die wissen das ganz genau, und deshalb verhalten sie sich sehr ruhig, und deshalb wird es keine Revolution geben, solange wir leben.

Das Problem ist, dass solche Unterhaltungen sehr schnell zu Unterhaltungen über etwas anderes werden können. Ich wusste, dass sie auf eine Art zwar über den Mangel an Revolution sprach, dass dies aber gleichzeitig nicht wirklich das war, worüber sie sprach. Und ich glaubte, dass vielleicht auch ich die Implikationen verstand.

… wo sich Romy für immer von unserem Helden trennt …

Denn natürlich hatte Romy es irgendwann satt, und sie hatte uns satt. Ich verstand sie, und auch ich war es müde. Ich hätte gerne vorgeschlagen, dass wir vielleicht alle zusammen leben könnten, in einer Art von Kommune, die an die Orgie erinnerte, die sich jetzt so weit weg anfühlte, aber dies schien mir nicht der ideale Zeitpunkt für einen solchen Vorschlag zu sein.

– Du verstehst das also, ja?, sagte sie.

– Ich glaube schon, sagte ich.

– Das muss aufhören, sagte sie. – Ich warte nicht länger.

Das war ganz offensichtlich das Gegenteil meines Kommunenvorhabens, und doch stellte ich überrascht fest, dass ich nicht nur eine brennende Traurigkeit verspürte, sondern möglicherweise auch ein Gefühl der Erleichterung, nicht, weil diese Situation nun vorbei war, sondern weil alles jetzt auf eine Art einfacher war. Fein säuberlich tauschte ich deshalb meine Vision einer Kommune gegen eine Vision von privatem Glück aus. Vielleicht, überlegte ich, würde das bedeuten, dass ich mit Candy neu anfangen könnte, dass wir eine Daseinsform finden könnten, die unser Gelübde erneuern und die gesamte Vergangenheit verändern würde. Vielleicht war Utopia die ganze Zeit über da gewesen, nur auf andere Art. Auch das war möglich.

– Aber wir können ja Freunde bleiben, sagte ich.

Und Romy sah mich an.

– Ich weiß es nicht, sagte sie. – Vielleicht sollten wir uns erst mal nicht mehr sprechen.

– Wie lange?, sagte ich.

– Weiß ich nicht, sagte sie.

Ich versuchte angestrengt nachzudenken, denn vielleicht war sie nicht so fest entschlossen, wie sie tat, so dass ich zumindest in irgendeiner Form mit ihr in Kontakt bleiben konnte, und wenn wir in Kontakt bleiben konnten, wäre vielleicht meine Traurigkeit weniger schlimm, und das war in dieser Zeit etwas sehr Wichtiges für mich. Gleichzeitig hatte ich keine Ahnung, denn das Problem ist, dass die Menschen oft sehr nett sind, vor allem, wenn sie Dinge sagen, die verletzend und kränkend sind, was nur bedeutet, dass es viel länger dauert, bis die Kränkung durchsickert, und dadurch vielleicht noch mehr weh tut.

– Ich meine, soll ich dich retten, oder was? Oder willst du vielleicht mich retten?, sagte sie.

– Das hab ich nie gesagt, sagte ich.

– Guck dich mal an, sagte sie. – Guck dich nur mal an.

Es war ein sehr schwieriger Moment, weil auf einen Schlag alles, von dem ich dachte, dass es mir wichtig war, verschwand. Ich konnte das Wohnzimmer meiner Eltern vor mir sehen und meinen toten Hund, und ich wollte Romy davon erzählen, ich wollte ihr Mitgefühl und ihr Verständnis, aber ich begriff schlagartig, dass wir nie wieder miteinander reden würden. Dunkelheit senkte sich über alles. Es ist kaum zu glauben, wie trivial man sich selbst erscheinen kann, wenn man sich nur vorstellt, wie das zukünftige Ich über die eigene Vergangenheit denken wird. Ich versuchte nur ein paar Tage zurückzudenken, zu dem Zeitpunkt, als ich überlegt hatte, mir einen Schnurrbart wachsen zu lassen, der idealerweise mexikanisch, aber realistischerweise eher einer dieser Sichuan-Schmuckbärte aus dem frühen 20. Jahrhundert geworden wäre – bloß eine Linie, wie die Kinderzeichnung einer Welle oder der Streifen Senf auf dem Hotdog. Ein Schnurrbart also wie ein kubistisches Zitat. Das war meine Freizeitbeschäftigung gewesen, und jetzt wirkten diese Beschäftigungen einfach nur überholt und sehr fadenscheinig. Außerdem hatte ich oft Piratensender im Internet gehört, was sehr fesselnd war, bis einmal der DJ am Ende seiner Sendung erwähnte, dass er gleich einsam sein werde, weil er mit niemandem reden konnte, bis seine Mutter von der Arbeit nach Hause kam – und *das*, dachte ich, Machacho, ist ganz genau, was mit Traurigkeit gemeint ist, wenn sich herausstellt, dass sogar die DJs noch zu Hause bei ihren Eltern wohnen – und das wollte ich Romy erzählen, oder Candy, oder irgendjemandem, der bereit war, mir zuzuhören. Doch jetzt wirkten solche Überlegungen plötzlich ganz unbedeutend.

– Gut, wie lange?, sagte ich. – Eine Woche?

– Ja, vielleicht, sagte sie.

– Gut, okay, sagte ich.

Denn ich dachte wirklich, dass dies vielleicht okay sein würde. Ich konnte es verstehen, wenn sie mal eine Woche für sich brauchte.

– Oder vielleicht länger, sagte sie.

– Okay, sagte ich.

– Ich meine, eine Woche würde sich nicht richtig anfühlen, oder überhaupt ein bestimmter Zeitraum, sagte sie.

– Du meinst für immer?, sagte ich.

– Ja, nein, ich glaub schon, sagte sie.

Und ich wollte gerade losbrüllen oder aufheulen oder jaulen – denn die Erkenntnis, dass alles nur vorübergehend ist, oder dass alles durch den Willen eines anderen Menschen nur vorübergehend sein kann, das ist eine schreckliche Erkenntnis, so sehr man auch weiß, dass es immer dazu kommen kann – als Candy plötzlich mit Tiffany auftauchte, mit Kisten voller Manifeste und Erklärungen, die unverzüglich sortiert werden mussten, und deshalb konnte ich nicht aufheulen, weil solche Dinge einfach nicht so laufen. Stattdessen ging das Gespräch weiter, und wir redeten über andere Dinge, und Romy war weg, für immer, so wie eine Marmorskulptur in klassischeren Zeiten verloren gegangen sein könnte – einfach über Bord einer Triere gegangen, die gerade von einem gelangweilten und überarbeiteten Wikinger gekapert wurde.

… & deshalb versucht er in seiner Wut, über Leiden zu sprechen …

Sie so verschwinden zu sehen, war eine schreckliche Erfahrung. Ich wollte sofort mit Hiro darüber reden, lang und breit, doch stattdessen musste ich mit der Ablenkung dieser Unterhaltung zurechtkommen, und es ist immer anstrengend, seine Aufmerksamkeit auf solche Weise teilen zu müssen. Es führt zu dem leichten, aber hartnäckigen Gefühl, dass alles schwierig ist. Nichtsdestotrotz versuchte ich den allgemeinen Tonfall zu verstehen – während um uns herum Akkordeon gespielt und aus Kartons eine Bühne für Vorträge gebaut wurde. Wie können wir den Menschen aus der Ferne helfen?, sagte Tiffany gerade. Denn das ist wirklich eines der Hauptprobleme, vielleicht das wichtigste Problem unserer Zeit. Wie gehen wir mit dem Leiden um, das wir jeden einzelnen Tag verursachen? Und natürlich teilte ich ihre Sorge.

– Was denn?, sagte Hiro.

Und Tiffany holte ihr Telefon hervor und zeigte ihm einen Film, denn das Internet war voll von diesen Handyfilmchen aus unseren Kriegsgebieten – und das waren totale Snuff-Filme, absolut, nur nicht im Sinne dieser Hutong-Brutalität, wo Fingernägel herausgerissen oder Augen zu Brei verarbeitet wurden. Damit will ich sagen, wenn man sich unter einem Gemetzel vorstellt, dass ein Mann seine eigene Zunge abbeißt oder Hirn auf jemandes schicken Lederschuhen landet, dann war das hier im Vergleich dazu gar nichts. Die Szene, die Tiffany uns vorspielte, erinnerte an eine dieser Skihallen neben der Autobahn, nur dass diese spezielle Skihalle eher ein Betonverschlag war. Vier Männer übten ihre Skihaltung, mit ausgestreckten Armen und unsichtbaren Stöcken in den Händen. Sie übten bloß, aber trugen dabei echte Skibrillen. Daneben sah man zwei andere Sportler, die bereits aufgegeben hatten und jetzt auf dem Betonfußboden lagen – und das Seltsame daran war, wie vertraut sie wirkte, diese Szene, mit den zwei Menschen, die erschöpft dalagen. Es war wie die Abenddämmerung bei einem Musikfestival, oder die auf dem Rücken liegenden Fußballspieler nach einem tragisch verlorenen Elfmeterschießen. Wenn man ganz genau hinsah, hätte man vielleicht erkennen können, dass der Halsausschnitt des weißen Unterhemdes eines der Männer eigentlich rot war, aber es war schwer zu erkennen. Und zwischen diesen Männern ging ein Soldat umher, der sie mit einem Griff oder einem aufmunternden Klaps aufforderte, die Skihaltung wieder einzunehmen, auch wenn ihm so nur zu gelingen schien, sie in einen atonalen Avantgarde-Chor zu verwandeln – der ein trauriges Winseln und Stöhnen von sich gab, leise Geräusche, so wie unser Hund nachts immer wie ein Elf gewispert hatte. Es war sehr verstörend, wie diese Filme einerseits gar nichts zeigten, und wie man andererseits wusste, dass diese scheinbar harmlose Oberfläche zugleich absoluten Schmerz und Leiden bedeutete. Es hieß, dass man sich plötzlich verrückte Fragen stellte, wie man sie sich über eine Sexszene in den alten Filmen stellen würde, zum Beispiel, *Machen die das wirklich oder tun sie nur so?* Ja, die Sache mit dem Wirklichen war völlig unklar. Und Tiffany zufolge bestand die einzige Möglichkeit, sich dagegen zu wehren, darin, die Zuschauer in den Film mit einzubeziehen. Denn eigentlich sind wir doch alle Filmkritiker, und in einem unausgesprochenen Einschub dachte ich an Dolores und unsere Gespräche und fragte mich, was sie dazu sagen würde. Denn letztlich, fügte Tiffany an, besteht doch das Grundproblem darin, wie man in einer Gemeinschaft leben soll. Und natürlich war ich absolut ihrer Meinung. Ich fand dieses Projekt hervorragend. Aber ich war nicht sicher, ob solche Großprojekte wirklich umsetzbar waren. Sogar die Politik ist, wenn man es sich genau überlegt, viel kleiner, als man sich zunächst vorstellt: Man steht da, auf irgendeinem öffentlichen Platz, mit einem Megaphon und einem Filzstiftplakat, oder jemand wird in einer Vorstadtwohnung gefoltert, in Handschellen im Badezimmer, und mit der Dusche immer drauf. Oder nicht mal das. Ich meine, fuhr ich fort – während ich versuchte, nicht an Romy oder Candy zu denken, und doch nur an sie beide dachte – weil mir mein edler Gedankengang zu entgleiten drohte und ich ihn wiederaufnehmen wollte –, die Welt, in der man lebt, ist immer ganz klein und begrenzt.

– Darf ich dich unterbrechen?, sagte Candy.

Ich war ein wenig froh, denn ich fürchtete definitiv, dass ich meinen Gedanken nicht korrekt zum Ausdruck brachte, und mich interessierte immer, was Candy zu sagen hatte, und ganz besonders interessierte mich die Theorie, die sie jetzt grob zu umreißen begann, nach der wir alle die Möglichkeit akzeptieren müssten, dass wir uns alle das Leiden anderer Menschen bestenfalls als etwas Grelles vorstellen konnten, mit ganz grauenvollen Bluteffekten. Wohingegen das tatsächliche Leiden, Candys Meinung nach, so wie sie es beschrieb, viel alltäglicher und öder und schwieriger und unausweichlicher war. Aber sich das vorzustellen, war viel schwieriger, und deshalb taten wir es meist nicht. Und ich wollte unbedingt zeigen, dass ich mit Candy einer Meinung war, dass das Entsetzliche das Beste ist, was die Süßen erreichen können, wenn sie sich solches Leiden vorstellen, und eine Methode, in einem Gespräch seine Zustimmung zum Ausdruck zu bringen, ist, den Gedankengang des anderen fortzuführen, also versuchte ich das. Mir scheint, fügte ich hinzu, dass die Frage, worüber man nachdenken sollte, viel persönlicher sein müsste. Ich sitze oft da und denke darüber nach, dass ich nur ein Leben habe und nicht genau weiß, was ich damit anfangen soll.

– Schätzchen, sagte Tiffany. – Hier geht's nicht um dich.

Immerzu, dachte ich, bin ich dazu bestimmt, missverstanden zu werden! Trotzdem ließ ich mich nicht beirren. Hier sind wir alle, sagte ich, in Panik wegen irgendwelcher Leiden, aber was ist mit dem Tod?

– Ich kann nicht sehen, sagte Tiffany, – dass du jetzt gerade niedergemäht würdest.

– Um das *jetzt gerade*, sagte ich, – geht es doch gar nicht!

Denn ich konnte nicht verstehen, versuchte ich zu erklären, an welchem Punkt meiner ganz persönlichen Panik ich über Leiden und Tod zugleich nachdenken konnte – ich meine, zu gleichen Teilen, mit gleicher Gewichtung darüber nachdenken. Es ist, als könnte man sich nicht auf beide konzentrieren, und beide scheinen meine volle Aufmerksamkeit zu verdienen. Wenn man sich auf das Leiden konzentriert, dann muss man sich offensichtlich um die Bedürfnisse anderer Menschen kümmern. Aber wenn man sich auf den Tod konzentriert, und die Tatsache, dass jeder einzelne Mensch auf dieser Veranstaltung hier ein Leichnam sein wird, vielleicht sogar sehr bald schon, dann verliert das Leiden an Dringlichkeit, und die wichtigere Frage ist eine, die einen selbst betrifft, und zwar, wie viel Schönes man noch erleben kann, bevor man stirbt.

ICH
Vielleicht ist die härteste Frage, die man stellen kann, ob jemand glücklich verheiratet ist.

CANDY
Willst du wirklich darüber reden?

ICH
Ich sag ja bloß.

CANDY
Okay, gut, okay.

Ich konnte sehen, dass ihr Lächeln nicht echt war, und dass sie möglicherweise wütend oder gereizt war. Es wäre hilfreich gewesen, das genaue Ausmaß ihrer Verärgerung herauszufinden, aber ich war unsicher, wie ich das anstellen sollte, dazu noch in Gesellschaft. Es ist immer wichtig, andere Menschen so sanft wie möglich zu behandeln, und bei Candy hatte ich das Gefühl, dass man auch noch diesen gewaltigen Druck um sie herum berücksichtigen musste, für den niemand Bestimmtes verantwortlich war. Es war die Atmosphäre, in der heute vielleicht jeder lebt, ein gewaltiger Überdruss – wenn man sich überlegt, welchen Anforderungen wir alle ständig gerecht werden müssen, nicht nur, unser Sexualleben und unsere Karriere richtig voranzubringen, sondern auch zu wissen, wo der beste Kinderhort oder ein guter Massagesalon ist, irgendwo weit außerhalb der Stadt. Wer schafft es heutzutage noch, einfach nur das Faulsein zu genießen? Und deshalb verspürte ich wieder einmal eine Zärtlichkeit für Candy, die wie eine Last war, die ich auf den Schultern trug, und das hätte ich Candy gerne gesagt, aber es vor all diesen Menschen zu sagen, kam mir unmöglich oder unangebracht vor, also brachte ich stattdessen etwas Wilderes und Allgemeineres hervor.

ICH
Ich meine: Was ist überhaupt Elend?

CANDY
Ich sag dir, was Elend ist. Das ist, wenn jemand eine Nachmittagssoap guckt, in der zwei Frauen sich um eine Parklücke streiten – und dieser Betrachter die Situation nicht begreifen kann – eine Situation, in der es *zu viele Autos* gibt.

... auch wenn er kein Experte auf diesem Gebiet ist ...

Es war nicht so, dass ich unseren großen Wunsch nach Gerechtigkeit nicht teilte – ich hatte bloß meine Zweifel, ob sich die Situation wirklich so verändern ließ. Natürlich ist es edel, sich selbst seiner kolonisierenden Macht zu entledigen, aber um das zu erreichen, sind vielleicht viel drastischere Maßnahmen notwendig. Sich solche Sorgen um Menschen zu machen, die so weit weg sind! Und dabei so wenig zu erreichen! Das Problem bei solchen Sorgen ist, dass sie im Grunde so nutzlos sind wie der eine ehrliche Polizist in einem gigantischen Polizeistaat. Sieh mich nur an, mich und meine Utopien! Wenn man mir schlimme Verbrechen vorwerfen wollte, würde ich nicht widersprechen –, und zwar nicht nur wegen der offensichtlichen Verbrechen, die jetzt mein Gewissen belasteten. Wenn ich allein an das Geld dachte, das meine Ausbildung gekostet hat! Das Papier und die Farben, mit denen ich so gerne gespielt hatte, und mein ganzes Spielzeug! Es war einfach normal, sich keine Gedanken über die Fabriken und die Arbeiter in diesen Fabriken zu machen, die diese Dinge hergestellt hatten. Der Großteil des Lebens ist, denke ich, wie im Restaurant seiner Träume zu sitzen, dessen Kellner so aufmerksam wie unsichtbar sind. So wollen wir im Grunde, dass unsere Welt funktioniert, und es ist erstaunlich, wie sehr es tatsächlich so ist. Die Erdölförderung und solche Aufgaben bleiben einem immer erspart. Meine Mutter hat immer geschimpft, wenn ich den Leuten erzählte, wie leicht ich alles fand, in der Schule, oder bei meiner Arbeit in der Stadt. Meine Mutter schien zu denken, dass man mich vielleicht hassen würde, wenn ich zu sehr darauf hinwies, oder noch schlimmer – dass ich ein Geheimnis verriet, das wir besser für uns behalten sollten. Denn das Problem ist, dass es absolut köstlich ist, so zu leben. Und deshalb, glaube ich, ist es so viel schwieriger, seine Macht aufzugeben, als man denken würde. Egal, welche Grundsätze und Überzeugungen man hat, am Ende besitzt man sie nur auf die Art, wie man auch alles andere besitzt: Sie sind sehr einfach auszublenden. Es ist viel schwieriger, etwas aufzugeben, das man bereits in der Hand hält. Denn es gibt viele Prinzen, die in den Favelas der Vorstadt aufwachen – doch wenn sie die Wahl haben, kehren sie in den Palast zurück, in dem sie so gerne wohnten. Es liegt in ihrer Natur, das Vaporetto und den Abendhimmel über Satsuma zu bevorzugen.

SPIELZEUGFINALE

... sondern eher wie ein kaiserlicher Amtsschreiber oder Angeklagter ...

Ich empfinde großes Mitgefühl für die Amtsschreiber an den Rändern dunkler Reiche. Ich kann verstehen, wie so ein Trottel sich fühlt, als Beamter da draußen inmitten der Sümpfe und des Schilfs, der sich nicht auf seine Arbeit konzentriert, sondern sich vielmehr nutzlosen Übungen in Kalligraphie hingibt ... Das ist bloß eine der vielen unwürdigen Posen, die einem die Zeit aufzwingen wird, und damit meine ich auch dich, nicht nur, während du diese Erzählung liest, sondern in deinem privaten und öffentlichen Leben. Es ist unmöglich zu beschreiben, wie falsch wir ständig liegen, es ist eher wie Luft oder Essen, und deshalb ist alle Zeit vergeudete Zeit, es kann gar nicht anders sein. Denn eines, was ich mir nie ausgemalt hatte, niemals, war, dass bei meinen Bemühungen, die Welt zu einem besseren Ort zu machen, Candy vielleicht nicht an meiner Seite sein würde. Ich konnte mir das überhaupt nicht vorstellen – nicht, denke ich, weil ich es in meiner Arroganz für undenkbar gehalten hätte, dass sie mich verlässt, sondern weil sie ganz einfach immer eine Grundvoraussetzung meines Denkens war, weshalb es mir auch immer so schwergefallen war, mit den verschiedenen Konsequenzen meines Verhaltens zu leben. Wenn man mich trotzdem je gefragt hätte, wie es wäre, wenn Candy und ich uns trennen sollten, dann hätte ich vermutlich gesagt, dass es nur nach monatelangen Gesprächen vorstellbar wäre, einer Zeit der Gnadenfristen und Zukunftsmöglichkeiten, und kein Schauplatz erschien dafür möglich, oder angemessen: Dafür war es zu hoch und zu abstrakt. Und wenn es jetzt tatsächlich dazu zu kommen schien, als wir nach der Demonstration nach Hause kamen, hier in unserer Küche in einem der äußeren Vororte, neben dem zerstörten Zimmer, dann fühlte es sich außerdem an, als gebe es noch einen weiteren Hintergrund, wie ein Echo – als säßen wir in der Mitte eines großen Gerichtssaals dieser alten Revolutionen, und als wären hinter Candy eng geschlossene Reihen weiterer Richter und Henker, das schadenfroh voyeuristische Publikum.

– Ich denke die ganze Zeit, sagte sie, – welche Entscheidungen waren die falschen Entscheidungen?

– Was bedeutet das?, sagte ich.

Denn es kam mir wirklich so vor, als würde ich verurteilt werden.

– Ich weiß es nicht. Ich weiß es nicht, sagte sie.

– Okay, sagte ich.

– Nein, ich weiß, sagte sie. – Ich glaube, wir sollten uns trennen. Ich kann nicht mehr.

– Echt?, sagte ich. – Ich meine –

– Ich denke, das wäre das Beste, sagte sie.

Dann fing sie an zu weinen, aber ohne irgendetwas dagegen zu tun – sie saß einfach weinend da und ließ ihre Tränen ganz langsam hervortreten und wieder verschwinden, und gerade dass sie nichts gegen diese Tränen unternahm, sie nicht wegwischte, sie nicht auf ihren Wangen verrieb, wirkte so zerbrechlich und leer. Deshalb beschloss ich, dass ich mich zumindest um sie kümmern musste und nicht auch noch selbst zu weinen anfangen durfte. Wenn es mein Ideal war, mich edel zu verhalten, dann bestand in dieser Situation der bestmögliche Weg, das zu erreichen, darin, meine Selbstbeherrschung zu bewahren.

… ganz unerwartet mit seinem Schicksal konfrontiert …

Denn wenn sie mich verlassen wollte, konnte ich diesen Wunsch verstehen. Ich hatte Candy das Leben vermutlich sehr schwergemacht, wenn ich es aus einem bestimmten Blickwinkel betrachtete. Und deshalb begann ich mich zu fragen, ob ich das hier vielleicht tief in mir drin gewollt hatte, ja, dass ich wollte, dass unsere Ehe scheiterte und mein Glück zerstört wurde, und doch wusste ich, während ich das dachte, dass wenn dies zu Ende ging, selbst wenn ich wollte, dass es zu Ende ging, dass ich jetzt, da es zu Ende ging, ganz eindeutig wollte, dass es von neuem anfing, und der Umstand, dass ich mich möglicherweise in logische Widersprüche verwickelte, tat mir sehr weh. Es war so wie in der weit zurückliegenden Kindheit, als man unbedingt auf eine Party gehen wollte, um dort Acid oder Methadon einzuwerfen, und man hat seinen Eltern lange Zeit etwas vorgelogen, um diese Situation zu ermöglichen, aber als man am frühen Abend gerade aufbrechen will, erscheint das Haus plötzlich so gemütlich, so froh, und die Eltern blättern eine Take-away-Speisekarte durch und die Auswahl der Videothek, und man weiß nicht genau, wieso man darauf verzichten soll, um in die düstere, weite, windgepeitschte Nacht hinauszugehen.

ICH

Findest du nicht, dass jede erste Ehe irgendwann zu Ende sein muss? Ich meine, nein, so hab ich das nicht gemeint. Ich meine: Kannst du nicht meine zweite Ehefrau sein?

Ich versuchte wütend, mich mit mir selbst auseinanderzusetzen. Ich versuchte weiterhin daran zu glauben, dass die Befreiung, die ich mir gerade vorgestellt hatte, immer noch möglich war, und ich glaubte wirklich daran, denn wieso sollte ich nicht allein dazu in der Lage sein? Und doch musste ich leider einsehen, dass jede eventuelle Befreiung mit Candy im Hintergrund ablief, und die Aussicht, dass dieser Hintergrund niedergerissen werden könnte, wie beim Zusammenbruch des Filmstudiosystems, schien alles unerklärlich zu machen. Jetzt zum Beispiel reagierte Candy nicht mit einem Lächeln auf meinen Versuch, die Situation mit einem kleinen Witz aufzulockern; sie hatte sich in ihre eigene vorsichtige Welt zurückgezogen, wo sie nur genau so viel sagte, wie sie konnte, etwa, wie sehr ihr meine Eltern leid taten. Und ich fragte mich, ob ich das als eine Art Entgegenkommen verstehen durfte, und das Gespräch auf die Möglichkeit lenken konnte, dass wir uns professionelle Hilfe suchten, falls ihr das helfen würde, ihre Meinung zu ändern, doch sie schüttelte nur brutal leise den Kopf.

CANDY
Ich will sofort weg.

ICH
Ich will mit dir reden. Du bist immer die, mit der ich rede –

Und dann konnte ich nicht weitersprechen. Bedauerlicherweise und gegen meinen Willen fing ich an zu weinen. Dann fing auch sie wieder an zu weinen.

ICH
Das fühlt sich so unwirklich an.

CANDY
Tut mir leid.

ICH
Willst du wirklich gehen?

CANDY
Ja –

ICH
Das fühlt sich an, als würde ich sterben. So total –

… aber auch ganz definitiv …

Ich wünschte, ich könnte ihm irgendwie entkommen, meinem Schicksal – dass ich einfach bei irgendeinem Diner in der Wüste einkehren und mich mit Jalapeño Poppers und Chicken Wings vollstopfen könnte, oder in der Cafeteria irgendeines indischen Bergdorfes, bei eingelegtem Gemüse und Chapati, aber insgesamt war mir klar, dass diese Vision genau wie die meisten Visionen absolut unerreichbar war. Ich musste weitermachen. Von jetzt an würde ich weitermachen müssen, und ich würde es ganz allein tun müssen. Diese Aussicht war so schmerzhaft, dass ich tatsächlich das Gefühl hatte zu sterben, es war keine Übertreibung, auch wenn ich, als ich es sagte, wusste, dass es nur wie eine Übertreibung und melodramatisch klingen konnte, aber trotzdem, ich musste sagen, was ich fühlte. Es war, als könnte ich fühlen, wie alle Moleküle meines Körpers ganz langsam die Arbeit einstellten. Und gleichzeitig stellte ich überrascht fest, dass, so schmerzhaft es auch war, es noch schmerzhafter hätte sein können, wenn ich Candy mit einem Mal alles gebeichtet hätte, was ich ohne ihr Wissen getan hatte, oder falls nicht ohne ihr Wissen, dann doch ohne ihre Zustimmung, was eine etwas andere Situation ist. Stattdessen würden wir jetzt für immer in dieser kleinen Kapsel bleiben, wo alles unausgesprochen bleiben würde.

CANDY
Wir hätten das schon längst tun sollen. Du wolltest es doch auch.

ICH
Wann denn?

CANDY
Na ja, seit Monaten –

ICH
Das ist so schlimm.

CANDY
Guck mal, wir sterben hier doch. Das weißt du. Du solltest nicht so traurig sein.

ICH
Halt mich fest.

Es war sehr merkwürdig. Ich gab klägliche Töne von mir, als würde ich stöhnen oder wehklagen, denn es fühlte sich definitiv so an, als würde sich unter mir alles in Luft auflösen, so wie in Horrorfilmen der Boden unter den Füßen verschwindet, wenn man gerade zu fliehen versucht, doch während ich das tat, dachte ich zugleich, dass ich einen angenehm fröhlichen Tonfall beibehalten musste. Wenn dies das Finale sein sollte, dann musste ich ihm zumindest mit so viel Leichtigkeit wie möglich begegnen. Denn alles kann zu einem Spielzeug gemacht werden, wenn man es nur vom richtigen Standpunkt aus betrachtet. Zumindest hoffte ich das.

… in einer weiteren Katastrophe der Zeit …

Von diesem Standpunkt aus versuchte ich deshalb, das Schicksal anzuhalten, wie kurz auch immer – so wie ein Zeichentrick-Dschinn die Hand heben würde, um einen bösen Geist in einem ewigen Standbild einzufrieren.

ICH
Ich dachte, du würdest noch hier sein, wenn wir alt sind. Ich dachte, wir würden Kinder haben.

CANDY
Echt? Das hast du gedacht?

Eine lange Pause.

CANDY
Vielleicht sollten wir es noch mal versuchen, wenn wir sechzig sind.

Ich war ihr dankbar, weil sie damit ja sagte, dass es nicht für immer war, dass es wie immer andere Möglichkeiten und alternative Wege gab. Der Umstand, dass es nicht wahr oder nur aus Freundlichkeit gesagt worden sein könnte, war zu traurig, als dass ich darüber nachdenken konnte. Und ich weiß, die Leute denken, wenn man jung ist, oder fast noch jung, stünden einem die Tricks der Zeit noch nicht wirklich zur Verfügung – aber wie ich gerade herausfand, bedeutete jung zu sein oder beinahe jung nur, dass sich diese Tricks in einer kürzeren Zeitspanne drängen, wie Computermodelle von Konstellationen. Alle Katastrophen der Zeit können in jedem einzelnen Augenblick passieren, und das gilt zum Beispiel auch für Nostalgie, sie kann einen in ihrem langsamen Flug jederzeit streifen – zum Beispiel in diesem Augenblick, als ich Candy für alle Zeiten verlor, aber auch, wenn man sich dabei erwischt, dass man jeden Film, den man ansieht, als Video bezeichnet, obwohl es nur Digitalbilder auf einem Bildschirm sind, oder, um ein größeres Beispiel zu wählen, als ich kurz zuvor mit Hiro an einem Kino vorbeikam, einem Multiplex, das ich nicht einmal besonders mochte, und mir auffiel, dass ich in diesem Kino zum ersten Mal die ausländischen und so stylischen Filme gesehen hatte, vor fast exakt meinem halben Leben. Damals hatte ich gedacht, ich würde noch viele weitere so tolle Werke sehen oder lesen, dass sie einen großen Einfluss auf mich haben würden und dass ich selbstverständlich selbst Künstler werden würde. Doch in Wirklichkeit gab es gar nicht so viele davon. Und die einzige Kunstform, die ich zustande brachte, ist dieser ausufernde Bericht, so leuchtend und ehrlich wie die Gemälde, die die Leute im Park an die Zäune hängen. Was Nostalgie angeht, das ist mir klar, war es vielleicht nicht vergleichbar mit dem Mann, der kurz vor dem Tod eine Erscheinung seiner ersten großen Liebe hat, aber was soll's? Das Gefühl ist das gleiche. Und ich erlebte jetzt einen weiteren solchen Moment, als ich spürte, wie meine gesamte Zukunft sich auflöste. Plötzlich schien es sehr wichtig, mir so viel wie möglich einzuprägen, von Candys Gesicht und allem, was sie sagte, genau wie ich mich oft an bestimmte Aspekte meiner Vergangenheit erinnerte – zum Beispiel, dass das Fenster in dem Raum, in dem wir schliefen, zur Zufahrt hinausging. Wenn ich *Zufahrt* sage, heißt das nicht, dass wir in einer Art Hacienda wohnten, nein, die Zufahrt war nur so lang wie ein Auto, und mein Vater hatte sie selbst geschottert. Wenn ich als Kind krank war, blieb ich in diesem Zimmer, als Verwöhnprogramm, und ich konnte hören, wenn der Milchmann die Zufahrt entlanglief. Und jetzt wachte ich morgens auf und stellte fest, dass es keine Milchmänner mehr gab. Der Einzige, der dieses Geräusch bewahrte, war ich.

ICH
Können wir noch mal neu anfangen?

CANDY
Ich kann das nicht –

ICH
Warum nicht?

CANDY
Lass uns das nicht machen –

Und auf einmal wusste ich nicht mehr, was ich noch sagen sollte. Denn sie hatte offensichtlich recht. Sie war der edelste Mensch, den ich kannte.

– Geh, sagte ich. – Es ist schon okay.

Es war wirklich sehr traurig, sich zu überlegen, dass es keine zweite Chance geben würde, und die gesamte jüngere Geschichte meines Lebens plötzlich wie aus großer Höhe zu betrachten: mit anderen Worten, zu begreifen, dass das Urteil der Zeit definitiv gegen mich gerichtet war. Das ist wie bei diesen Historiengemälden, die aus der Nähe betrachtet nur Gewimmel oder Gedränge sind, mit Gicht und ekelhaften Vergrößerungen, aber wenn man weit genug zurücktritt, sieht man die große Krönungszeremonie, oder die Freiheit auf den Barrikaden. Oder wie eine dieser verschwommenen Menschenmengen, wo man erst, wenn man weit genug entfernt steht, erkennt, dass sie so elektronische Karten hochhalten, die den Namen des unsterblichen und einzigen Führers ergeben. Nachdem Candy gegangen war, saß ich noch lange in der Küche und sah mich um. Ich wusste nicht, wo ich sonst hingehen sollte. Ich war wie ein Teich oder ein Pool, in dem sämtliche Zeit still vor sich hin strudelte. Dann ging ich schließlich nach oben ins Bett, und einen Moment lang war ich verwirrt, weil noch etwas anderes fehlte, ich aber dieses Fehlende nicht benennen konnte – und dann fiel mir ein, dass, natürlich, unser Hund nicht mehr da war.

9. NOIR

DAS ENTSETZLICHE

… nach der er verändert erwacht …

Als ich am nächsten Morgen aufwachte, war alles ganz friedlich. Das Leben lag unbeweglich da, wie ein offenes Feld. Ganz ohne ZOOM! oder BAMM! Meine Mutter und mein Vater waren immer noch weg. Candy war in Tiffanys Wohnung gefahren, in der heißen, stickigen Stadt. Ich glaubte nicht, dass ich noch einmal mit Romy sprechen würde, jedenfalls nicht in nächster Zeit. Und auch der Hund war nicht da, und auf eine Art war das Fehlen des Hundes noch schlimmer, weil er für immer fort war, er würde mir nie wieder nachts seinen Atem ins Gesicht blasen oder versonnen durchs Schlafzimmer spazieren, mir nicht die warmen Pfoten auf die Nase legen, die so sehr nach Milch rochen. Unser Hund roch nach Reis, oder Toast, manchmal auch nach Zuckerguss mit Vanille. Unser Hund roch supersüß. Nur Hiro war noch da und schnarchte im Gästezimmer – und ich war froh, dass mir in der Welt zumindest diese Gesellschaft geblieben war. Ich war es gewohnt, immerzu die Aufmerksamkeit anderer Menschen zu genießen – und deshalb tat ich jetzt das Einzige, an das ich denken konnte, nämlich Hiro aufzuwecken und gemeinsam ein noch größeres narkotisches Frühstück einzunehmen, als sogar für uns normal war, mit weißem Pulver, um alles mehr wie *Electronica* und frei von Sorgen erscheinen zu lassen, dann die weißen Tabletten, um die Eindrücke abzudämpfen. Es schien tatsächlich alles besser zu machen, und ich konnte jetzt viel klarer denken. Selbst wenn man traumatisiert und voller Angst und allein ist, ist das kein Grund, seine laufenden Projekte aufzugeben. Ganz offensichtlich mussten wir das Geld zurückgeben – und auch wenn ich nicht hundertprozentig sicher war, wem genau wir das Geld schuldeten, erschien es mir am wahrscheinlichsten, ins Nagelstudio zu gehen, weil wir im Nagelstudio das meiste Geld mitgenommen hatten, und beim Nagelstudio konnte ich mir am ehesten vorstellen, dass finstere Gewalt dahinterstand. Ich hatte keine Ahnung, ob dieser Gedanke in irgendeiner Weise der Wahrheit entsprach. Die Dinge in Ordnung zu bringen war eine solche Last! Es waren so viele Entscheidungen damit verbunden! Und doch war es auch etwas Schönes, wenn ich es denn so sehen konnte, etwas zu tun, damit alle anderen unbesorgt leben konnten, während ich allein von früh bis spät ohne Pause die Last der anderen schulterte. Und eine weitere Aufgabe, fiel mir auf, wenn ich die Dinge tatsächlich in Ordnung bringen wollte, war es, unseren Hund zu begraben. Am Vortag hatten wir ihn nach draußen in den Garten gebracht, und der Gedanke, dass er über Nacht da draußen gelegen hatte, während Candy und ich uns stritten und anbrüllten und uns für immer trennten, das war ein sehr trauriger Gedanke, der Unwohlsein bei mir auslöste. Und deshalb ging ich im Schlafanzug in den Garten hinaus, und es fühlte sich gut an, ich meine, endlich das Heft in die Hand zu nehmen und das Richtige zu machen. Es war zumindest ein Schritt in Richtung eines besseren Lebens. Ich wollte unseren Hund draußen im Grünen begraben, am Rand der Stadt, im Wald, zwischen den Brotfruchtbäumen und Eichen, wo er so gerne umhergelaufen war. Aber als ich in den Garten ging und da stand, im Hintergrund ein Pflaumen- und ein Cherimoyabaum, und in der Ferne der Lärm der Autostrada, überkam mich unweigerlich die Angst. Ich hatte die Gewalt vergessen, die unserem Hund angetan worden war, die Gewalt und ihre Auswirkungen, durch die sein Schädel eine Einbuchtung aufwies, so wie ein Knopf eines uralten Kassettendecks verkanten und nie wieder in die richtige Position zurückkehren konnte, und sein Kiefer stand schief, so dass die Zähne nicht aufeinanderpassten, als würde er eine Grimasse schneiden, oder sehr albern lächeln. Das Blut auf seiner Schnauze und seinem Fell war jetzt braun und bröselig. Und als ich das Blut auf seiner Schnauze und auch auf seinen Pfoten betrachtete, denn etwas davon war von seinem Kopf auf seine Vorderpfoten getropft, als wir ihn abgelegt hatten, veränderten sich irgendwie meine Gefühle – denn unser Hund war immer sehr reinlich gewesen, er leckte sich immer den Schlamm oder anderen Schmutz ab, als wollte er die Wohnung nicht dreckig machen. Niemals hätte er solche Flecken auf seinen Pfoten zugelassen, nein, niemals, und diese Flecken lösten mit einem Mal große Wut in mir aus, und ich stand da, im hellen Schein meines eigenen Zorns, und wurde erst aus dieser Benommenheit geweckt, als mein Telefon sich meldete.

… und alle Schuld von sich weist …

Wieder war es eine Nachricht von einer Nummer, die ich nicht kannte. Ich schrieb wütend zurück, doch ich erhielt keine Antwort. Und auch wenn ich weiß, dass es auch für diese Nachricht eine ganz harmlose Erklärung geben konnte, schien sie für ein wichtiges Problem zu stehen, mit dem ich mich auseinandersetzen musste. Es war, als würde mich die Welt einfach nie in Ruhe lassen. Immer, dachte ich, muss ich es sein, der in Angst lebt. Und auch wenn ich zu akzeptieren bereit war, dass man mir vieles vorwerfen konnte, hatte ich trotzdem das Gefühl, dass sich vieles zu meiner Verteidigung vorbringen ließe. Und ich glaube immer noch nicht, dass es so falsch war, meine Schuld in Frage zu stellen, denn das ist sicherlich eine sehr komplizierte und nicht abschließend zu beantwortende Frage. Und wenn ich jetzt als mein eigener Historiker nach Gründen suchte, um diese ganze Katastrophe zu erklären, dann müsste ich sehr langsam beginnen und müsste auch andere Menschen im Hintergrund um mich herum einbeziehen, wie den Mann, der seinen Rottweiler in den benachbarten Parks ausführte und nicht wollte, dass ich meinen Hund gleichzeitig mit seinem frei laufen ließ, weil mein Hund ihn störte, weil er zu schnell war und sein langsameres Tier ärgerte, und auch die Frau, die mir immer sagte, ich solle meinen Hund nicht so an ihrem Hund herummachen lassen, *Er mag es nicht, wenn man so an ihm herummacht,* sagte sie immer, als wäre mein Hund pädophil oder kriminell. Und dann konnte es sehr gut auch noch andere Gründe geben, zum Beispiel, dass das erste Mädchen, das ich küsste, nie wieder mit mir gesprochen hat, was mich sehr traurig machte, oder vielleicht war ich schon vorher traurig, und deshalb würde ich in dieses Bild derer, die Schuld waren, auch meine verstorbenen und abwesenden Großeltern einbeziehen, ja, ich würde sehr weit zurückgehen müssen, vielleicht bis zu meinem Schwimmlehrer im öffentlichen Schwimmbad, der mich entließ, ohne dass ich schwimmen gelernt hatte, und meinem Zahnarzt, der mir einen Milchzahn zog, ohne ihn zu ersetzen, so dass ich mit einer schiefen Zahnlücke herumlief, und den Lehrern an meiner Schule, die mir die magische Note verweigerten, die mir erlaubt hätte, mit einem Füller zu schreiben, was bedeutet, dass ich strenggenommen noch immer nichts anderes benutzen darf als Bleistift und Kuli. Und dann die anderen Kinder bei den Regionalmeisterschaften für unter 14-Jährige, die mich mit ihrer Schnelligkeit ärgerten. Je mehr ich über meinen Eintritt in die Welt der Erwachsenen nachdenke, desto mehr staune ich über die Handicaps, mit denen ich geboren wurde, darunter die unglücklichen Vorgänge, die das Aussehen meines Körpers bestimmt haben, vor allem meiner Haut. Von Geburt an war meine Haut schlecht, mit leuchtendem Ausschlag und nässenden Rissen. Und das bedeutet, mehr will ich nicht sagen, dass die meisten Dinge, die man mit Vergnügen verbindet, für mich ein Problem darstellen – zum Beispiel an den Strand zu gehen. Wenn ich an den

Strand gehe, bekomme ich Hitzepickel am gesamten Körper. Im Kinderkrankenhaus haben sie mich in Bandagen gewickelt, damit ich mich nicht kratzen konnte, und später hat man mich meine Hände in Chemikalien baden lassen, um die Haut abzuhärten. Außerdem probierten wir verschiedene Mixturen aus Zweigen und Rinde aus, die es in den Apotheken von Chinatown zu kaufen gab, obwohl weder meine Mutter noch ich glaubten, dass sie helfen würden – und sie schmeckten ekelhaft und halfen tatsächlich nicht. Ja, ich könnte immer so weitermachen, wenn ich darüber nachzudenken begann. Es war wie zwei sich gegenüberstehende Spiegel. Oder so, wie wenn ein Muezzin loslegt und dann alle anderen Muezzins mit ihren Tonband-Muezzinrufen antworten.

… als Rächer …

Der Schuld ein Ende! Wenn ich einen Schlachtruf hatte, dann vielleicht diesen. Denn wollte ich nicht das Geld zurückzahlen? Musste ich mich nicht auf den Niedergang meiner Ehe konzentrieren, den Tod meines Hundes, die Zufriedenheit meiner Freunde? Nicht, dass ich dachte, ich verdiente keine finstere Bestrafung. Mir war absolut bewusst, dass mir Strafe zustand, mir als einem der Mächtigen und Kriegstreiber. Aber gleichzeitig würde ich behaupten, dass ich immer nur mit den allerbesten Absichten gehandelt hatte – ich lehne Leid tatsächlich in jeder Form ab, und ist das nicht eine Form von Reinheit, auch wenn das, was geschieht, nicht ganz so rein erscheint? –

und wenn es zu unbeabsichtigten Folgen kam, die schändlich waren, durfte das tatsächlich die einzige Art sein, um das Leben eines Menschen zu bewerten? Ich war absolut in eine Welt hineingeraten, die ich nicht verstand, und wenn das geschieht, muss man vielleicht ein wenig Gewalt als verdiente Strafe hinnehmen, und es stimmte, dass die Gewalt, die gegen mich eingesetzt worden war, recht überschaubar war, schließlich betraf sie nur ein einzelnes Mitglied des Tierreichs, und nicht etwa das Abschneiden eines Ohres meiner Frau oder das Zerschmettern meiner Beine mit einem Baseballschläger aus Metall. So gesehen, klar, war die Gewalt eher klein, aber andererseits darf man nicht vergessen, wie groß sich solche Kleinheit anfühlen kann. Und wieso hatte ausgerechnet unser Hund dran glauben müssen? Unser Hund war das unschuldigste Geschöpf, das ich je kannte, das freundlichste, mit den traurigsten Augen. Ich hob ihn hoch, trug ihn ganz vorsichtig auf den Armen, und während ich das tat, erinnerten sich meine Arme daran, wie es gewesen war, als er noch ganz klein und ein Welpe war, als ich ihn auf den Arm nahm, um ihn in den Garten zu bringen, weil die eine Stufe der Veranda zu viel für ihn war und beängstigend. Es war wirklich nicht auszuhalten. Alle waren verschwunden. Alles war weg. Aber gerade deshalb würde ich dieser Situation mit Anmut begegnen. Ich würde der Gewalt mit einer Anmut entgegentreten, die aus der Liebe geboren war. Denn ein Hund zu sein ist schlimm, man ist davon abhängig, von anderen beschützt zu werden, und ich hatte diesen Schutz immer sehr ernst genommen. Ganz eindeutig hatte ich etwas falsch gemacht. Aber musste die Strafe wirklich so grotesk ausfallen? Wenn sie dachten, dass es leicht sei, Angst und Schrecken zu verbreiten, dann musste man ihnen beibringen, dass man sich so nicht verhalten durfte. Wenn es sein musste, würde ich mein Revier voller Selbstbewusstsein verteidigen. Ob eine solche Entscheidung für ein Seelenleben spricht, weiß ich nicht, aber für mich war es genug – so, als könnte ich mich mit Bravour bewähren, wenn dies der Día de Muertos war. Mit einem Mal verstand ich das Material, so wie die besten Filme immer die sind, in denen man an einem bestimmten Punkt merkt, dass die Filmemacherin verstanden hat, was sie da tut, ein Moment der absoluten Klarheit, und genau dann verwandelt sich das Ganze in etwas Lebendiges und Zerbrechliches und Unvertrautes. Ich würde der Gewalt mit Stil gegenübertreten. Und ist das etwa nichts? Sicher gab es in der Geschichte der Heiligen auch einen, der nicht besonders heilig erschien, einen, dessen Heiligkeit nicht in Form von Performance-Kunststücken zum Ausdruck kam, wie auf Nägeln zu schlafen und so weiter, auf ein Rad gebunden und gedreht zu werden? Und falls ja, dann war ich vielleicht einer dieser weniger offensichtlich heiligen Heiligen.

… mit seinem Sidekick Hiro …

Ganz vorsichtig legte ich unseren Hund ab und ging ins Haus, um mit Hiro zu reden. Denn wenn man im Rachegeschäft tätig ist, braucht man in der Regel Waffen und einen Sidekick.

– Bist du immer noch dabei, ja?, sagte ich.

– Das ist Wahnsinn, sagte Hiro.

– Es scheint so, sagte ich. – Aber so machen wir's.

Vermutlich war es gut, dass wir schon in eine narkotische Atmosphäre eingetaucht waren, aber ich glaube auch, dass mein Plan vernünftig war. Denn ich hatte ja nicht vorgeschlagen, völliges Chaos zu verursachen und mehrere Morde zu begehen, es war nur etwas ganz Einfaches und nicht einmal unbedingt Gewalttätiges. Ich wollte unseren Hund draußen im Grünen begraben, im Wald, wo er so gerne umhergestreunt war. Doch zunächst wollte ich zu dem Nagelstudio fahren und ihnen ihr Geld zurückgeben – denn obwohl wir das Geld längst ausgegeben hatten und obwohl mir der Gedanke, meine Eltern zu bestehlen, nicht besonders gefiel, wusste ich doch, wo meine Mutter einen fetten Stapel Scheine in der Gefriertruhe aufbewahrte, für Notfälle, und bestimmt ging dies als Notfall durch. Aber außerdem hielt ich es für wichtig, den Geschäftsräumen des Nagelstudios große Gewalt anzutun: nicht gegen jemanden persönlich gerichtet, sondern als Akt der Rache, der zeigen würde, dass ich mich nicht für alle Zeiten beschuldigen lassen würde.

– Das dein Plan?, sagte Hiro.

– Genau, sagte ich.

– Okay, sagte Hiro. – Okay.

Und ich war sehr froh, dass ich diese Operation mit Hiro durchführen würde, denn so wütend ich auch war, ich verstand doch, dass dieser Plan vielleicht nicht gelingen würde, denn wenn man Gewalt in die Welt bringt und darin nicht geübt ist, kann vieles schiefgehen, und das beunruhigte mich, aber ich versuchte, meine Sorgen so klein wie möglich zu halten. Die Sorgen existierten in meinem Kopf wie ein Streifen Sonnenlicht auf dem Fußboden. Ich meine, es gehört zum Fußboden und gleichzeitig auch nicht.

– Dann, sagte Hiro, – brauchen wir jetzt nur noch einen Hammer.

– Einen Hammer?, erwiderte ich.

– Klar, sagte Hiro.

Ein Hammer, fuhr er fort, macht den Leuten Angst, und man findet ihn in jedem Haus, was ein großer Vorteil ist, wenn man neu im Rachegeschäft ist. Und natürlich hatte er recht. Wir haben diese Kategorie *Waffe*, aber eigentlich können viele Haushaltsgegenstände Waffen sein, wenn man sie anders verwendet: Messer, Gabeln, Hämmer, Haken, Zangen, Schaufeln, Spaten – mehr braucht man nicht, um sich wie ein Vollirrer aufzuführen. Und so, kam er zum Schluss, würden wir dieses Dilemma lösen. Es klang sehr gut und intelligent, wie Hiro seinen Plan darlegte. Wir nahmen also unseren Hund, das Geld aus der Gefriertruhe, zwei Hämmer aus einem Schrank in der Küche, dann noch den Schlüssel für das Auto meiner Mutter, und fuhren in Richtung der Einkaufsstraße. So einfach kann es gehen, wenn man klar denken kann. Doch klar zu denken kann auch dazu führen, dass sich weitere Komplikationen einstellen – denn während wir fuhren, sagte Hiro plötzlich: *Der Spaten*, und ich musste zugeben, dass das ein absolut gerechtfertiger Einwand war. Es ist nämlich nicht möglich, im Waldboden oder Lehm mit bloßen Händen ein Loch zu graben, es ist vollkommen unmöglich. Einen schrecklichen Moment lang zögerten wir, und ich befürchtete, dass mein gesamter Plan in sich zusammenfallen würde – doch dann, in einem dieser Inspirationsmomente, die es in der Biographie jedes Menschen geben muss, der für Großes bestimmt ist, sofern er nicht durch die Umstände und praktische Details daran gehindert wird, fiel mir das Gewerbegebiet wieder ein, draußen an der Autobahn.

… ein kurzer Abstecher …

Denn was *noir* ist, kann immer noch sehr hell sein. Und deshalb fuhren wir an den leeren Apartmentgebäuden und illegalen Autowerkstätten vorbei, bis wir den Baumarkt fanden. Er lag gegenüber des Riesensupermarktes, auf dessen Parkplatz ich vor so langer Zeit, so kam es mir jedenfalls vor, gesessen und das Verderben aufziehen gespürt hatte. Und vielleicht war *Verderben* gar nicht so falsch. Aber ich wollte nicht so denken. Innen war das Licht noch heller als die leuchtenden Reihen von Autos. Es bestand aus vielen Plastikkronleuchtern, aus Perlen und Kupferdraht, und es klingelte zerbrechlich, wenn sie der von den entfernten Klimaanlagenventilatoren erzeugte Luftstrom traf. Aber ich machte mich direkt auf zur Gartenabteilung, mit dieser so entgegengesetzten Weichheit, dem Duft nach Holz in der Luft, nach Gartenschnur. Und vielleicht wurde mir erst jetzt klar, dass der Schrecken eine Droge ist, dass der Schrecken eine Atmosphäre ist, an die man sich gewöhnt. Mein Auftrag war es, einen

Spaten zu kaufen, um meinem geliebten Hund ein Grab zu schaufeln, dem Hund, der als Rache für meine eigenen Verbrechen getötet worden war, und das, während ich Hämmer versteckt am Körper trug. Und vielleicht war einer der Gründe, wieso das so verlockend auf mich wirkte, dass für einen unbeteiligten Betrachter überhaupt nichts Furchteinflößendes zu erkennen war. Und deshalb kam es mir so vor, denn ich neige immer dazu, mich selbst in anderen Menschen wiederzuentdecken, dass die Frau neben mir, die eine Auswahl dekorativer Grabgabeln prüfte, vielleicht eine Gabel suchte, um den blutigen Penis ihres Mannes zu vergraben, oder dass der Mann, der sich die Pflanzvasen für Sträucher oder Kräuter oder anderes Grünzeug ansah, in Wirklichkeit abzuschätzen versuchte, welche groß genug sein würde, um den abgetrennten Kopf seines Kindes hineinzupflanzen. Genau so dachte ich, mit möglicherweise wildem Blick, aber noch immer einer gewissen Lockerheit in den Turnschuhen, während ich die Gartenwerkzeuge betrachtete. Die Spaten, an die ich gedacht hatte, stellten sich als sehr groß heraus. Sie glänzten und bestanden aus rostfreiem Stahl und waren so schwer, dass ich nicht wusste, ob ich einen davon handhaben konnte. Aber trotzdem kaufte ich einen. Ich hatte keine andere Wahl. Und dann machten wir uns wieder auf den Weg.

… bevor sie ihre Rache mit minimalem Gewalteinsatz ausüben …

Natürlich wusste ich nicht genau, wer aus dem Nagelstudio uns bedroht hatte, und es konnte auch sein, dass keiner der Zerstörer, die uns angegriffen hatten, selbst beim Nagelstudio angestellt war. Ich wusste, dass meine Rache vielleicht nicht die perfekte Symmetrie aufwies, die ein solcher Racheakt eigentlich aufweisen sollte, aber was sollte ich machen: Ich musste mit dem arbeiten, was ich hatte, und ich glaube, dass das am Ende auch ausreicht, oder zumindest häufig reichen muss. Und so betraten wir das Nagelstudio wie in einem Albtraumszenario, mit Hämmern, einem Spaten und einem schweren, toten Hund. Das überraschte mich, aber jetzt ließ es sich nicht mehr ändern: Hiro hatte den Hund – vielleicht unabsichtlich, weil er in seinem Grabtuch auf seinem Schoß gelegen hatte – einfach mit hineingenommen. Den Effekt zu sehen war wirklich interessant – die einzige Kundin stand einfach nur da, mit offenem Mund, dann

– Hau ab, sagte Hiro, den Hund an sich gedrückt, und sie ging –

und die Frau vom Empfang, der die hübsche Heiligenfigur gehörte, begann heftig zu zittern. Ihre große Angst war ihr anzusehen, und ich muss zugeben, dass mir das gefiel. Ein weiteres Mal erhaschte ich einen kurzen Blick auf das Machtgefühl, das Bandenchefs oder verrückte Diktatoren erleben dürften, diese absolute Macht, die jemand hat, wenn er alle Hemmungen ablegt, sie einfach auseinanderbaut wie eine Burg aus Lego – sofern, das muss ich vermutlich noch anfügen, ihnen das auch ohne jede Furcht gelingen sollte. Ich glaube, sehr oft verdunkelt die Furcht vor den Konsequenzen das Bild. Wenn man damit zurechtkommt, eröffnet einem das enorme Spielräume. Und mit diesem Machtgefühl tief in mir drin ging ich in diese Szene hinein, während Hiro unseren Hund ganz sanft auf dem Boden ablegte. Durch die Bewegung wurde ein wenig Blut aus seiner Wunde gedrückt.

– Scheiße!, sagte eine andere Frau.

– Fresse halten, sagte Hiro.

– Hier, sagte ich, – ist euer Geld.

Ich legte die Geldscheine vorsichtig auf den Tresen, weil ich schließlich keinen davon verlieren wollte. Sie sollten sehen, dass wir ihnen alles zurückzahlten. Und es schien mir offensichtlich, dass dies der richtige Ort war, dass dies tatsächlich das passende Ziel unserer Rache war, ganz einfach deshalb, weil sie nichts sagten. Es war ganz genau so, dachte ich, als hätten sie damit gerechnet. Und von diesem Zweifel befreit schlug ich deshalb mit dem Hammer auf den Empfangstresen. Ich war froh. Ich fühlte mich groß. Die Stille, die auf diesen Lärm folgte, erschien mir sehr lang, und das lag wohl daran, dass niemand wusste, wie er reagieren sollte, und das gefiel mir sehr. Außerdem traten aus dem Körper meines Hundes weitere Flüssigkeiten aus, und das hatte eine grausige und verstörende Wirkung. Dann schlug ich mit dem Hammer auf das Telefon, das ein bisschen zerbrach, aber vor allem vom Tresen rutschte und krachend auf den Boden aufschlug. Die Empfangsdame bückte sich, um es aufzuheben, und ich nahm an, dass sie es testweise ausprobieren wollte, sie sprach ganz leise hinein, oder zumindest wirkte es so, aber ich verstand es nicht ganz, denn in diesem Augenblick war die Gewalt in mir riesengroß, und ich wusste nicht so recht, wie ich sie eindämmen konnte. Da lag ein kleiner Handspiegel, und den zerschmetterte ich auch, und dann fragte ich mich, ob ich nicht auch die Spiegel vor jedem der Behandlungsplätze zerschlagen konnte. Ich hatte keine Vorstellung davon, wie viel Gewalt dafür notwendig sein würde. Ich bereute jetzt, dass wir keine richtige Pistole hatten. Wenn ich gekonnt hätte, hätte ich Kugeln in die Decke gefeuert und alle möglichen Oberflächen durchlöchert, das hätte ich auf jeden Fall getan. Aber dann kam die Empfangsdame langsam, ganz langsam, mit einer Anmut, die mir erst jetzt zum ersten Mal auffiel, hinter ihrem Tresen hervor und ging in die Mitte des Studios, wo sie sich neben meinen Hund kniete. Dann nahm sie ein Handtuch von einem Stapel vor einem der Spiegel und hüllte ihn darin ein, und sie tat es äußerst zärtlich, und ich wusste diese Zärtlichkeit sehr zu schätzen. Es war, als sei es zu einer Art gegenseitigem Verständnis gekommen, auch wenn es von ihr vielleicht eher als Vorwurf gemeint war. Ihr Gesichtsausdruck war sehr ernst. Dann übergab sie mir den Hund, und er war vollkommen eingewickelt und verborgen: Nur seine schwarze Nase ragte heraus, so wie sie früher aus der Bettwäsche herausragte, wenn er unter unserer Decke schlief. Und plötzlich fühlte ich mich völlig kraftlos. Ich war sehr traurig und sehr müde. Ich wollte nur noch meinen Hund irgendwo begraben, in aller Ruhe. Ich wusste, dass die

Leute mich anstarrten, aber das war mir egal. Draußen fiel ein feiner Regen, ganz leicht nur, und schräg, wie ein fast unsichtbarer Vorhang, und in diesem Regen machten wir uns davon.

... die doch wohl das gute Recht unseres Helden ist ...

Auf der Straße waren glückliche Menschen zwischen den feuchten Palmen voller Begeisterung mit Shoppen und Speeddating beschäftigt. In einem parkenden Auto saß ein Mann und hörte Cool Jazz, wobei er mit Drumsticks auf das Lenkrad trommelte. Und hier war ich, mit einem toten Hund auf dem Arm, und neben mir der strahlende und Funken sprühende Hiro. Es machte mich traurig, nicht in diese grüne Szene eintauchen zu können. Da war ich, auf derselben Straße, und hatte vergessen, was Glücklichsein ist. Ich hielt mich an diesem Gedanken fest, als wäre er eine Wärmflasche, die mich nachts besser schlafen lassen würde. Die einzig mögliche Schlussfolgerung war, dass mir grausames Unrecht widerfahren war. Wieso waren diese letzten paar Monate so überaus kompliziert für mich gewesen? Wenn man lang genug darüber nachdachte, erschien alles unglaublich ungerecht. Ich hatte mir wirklich, so empfand ich es, einen kleinen Urlaub verdient, vielleicht irgendwo Gold waschen, oder die Südsee erkunden. Zumindest das, fand ich, war ich mir schuldig. Es erschien mir nicht unangemessen. Denn vielleicht, überlegte ich, während wir die Autotüren zuschlugen, war es möglich, auf andere Art Gutes zu tun. Welche Mühe es kostet, eine bessere Welt zu erschaffen! Kein Bandit in einer Massenschlägerei in irgendeinem heruntergekommenen Wirtshaus war schlechter dran als ich ... Ich sah zu Hiro hinüber, der neben mir im Auto saß und den Hund ganz liebevoll festhielt, und ich empfand die gleiche Liebe für ihn, genau wie ich mich liebevoll daran erinnerte, dass Candy unseren Hund ganz ähnlich gehalten hatte, im Auto, als er erst einen Monat alt war oder so, und wie sie ihm voller Liebe in die Augen sah.

DAS SÜSSE

… jedenfalls scheint es so …

Mit hoher Geschwindigkeit durch ein dicht bebautes Gebiet zu fahren, ist ein ganz spezieller Kick. Um das Mafiosi-Bild zu komplettieren brauchten wir nur noch von innen durch die Windschutzscheibe zu schießen, so dass sie in tausend Stücke zersprang, wie Zuckerguss. Und schließlich gab es in den Annalen der Geschichte schon andere Kinder, die sich in Drogenbaronistas verwandelten, oder in Auftragskiller, wieso also konnte nicht auch ich mich verwandeln? Ich fühlte mich wie ein Outlaw, und in vielerlei Hinsicht, überlegte ich, war ich auch einer, wenn man unter Outlaw auch diejenigen fasste, die von ihrer normalen Lebenswelt ausgeschlossen worden waren. Ich war so erhaben, dass ich in gütiger Stimmung war, und mir kam der Gedanke, dass ich in meinem Bemühen, etwas Ruhe einkehren zu lassen, vor der Fahrt in die Wälder mit dem traurigen Auto, dessen Lack sehr wohl mit Hundeblut beschmiert sein mochte, in die Waschanlage fahren könnte. Und dies war ganz besonders großzügig von mir, denn das ist eine Situation, die ich überhaupt nicht mag – von schlechtgelaunten Menschen in Wasserschutzkleidung bedient zu werden, die nicht verbergen, wie ungern sie diesen Dienst leisten. Und doch nehme ich diese Dienstleistung an, auch wenn mich diese Art von praktischer Situation mit all den Dingen, die ich nicht weiß, jedes Mal vor ein Rätsel stellt. Verhalten ist schwierig, und vielleicht ist die Unterscheidung in die, die etwas schaffen, und die, die nichts schaffen, eine der versteckten Unterteilungen unserer Zeit – viel wichtiger als die in Kapitalisten und Arbeiter, oder Schwarze und Weiße. Zum Beispiel tippten jetzt gerade Menschen auf die Motorhaube und baten mich, sie zu öffnen, und dabei blickten sie besorgt auf winzige Häufchen durchweichter Blätter, die sich in der Vertiefung gesammelt hatten, in der die Scheibenwischer saßen – doch ich hatte die Motorhaube noch nie geöffnet und hatte keine Ahnung, wie das gehen könnte. Deshalb antwortete ich mit einer Geste, die besagen sollte, dass es mir wirklich egal war, aber ihnen schien es immer noch nicht egal zu sein, und ich verfluchte diese Besessenheit, unbedingt professionell erscheinen zu wollen. Um zu zeigen, wie egal mir diese Blätter waren, versuchte ich deshalb, ein Stück vorzufahren, doch das führte nur dazu, dass sie aufschrien, und daher versuchte ich sie auf andere Weise zu überzeugen, dass es wirklich nicht wichtig war, doch sie blieben unerbittlich, und deshalb gab ich schließlich zu, dass ich der Aufgabe tatsächlich nicht gewachsen war, und ich hoffte, dieses Eingeständnis würde entwaffnend oder charmant wirken, denn im Allgemeinen ist eine solche Offenheit etwas Bewundernswertes, doch stattdessen öffnete einer der Männer bloß meine Tür, eine Geste, die ich wie einen

Übergriff empfand, besonders in meiner nervösen Verfassung, beugte sich neben meinem Bein hinab, bis zu der Stelle, wo der Hebel saß, und in unsympathischer Unterwürfigkeit reagierte die Motorhaube, indem sie auf der Stelle ein Stück weit aufsprang. Ich bedankte mich mit einer Geste, aber es war möglicherweise schon zu spät, falls ich mit dieser Geste eine Art Ebenbürtigkeit zwischen uns andeuten wollte, eine Art Gleichheit unter Männern. Schweigend öffneten sie die Autotüren und saugten die Innenkanten ab. Dann klappten sie schweigend die Motorhaube zu und gaben mir zu verstehen loszufahren, und zum Abschied hob ich selbstbewusst die Hand. Ich wollte nämlich diese unbekümmerte, mild euphorisierte Stimmung nicht verlieren, diese Art von gelassener Erregung, die einen im Grunde heilig sein lässt, einigen Philosophen und Weisen zufolge – auch wenn, apropos weise Männer, ich in der Umgebung von Toy Town erfahren sollte, wie viel mehr dunkle Abgründe es in Wirklichkeit gab, als den talmudischen Weisen klar gewesen ist. Andererseits braucht man, um das Walten des Schicksals zu verstehen, die alten Texte gar nicht zu studieren. Es reicht dieser eine Zeichentrickfilm – in dem die Katze entspannt und glücklich daliegt, bis ihr die Maus mit dem Holzhammer einen überzieht. Ich finde, solche Trickfilme sollten in Endlosschleife in jeder Highschool und an jedem College gezeigt werden.

... auch wenn das Schicksal wieder einmal auf der Lauer zu liegen scheint ...

Denn die Weisheit solcher Trickfilme ist die einzige Weisheit, die einen darauf vorbereiten könnte, solche schrecklichen Dinge zu überleben, zum Beispiel, wenn man unterwegs zum Wald am Stadtrand einer riesigen Stadt ist, um dem geliebten Haustier ein anständiges Begräbnis zu ermöglichen, und versucht, in sich auch nur ein kleines bisschen Glücklichsein zu bewahren, und dann fällt einem im Rückspiegel auf, dass ein anderes Auto genau dieselbe Route wie man selbst zu fahren scheint – dieselben Minikreisverkehre und Ampeln, dieselben Ausblicke auf Tennisplätze und Beerdigungsinstitute und Gemüsemärkte – und obwohl ich annehme, dass es in jeder Stadt Menschen gibt, die anderer Leute Reisewege nachahmen, das ist einfach eine Eigenschaft riesiger Städte und ihrem Hang zu Zufälligkeiten, kam mir dieser Zufall seltsam vor. Nicht so seltsam, dass ich es als bedrohlich einstufen musste, aber trotzdem, es wirkte auf mich, sagen wir mal, *interessant*. Ich konnte schließlich nicht vergessen, dass wir gerade Gewalt ausgeübt hatten, und ich vermute, kein Akt der Gewalt bleibt je ohne Konsequenzen, vielleicht gilt das sogar für alles, was man tut. Doch eine Verfolgung schien mir ein bisschen übertrieben, denn hatten wir nicht mit dem Zurückzahlen des Geldes getan, was wir tun mussten? Und deshalb war es denkbar, das musste ich einräumen, dass unsere Verfolger, falls wir tatsächlich verfolgt wurden, zu mehr imstande sein würden, als ich zunächst dachte. Und ich würde behaupten, dass es in einer solchen Situation das beste ist, etwas ganz Ausgefallenes zu tun, zum Beispiel, sich den Vorplatz eines Bahnhofs anzusehen oder die Gewerbegebiete der Gegend zu erkunden. Und wenn dasselbe Auto einem dann immer noch folgt, dann ist die Wahrscheinlichkeit, dass es sich um einen riesigen Zufall handelt, vielleicht ein bisschen geringer. Mit solchen Gedanken im Kopf fuhr ich im Zickzack und ohne Plan, so dass Hiro ganz vorsichtig meinen Orientierungssinn und meine Konzentration in Frage stellte.

– Junge, sagte Hiro. – Lass mal schön auf die Straße achten.

Das war ein sehr guter Rat, und sehr vernünftig. Denn an solchen Orten verfolgt zu werden, ist nicht so aufregend, wie es sich Videospiele und andere Trainingsumgebungen ausmalen. Es erfordert eine Konzentration, die viel anstrengender ist, als die Videasten zu glauben scheinen, denn während sie sich permanente Beschleunigung und die völlige Missachtung der Sicherheit Dritter vorstellen, musste ich feststellen, dass es unmöglich war, die gewünschte Geschwindigkeit zu erreichen, die vielleicht nötig gewesen wäre. Da waren alte Leute, die ziemlich langsam die Straße überquerten, ein Trauerzug mitsamt einem Cadillac-Leichenwagen, der mit Blumen gefüllt war, und außerdem Baustellen mit temporären Ampeln, und einmal sogar eine Prozession zu Ehren verschiedener Heiliger, wegen der ich bestimmt zehn Minuten lang anhalten musste, mit einem Jesus, der ein weißes Heliumkreuz auf der Schulter trug. So eine Verfolgungsjagd ist eher kompliziert, wie eine Fahrprüfung oder ein Sprachtest, und erinnert weniger an einen pixeligen Strudel.

… in Gestalt eines Gegners …

Und außerdem vergisst es, dass die Verfolgung, wenn man die Gegend sehr gut kennt, ein paar traurige Konnotationen mit sich bringt. Wir rasten die Unterführung hinab, fuhren am Krankenhaus wieder hinauf und die Straße mit den asiatischen Restaurants entlang, dann durch die Straße mit den Läden für Nähmaschinenersatzteile, am Zoo vorbei, und da fiel mir auf, dass dies die Strecke war, auf der ich immer mit meinen Eltern in die Stadt gefahren war. Es war immer die romantischste Strecke für mich gewesen, und das war sie immer noch, auch wenn jetzt solche Gefahr und solch ein Sturm damit verknüpft waren. Ich fragte mich flüchtig, ob meine Eltern je davon wussten, ich meine, ob sie wussten, wie sehr ich diese kleine Ansammlung von Straßen mochte. Die Nostalgie war sehr groß, auch wenn ich eigentlich nur ein Auto unter den vielen anderen Verkehrsteilnehmern war, den Krankenwagen und Wohnwagen und Radfahrern in engen Formationen. Neben mir saßen junge Leute in Geländewagen und rauchten Gras, während in einem kompakteren Sportgerät ein vermutlich zugekokstes Mädchen fuhr, vermutlich auf dem Weg zu ihrem vermutlich superheißen Kieferorthopäden. Und natürlich war es auch denkbar, in diesem System von Absperrungen und Langsamkeit, dass in der Limousine hinter mir ein Philosoph zu einer Konferenz gefahren wurde, auf der er die Nichtexistenz der Zeit beweisen würde, und das war etwas, an das ich gerne glauben wollte, während ich ganz langsam auf die Außenspur wechselte und sie wieder verließ. Ich kann es nicht empfehlen, eine Verfolgungsjagd im Verkehr einer Megalopolis. Ich glaube, ein solcher Verkehr macht es einem Gangsterneuling noch schwerer, vor allem, wenn Autofahren noch nie eine Stärke dieses Gangsters war. Hätte ich mir einen Ort für meine allererste Verfolgungsjagd aussuchen dürfen, hätte ich keine Großstadt in der Abenddämmerung ausgewählt, sondern eher etwas in Richtung einer leeren Fernstraße durch die Steppe, in der Nacht. Wie üblich gab es eine enorme Kluft zwischen dem Tatsächlichen und dem Ideal – ungefähr so breit wie in der Geschichte vom Drehbuchautor, der die Ideen aus seinen Träumen auf einem Notizblock neben seinem Bett aufschrieb, um am nächsten Morgen festzustellen, dass seine große Idee nichts anderes war als *Boy Meets Girl*. Wir fuhren eine Straße irgendwo zwischen der Stadt und der Vorstadt entlang und nicht wirklich in Richtung des Waldes, weil dieses Ziel momentan warten musste, solange ich abzuschütteln versuchte, wer auch immer vorhatte, uns zu stellen, und ich bemerkte, dass unsere Fahrt uns an dem Hotel vorbeiführte, in dem ich Romy blutend wiederangetroffen hatte, und doch, als ich es betrachtete, mit seinem Pool und den Palmen, konnte ich nur annehmen, dass etwas nicht stimmte, dass es unmöglich war, an diesem Ort nach der vergangenen Zeit zu suchen: Denn dass die Zeit vergangen war, hieß zugleich, dass auch der Ort verschwunden war. Es war derselbe und nicht derselbe, was bloß ein weiterer Beweis der Nichtexistenz der Welt war. Unterdessen wurde ich immer ängstlicher und fahriger. An der Kreuzung vor einem der größten Einkaufszentren der Welt entschied ich mich nicht für die ruhigeren Straßen, sondern reihte mich ein, um auf eine der äußeren Schnellstraßen der Stadt einzubiegen.

– Tja, ein Abenteuer ist es schon, sagte Hiro.

Er war so cool, es war nicht zu glauben. Und wenn ich, in der Rückschau, vielleicht irgendwann hätte innehalten können, dann hätte ich hier innegehalten, in diesem Moment der höchsten Geschwindigkeit. Sieh dich nur mal um! Die Sterne wurden gerade im Loft da oben am Himmel ausgestreut. Neben der Autobahn, in der Ferne, vollführten die Paintball-Schilder im Dämmerlicht ihr stotterndes Neonding. Und während wir auf die Schnellstraße und hinauf in den Himmel rasten, standen unten in der Unterführung ein paar erschöpfte Männer, die vermutlich aus fernen Kriegsgebieten stammten, und verkauften Fernbedienungen für abwesende Fernseher und ein paar kaputte Videokameras. In weiter Ferne, neben den Kanälen, saßen wahrscheinlich Grashüpfer, wie Nagelknipser zusammengeklappt. Doch das Traurige ist, dass du niemals innehalten kannst. Weil du dem Schicksal niemals wirklich ausweichen kannst. Damit meine ich, die Methode, mit der du ihm ausweichst, wird am Ende selbst zu deiner Zerstörung führen. Du stellst deinen neuen Machismo unter Beweis, und die Art, wie du das tust, wird diesen Machismo packen und zusammenschlagen. So ist das einfach. Am Ende wird dich der Hundegott kriegen.

… der ihnen eine Verfolgungsjagd liefert …

Wir fuhren oben auf dem Presidential Freeway, und mit dieser Turbogeschwindigkeit unterwegs zu sein, machte mir große Angst. Das Auto, das uns verfolgte, war dagegen ein äußerst glückliches Automobil. Es flitzte fröhlich zwischen den anderen Autos hindurch, mit der wahnsinnigen Kraft völliger Unbekümmertheit. Es gab Momente, in denen ich befürchtete, gleich das Gas- mit dem Bremspedal zu verwechseln. Ich war überfordert. Die ganze Szene war so voller Action, dass ich mich völlig erledigt fühlte, so wie man sich fühlt, wenn man siebzehn Termine vergessen hat und diese Termine, wenn man sich wieder an sie erinnert, auf sich herabkommen spürt wie die Lava des Vesuv auf Pompeji, oder sogar noch schlimmer, denn anders als Pompeji genießt der gelähmte Teilnehmer solcher alltäglichen Situationen nicht den Luxus, auf der Stelle versteinert und somit von jeder weiteren Terminplanung befreit zu werden. Stattdessen muss man weitermachen, inmitten des nicht endenden Desasters, und zum Beispiel zu erraten versuchen, wer genau in diesem Auto sitzen könnte, und wieso sie ein so ausgeprägtes Interesse an einem haben, denn im Allgemeinen kann man wohl sagen, dass die meisten Menschen andere Leute überhaupt nicht wahrnehmen, und das ist im Allgemeinen ein perfekter Zustand zum leben. Aber während mir diese unmöglichen Gedanken durch den Kopf gingen, musste ich gleichzeitig viele schnelle Entscheidungen treffen, und vielleicht waren die Entscheidungen, die ich jetzt traf, nicht die besten. Das sollte wenig überraschend sein, wenn man bedenkt, wie verwirrend das Denken sein kann. Natürlich, wenn ich die Sache jetzt, von hier oben in den lieblichen Wolken der Zukunft aus betrachte, wäre es wohl das beste gewesen, einfach die endlosen Schnellstraßen entlangzufahren, bis das Auto hinter mir verschwand – ich hätte mich auf das Geschenk der Geschwindigkeit verlassen sollen, und mich zur Sicherheit außerdem an die offenen und öffentlichen Straßen halten sollen. Doch das war nicht, was tatsächlich passierte. Ich war sehr verängstigt und verwirrt und alles andere als überzeugt, dass die Beschleunigung meines Fahrzeugs es mit der des anderen Autos, das so geduldig hinter uns blieb, aufnehmen könnte, und deshalb ist es nicht das, was tatsächlich passierte. Was passierte, ist, dass ich in meiner Panik – und dieser gesamte Bericht ist ja, wenn überhaupt irgendetwas, die Beschreibung einer Panik – die allererste Autobahnausfahrt nahm und wieder zu den gewöhnlichen Straßen und Kreisverkehren hinabfuhr. Ich wollte schließlich in den Wald – denn wenn man einmal entschieden hat, das Richtige zu tun, dann sollte man es tun, allen Gefahren zum Trotz. Oder zumindest glaube ich, dass das der Grund war. Ich bin mir manchmal nicht sicher, wieso ich Dinge tue. Und vielleicht ist dieses Fehlen eines tieferen Beweggrundes ganz natürlich. Vielleicht glaubt man immer, wenn das Ende naht, und das tut es irgendwann, dass es doch eigentlich keinen vernünftigen Grund dafür gibt. Ich glaube, ich dachte zudem, dass ich in der Wildnis und dem Gestrüpp der Vorstadt am längeren Hebel sitzen würde, denn in so einer Auseinandersetzung ist es wichtig, das richtige Gelände zu wählen, und insbesondere ein Gelände zu wählen, in dem man sich zu Hause fühlt, so wie andere Geschöpfe ihren Bau wählen. Schnell bog ich in kleinere Nebenstraßen ab, kreiste um einzementierte Dorfwiesen, an Wassertrögen und Minigolfkursen vorbei, die in Autowaschanlagen umgewandelt worden waren, bis wir das städtische System wieder verlassen hatten und uns im Grünen befanden. Wir fuhren durch die äußeren Dörfer, die eigentlich bloß vielbefahrene Straßen waren. Hinter mir war noch immer dieses schreckliche Auto. Es war eine sehr interessante Erfahrung, zu wissen, dass man verfolgt und gejagt wird, und in keiner Weise in der Lage zu sein, etwas dagegen zu tun. Ich hielt an jedem Zebrastreifen an, und wenn ich langsamer wurde, wurde auch das andere Auto langsamer – was mir ein wenig Hoffnung machte, denn wenn man sich so verhält, dann muss man zumindest einen gewissen Sinn für zivilisiertes Verhalten haben. Dann kann es einem nicht nur um Donnerbüchsen und Erschießungskommandos gehen. Ich fragte mich, ob in diesem Gehorsam gegenüber den Gesetzen vielleicht meine einzige Chance bestand. Die Nacht legte behutsam ihre Millionen Netze über die Häuser und Brauereien, und ich beschleunigte mitten durch den kreuzenden Verkehr, während das Hupen sich hinter mir schräg in die Länge zog, und einen Moment lang glaubte ich, entkommen zu sein. Wir fuhren schnell, und ich bog ab in Richtung Wald und dachte, dass mir vielleicht wie immer der ganz große Ärger erspart bleiben würde. Dann sah ich im Rückspiegel, dass uns das schreckliche Auto noch immer folgte.

– Was hast du jetzt vor?, sagte Hiro.

Ich dachte darüber nach, doch mir fiel keine offensichtliche Antwort ein.

– Meinst du, wir sollten anhalten und reden?, sagte ich.

– Vielleicht, sagte Hiro.

So war er. Er war immer offen für neue Bekanntschaften, und ich finde das cool, so offen für neue Erfahrungen zu sein.

– Das scheint ihre Absicht zu sein, sagte Hiro.

Er hatte während unserer Verfolgungsjagd einen Cocktail kleiner Tabletten genommen, und jetzt schluckte er noch ein paar weitere, vermutlich für die kommenden Stunden, zusammen mit einer Flasche Wasser. Diese Geste hatte etwas sehr Heimeliges, wie ich fand. Es war sehr häuslich und sehr heimelig, auf eine undefinierbar tröstende Weise.

... die in einem Wald endet, oder auf gemeinschaftlichem Grund ...

Den Wald hinter unserem Vorort hatte ich als Kind mit meinem Vater durchstreift, auf der Suche nach heruntergefallenen Blättern, die wir mit nach Hause nehmen und als Mulch oder Dünger oder irgendeine andere Gartenvokabel verwenden wollten. Der Geist meines Vaters war überall, obwohl er nicht tot war, aber es ist ja auch überhaupt nicht unmöglich, dass eine Person, die noch lebt, gleichzeitig etwas ist, das einen verfolgt. Ich nehme an, ich wollte wie üblich meiner Verantwortung gerecht werden – denn was heißt erwachsen werden, in dem Witz des alten Meisters? Es heißt, die Peitsche, den Willen, mit eigener Hand über sich schnalzen zu lassen, was genau das war, was ich tat, als ich am Straßenrand anhielt. Das andere Auto tat es mir gleich, wenn auch vielleicht mit größerer Genauigkeit beim Manövrieren. Und mein Plan war wohl gewesen, dass wir anhielten, um eine freundliche Unterhaltung zu beginnen, eine, in der wir uns schnell über Fehler und Missverständnisse verständigen, einander anschließend auf den Rücken klopfen und unserer Wege gehen würden, doch das Problem war, dass niemand reden wollte, oder zumindest nicht auf diese Art reden. Ich weiß nicht, wie ungewöhnlich das sein mag. Ich habe mich immer in einer Atmosphäre wohl gefühlt, in der die Menschen ruhig und respektvoll miteinander umgehen. Stattdessen zogen sie es vor zu schreien, was ich schon immer als absolut quälend empfunden habe, und das hieß, dass ich mich fürchtete und spüren konnte, dass ich gleich klein beigeben würde, als ginge es mir nicht mehr um die konkreten Ursachen und Ziele, sondern nur noch um meine eigene Sicherheit. Überrascht stellte ich fest, dass alle drei unserer Verfolger, die jetzt aus dem Auto gestiegen waren, Frauen waren, doch das war weniger interessant als der Schrecken, den ihre Ausrüstung auslöste: Skimasken, glänzendes Leder, diese Art von schrecklicher Ausstattung. Ich nahm mir vor, mich nicht zu fürchten, oder zumindest nicht zu zeigen, dass ich mich fürchtete, denn wenn man zeigt, dass man sich fürchtet, ist man erledigt, und ich wollte nicht erledigt sein, noch nicht. Ich lächelte Hiro zuversichtlich an und konnte an der Art, wie sich sein Gesicht bewegte, sehen, dass ihn das ein wenig beruhigte. Er teilte mir ungefähr Folgendes mit: *Sollen wir die Sache regeln? Wir werden das regeln, und zwar ohne Probleme. Das wird genauso leicht sein, wie die paar Pillen gerade zu schlucken, genauso schnell und glatt wird das laufen. Keine Angst, Amigo!* Man konnte sehen, dass er genau das sagen wollte, allein an der Art, wie er in seiner Tasche nach einer Zigarette suchte und sie ohne jedes Zittern anzündete. Das war nett von ihm, denn ich würde schon sagen, dass ich in diesem Augenblick Angst hatte, nicht nur vor den Leuten, die vor uns standen, sondern vor allem vor der Situation. Es war schwer zu sagen, wo die eine Furcht aufhörte. Sie schienen ineinanderzufließen. Denn ich brauchte nur daran zu denken, wie wenig ich darüber wusste, wer diese Menschen waren, und was ich falsch gemacht haben mochte – denn in meiner Vergangenheit und jüngeren Vergangenheit gab es eine allzu breite Auswahl, ganz wie das Problem in den alten Spielshows, wo man den erstrebenswertesten der dort aufgebauten Gegenstände auswählen musste, wie aus einem Porträt von Jagdtrophäen – so dass ich dazu auch noch verwirrt und besorgt war, eine Sorge, die sich nur schwer von der Sorge oder der Ahnung trennen ließ, dass um uns herum im Wald überall Insekten und auch Tiere waren, vielleicht sogar Aliens, wie ich geglaubt hatte, als ich jünger war. Da war ein Rascheln, wie man sich vielleicht das Rascheln der Sprache vorstellen würde, wenn Sprache ein Ding wäre, was sie vermutlich ist, oder auch Gefahr, sofern Gefahr ebenfalls abgelegen, klein, verlassen und ganz nah ist. Und deshalb versuchte ich wie üblich, als Erster zu reden, denn nur so lässt sich schließlich eine Situation kontrollieren, und dazu legte ich mir im Kopf ganz sorgfältig die richtigen Dinge zurecht, etwa, wie leid es mir tue, und wie gerne ich wüsste, was genau es sie für notwendig erachten ließ, uns in die Dunkelheit einer Waldstraße zu bringen, auch wenn ich vermute, dass ich damit danebenlag, denn schließlich war ich es gewesen, der diesen Ort gewählt hatte, und doch war ich irgendwie überzeugt, dass die Dinge sich entfalteten, ohne dass ich sie kontrollieren konnte. Doch eine der Frauen kam mir zuvor.

– Was wollt ihr?, sagte sie. – Was habt ihr erwartet?

– Keine Ahnung, sagte ich.

Ich wollte fragen, ob sie auch für die Zerstörung der Gegenstände in meinem Haus verantwortlich war, und für die ungewöhnlichen Nachrichten auf meinem Telefon, doch gleichzeitig spürte ich, dass ich auf einmal nicht mehr wusste, wie man sich in einer solchen Unterhaltung verhielt, das heißt, einer, in der alle Antworten unvorhersehbar waren. Es war offensichtlich, dass sie in einer Art Code mit uns sprachen, wie die Geister in Zungen durch das geheimnisvolle Diktiergerät des Ouija-Bretts reden, und wie für jeden Mystiker besteht die ganze Schwierigkeit darin, das Rätsel rechtzeitig zu entschlüsseln.

– Das war ein Missverständnis, sagte ich. – Wir wollen niemandem was.

Denn wenn sie vorhatte, mich einzuschüchtern, dann wollte ich sehr schnell klarstellen, dass ich, ob ich nun unter denselben Bedingungen aufgewachsen war wie sie oder nicht, ich immer noch selbst entscheiden konnte und einen gewissen Mut hatte.

Doch stattdessen überkam mich ein belastendes Schweigen, in mir waren einfach überhaupt keine Worte mehr. Das passiert häufig, wenn mich jemand anschreit, es lässt mich komplett verstummen. Einmal zum Beispiel, als ich noch ein kleines Kind war, dachte ich, dass ich mich in einem Zimmer eingesperrt hatte, dass ich die Tür nicht öffnen konnte, als wäre der Griff zu hoch für mich, was ich sehr verwirrend fand. Und als ich rief, kam irgendwann mein Vater und öffnete die Tür ohne Probleme, weil sie nämlich überhaupt nicht abgeschlossen war – doch statt einer liebevollen und fürsorglichen Reaktion schien er bloß sauer zu sein und schrie mich an, während ich da stand, mit heruntergelassener Hose, und ich spürte absolute Sprachlosigkeit und Ungerechtigkeit, was immer geschieht, wenn man mit mir schimpft. Ich kann es nicht verhindern. Und deshalb war ich dankbar, als ich begriff, dass Hiro jetzt das Reden auf unserer Seite übernahm, auch wenn ich es zugleich bedauerte, denn ich hatte mir immer vorgenommen, dass ich ihn beschützen würde, und nun hatte ich bei der wichtigsten Prüfung von allen versagt. Andererseits ist es vielleicht gar nicht so merkwürdig, dass sich gewohnte Strukturen in außergewöhnlichen Situationen auf unmögliche Weise verändern. Ich verspürte große Zärtlichkeit für Hiro, und das war eine schreckliche Empfindung, wenn man das unsichtbare Gewicht dieses Gefühls bedenkt und wie schlecht ich darauf eingestellt war, dieses Gewicht auf mich zu nehmen. Mir war nie aufgefallen, wie gutaussehend Hiro war, mit seiner faltenfreien Haut, seiner natürlichen Haartolle. Halb war ich in ihn verliebt. Er sprach schnell und ziemlich lange, und ich weiß zwar, dass die Gründe dafür zum Großteil chemischer Natur waren, und dass man, wenn man Hiro besser kannte, wusste, dass er nichts Böses im Sinn hatte, dass er einfach nie etwas Böses im Sinn hatte, doch das Problem ist ja, dass wir im Leben oft Schlüsse ziehen, die auf sehr begrenzten Informationen basieren, und ich konnte sehen, dass diese Leute gerade ganz genau das taten, sie beurteilten Hiro und fanden ihn schwierig, auf Grundlage einer Interpretation, die sicherlich zumindest ein bisschen ungerechtfertigt war. Als Hiro diese Personen wissen ließ, dass er keinerlei Veranlassung sah, sich vor ihren zu fürchten, dass sie ihm tatsächlich gar keine Angst machten, dass sie jetzt am besten ihre Masken einpacken und in den Sonnenuntergang davonfahren sollten, musste man in dem, was Hiro sagte, nicht unbedingt etwas Arrogantes oder Unangebrachtes sehen. Es war natürlich nicht so, dass mir nicht klar war, dass er auf andere unberechenbar wirken konnte. Auf mich wirkte er nur verletzlich, doch ich nehme an, dass in ihren Augen eine Art coole Prahlerei der Antrieb für sein Verhalten war.

– Vielleicht, sagte eine der Frauen, – solltest du einfach mal aufhören zu reden, ja?

Wenn man sich vorstellt, dass es in diesem Land Erschießungskommandos und andere Folterorgane gibt! Nicht, dass ich das anders sehen würde, denn aus der großen Distanz kann ich den Wunsch, mir den Prozess zu machen, sehr gut verstehen, aber trotzdem – wir hatten uns so sehr an den Gedanken gewöhnt, dass wir niemals für das würden geradestehen müssen, was wir getan hatten. Es schien so wunderbar, diese Art zu leben. Ich hätte nie gedacht, dass ich einmal meinen Feinden gegenübertreten müsste. Und wenn du dieses Wort *Feind* altmodisch findest, wenn du die Wangen aufbläst oder wie ein Putto auflachst, und noch einen Bissen Samosa nimmst, im Triumph über meine Dummheit, dann finde ich das unfair. Die alten Wörter können doch immer noch nützlich sein. Denn hier standen Menschen und verlangten, dass Hiro aufhörte zu reden, und eines, was sich über Hiro in einer solchen Verfassung in jedem Fall sagen lässt, ist, dass er nicht gerne zu reden aufhört, vor allem dann nicht, wenn man ihn darum bittet. Zu solchen Missverständnissen kommt es vielleicht andauernd. Hiro war tatsächlich ein Mensch mit so komplizierten Gedankengängen und Meinungen und Vorlieben, dass er wirklich dachte, seine Begeisterung für Grüntee-Eis machte ihn zu etwas Besonderem, aber wenn diese Leute überhaupt einen Menschen vor sich sahen, dann war es eine abstraktere Version eines Menschen, eine Person, die einfach nicht verstand, worum es ihnen ging, die ein Problem für sie darstellte und sehr wahrscheinlich ausgeschaltet werden musste – und dem einen das andere zu erklären, wäre eine beinahe übermenschlich unmögliche Aufgabe gewesen. Aber gut, nicht alles lässt sich erklären. Manchen Dinge sind privat und nicht greifbar. Es besteht immer ein gewaltiges Ungleichgewicht zwischen dem großen Innen und dem kleinen Außen, und der Abstand zwischen den beiden ist, denke ich, manchmal so gigantisch, dass es keine Möglichkeit gibt, die beiden zusammenzubringen. Sie sind das absolut Unvereinbare.

… die zu Gewalt führt …

Doch gleichzeitig zeigt sich, dass es sehr einfach ist, jemanden ganz klein zu machen, nur so groß wie das Ausmaß seines Körpers und nicht mehr, wie es jetzt eine unserer Gegnerinnen demonstrierte, die vortrat und eine Reisetasche auf den Boden stellte. Dann holte sie ganz vorsichtig, und es beeindruckte mich, wie sie das tat, mit welcher Ruhe und Leichtigkeit, aus der Reisetasche eine Pistole. Sie sah uns an, und es war diese Art von Blick, der besagt *Adios, Compadre,* durch den bloßen Umstand, dass der Blick so leer war, dass er gar nichts aussagte. Das Problem war, dass ich keine Möglichkeit sah, wie ich mich dieser Situation entziehen konnte. Ich wusste nicht, was man von uns wollte, Geld oder unsere Aufmerksamkeit oder eine Entschuldigung oder das Versprechen, das Land zu verlassen. Ich wollte sie anflehen und alles anbieten, was sie wollten. Wie wütend sie war! Wie wütend jemand auf dich sein muss, um eine echte Pistole zu ziehen – und daran, dass sie echt war, hatte ich keinerlei Zweifel, man erkannte es einfach an der Art, wie sie sie hielt, und ich begriff, dass das ein sehr nützliches Wissen für die Zukunft sein würde, falls es für mich noch eine Zukunft gab, und falls ich in dieser Zukunft mit einer Pistole konfrontiert werden sollte, wozu es hoffentlich nicht kommen würde. Alles in mir drin war verworren und verzweifelt.

Kein Wunder, dass ich Hiros Mut bewunderte! Ich wusste, dass es eine Verbindung zwischen seiner Munterkeit und den Tabletten gab, die er genommen hatte, aber trotzdem, ich glaube nicht, dass sich überhaupt irgendetwas direkt auf etwas anderes zurückführen lässt: Jedes Verhalten ist letztlich ein totales Rätsel.

– Wir sollten uns echt alle mal beruhigen, sagte Hiro. – Wir sollten uns mal hinsetzen und darüber reden, vielleicht auch Kaffee trinken. Wär das nicht ein besserer Plan? Ich will hier niemandem was vorschreiben, aber –

Er hörte ganz langsam auf weiterzureden, und ich konnte ihn verstehen, denn es ist schwierig, seine Haltung zu bewahren, wenn man keine verständnisvollen Zuhörer hat. Um das Unbehagen ein wenig zu lindern, versuchte ich mir die Schönheit der Natur um uns herum anzusehen. Es hatte so beständig geregnet, dass da plötzlich eine ungestüme Flora und Fauna war: neue Käfer und wilde Arten von Kohl. Das letzte Sonnenlicht fiel in weichen Säulen zwischen den Bäumen herab. Ich glaube, ich interessiere mich nicht für die Schönheit der Natur, oder zumindest tat ich es damals nicht. Meine Aufmerksamkeit galt ganz eindeutig etwas, das meine Mutter mir einmal gesagt hatte, und zwar, dass ich alles verdiente, was mir geschah. Sie meinte damit, dass ich all das Gute und die Wunderdinge verdiente, aber ich fragte mich, ob ich auch das hier verdiente, als Strafe für meine Millionen Missetaten. Und falls das für mich galt, dann verdiente vielleicht auch Hiro solche Gewalt. Doch welche Art von Gewalt, das wusste ich nicht. Ein kleines Tier starrte mich von einem Baum herab an, und mich überkam große Angst. Ich wollte nicht sterben, hier draußen, unter schrecklichen Schmerzen. Ich bin es gewohnt, anderen meine persönlichsten Gefühle mitzuteilen, und dass man sie respektiert, und deshalb tat ich das auch jetzt. Denn ich war wirklich nicht bereit zu sterben, in die Unterwelt hinabzugehen, in die Halle der vollständigen Wahrheit, und mein Leben gegen eine einzelne Feder aufwiegen zu lassen. Ich weiß, man sollte jederzeit auf den Tod eingestellt sein, aber was soll das überhaupt heißen? Ich bin ganz sicher nicht auf den Tod eingestellt – wenn noch so viele Geheimnisse in meinen E-Mails auf mich warten, so viele Projekte unvollendet und unleserlich in meinen Notizbüchern stehen. Ich hatte keine Lust, zur Leiche zu werden, während meine Ersthelfer nervös um mich herumstanden.

– Ich habe Angst vor euch, jaulte ich. – Ich hab solche Angst.

Denn wenn man so etwas sagt, ist das doch sicherlich ein Signal, dass man niemandem Gewalt antun will, dass man vielmehr Mitleid verdient hat. Und außerdem wollte ich betonen, dass ich sie nicht verurteilte, auch wenn sie mordgierig und wie die Hitzköpfe in den alten Mythen daherkamen, denn das ist eines meiner Grundprinzipien: Wenn man sich in einer Lage befindet, für die man selbst die Schuld trägt, dann kann man nicht den Leuten die Schuld geben, denen man weh getan hat, wenn sie die Sache selbst in die Hand nehmen, egal wie böse sie objektiv gesehen sein mögen.

– Seht ihr?, sagte Hiro, als Geste unterwürfigen Flehens.

Und dann drückten sie ganz sanft auf Hiro ab. Es war

ein kurzer Augenblick, aber auch unwiderruflich, ungefähr so kurz und unwiderruflich wie der Augenblick, in dem das Instrument, das immer nur als Bonjo bekannt war, den neuen Namen Banjo annahm, wodurch sämtliche vorherige Musikgeschichte langsam und deutlich in ein neues Licht gerückt wurde.

… & unseren Helden außerhalb all seiner üblichen Kategorien versetzt …

Alles um mich herum war kreatürlich und zerfallend und nass, als wäre ich auf einmal Teil der Natur, und das ist immer ein verstörendes Gefühl. Es war mit einem Mal nicht mehr bloß die Geschichte von ein bisschen Geldbeschaffen in der Vorstadt. Vermutlich tauchte gerade Tausende von Meilen entfernt in einem braunen Sumpf irgendwo am Rande der Stadt ein grünes Krokodil sein eines gutes Auge unter, und ich weinte sehr, ohne dass ich etwas dagegen tun konnte. Hättest du je mit mir über Waffengewalt gesprochen, hätte ich wohl gesagt, dass echte Pistolen schreckliche Gerätschaften sein mussten, mit überwältigendem Klang. Ich erwartete Stichflammen und Feuerstöße, doch es war viel leiser als das. Die Pistole zuckte, aber ihr Arm nicht. Dann, nach einer sehr kurzen Verzögerung, zeigten sich ganz langsam verschiedene Rottöne überall auf Hiros Ärmel, und ich wusste nicht, wo ich hinsehen oder wie ich mich fühlen sollte, bloß, dass meine Gefühle sich absolut ohne mein Wissen einstellten. Ich sage Wissen, aber ich meine Kontrolle. Ich glaube, sie hatten Hiro in den ausgestreckten Arm geschossen, aber das war schwer zu sagen. In meinem Kopf brüllte ich viele Dinge, doch nach außen blieb ich stumm. Vielleicht brachte ich auch etwas ganz Kleines und Demütiges, aber Gerechtes, hervor wie:

– Das darf man nicht. Das darf man nicht.

Oder ungefähr so etwas. Ich dachte, Hiro sei in den dunklen Wald geklettert, bis ich begriff, dass er sich einfach nur auf den Boden gelegt hatte. Und dann bekam ich sehr große Angst. Ich glaube, diese Angst ist eine der Lektionen, die ich aus dieser Saison gelernt habe, und dass es unmöglich ist, ihr gewachsen zu sein. Es ist einfach die natürliche Reaktion, wenn alles so süß ist und man keine Bosheit in sich hat, und doch alles, was man tut, solche vorzeitlichen Konsequenzen nach sich zieht, als wäre man im Amphitheater mit den Wölfen und Lemuren. Denn seit diesem Moment im Wald habe ich oft über dieses Finale nachgedacht. Noch nie hatte ich mich so einsam und allein gefühlt, und plötzlich dachte ich an unseren Hund, der im Auto unter dem Handtuch aus dem Nagelstudio lag, und dass er ebenfalls allein war, genau wie Candy irgendwo in der Stadt und allein war. Wenn ich früher morgens aufgewacht war, lag ich da und betrachtete den leuchtenden Saum unter den Vorhängen. Und ich wusste immer, dass meine Mutter im Haus und alles sicher war, und das war immer eine Erleichterung. Zu wissen, dass Sicherheit möglich war, war ein sehr schönes Wissen. Und mir fiel auf, dass es bis zu diesem Augenblick tatsächlich noch nie einen Zeitpunkt gegeben hatte, an dem meine Mutter nicht wusste, wo ich war. Dies war das erste Mal, dass ich mich vollkommen außerhalb ihres Orbits befand, und es war sehr traurig. Ich meine, es war traurig zu erfahren, dass dieses Gefühl von Sicherheit bloß eine weitere meiner Illusionen gewesen war, dass ich tatsächlich keine Ausnahme war, sondern so wie jedes andere Tier auf der Welt *abgeschlachtet* werden konnte, genau wie es meinem Hund passiert war. Es war wirklich erstaunlich und schrecklich. Und trotzdem versuchte ich weiterhin zu denken, denn ich hatte diesen Instinkt oder diesen Aberglauben, dass ich, solange ich nicht aufhörte zu denken, nicht in Gefahr sein würde, und das Überdrehte war wie immer mein einziger Denkmodus, so, als würden die Gedanken aus mir sprießen und sich vor meinen Füßen sammeln, wie Bleistiftspäne. Immer machst du, was du willst, sagte meine Mutter. Du machst immer nur, was du willst, und mich stört das nicht, aber andere wird das ärgern, sagte sie. Ich war immer anderer Meinung gewesen. Ich fand, dass man ein wenig Vertrauen in die Menschen haben musste, denn wieso sollte man sonst weitermachen? Ich meine, wieso sollte man weiter in der Gesellschaft leben? – und auf eine Art ist jeder ein Teil der Gesellschaft, das lässt sich gar nicht ändern. Nur ich war es jetzt vielleicht gerade nicht.

… in ein kleines Sprachdelirium …

Dann hörte ich ein Geräusch und spürte etwas in meinem Körper, das mehr weh tat als alles, was ich je erlebt hatte. Ich muss wohl gewusst haben, was passiert war, aber ich hoffte zugleich, dass es nicht so war. Ich wollte nicht glauben, dass ich angeschossen worden war. Ich hatte zu viele Bilder von Verstümmelung und Verkrüppelung im Kopf. Doch es ließ sich nicht leugnen. Es fühlte sich an, als hätte ich keine Beine mehr, obwohl beide noch da waren, und eines von ihnen verkrampfte, wie in Panik. Ich dachte alles so verspätet und langsam durch wie diese Leute auf der Straße, die immer noch den Schirm aufgespannt haben, wenn es längst nicht mehr regnet. In meinem Oberschenkel kam es zu einer knittrig-flüssig-weichen Implosion, wie ein Seestern. Ich fühlte mich, als wäre ich nicht wirklich dort, sondern überall anders, was etwas kompliziert war, deshalb schloss ich die Augen, um mich zu konzentrieren.

– Ja, alles erledigt, sagte jemand über mir.

Ich dachte, sie würde mit mir sprechen, bis ich begriff, dass sie telefonierte.

– Nein, das ist geklärt, sagte sie. – War überhaupt kein Problem.

Dann gingen sie davon und ließen uns in unserer Jämmerlichkeit zurück. Alles war vorbei und leer, diese Art von Leere, die in der Bahnhofstraße herrscht, in der Nacht, wenn alle Taxis weg sind. Und ich versuchte diese Unterhaltung fortzusetzen, die ich mit mir selbst zu führen versuchte, weil niemand sonst es versuchte, und ich sagte, dass ich mir natürlich nicht sicher sein konnte, dass dies gerade nicht Sterben war. Vielleicht war es falsch zu denken, dass ich leben würde. Das war meine alte *Madama Morte*-Angst, nur diesmal vielleicht etwas rationaler. Und vermutlich, dachte ich, würde ich tatsächlich niemals wissen, ob dies Sterben war, denn sollte ich in den nächsten vier Minuten, oder zwölf Minuten, feststellen, dass ich gestorben war, würde dies ein rein sprachliches Delirium gewesen sein, solange sich nicht herausstellte, dass ich tatsächlich einfach aus diesem Körper herausfließen und die Szene betrachten konnte, und nur dann, nehme ich an, wird sich zeigen, dass die Sprache gar nicht deliriös war. Hiro bewegte sich sehr langsam, und ich hoffte, dass er lächelte, denn ich war mir sicher, dass wir eine Art Lösung erreicht hatten, und das war definitiv eine Erleichterung. Es war, als wären schließlich alle Piraten auf einmal eingefallen, um ihre verdiente Rache zu üben. Und vermutlich hatten sie genau das getan.

… von dem aus unser Held seine jüngere Geschichte überblickt …

Eine Sache, die mir in diesen Albtraumzeiten oft durch den Kopf gegangen ist, war die klassische Geschichte über den berühmten Sadhu und seine Flöte – als ihm das Gift in einem Bronzebecher gebracht wurde, um ihn auf der Stelle hinzurichten, brachte er sich gerade eine Melodie auf der Flöte bei. Und als ihn die Leute fragten, was er da verdammt nochmal tue, sagte er: *Wenigstens werde ich diese Melodie gelernt haben, bevor ich sterbe*. Und auch wenn ich weiß, dass diese Legende zeigen soll, wie edel der Sadhu in seinem Festhalten an einem Ideal war, glaube ich, dass es außerdem etwas zu verdeutlichen hilft, über das sich normalerweise nur sehr schwer nachdenken lässt – ich verstehe nämlich nicht, wieso der Umstand, dass der Sadhu gleich hingerichtet werden wird, irgendeinen Einfluss darauf haben sollte, wie edel er ist. Jedes Kind, das je in Suburbia Banjo oder Klaviertonleitern gelernt hat, ist genauso edel und groß – denn schließlich ist die Nähe zum Tod nur eine Frage der Größenverhältnisse: Und im Maßstab der großen langen schattigen Jahrhunderte sind wir alle unserem Tod genauso nah wie der Sadhu direkt vor seiner Hinrichtung, oder fast. Aber immer, wenn ich daran denken musste, verunsicherte es mich sehr, denn natürlich ist eine mögliche Interpretation der Sadhu-Geschichte, dass sie für ein edles Festhalten an Werten steht, die keinen Geldwert haben, doch es war auch denkbar, dass es eigentlich um absolute Sinnlosigkeit ging, dass diese Geschichte eigentlich gar keine Parabel war, sondern ein tiefschwarzer und gewaltiger Witz auf Kosten sämtlicher menschlicher Bemühungen. Damit will ich sagen: Wenn es damals für den Sadhu sinnlos erschien, wieso dann nicht auch für uns alle heute? Wieso soll man überhaupt irgendwas machen? Das ist ein Problem, das sich, wie mir scheint, viel einfacher verdrängen als jemals lösen lässt, aber zugleich, dachte ich plötzlich, inmitten der Lianen und des Efeus und der Nachtfalter, war es auch befreiend. Ich meine, es ist tatsächlich unmöglich zu wissen, was wirklich real ist, oder zumindest denke ich das manchmal. Wenn man den Prinzen fragen würde, welches der reale Zustand sei, der Slum oder der Palast, dann würde ihm eine Antwort, glaube ich, schwerfallen. All das muss bedeuten, dass es nicht unmöglich ist, sein Leben zu ändern, wie in irgendeiner

Technicolor-Fortsetzung in den Tropen – oder wenn die Welt, an die man glaubt, schon verloren war, bevor man sie betreten hat, und bloß eine Illusion ist, dann ist das kein Grund, diese schöne Illusion nicht aufrechtzuerhalten. Alles verloren zu haben, meine ich nur, ist vielleicht ein Desaster, aber nicht jedes Desaster ist eine Katastrophe. Und wenn ich es so betrachtete, machte mir das große Hoffnung für die Zukunft.

Adam Thirlwell
Die fernere Zukunft
Roman

Unsere Gegenwart hat mit der Französischen Revolution begonnen. An deren Vorabend werden die Menschen in Paris von der Kurzatmigkeit ihrer Ideen erfasst, schicken sich begeistert Botschaften. Viele Geschichten sind nicht wahr, aber sie sind beliebt. Während Frankreich auf einen Umsturz zusteuert und der Planet um die Sonne kreist, verbündet Celine sich mit der schönen, strengen Marta und der jungen Marie Antoinette auf der Suche nach Freiheit, Gleichheit und Schwesterlichkeit.
»Die fernere Zukunft« ist ein Gegenwartsroman, der im 18. Jahrhundert spielt: »Der beste Roman seit vielen Jahren.«
Daniel Kehlmann

Aus dem Englischen
von Jan Wilm
400 Seiten, gebunden

Weitere Informationen finden Sie auf
www.fischerverlage.de